世界探偵小説全集㉟

国会議事堂の死体

Who Goes Hang?

スタンリー・ハイランド　小林晋＝訳

国書刊行会

Who Goes Hang?
by
Stanley Hyland
1958

法律による義務からではなく、礼儀として述べておくが、本書で会話をする登場人物たちは虚構である。
本人たちは語らなかったが、話題となった人物の何人かについては本書の巻末に覚え書きで述べておいた。

ビディー、ジェイ、そしてヘンリーに

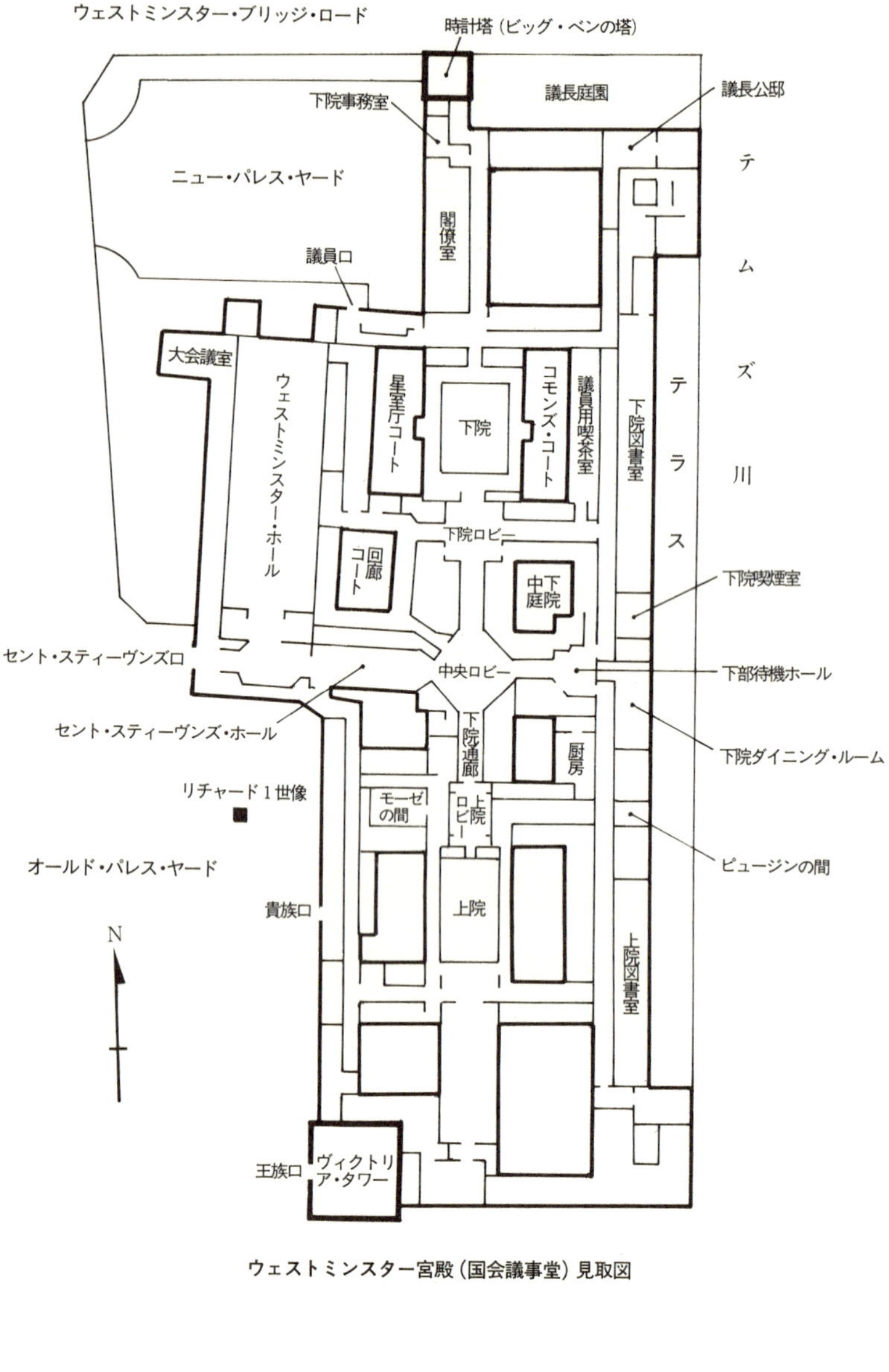

ウェストミンスター宮殿（国会議事堂）見取図

『下院議員が登院あるいは退院する際、あるいは議会での答弁の最中に加えられる暴行、襲撃、威嚇は、下院の権利の著しい侵犯、議会の権利の言語道断かつ危険な侵害、重大なる犯罪、非道である』

下院議事録、第二十二巻、一一五頁、
一七三三年四月十二日

『国王の検視官は次の項目について調査すべし。一、国王の執行吏あるいは州の品行方正なる人物の要請を受けたとき、人が殺害されたり、突然死亡したり、傷つけられたりした場所、あるいは家屋が損傷を受けた場所、あるいは財貨が発見されたと称する場所へ検視官は赴き、直ちに近くにいた四、五、あるいは六名の町民に対して、現場にいる彼の前に出頭するよう命じる。そして、彼らが出頭してきたら、検視官は彼らに宣誓を行わせた後、以下の要領で調査を行う。すなわち、殺害された人物と利害関係があるか否か、殺害された時刻を知っているか否か、殺害場所は屋内なのか、野外、ベッド、酒場、商会なのか、そしてもしも該当するのであれば、その場に居合わせた者は誰か等である。また、死亡した人物の身元はわかっているのか、よそ者なのか、前夜どこで休息したのかも調べなければならない。そして、もしもいずれかの人物に殺人の罪ありとの申し立てがなされた場合、検視官はその者の住居へ行き、所持品等の調査を行うべし』

エドワード一世制定法四の二
検視官の役目《オフイキウム・コロナトリス》

国会議事堂の死体

主な登場人物

フレッド・アーミティジ……………………建設労働者
アーサー・ウォーカー………………………建設労働者

チャールズ・フェル…………………………王室検視官
マコーリー警視………………………………スコットランドヤードの警官
バーバリ博士…………………………………法医学者
ヘンリー・ラヴァレイド……………………新聞記者

《ブライ委員会構成員》
ヒューバート・ブライ………………………国会議員。少壮政治家
アーサー・フォレスト………………………ヴェテラン国会議員
リチャード・ギルフィラン…………………建設省財務次官
オリヴァー・パスモア………………………国会議員
ナイジェル・レイン…………………………国会議員
アレック・ビーズリー………………………国会議員
キャスリーン・キミズ………………………国会議員
クリストファー・ピーコック………………委員会書記
チャールズ・ガウアー………………………下院図書室調査助手

ヘレン・ブライ………………………………ヒューバートの妻
ヘンリー・ランサム…………………………ロッシー館の住人
ロバート・ランサム…………………………ヘンリー・ランサムの父
リチャード・デ・ラ・ガード………………ロバートの弟
マシュー・デ・ラ・ガード・グリッセル……リチャードの叔父
バートウェル・デ・ラ・ガード・グリッセル……マシューの兄
ジェイムズ・サドラー………………………国会議員
アリス・サドラー……………………………ジェイムズの妻
ジョン・サドラー……………………………ジェイムズの弟
ジョン・ウィンター…………………………競売人兼葬儀屋、俳優、国会議員

第一部　動議が提出され、質問が行われる

EFFRENATE
BROD

1

このところデューズベリのプロスペクト・ロウをねぐらにしていたフレッド・アーミティジが、つるはしのとがった先端を国会議員の帽子に突き立てたとき、国会議事堂の端から端まで通るような抗議や驚愕の悲鳴は上がらなかった。

その事件が起きたのは一九五六年五月十日木曜日の午後四時十五分前のことであったが、ウェストミンスターのロイヤル・パレス近辺にいた千人あまりの人々のうち、誰一人としてフレッドや彼のつるはし、国会議員やその帽子について一瞬たりとも思いを致す者はいなかった。

この乱暴な一撃は、二つの議場のうち、広くて明るく、より格式の高い方に集まっていた上院議員たちの（いくつかの意味で）頭越しに振り下ろされた。その部屋の厳粛さは、威厳に満ち、哀調を漂わせた高位聖職者、リーズ主教——今週の日々の祈りを務めることになっていた——によって高められたところだった。祈りが終わると、上院議員たちは静かに腰を下ろし、上品な威厳を持って今度は粘液腫症《ミクソマトーシス》についての討論を始めた。

北側に二百ヤード離れた下院の議場は、がらんと静まり返っていた。議場の両側に別れた、それぞれ十名ほどの議員は、ゆったりとくつろいだ態度で腰を下ろし、電力省政務次官の言葉を聞いていた。政務次官は退屈な青年で、その法案も退屈でくだらない法案、英国電気公社（賃借料改定）法案だった。彼が自分の退屈な役目を果たしているその目の前には、何ヤードもの長さのグリーンの革張りのベンチが、まるであざ笑うかのように、ほとんどあらゆる方向に広がっていた。彼はこの聴衆は高度に専門的な人たちなのだと考えて自分を慰めた。たとえそうだとしても、いや実際その通りなのだが、なんと言っても数が少なかった。

議場の南側に位置する傍聴席は通路にまで人があふれんばかりだった。三二〇名の『部外者』は席に座って自分たちの耳にしたことに対する静かな喜びで顔を輝かせ、あるいは最後までつきあったら――全員がそのつもりだったが――後で聞けるかもしれないことに対する期待から喜びに身をよじっていた。議場の時計が正確に三時四十五分を示し、彼らにも下の議長にもわからなかったが、フレッド・アーミティジのつるはしが鋼《はがね》の輝きをきらめかせて振り下ろされた時には、表情や身振りで示したわけではないが、一人残らず全員が退屈の極に達していた。後になって彼らは、隣家のホプキンスン夫人にさも何でもない様子で、工事人夫のつるはしの先による歴史的な事故が起きたのは、彼らが賃借料だか何だかに関する法律的な議論に魅入られたように耳を傾けていた最中のことだったと語ることができた。

しかし、それは何時間も経ってからの話である。その衝撃的な事件が起きたとき、良き『部外者』というものが一様にそうであるように、彼らは行儀良く落ち着き払って民主主義による生得権を享受し、後部議席に設けられたちっぽけなスピーカーの音が届く範囲に耳を寄せようとして互いに対称な配置で右に左に身を乗り出し、想像を絶するほど退屈な人間によって非音楽的に語られた理解できない内容であったにしては、模範的なほど関心を払って聞いていた。そして、数時間後に振り返ってみると、つるはしが振り下ろされて穴が開いたのはその退屈の最中のことだった。

フレッド・アーミティジが巧みな弧を描いてつるはしを振り下ろしていたとき、彼自身は退屈などしていなかった。苛立ち、突然の激昂に駆られて、肩口に振りかぶったつるはしの柄に全体重をかけて振り下ろしたのだ。フレッドが十分かそれ以上の間、隙のない統制のとれた突きを浴びせ、薄片をそぎ落とし、削ったり欠いたりし、ようやく大きな一撃を与えられるほど弱くなったと判断して、堅い煉瓦の薄いブリッジを鋼が打ち破ったとき、力のこもった勝利の声が彼の口から漏れた。彼が突くと、まるでぜんまいに打たれたように、つるはしは壁の背後の空洞に刃先全体をめり込ませた。穴はウェストミンスターの大鐘、すなわちビッグ・ベンの鐘楼直下の時計塔の外殻壁に開けられた。鋼の切っ先が国会議員の帽子を貫いたのは、ビッグ・ベンの時計塔の頑丈な壁の背後にある空洞の中での出来事だった。

その帽子は古式ゆかしい形式とスタイルの絹製のもので、今も議員の頭に乗っていた。帽子も頭も、そして名誉ある紳士の胴体も、壁の空洞の中に極めて長い間あったことは明らかだった。

2

五月十四日、月曜日、フレッド・アーミティジがウェストミンスター・ブリッジ横にある議長庭園のほぼ三百フィート上方で歴史に足跡を残した四日後の午前十時三分、検屍法廷が開かれた。予定に遅れること正確に三分だった。

内科および外科の医学修士、ロイヤル・ヴィクトリア勲章叙勲者にして王室検視官のチャールズ・ヴィンセント・スタンディッシュ・フェルは三分間の遅れについて腹を立てており、それを顔に出していた。時間が失われたこと自体よりも（他の人間はともかく、検視官ともあろうものが、永遠に比して失われた三分間くらいのことを気に病むとは考えられない）、彼自身が三分間を無駄にした張本人であることが苛立たしかった。ただでさえ国会議事堂の敷地内で検屍法廷を開く機会は（職業的見地から言って）稀であり、公衆の面前で時間の過ちを犯すことはなおさら稀だったが、その過ちを彼自身が公の場で犯したのだ。上院ロビーを息せき切りながら、検視官が自分の法廷に入るのに力ずくで押し進まなければならないとは困ったものだと彼は思った。さらに困ったことは、そのための適切な方法を知らなかったことだ。自分が上院のモーゼの間に腰を下ろすのは生まれて初めてのことだという言い訳はやめた方がよいだろうと検視官は思った。三分間の遅刻については何の説明もなかったが、この場の特殊性を象徴するものであった。

　一張羅《いっちょうら》を着て、目撃者として出席していたフレッド・アーミティジにとって、三分間の遅れはいかにも短すぎたとはいえありがたいものであり、ほっと安堵の胸をなで下ろしていた。彼自身も到着が遅れたが、検視官の三分に対してほんの一分だけだった。彼もまた入廷に若干苦労したが、主としてこれは中央ロビーを通って法廷に向かう途中で気づかれたため（たった一回テレビに登場したおかげだ）、十分近くの間、《ヨークシャー・オブザーヴァー》紙のロビー記者に短時間だが極めて有益なインタヴューを受けていたからだった。[*1] ヨークシャー・ラグビー・リーグ挑戦杯に出場するデューズベリ・チームを応援するため、乗船を見送りに行って歓喜に満ちた時を過ごした一九四二年以来、フレッド・アーミティジがこれほど華のある週末を過ごしたことはなかった。「もう一杯やれよ、フレディー。おい、チャーリーが来たぜ。お前さんのつるはしがあの頭に突き刺さったとき、何と言ったか話してやれよ！」「おれは一緒に仕事をしていた仲間に、『何とも間抜けな所にシルクハットを置き忘れるじゃないか』って言ったんだ。な、そうだろ、アーサー？」「その通りさ」とアーサー・ウォーカーが言った。そして彼らはチャーリーともう一杯飲んだ。それからアルバートと一杯やり、ケンティッシュ・タウン・ロードをかき分けるように進み、アーチウェイから下ってキャムデン・タウンに至るまではしごして歩き、法定時間ぎりぎりまで浮かれ騒いでご機嫌だった。そして今、フレッドは神経をとがらせながらモーゼの間の演壇近くで赤と金色の革張りの椅子に腰掛け、エメリークロス（金属研磨用布やすり）のようにざらざらしたあご先を右の手のひらで撫で、この先、このおいしい話が何度も語られ語り直されるはずだという胸算用ににんまりとしていた。なにしろ後にも先にも、国会議員の頭の中に文字通り空洞を見た初めての男なのだ。その場面を思い出して一瞬吐き気が襲ってきたため、フレッドは天にも昇る気持ちから、不思議なほど従順な黄土色の獅子が描かれた『ダニエルの裁き』（モーゼの間の壁に描かれたモーゼと対をなす聖書物語）の下の椅子へと一気に引き戻された。

　王室検視官が立腹していたのは似つかわしかったし、それを表情に出していたのはいっそうその場にかなっていた。それ以外の気分、表情だったら、小柄でまるまるとした血色の良い年輩者は慈悲深く見えて、その時と所と任務の与える威厳と著しく折り合いが付かず、このような場面ではまことに具合が悪かったことだろう。最も由緒正しく、名誉ある王立裁判所の官吏の一人——その言葉は王室執事長その人に対して責任を持つものである——が王室管轄区で起きた死を調べるために、上院の敷地内の古式ゆかしいウェストミンスター王宮内の検屍法廷で腰を下ろしていた。管轄区は、確かに、百年たらず前と比べても、今でははるかに空間的に狭くなっていた。その当時は、国王の周り半径十二マイルの範囲に広がっていた。国王は各州の間を移動したので、管轄区、つまり王室検視官の責任範囲も州の間を移動した。現在、王室検視官の権限は王室のあらゆる邸宅と宮殿、そしてその邸宅や宮殿に隣接する「寺院、宮廷、広場、庭園、果樹園、遊歩道、馬上槍試合場、テニス・コート、闘鶏試合場、ボウリング場」に限定されていた。そのうちのいくつかは今でもかなりの敷地を占めていた。

＊1—フレッド・アーミティジのインタヴューも〝Y・O〟を救うことはできなかった。五か月後の一九五六年十一月三日、社は終焉を迎えた。

テムズ川（川は国会議事堂の脇を南から北へ流れている）左岸の八エーカーを占めるウェストミンスター宮殿は女王陛下の宮殿の一つである。その中で管轄権を持つのは王室検視官のみである。国会議事堂内の死はいかなるものであろうと、彼の満足がいくまで説明されなければならない。身元不明の国会議員の死となればなおさら多くの説明を要する。

*

検視官は立ち止まって、彼の要請で特別に設けられた一段高い座席に腰掛ける前に法廷を見下ろした。「モーゼの間」——正式には貴族用着替室——は、長さ約四十フィート、幅二十フィート余りであった。検視官の座席から部屋の三分の二の所には壁から壁まで手すりが通っていた。その仕切の中央には（今では閉じているが）自在扉があって、法廷の中央部に通じている。そこは比較的開かれた空間で、指揮台を思わせるような証言台のかなり近くに報道席が設置されていたが、起立している証人には、大いに当惑してばつの悪そうな十一人の王室職員の入り混じった声以外聞こえなかった。彼らは陪審員、それも特殊な陪審員の中でも選り抜きの陪審員だった。

彼らは法廷内（つまり、仕切の西側で検視官寄りの、室内に設けられた、ささやかな「裁きの場」）で検視官の左手の壁を背に、通常の（といっても長さの点では普通ではなかったが）テーブルを前にして、一列に並んで座っていた。背後の壁の上部にはペルシア王ダリウスの野営におけるアレクサンダー大王の図を示した貴重なゴブラン織りがかけてあった。偶然であるが、一見した以上にこの構図は不釣り合いではなかった。というのは、その下の陪審席に座っている人々の半数以上が陸軍軍人で、一人は海軍軍人だったからである。近衛騎兵少将は検視官に最も近い端に座っていた。王室から年長者として陪審長に指名されるという責を負わされたのである。その横には、ちょうど楔形隊形（一直線に並んでいたので普通とは違っていたが）を組むように、その他の五人の武勲赫々たる陸軍軍人が並んでいた。一番の若輩が先般の大戦における中将、そして王室会計検査院長、近衛佐官侍従、王室古文書館館長、王室手許金管理官兼女王陛下付き会計主任兼宝物館館長と続いている。その隣のはるかに若い男（無意識の心遣いから、彼は一団の陸軍軍人と陪審員中ただ一人の海軍大将とを隔てていた）は外交団副団長だった。副団長の左隣の海軍大将は王室手許金管理局の主計長官として出席していた。彼の向こうには陪審員では唯一の医師、王室特別任用の内科医兼薬剤師がいた。最後は教会関係者で、聖職者用のカラーをつけ、ゲートルをはいた二人の主教だった。一人は英国施物分配所所長、そして検視官の座席から最も離れた所で、ぴかぴかの真鍮の手すりに無頓着に腕をかけているのは、ネアズバラ主教で小房室長だった。

検視官は、彼の上司である王室執事長が集合をかけた並びなき人たち（居心地の悪い思いをしていたかもしれないが）に目を走らせて、自分たちのやろうとしている仕事が義務であると同時に無償のものであることを理解している者が、このうちいったい何人いるのだろうかと思った。義務であるというのは、王室検視官としては何としてもこの件の真相を究めなければならなかったからであり、無償というのは一九四九年の陪審員条例——社会主義政権の制定した言語道断の不公平な法律——が特にその労働に対する対価を受けることのない唯一の陪審員は、王室検視官と同席するよう指名された陪審員であると謳っているからである。検視官は彼らの多くが手元不如意に苦しんでいるとは思わなかった。彼は腰を下ろした。

しんと静まり返った中で検視官が咳払いをすると、仕切の向こうの公共席に座っていた二人の国会議員がつい習慣から「静粛に、静粛に」と言ってしまった。身元不明の国会議員が審理にかけられようとしていた。

3

「紳士諸君」王室検視官は言った――仕切のこちら側には淑女はいなかったし、その向こう側にいた淑女たちは物理的に、ただ単に物理的に見えなかったのである。「今朝、われわれがここに集まったのは、四日前、当宮殿の敷地内で極めて尋常ならざる状況下で発見された男の死体の検屍法廷を開くためであります」フレッド・アーミティジが遠い壁に掛けてある色あせた絹地に描かれたダリウスの乙女たちの一人から視線を落として、検視官を戸惑いつつも嬉しそうな顔で見た。快活な声と血色の良い丸顔、てかてかした頭をしているが、判事席に座っている太った小男は、たわごとには我慢ならないだろうという考えが、彼の頭に浮かんだ。ぱりっとしたワイシャツを着て報道席に座っている教養ある一人の犯罪記者が、リア王の表情に関するケント公の評言（ケント公はリア王の表情に威厳を認めた。『リア王』第一幕第四場）を思い出して、メモを取った。検視官は言葉を続け、その声は部屋中に心地よく鳴り響いた。

「証人やその他、本件解明に協力して下さる特別の資格を持った紳士の皆さんを喚問する前に、この奇妙な事件の起きた特殊な状況を説明しておく必要があると思います。われわれが今座っているこの宮殿内には、祖父の代よりも古いものは極めて少ないのです。大部分が一八四〇年から一八六〇年までの二十年間に建てられたものです。そのうちの幾つか――今、私の念頭にあるのはここから二百ヤードほど離れた場所にある下院に女王陛下が設置した議場でありますが――幾つかは過去十年以内に再建されたものです。その理由はご承知でしょう。一九四一年五月十日の夜、身元不明の死体が発見されたちょうど十五年前のことですが、議場は空襲によって破壊されたからであります」報道席にいた《マンチェスター・ガーディアン》紙のロンドン特派員は得意顔になるのをこらえていた。最初にその偶然の一致に気づいたのは彼だった。「同時に、その時の爆撃によって」と検視官は続けた。「時計塔――われわれはビッグ・ベンの塔とも呼んでいますが、もちろんビッグ・ベンというのは鐘であって時計を指すのではないことを想起していただきたいのですが――その時計塔も破損しました。その原因は小型爆弾の落下によると言う人もいるし、対空砲弾の発射によると言う人もいます。真相がいずれであれ、そして幸いにもわれわれの職務はそのことを決定することではありませんが、ビッグ・ベンの塔は若干の損壊を受けました。私は『若干』と申し上げました。しかし、これはたぶん正確ではないでしょう。『若干』というのは、本格的な被害を受けた場合と比較してのことだからです！」彼はここで効果を狙って間合いを取った。両目は陪審員たちの方を厳しく見ていた。誰一人として彼に異議を差し挟む人間はいなかった。「跳弾ではなく、直接当たっていたらビッグ・ベンの頂部は吹き飛ばされていたことでしょう。塔のかなりの部分は川の中、あるいはニュー・パレス・ヤード、それとも宮殿の主要構造部分に落下したことでしょう。現実にはそうはなりませんでした。そのことは幸いでした。万一、直接被弾したとしたら――紳士諸君、そう仮定するだけなら構わないでしょう――もしも塔の頂部三分の一が十五年前の五月の夜に落下していたら、われわれの何人《なんぴと》が生まれるはるか以前に犯されたと推定される犯罪を調査するためにここに集まることはなかったでしょう。この身元不明の人物は――彼の魂よ安らかなれ――何者であれ、テムズ川の中か、下院議場の炎上する建物の上か、ウェストミンスター宮殿脇の道路に落下したことでしょう。そして彼は、水あるいは火によって破壊されたか、粉みじんに粉砕された瓦礫の山に混じって原形をとどめないほど押しつぶされたことでしょう」

検視官は部屋を見回して、彼自身の沈着な雄弁の結果、ひっそりと静まり返った部屋の様子に満悦するとともに感銘を受けた。自分の耳にとっても長すぎると思えるほど、その静粛を引き延ばした後、前よりもぞんざいに彼は話し始めた。さながら彼の心が腕まくりするのを見る思いがした。

「遺体は破壊されませんでした。一九五六年に発見されるまで、遺体は時計塔にあったのです」彼は横にいる警察官の方へ振り向いた。「アーミティジ氏に宣誓の用意を、巡査」

フレッド・アーミティジが立ち上がり、赤ら顔をして陽気な様子で、真実を包み隠さずに、余計なものは何も付け加えずに話すと証言台で誓っているあいだ、裁判官、証人、陪審員、報道関係者、そして仕切の向こう側の一般傍聴者たちは椅子の中で体を動かし、足を組み直し、鼻を拭き、咳払いをし、眼鏡をいじり、隣にささやきかけ、世にも稀な前例のない興奮に包まれて欣喜雀躍としていた。その宣誓を彼はヨークシャー訛まるだしで行った。

＊

法廷の仕切の背後にある傍聴席の後部三列目の椅子に座って身を乗り出すようにしていた、ラムベス首都自治区のブロックウェル選挙区選出の国会議員であるヒューバート・ブライ氏は、年輩のとても上品な風貌の同僚議員の肩を叩いた。その議員は長身で、そのため周囲に座っている人たちよりも七、八インチは肩が高かった。おまけにやせていた。そのやせっぷりたるや、首の後ろがひょろっとして頼りないまでに細く、肌の下の衰えた二本の平行な筋肉を浮き上がらせているほどだった。同年齢の男とは違って——ブライの見当では六十五歳だったが、老いを感じさせなかった——特別に髪に対しては骨惜しみしなかった。丹念に手入れがされて、灰色になっていたとはいえ、髪はいまだに縮れてつややかだった。ブライは年長の同僚の、そのような地位にいる人間としては典型的な反応に嬉しくなった。丁重な行為に対する恩着せがましい譲歩として、二インチほど頭を後ろに引いて、侮辱すれすれの物腰で耳を傾けたのであった。国務大臣席に座っている時に、背後からのメッセージに耳を傾けることに慣れている男の手慣れた技であった。まるで女王陛下のもとで極めて高級で昔ながらのオフィスを構えているような――現実に彼が構えているオフィスは極めて現代的で特に高級というわけでもなかったが――大臣らしい素晴らしい貫禄を備えていた。彼の名はリチャード・ギルフィラン、ヨークシャーのウェンズリーデイル区選出の国会議員で、建設省の財務次官を務め、彼の省の大臣がごく最近閣内相に昇格したことを強く意識していた。*1

　ヒューバート・ブライが彼にいかにも平議員らしくささやくと、一ダースもの人間がブライをにらみつけた。「検視官は昼食後も審問を続けますかね?」彼が尋ねた。大臣の美しく仕立てられた肩が四分の三インチほど上がったことがその返答を雄弁に物語っていた。やがて、肩はゆっくりと下がった。検視官は仕切の向こう側を見て、いきなり機嫌をそこねて眉を上げた。「教室で私語の最中に捕まったといったところだな」椅子に座り直しながら、ブライが聞こえよがしに言った。ギルフィランの耳がピンク色に染まったのを見て、彼はにやりとした。細い首までが渋い顔をしているようだった。今度はブライが渋い顔をする番だった。検視官が昼食後も続けることにしたらどうしよう? おそらく、出席を断念しなければなるまい。ウェスト・ノーウッドの新しい病院に関して厚生大臣に質疑があり、文書による回答だけでは済まない合理的な理由があった。これが初めてではないが、選挙区の有権者たちの力に対して彼は憤りを感じた。有権者の大部分は――彼のことを少しでも考えているとしての話だが――議員としての彼の能力を質疑の頻度と切れ味の鋭さによって、とりわけ新しい病院についての、彼の十分に考えられた自然な追加質疑によって評価していた。「彼らの考え方に従えば」彼は内心で不満を述べていた。「私が関心を持たなければならないことはラムベス自治区のブロック

*1――しかし、それも結局は長いことではなかった。

ウェル・パークから一マイル半以内で起きたことというわけだ！」やれやれ、どうにでもなれだ。議場になど行かずに、モーゼの間に戻ってこよう。時計塔で身元不明の死体が発見されることなど、毎週あることじゃない。いや、毎月、毎年、それどころか毎世紀だってあることじゃない。自分が無責任な行為をしようとしていると思うと、むやみに楽しくなってきた。

後になって、自分自身が巻き込まれているのに気づいたとき——自ら進んで、しかもブロックウェル選出の国会議員として巻き込まれていたわけだが、そんな自分に気づいたとき、彼はこの時のことを思い出した。

フレッド・アーミティジの証言に頭を集中するために、彼はうきうきしながら心を落ち着かせた。

4

「アーミティジさん、あなたがこの男の死体を発見した経緯を、できるだけ詳細に話していただけませんか？」

検視官の要請には同情から親しげな調子が込められていた。彼の考えでは、フレッド・アーミティジは今でも自分が目撃したり行ったりしたことに対して心を悩ませていたかもしれなかった。彼はアーチウェイからキャムデン・タウンの《赤帽母さん》亭に至る陽気な酔っ払い道中のことなどつゆ知らなかった。即座に何の屈託もない答えが返ってきた。母音をはっきりと発音し、開けっぴろげな調子で、おまけに拳を振りながら！

「おれはつるはしをぶち込んだんだ」

「言うまでもなく、故意にやったのではありませんね」

「ああ。つるはしが煉瓦を破って、先端を止めることができんかったんだ」フレッド・アーミティジはその時の衝撃を思い出して、場所柄もわきまえずに巻き舌を鳴らした。検視官は無視したが、小房室長が不快そうに顔を上げた。彼もまねるようにかすかに舌を鳴らしたが、違った種類の音だった。

「グサッ。こんな風だった。そうだよな、アーサー?」フレッド・アーミティジが言った。

「そうとも」証人席からアーサー・ウォーカーの威勢の良い返事が返ってきた。

「他の証人に話しかけないようにお願いします、アーミティジさん。ウォーカー氏の番はいずれ来ます。さて、アーミティジさん、すっかり事情をお話し下さい。いいですか」彼はすばやく口を挟んだ。

「陪審員も私も空洞は見ています。あなたのお話をできるだけ追うように最善を尽くします!」陪審員たちは全員が疑わしげに身を乗り出した。デューズベリ訛を頻繁に耳にする機会のある者は誰一人としていなかった。

アーミティジは五秒間深く考え込んでから話し始めた。話をしていくにつれて、声も身振りも、いっそう北部の地方を思わせるものになっていった。

「壁のどの部分を掘ればいいんかはわかってた。現場監督のダンウィディーさんがチョークで印を付けておいてくれたんだ。おれっちが作業をしていたのは古い壁の方で、戦争中に爆撃を受けて直した新しい壁じゃなかった。おれっちは明かり窓の骨組みをはめ込み直すために、二、三フィート掘り下げんければならんかった。そいつは石細工をはめ込んだ台座のような物の上にあった。そいでおれが、そう、十分ぐらい掘ったり突いたりしてると、不意につるはしが壁を突き抜けて後ろの空洞にグサッと突き刺さったんだ」

こう言いながら彼はバシッという威勢の良い音を立てて大きな右の拳を左の手のひらに叩きつけた。その音は彼の物語とともに法廷中に響きわたり、かすかな残響となって絹のタペストリーに染み込んだ。

「音がどうも違うような気がしたんだ。何となく……少し……柔らかいような」最後の言葉は喜びと不快感の混じり合った畏怖を込めてゆっくりと発音された。

「おれがアーサーを見ると、アーサーもおれを見ていた。『ありゃ何だ？』と言うと、アーサーは『そんなこと知るっけ』と答えた」（小房室長はここでぶるっと身震いした。）「そいでおれっちがゆるくなった煉瓦を掘っていくと、目を閉じて仰向けになって、古い服を着た死体があったってわけさ。顔はほとんど真っ黒だった……おれのつるはしは死体に突き刺さったんだ。

「おれが死体を見下ろすと、アーサーも見ていた。そいから二人とも大声で親方を呼んだ……おれは汗と埃まみれになっていた……あんなもん、もう二度と見たくねえや」もはや彼の態度には尊大さも軽快さも、《赤帽母さん》亭で見せた傲岸さもなく、大きな赤ら顔からはうぬぼれたにやけ笑いも消えていた。検視官は彼に静かな口調で「ありがとう、アーミティジさん。お話は以上ですね」と言ったが、もう一度同じ言葉を繰り返して、アーミティジを悪夢のような記憶から法廷へ連れ戻さなければならなかった。「ありがとう。また席におかけになって下さいませんか？」フレッド・アーミティジは自分の席に戻ったが、動作が緩慢だったので、まだ完全には追想から抜けきっていないようだった。

アーサー・ウォーカーの名前が呼ばれ、宣誓が行われた。アーミティジの話に付け加えることは何一つなかったが、取り除くことも何一つなかった。目撃したことを話すにつれて、彼がこれまで待ち続けてきた瞬間は消え失せてしまった。ぞっとするような身振りと眼前に姿を現した殺された男の気持ちの悪くなるような小話で《グレイハウンド》亭に居合わせた人々を沸かせたこの陽気な小男には、もはや何も残っていなかった。忍び寄った恐怖が検視官から巡査に至るまで全員の心を支配していたので、法廷にいる人々はひっそりと押し黙って彼の言に耳を傾けていた。身元不明で、確認の手だてとてない男、忘却の彼方に沈む長い年月、《ビッグ・ベン》のほんの数フィート下の壁に埋め込まれ、その鐘の音も聞こえずに、ミイラ化してじっと縮こまっていた男の運命に関する学問的な調査が、一人の人間の検屍法廷になったのである。時の経過はかき消されてしまった。法廷では一瞬死者がよみがえったかと思うと、再び忌まわしい死へと戻っていった。「顔はほとんど真っ黒で……目を閉じて古い服を着て仰向けに横たわり」、今では死してこの世から消え去った男たち――その子孫も死亡し埋葬されていることだろう――の作った壁の空洞内で、ヴィクトリア時代の煉瓦に納棺されていたのであった。

アーサー・ウォーカーが壁際の席に着くとすぐに、法廷内の死のような静粛の中、検視官が口を開いた。「恐ろしい話です」その口調は穏やかだった。やがて、彼を含めて法廷内の全員が足を踏み入れた過去に対する感傷を振り払うようなはきはきした調子で、検視官が内務省の病理学者を呼んだ。その声に判事席の脇に立っていた巡査は驚いた。

病理学者の活発な口調は不吉な雰囲気を吹き飛ばしてくれた。検屍法廷は再び好奇心に関する学問的な演習の場となったのである。名も知れぬ男の黒ずんだ顔の皮膚も、法医学者の職業的な冷静さの前には敵ではなかった。

時計塔にあった死体はその場でつまれたりつつかれたりして、写真撮影と測定が行われ、図やグラフが三部ずつ作成され、書類としてファイルされ、パンチカードのような能率で要約が完成され、精細に調べられ、警官のノートに証拠物件Aとして貼り込まれたのだった。その後、密閉された煉瓦作りの小さくて狭い棺の中から持ち上げられ、未仕上げ材の箱に収められ、隙間には時計塔の下の建築業者用資材置き場から運んできた帆布がしっかりと詰め込まれた。箱はロープで縛り上げられ、時計室の一段高い弓なりの手すりの上から吊り下げられ、細心の注意を払ってニュー・パレス・ヤードに下ろされた。死体安置所の唯一の家具である亜鉛引きの小さなテーブルの上に乗せられるまで、死体はウェストミンスター・ホールの隅に人目を避けるように置かれていた。

最初に検視官が死体を見たのはその場所で、五月十日の夕方も遅くなってからのことだった。「このままにしておくわけにはいかないな」彼は言った。「冷蔵庫がない」そこで死体は木枠に収められたままの状態で簡素なヴァンに乗せられ、半マイル離れた場所にあり、現代科学の輝かしい恩恵に浴することのできる死体安置所に移送された。それから二、三時間後、死体は白衣とゴム手袋の法病理学者へと引き渡された。死体を見るや、彼は蒐集家特有の喜びに顔を輝かせ、夕食は待たないでいいからと妻に電話をかけた。何度もノートを取り、病理学者が進み出て口頭で証言するときに判事席の検視官が手元に持つ医学的報告書を準備するため、眼前の板の上にあるひからびた繊維質と骨から成る物体からあらゆることを引き出すのに二十分かかった。

5

病理学者が宣誓を巡って警官と早口競争をしている間、検視官はもう一度タイプで打たれた報告書に目をやった。まるで一人が支えている本を巡って、二人の見ず知らずの人間が声を抑えて論争しているように聞こえた。二人ともそれを望んでいるかのようだった。

王室検視官は法廷の反対側にいるジェラルド・バーバリ博士を見た。不愉快な職業ではあったが、博士自身は外見と実質において人間的であろうと努めているような印象を検視官は受けた。頻繁に好ましからざる死と向き合うことが多いにもかかわらず、彼は完璧にその影響から逃れ、驚くほど人当たりが良かった。実験室の外では外見は、そして実質もそうなのだが、ごく普通の人間に見えた。彼はわれわれ同様パンを食べて生きていたが、生計を立てる方法が魅力的とは言えなかっただけなのである。博士はそれをとても熟練した手際で十年間も続けており、定年までまだ二十年あるという事実は彼を大いに喜ばせているように見受けられた。清潔なダーク・グレイのスーツに身を包み、金髪は頭の上に描かれたように明るくつややか、澄んだ両目は利発そうで、かくも歴史的な陪審を前にして立っているのが嬉しそうだった。検視官が名前を呼んだ。

「あなたがジェラルド・バーバリ博士ですな」その口調は問いかけではなくて断定だった。

「はい、閣下」と彼は言った。最敬礼せんばかりだった。

「この死体を調べるに当たって、特別な資格をお持ちなのですか？」

「はい。私はロンドン大学の医学博士で、セント・アンセルム病院で法医学の講師をしています」

検視官は驚いた様子を見せなかったし、何の感銘も受けなかった。

「博士、あまり深く専門に立ち入らないで、この男の死体を検査して何がわかったか教えていただけませんか？」

「かしこまりました、閣下。死体は身長五フィート九インチの男性でした。ミイラ化してかなり長い年月が経過しています。ご存じのようにミイラ化というのは多くの人間が思っているほど稀なことではありませんし、こんな言い方が許されるならば、われわれ病理学者が好む以上によくあることなのです。はっきりさせておかなければならないのは、病理学者であれ誰であれ、ミイラ化した死体が死後どれくらい経過しているか、或る程度自信を持って言うことは実際上不可能だということです。一年にも及ばない期間でミイラ化が完了した実例も一つならずあります。私の知っている最短期間は六か月です。それに言うまでもなく、別の極端な例として大英博物館の所蔵する六千年の古きに及ぶミイラもあるわけです」彼の言葉や態度に軽々しいところは微塵もなかった。

「したがって、私にはこの男性が死後どれくらい経過しているか断定することはできません」彼は極めてあっさりと、わるびれる様子もなく言った。

「死亡した時点で何歳だったかわかりますか？」

「それもやはり難しいのです。しかし、関節と骨と髪の状態から、殺害された時には四十歳前後と推定されます」

「殺害された。言うまでもなく、その点は確実なのでしょうな？」

「ええ、確かに彼は殺害されています。頭蓋の後頭部が砕かれていましたが、皮膚は破れていません。着衣に血は付着していませんでした」

「つまり、重い凶器で殴られたのではないということですか？」検視官は細心の注意を払って鈍器という決まり文句《クリシエ》を避けた。

「そうですね、重かったことは確かだと思います。しかし、例えば金属や木材のように硬かったはずはありません。私の想像では、サンドバッグか、そうですね、鉛の弾丸を詰めた靴下のようなもので殴られたのです」言い過ぎたと思ったのか、博士は少し照れくさくなったようだ。「もしかしたらこう申し上げた方が良かったかもしれません。サンドバッグで殴打された男ならば同様の傷害を受けると」

　検視官は完全に満足していた。この証言は彼のためというよりも陪審のためのものだった。彼の目の前には完全な医学的報告書があるが、陪審員たちは持っていなかった。彼は陪審の方を向いて尋ねた。

「紳士諸君、何か他に博士に説明を求めたい点がありますか？」

沈黙を破ったのは医学関係者だった。陪審席に座っていた外科医兼薬剤師が自分の医学的知識をもとに得意顔で提案した。「閣下、専門家の助けを借りて、かなり暖かくなければ死体がミイラ化することはないという点について、はっきりさせてしかるべきだと思いますが」

「陪審員の方がおっしゃられた通りです」促されなかったが、病理学者は直ちに答えた。「もしかしたら、この点はもっと前にはっきりさせておくべきだったかもしれません。もしも空洞内に死体が置かれたとき、空気が暖かく乾燥していたのであれば、さらに二十四時間から七十二時間の間、密閉せずに安置されていたのであれば、外皮は急速に乾燥し、死体は腐敗せずにミイラ化するでしょう。もちろん、もう一つ条件があります。腐敗を促進する――外的な……その……動因とでも申しましょうか、それがないという条件での話ですが」

「ネズミのことだな！」船の上で任期を務めてきた提督が言った。

病理学者は気後れすることなく提督の方を向いた。「そうです」彼は認めた。「ネズミ――それにハエです」

検視官は漠然とした嫌悪感に襲われた。彼はすばやく証人席を向いた。

「ご苦労様でした、博士」専門家の証人が一礼して引き下がると、検視官のピンク色の顔に刻まれた横皺がまるで微笑んでいるかのように見えた。

＊

検視官は法廷が堅苦しい落ち着いた状態に戻るまで心を広くして待った。彼が陪審に呼びかけると、咳払いや鼻をかむ音、ささやき声などは消えていった。

「どんな検屍法廷でも、そしてとりわけ私の検屍法廷では、通常、今お聞きになったような内務省の病理学者とこちらの二人の紳士の証言は」――ここで彼は大げさな身振りでアーミティジとウォーカーの方に向かって手を振った――「死体の身元が誰であるか或る程度はっきりした後、その時に限って求められるものであります。遺憾ながら」と彼は続けた。「誠に遺憾ながら、今朝はこの点に関しては問題外でした。誰もまだこの不幸な男性の身元を突き止めていないようなのです。巡査、マコーリー警視を呼んで下さい」

マコーリー警視が証人台に立った。ダークブルーの背広を着た巨漢で、その背広はぴったり体のサイズに合ったものではないが、それでも制服らしく見せようとしていた。彼はひどく居心地が悪そうだった。首の周りはカラーでしっかりと固められ、髪の毛はひどく逆立っていた。検視官は彼に予想通りの尋問から始めた。

「はい、閣下」警視は答えた。「残念ながらこれまでのところ死体の身元を確認するには至っておりません」さほど残念な様子も見せないで、彼は断言した。

「身元を明らかにしようとはしてみたのですね、警視？」

「はい、閣下。確かに。この週末、捜査官二名をこの事件専属に担当させました。土曜日の午前中には、事件を徹底的に洗い、解明のための方向を打ち出しました」

「土曜日とおっしゃいましたか？」

「そうです」

「しかし、この事件が公になったのは木曜日の午後で……」

「わかっております。しかし、われわれが捜査を進める指示を受けたのは土曜日になってからでした。われわれは多忙を極めておりまして、例えば……」

「ええ、ええ、当然です。ご多忙なのは承知しておりますが、かといって女王陛下の宮殿の一つで殺人事件があったのは明白であり、誰かが——あなたとは申しておりませんよ、警視、誰かが——死体発見から三十六時間経過するまで、捜査を進める指示を先送りしたという事実を変えるものではありません。違いますか？」

「ええ、その通りです、しかし……」

「捜査を遅らせたのはどなたですか？」

「知りません、閣下。たぶん、実際には公訴局長官の管轄ではないかと思いますが」

わずかの間ではあったが、検視官は公訴局長官を呼んで、彼のことをどう思っているか言ってやりたいという意地悪な考えに耽った。やがて彼は、かすかに気恥ずかしさを感じて、自分が場所柄と状況に流されてしまったことを自覚した。彼はいい気になっていたが、そのことを背後の壁から傲然とにらみつけているモーゼのせいにした。彼は当面の話題に戻ったが、前よりもずっと理性的で冷めていた。

「長官もこの事件はかなり……あー……学問的と考えられたのでは？」

「おっしゃる通りだと思います」

「あなたはいかがです？」

警視は追い詰められたようだった。彼は認めることにした。

「ええ、私もそう考えています」

短い沈黙。

「あなたを責めることはできませんな、警視。私もなんです」

マコーリーはほっとした様子だった。胸ポケットからハンカチを引き出すと、口を拭い、次に額に押し当てようとしたが、やめた方がいいと思って元の場所に戻した。検視官は警視がリラックスするのがわかった。再び検視官が口を開いたとき、その声には別の棘があった。

「私もなんですよ、警視。私もあなた同様、たとえこの男性が、どうやって、どこで、いつ、そして誰によって殺されたのか反駁の余地なく確定できたとしても、手に入るものといったら、あなたを――さて、何と言ったらよいでしょうか――そう、立派な警察大学の法医学研究室の上級講師に強く推すような学問的な名声でしかないでしょう。そして、スコットランドヤードにおけるあなたの立派な業績のうち、この審理には『結審』のところに丁寧に満足げな赤いチェックマークが入れられるでしょうが、誰も殺人罪で中央刑事裁判所の被告席に座らせることはできないでしょうな」検視官は首を少し傾《かし》げた。「違いますか？」

「ええ、閣下、われわれが感じたのもそういうことです」

「非現実的だ、というわけですね？」

「非現実的です。それが一番ぴったりした言い方だろうと私は思います」

陪審員テーブルの端の席に着いていた近衛騎兵が賛成してしっかりとうなずいた。宝物館館長がこの朝初めて嬉しそうな顔をした。事件全体は立ち消えになりそうだった。非現実的なのだ。さらに向こうには二人の主教が互いに顔を見合わせて首を振っていた。すべては自己の倫理をどれほど守るかの問題なのだ。

マコーリーがこの点について念を押すことにした。

「まったく非現実的です、閣下。たとえ誰がやったのか突き止めたとしても、犯人は死後五十年前後経過していることが判明するのが落ちですから」

「あなたの計算を疑う理由はまったく見つかりませんな、警視」検視官は鉛筆を書類にぴしりと打ち付けた。「残念ながら、というのはあなたにとって残念ながらという意味ですが、私はこの名誉ある職務を遂行したいと思います。私が検視官を務める限り、あなたであれあなたの後任の人物であれ、この事件を真剣に考えていただきたいのです。あるいは同じような他の事件でも。ご理解いただけましたか？」

「はい、閣下」警視は両の親指をズボンの縫い目に沿ってぴんと伸ばした。その親指は怒りと敬意のないまぜになった感情で震えていた。

「ありがとう、警視」検視官は二倍にも大きく見えた。「さて、捜査がどの程度まで進展したのかお話しいただけますか？」

「まず、証拠としては被害者の服がありました」

「それで、どこまでわかったのです？」

「残念ながら、何も」

「ラベルなどはなかったのですか？」

「それが、ありました。コート、帽子、そしてブーツのいずれにも商標が付いていました。しかし、ラベルは役に立ちません」

「どうしてです？　戦争で店が破壊されたとか？」

「いえ、それ以前の話なのです！　仕立屋はノーウッドのナイツ・ヒルにあり、店は一九二〇年頃に市街電車の格納庫を建てるために取り壊されました」

「それは不運でしたね。それで、ブーツは？」

「ブリクストンで作られた物でした」

「今度も格納庫ですか？」

「違います、閣下」警視はためらった。「女王陛下の監獄を拡張するため、敷地用に取り壊されたようです」

「ブリクストン監獄のことですか？」検視官は笑い出さんばかりだった。

　証拠隠滅の罪で検視官は内務大臣を訴えるつもりなのではないかとマコーリーは思った。王室古文書館館長はそのことを考慮しているような顔つきだった。小房室長は満面に笑みをたたえていた。彼は内務大臣の友人で、今度会うときが楽しみだなと思った。

「帽子はどうでした？」検視官が訊いた。

「ボンド・ストリートのロチェスターの製品でした」

「確か今でもボンド・ストリートにありますね？」

「ええ、その通りです。ですが、記録が残っておりません。一九四二年に焼失したのです」

「運が悪いですな」

「私もそう思います、閣下」

「すると、衣類からは何も証明できないということですな？」

「残念ながら、何一つ。つまり、身元を確認する物は何もありません。ですが、或る意味では役に立ちます」

「というと？」検視官が顔を輝かせた。

「この男は世間で長い道のりを滑り落ちてきたということが衣類からわかるのです」

「どういうことなのか説明して下さい」

「そうですね、衣服は下着に至るまで高級品でした。鑑識の人間が感心したほどです。良質のボタニー織りの布地、逸品のシルク製タイ、ブーツには一流のボックス革、上質のリネンのシャツ、素晴らしいビーヴァー帽、いずれも判明する限りの物は一級品でした。しかし、帽子を除いて、いずれの衣類にも何箇所か丹念に繕った跡が認められました。帽子以外のすべてにです」

「資産家——しかし……あー……零落していったと？」検視官が促した。

「私はそう見ています」警視がうなずいた。

「しかし、ブリクストンとは！」検視官の問いかけは感嘆調だった。「ブーツはブリクストン、そしてナイツ・ヒル——確かブリクストンの近くでしたね？」

「そうです、閣下。出たばかりの所で、アッパー・ノーウッドへ向かって……」

「服はナイツ・ヒルか。どうして服をブリクストンで求めたのですかね？　何かの手がかりになりませんか？」

「われわれにわかっていることは、残念ながら以上です、閣下。ブリクストンまでで手がかりの糸は切れました」

「そうですか、ポケットはどうでしたか？」

「こちらはもっと役に立ちました——しかし、それから何がわかったというわけでもありません。まず財布ですが、革ひもが上部に付いた普通の革財布です。中には金貨、銀貨、銅貨が入っていました」

「紙はなかったのですか？」

「紙幣はありませんでした。私の考えでは……」

「紙幣のことではありません！　ただの紙と言ったのです」

「いえ、閣下、書類は一枚もありませんでした」

「財布に名前は記されていなかったのですか？」

「はい。製作者の名前もありませんでした」

「これはまた運が悪い。ねえ、警視、我らが友は意図的に身元を示す証拠を隠しているのではないかという気持ちになってきましたよ！　他には何か？」

「はい、閣下。時計です」細心の注意を払って、マコーリーは柔らかい革袋をポケットから取り出した。「これです。とても素晴らしい時計です」警視は懐中時計を検視官に手渡した。

　貴重な陶器を取り扱うように、検視官は時計を革袋からそっと取り出した。陪審にも見えるように、彼は時計を少しの間高く掲げてから、注意して目の前の判事席に置いた。

「おっしゃる通り、警視、とても素晴らしい時計ですね」

「やや大きめの時計です、閣下！　通常、ハンターなどが用いるような！」

「確かに。しかし、別に不都合はないでしょう！　誰の製作です？」

「ブラッグバラ・アンド・ベイツ社です。クラークンウェルにありました」

「あったですって？」

「ええ、かつては。五十年ほど前に廃業したと聞いております」

「またしても！　それで、記録類は？」

「散逸したか――処分されました。社のカタログはヴィクトリア・アンド・アルバート博物館に収められたようです。ショーケースの時計はすべて科学博物館《サイエンス・ミュージアム》に、機械装置の幾つかは時計協会に――そして販売記録は……」警視は肩をすくめた。検視官がかすかに笑みを浮かべた。

「この事件がかなり学問的なものであるというあなたの考えに、私も傾いてきましたよ、警視……さて、ところで、ケースの銘刻はどうなんです？」

「それが最大の失望でした、閣下」

「ちょっと待って下さい。まずこれを私が読み上げましょう」検視官は陪審の方を向いて、時計を取り上げた。「すでにご推察のことと思いますが、紳士諸君、これはハンター用の金時計です。美しいデザイン、精妙な装飾、言ってみれば好事家のための時計ですな。フロント・ケースの内側に」――検視官が親指で押すとパチッと開いた――「銘が刻まれ、その下に小さな単純な図案があります。引用句は皆さんもご存知のものと思います」彼は銘句を読み上げた。

「『今こそ我が不満の冬は、栄光の』」検視官は時計から顔を上げた。

「私が学校で習ったときには」と彼は言った。「『我らが不満』だったことを付け加えるべきでしょう。ここでは『我が不満』になっています。この良く知られた文章（シェイクスピア『リチャード三世』第一幕第一場）の下に、二つの小さな仮面の図案が刻まれています。古典劇における悲劇と喜劇を示す仮面です。そしてその下に、所有者のモットーに違いないと思われる言葉が。あなたもそう思いますか、警視？」

「私もそうに違いないと思います、閣下！」

「ラテン語です。一語、エフレナーテと」検視官はゆっくりと綴りを述べた。そして再び証人の方を向いた。

「紋章院は役に立ちませんでしたか？」

「ええ、こう申し上げなければならないのは残念ですが。私自身が直接出向きました。ノリッジの紋章院主任が私のために非常に綿密に調べてくれました。彼の言うには、図案もモットーも認可されたものではなく、確かに登録されていませんでした」

近衛佐官侍従が紋章が登録されていなかったことに苛立って舌打ちし、警視は悲しげに微笑んだ。彼は佐官侍従の気持ちを誤解し、失意の警察に対する同情と受け取ったのである。

「すると、これで全部ですか？」検視官がマコーリーを自己憐憫の王国から引き戻した。

「指紋以外はすべてです、閣下」

「ああ！」検視官は心の中で紋章院から内務省の鑑識課まで大きくひとっ跳びした。「指紋は役に立ちましたか？」

「否定的な意味でしか役立ちませんでした」

「つまり、指紋はなかったということですか？」

「いやいや。そういうことではありません。指紋は幾つかありました。かなり奇妙な場所に付着していました。ご説明しましょうか？」

検視官が時計をおそるおそる手渡した。

「証拠品を台無しにしてしまったのではないでしょうね？」検視官が尋ねた。

「いいえ、閣下。鑑識があらゆる検査を済ませています」検視官はほっとしたようだった。「これが彼らの発見したものです」マコーリーは言葉を切って、時計を高く掲げ、陪審の前で閉じて見せた。

「被害者の指紋は他の人間の指紋と一緒に、ここと、ここにあります」彼は時計の金ぶたの外側、表と裏を細心の注意を払って指し示した。やがて彼が突起部を押すと、ぱたっと表ぶたが開き、右側にガラス窓と窓枠《リュネット》、左側に刻銘、図案、そしてモットーが見えた。それから、小さな植物標本を使って授業をやっている教師よろしく、ゆっくりと細心の注意を払って指し示しながら、「ここと、ここには被害者の指紋はありません。つまり、ケースの内側とガラスに指紋はありませんでした」

「もしかしたら単に薄れてしまったのでは。かなり長い時間が経過しているのでしょう？」

「もしかしたらそうかもしれません、閣下。しかし、だとしたらどうして外側の指紋は消えなかったのでしょうか？」

「なるほど！」

「そして、どうして内側の他の指紋は消えなかったのでしょうか？」マコーリーは検視官と陪審に与える効果を大いに楽しんでいた。

「すると、内側には他に指紋があったということですか？」

「そうです、閣下」

「誰の指紋なのか心当たりは？」

「残念ながら今回もノーです。もちろん、われわれの記録も一九〇二年までしか遡れません」

「それはわかっています」検視官が表情を硬くして言った。指紋が初めて分類されたのは十九世紀末であることを彼は知っていた。『誰の指紋なのか心当たりは？』というのはずいぶんと愚昧な質問だったなと思っていると、近衛騎兵が口を開いた。

「口を挟んで申し訳ないが、検視官殿……」

「どうぞ……」

「……ミイラ化した手からどのようにしてヤードは指紋を採取したのだろうか。考えてみれば指は……あー……その……あー……収縮していたはずで、おわかりだろうが……」近衛騎兵は明らかに自分の想像の不愉快な言い回しに辟易していた。

マコーリーは我が意を得たといったところだった。

「極めて単純なことです」彼は言った。「被害者の指をグリセリンに浸し、それから順に指から皮膚を切り取りました。十本組の指サックに皮膚を貼り付け、それを正しい順で人の指にはめたのです――このようにして一組の指紋を採取しました」

近衛騎兵はぞっとすると同時に感銘を受けた様子だった。マコーリーは悦に入っていた。

「われわれはその方法で大勢の人間を突き止めてきました」

法医学的な技法に立ち入ることによって警察は体面を取り戻した。しかしそれも長いことではなかった。

「この人物の身元を突き止めるには至ってないのですね」検視官が言った。

「はい、閣下」

「できそうですか？」

「私は悲観的ですが、努力は続けるつもりです、見つけなければならないのは《エフレナーテ》です」

「そうしていただきたい。申すまでもなく、見つけなければなりません。誰が犯人なのかを語ってくれる唯一の人物ですからね……」

「おっしゃる通りです、閣下」マコーリーは気乗りしなかった。それを正当化するように彼は言った。

「いずれにせよ亡くなっているのですから」

「そう、死亡しています」検視官は悲しげに言った。「それでも見つけなければなりません。誰が犯人なのかを語ってくれる唯一の人物ですからね……」

「しかし、死人に口なしで……」マコーリーが抗弁した。

検視官はしばし彼を温かい目で見た。「警視、あなたが難題を抱えていることは私も十分に理解しています」彼は言った。「しかし、これまで以上に仕事をしなければなりません。そして、いの一番にやらなければならないのは《エフレナーテ》を突き止めることです。失礼……」

彼は大いに居心地の悪い思いをしていた警視に話しかけるのを中断して、調子の狂った蒸気機関のような音を立てて注意を引いていた巡査の方を向いてにらみつけた。

「お話し中のところ失礼します、閣下。傍聴席の紳士がこれをお届けするようにと。極めて重大なことだと申されていました」検視官ににらみつけられて巡査は萎縮していたが、判事席に折り畳んだ紙を置くと後ずさりして願わくば多数の聴衆の中に紛れ込もうとした。検視官は安手の白い紙を取り上げて開いた。

Sir,

I know him well — he's in my constituency still. I have a special interest in him. I am the Member for the Brockwell Division of Lambeth. May I speak to you please before you close the Inquest?

Effrenate

Hubert Bligh

その紙片には雑ではあるが時計に刻まれていた図案と認められるスケッチが描かれ、手書きのメッセージが続いていた（前頁図参照）。

閣下
　私は男の身元をよく知っています。今でも私の選挙区内にいます。私は彼に特別な関心を抱いております。私はラムベスのブロックウェル選挙区選出の議員です。閉廷前に、お話があるのですが。

エフレナーテ
ヒューバート・ブライ

*

　検視官は仕切の向こうから届いたメッセージを注意深く見た。メッセージが柵の向こうから来たという事実が、送り主に対する目を当然のように曇らせた。メッセージをひっくり返すと、紙のガサガサいう微かな音が沈黙の中、仕切のところまで聞こえそうだった。裏には未精製オートミールの価格に関する国会答弁が書かれていた。メッセージが書かれていたのは五月十一日金曜日の議会議事録《ハンサード》の裏表紙だった。
　検視官は気のない様子で、しわになった王室印刷局の用紙に書かれたラフな図と断定的なメッセージをじっと見つめていた。まるで黙禱すればこの場を切り抜けられると思ったかのように、彼の唇が動き始めた。「エフレナーテ・ヒューバート・ブライ」と彼はつぶやいた。彼はゆっくりと頭を振って、かくも型破りなやり方でこんな代物を書けるのは、いったいどんな種類の人間だろうかと思った。

そんな人間がいたら、筆跡観相学者の悪夢だな。そして精神科医の夢だ、と心の中で意地悪く付け加えた。

メッセージから顔を上げ、法廷を見下ろして目の前に並ぶ顔を順に見回していくうちに、検視官の心中には嫌悪感がこみ上げてきた。石灰岩でできた紋章に描かれる幻獣さながら、期待に身を固くした陪審員たち（宝物館館長などはとりわけ固くなっていた）を後目《しりめ》に、彼はゆっくりと目を中央のテーブルに着いた報道関係者たちの頭越しに――ついでに《アン・パッサン》どいつもこいつもなんというぼさぼさの頭をしているんだろうと思った――仕切の奥の混み合った傍聴席に友好的とは言えない目つきで焦点を合わせた。検視官ににらみつけられて聴衆はいささかたじろいだが、後列から一人の青年が立ち上がって検視官と単独で渡り合おうとするのを見ると、明らかにほっとして椅子にゆったりと座り直した。検視官は慣れた様子でうなずいて挨拶をして、青年をひときわ丁寧に迎えた。

青年は明朗そうで三十歳を越えていないのは明らかだったが、お月様と見まごうような著しく幅の広い顔をしていた。顔を赤く火照らせていたのは、たぶん神経質になっているからで、このことに気づくと検視官は驚いた。国会議員というものは大衆の面前で真価を発揮する、性格的に鉄面皮で自信過剰な輩であり、青年は控えめに言っても、その職業に向いていないように思われた。検視官は目をぱちくりさせてもう一度見た。今度は若者の髪が少し長めで、口髭が流行の今様の形にカットされているのに気づいた。検視官は年長者らしく不快げにやや眉をひそめた。それから服装に目が届くと、さらに眉をひそめた。かわいそうに。青年のスーツには特に際だったところは見受けられず、平凡な仕立ての地味なファスチアンだった。問題なのはヴェストだった。黒いけれど光るボタンの付いたプラムレッドのブロードクロスは、礼儀にかなっているかと言えば極めて疑わしい代物だった。検視官は鼻を鳴らし、二焦点眼鏡《バイフォーカル》の奥で目を剝いた。そのときの青年の態度こそ見物《みもの》だった。左手をゆったりと楽にして上着のポケットに突っ込むという議会で演説するときの伝統的な姿勢をとり、右手には下院議事録を持っていた。

「あの裏表紙がなくなっているのだ」検視官は心の中でつぶやいた。「私に向かって挨拶しているじゃないか！　私を誰だと思っているのだろう――議会の議長かな？」彼はいかめしく咳払いをして、陪審に話しかけた。

「紳士諸君、予想外のことが起きたことをお伝えしておきます。仕切の向こうの傍聴席にいる、あー、議員の方がたったいま私に連絡を取り、この事件に関して情報を持っていて、評決に至る前に個人的に私の耳に入れておかなければならないことがあるというのです。紳士諸君、私はその情報を聞いてみようと思います。したがって当検屍法廷も明朝十時まで延期することとします」

　検視官とともに傍聴人たちはぞろぞろと席を立った。検視官が背後のドアを通って退廷するまで、法廷内はいかめしい沈黙が支配していた。やがて、モーゼの間にも阿鼻叫喚とまではいかないが、ちょっとした騒ぎが持ち上がった。「なんてことだ」宝物館館長がその他の陪審に言うのが聞こえた。「なんてことをしてくれるんだ。明日の朝十一時に大切な約束があるというのに。てっきり今日中に終わるかと思っていた！」「もしかしたら約束の時間には間に合うかもしれませんよ」と外交団副団長が穏やかに言った。「われわれをあまり長く待たせるようなことはしないと思いますね」「無理だな」宝物館館長が言った。「サニングデール（近くにゴルフコースがある）に出るだけで一時間かかるんだ」

　マコーリー警視が職務中の巡査に高いところから話しかけた。「おっそろしく奇妙なことが起きるんじゃないかと思っていたよ」彼は制定法（モーゼがシナイ山で二枚の石板に刻んだ十戒のことを指す）を腕にかかえたモーゼを不愉快そうににらみつけた。「あの議員連中の手の届くところで検屍法廷を開くことを考えたのは、いったいどこのどいつだ!!?」巡査は自分の立場をわきまえていた。意味はなかったがおつきあいで鼻を鳴らすと、姿を消す前にブライを捕まえようとじりじりと離れていった。

「もしかしてカントゥアル（カンタベリー大主教のラテン語による呼び名）が来ているんじゃないか？」小房室長が尋ねた。「昼食をご馳走してくれるかもしれないな」

「そいつは」と王室施物分配所所長が言った。「素敵だ。エボール（前と同様。ヨーク大主教のこと）について訊きたいことがあったんだ」

　ヒューバート・ブライはこの事件に自分が衝動的に足を突っ込んだことについて、しばし考えながら立っていた。直感が間違っていてばかばかしいものであると判明したら、政治生命はどうなるだろうと考えると一瞬怖じ気づいた。ばかな！　と彼は心の中で自分に言い聞かせた。同一人物に決まっている！　エフレナーテだぞ！　彼は自分を叱咤した。しっかりしろ。ちょうどこのような心境に達したとき、巡査が彼のところにやって来た。「ブライ様、検視官がご面倒でも十分後に式部長官職務室までいらしていただきたいとのことです。昼食をご一緒できたらと」

「もちろんです」とブライは言った。「私が礼を申していて、うかがいますと言ったと伝えて下さい」

よそから声が響いてきた。「もちろん、君はうかがうさ」ブライはゆっくりと振り返った。建設省財務次官、リチャード・ギルフィランが愉快でも面白いわけでもないといった様子で彼に微笑みかけた。

「やはり君だったか、ブライ。エフレナーテ・ブライ」最後の言葉には意味のない悪意が込められていた。大臣のとらえどころのない私設秘書議員ジェラルド・メシンガムがおつきあいで笑った。

「いったい何が気に障ったんだろう？」ブライは考えた。「私のせいで検視官ににらみつけられたのを、まだ根に持っているのか！　エフレナーテ・ブライとは！　何がおかしいんだ？　エフレナーテ・ブライ」突っ立っている人々やグループに分かれて話し合っている人々で、すし詰めの上院ロビーを通り抜けながら、彼は何度か口の中で唱えてみた。アクセントの位置を変え、母音を変え、元の発音と新しい発音を比較すること五度、彼は突然飛び上がった。文字通り飛び上がったのだ。「わかったぞ」彼はモーニングを着た見ず知らずの赤の他人に言った。「わかった。もちろん、そうだ。エフレナーテ、われ発見せり《ユーレカ》！　川だ。われらが悪臭漂うエフラ川だ！　これだ」

　上院ロビーにいた見ず知らずの男が彼を大真面目に祝福してくれた。「ありがとう」ブライは自分がどこにいるのか思い出して、我に返って言った。

*

　半時間後、上院の個室食堂で肉と野菜の盛り合わせ料理と一九四九年物のシャトーヌフ・デュ・パプのハーフ・ボトルに舌鼓を打ちながら、彼は王室検視官に自分の計画を話していた。「それなら」と検視官はえびす顔で言った。「手配できる。そう、大丈夫だろう」二人は乾杯した。

6

　六マイル離れた向こうで妻が電話を受けると、ブライは受話器に向かって上機嫌に微笑みかけた。「やあ、ダーリン」彼は大事をとって言った。このささやかな計画をヘレンがどう受け取るか予想がつかなかったのである。

　彼はいきなり切り出した。

「エフレネイト」専念《コンセントレイト》すると韻を踏むように彼はその単語を発音した。

　命令法で使われた下品な動詞のような響きがして、六マイル離れた電話線の端で妻が眉をひそめるのが見えるようだった。

彼はもう一度、願わくば同じように、ほとんど訴えかけるように言った。

「どうしたらいいのかわからないわ」やや間をおいて妻が答えた。

「それなら、エイフレナーティ」今度は元気よく《ヘイル・アンド・ハーティ》と韻を踏んだ。

「イタリア語みたいだけど……」

「違う。ラテン語なんだ。そして、『荒々しく』とか『節度なく』という意味なんだ」

「図書室で調べたのね」

「言うまでもない」

「それで?」

ブライは本題に入った。「聞いてくれ、ヘレン。今朝、例の検屍法廷に行って来たんだ。男の身元はまだ不明だったが、かなりの情報が明らかになった」

「例えば?」

「そうだね、その一つは靴をブリクストンで買ったことだ。もう一つは、粋な服をナイツ・ヒルの仕立屋から買っていることだ」

「まあ、あなたのその死体は我が家のすぐそばまで来ているってことじゃない?」

「実際のところ、玄関先まで来ているといっていい。しかし、その死体は僕のものじゃないんだ……今のところは。死体は時計も持っていて……」

「ダリッジ・ヴィレッジで買った時計ね……」

「いや、ダリッジじゃない。しかし、それにはモットーが刻まれていた——いや、今でも刻まれているんだ」彼はここで言葉を切った。「何だか当ててごらん」

「エフレナーテ」

「エフレナーテ。そうなんだ」ブライは一、二秒間《ま》を取った。「何か思い当たることはないかい？」彼は尋ねた。彼はその単語をゆっくり明瞭に発音した。最後までたどり着かないうちに受話器から堰を切ったように声が流れてきた。ヘレンの声は二人だけにしかわからない悪口を言っているようだった。

「昔の下水！　昔の下水よ！」彼女はことさら面白がって歌うように言った。

ブライは電話に向かってにやりとした。「エフラ下水だ。僕が初めておやっと思ったのはそれなんだ。しかし、それだけじゃない。時計には図案も彫られていた——ただし、正しい紋章ではないがね。つまり紋章院には登録されていない図案なんだ」

「エフラ川をブリクストン市庁舎まで船でさかのぼるカヌート王（イングランドを征服したデーン人の王）の図だったのね」

「カヌート王はそんなことをしたのか？」

「そのはずよ」

「とにかく、違う図案だ。古典劇の二つの仮面をあしらったものなんだ」彼はとてもゆっくりとしゃべって、一語一語をはっきりと際立たせた。

ヘレンはゆっくりと注意深く話した。

「つまり、ダリッジ・ギャラリーに向かう途中の家にあるのみたいな？」

「そう。まさしくその通り！　礼を言うよ、ダーリン」ブライはほっとした。

しばし沈黙が続いた。

「そんなことってありえるかしら？」ヘレン・ブライが問いかけた。

「いけないかい？　仮面の下に何か彫られていたか覚えているかい？」

数秒間沈黙が続く中、彼女が精神を集中して眉をひそめている様子が手に取るようにわかった。

「覚えていないわ……。ええ、思い出せない」

「それは残念……それからもう一つ。エフラ川はその家のそばを通っているかな？」

「もちろんよ。古い邸宅の敷地に隣接して池があるわ。ベレア池」

「確かかい？」

「ええ。そして、その池はエフラ川の一部なのよ」

「それは確かなことなんだろうね？」

「絶対確かよ。公園の管理人が以前話してくれたの。子供の頃、下水をたどったらハーン・ヒルの麓まで続いていたそうよ」

「するとうちの庭の隅の下を通るエフラ下水は……」

「……公園管理人の若い頃は開渠で……」

「ロッシー・パークを抜けるギャラリー・ロードに沿って流れる川と同じものなんだな」

「そうよ。それは確かだわ。ねえ、ヒューバート……」

「君が何を言おうとしているのかわかるよ。モットーが書かれているかどうか確認しに、僕に代わって行ってみると言うんだろう」

「そんなこと言うつもりはないわ」ヘレン・ブライが断言した。「わたしの焼いたビスケットを食べに、T夫人とミス・ハリスンが来ることになっているのよ」

「延期したらいい」

「T夫人と言ったはずよ!! あの人、絶対にわたしを許してくれないわ。それに、次の選挙の時にはあなたのために働いてくれないから」

「一か八かやってみよう」その点に関しては彼は楽観していた。「構うもんか。二人に電話して、エフレナーテ氏の所在を探していると伝えたらいい。好ましからぬ外国人とでも思ってくれるさ。僕の選挙区の人間だと言ってくれ。事実、そうだと僕は確信している。そして、何者かが彼を殺害したんだ。暴力行為がお茶とビスケットよりも重要なことは……」

彼の声が次第に低くなっていったのは、受話器の向こうの冷たい態度に気づいたからだった。

「ヒューバート」とヘレンは言った。「あなたはこの事件に巻き込まれてしまった……。そしてこのわたしも！」彼女の口調は怒っているというよりも興味をそそられているようだった。そのことに気づくと、ブライは心がかなり晴れた。

「どうしていけないんだ？　どうやら現実の殺人事件を捜査する素晴らしい機会なんだ。考えてもみてごらん。殺された選挙区民だぞ」

「それなら他の選挙区民、殺されていない選挙区民はどうなの？　六万五千人にのぼるロンドン子があなたとあなたの質問を頼りにしているのよ」彼女は自分の質問を口に出して言ったが、ブライはそれに触れようともしなかった。「今さら検視官にお断りするわけにも行かないわね」ヘレンが彼に逃げ道を与えてくれた。

「そのようだね、ヘレン」彼は嘘をついた。「明朝、検屍法廷の一か月延期を宣言するよう説得したんだ。あの男は死んでからかなりの時間が経過しているので、今さら一、二週間延びようと関係ないと検視官は言っていたよ！　死体を冷蔵庫に保存しておくとしての話だが」

「気持ち悪いこと言わないでよ、ヒューバート」

二人ともしばらく無言のままだったが、やがてヘレンが面白がっているように言った。

「きっと気分転換になるわね……」

「そりゃそうさ！」彼はあまり熱心に見えないように努めた。

「でもねえ、ヒューバート、T夫人はきっとかんかんになって怒るわよ」

「怒らせておけばいいさ！」真の革命家魂ここにあり。

「それもそうね。いいわ」ヘレンが決断すると、ブライは電話機越しに音を立ててキスをした。

7

わたしが村へ行かなければならない時にはきまって、ヒューバートったら車で出かけているんだから、とヘレン・ブライは思った。心の中で繰り返す時にさえも、彼女は用心して『車』という単語をかっこでくくっていた。古い車で、そのあまりの古さの故に、伝統主義者というものがいるとすれば真っ先に該当するはずのヒューバートも、通常は『旧式交通車両』と総称されるものの免許や車検について議会で議論することをいつも避けてきた。もしも議論するとしたら、自分に利害関係のあることを告白しなければならないと感じていた。

しかし、古いとはいえいやしくも自動車であり、かなり役に立っていた。それに、ダリッジ・ヴィレッジの住人や、住人ではなくても定期的に村に来る機会のある人間にとって、性能の良い車は必需品だった。その村はロンドン交通局があえてバスを通そうとしない、ロンドンの極めて特殊な地域の一つだった。村に住む特に若い者たちは、おかげで村の孤高が保たれると言っていた。また村に住んでいる（そしてそこで満足している）極めて年輩の者は、おかげで村の良さが保たれると言っていた。両者に挟まれた年代の人たちは不便だと思っていた。ロンドン交通局の方はなんともあっぱれな思いやりを示して、両者の議論からも村からも距離を置いていた。そのために村が気持ちの良い、しかし不便な場所になっていることを疑う人間はいなかった。

ヘレン・ブライはエフレナーテを求めて村の中に歩いて入った。彼女は時計を見て、リチャードを学校に迎えに行くまであと二時間あることを確認し、四分の一マイルを歩いて二十世紀を後にした時に得られる喜びのことを考えてみずからを慰めた。息子を学校に迎えに行くために反対側から抜け出すまで、村を歩いていると彼女は十八世紀と十九世紀のただ中を歩いているような気がした。実際、ギャラリー・ロードの区間では——確かに極めて短い区間ではあるが——ちょうど十七世紀初頭にフランシス・ベーコンやエドワード・アレン（ダリッジ・カレッジの創立者）、ベン・ジョンソン、そしてジョン・ダンが目にしたロンドンの田舎を見るような思いだった。開けた田園地帯、樹木といっては楡《にれ》、山毛欅《ぶな》、栗がまばらに植えられているくらいで、道は農地をくねくねと走り、無垢の平和とのどかさのイメージを破壊する石壁や家とてなかった。『これだけでも』とダリッジ・カレッジ・ギャラリーへの道すがら彼女は思った。『T夫人に失礼して訪問を延期した甲斐があったわね』ロッシー館に着くと、眼前のものによって、彼女の散歩が正当化されて余りあるものと容易に納得することができた。これまで何度もあったことだが、ふと気がつくと彼女はロッシー館の前に立ち、正式なジョージ王朝風の優美さにうっとりと見とれていた。いつもはむしろ白くて厳しい顔立ち（ヒューバートは政党ではなくて社交の意味でのパーティーを使って、社交用の顔《パーティー・フェイス》と呼んでいた）の彼女も、今は喜びと——認めなければならないが——羨望で顔を紅潮させていた。

「私の家がお気に召したようですな、ブライ夫人」右手の庭から男の物静かな声がした。「皆さんそうですが」

「ええ、その通りですわ」ヘレンは顔を赤らめた。一つには、彼女の立っている場所から五ヤード離れた庭の隅から話しかけられるまで、男の姿に気づかなかったからであり、また一つには、相手は彼女の名前を知っているのに、彼女の方では男の名前を知らなかったからであった。理不尽なことだが、ショッピング・スーツではなくてもっと上等な服装をしてくれれば良かったと彼女は思った。

「皆さんお気に召されます」老紳士は彼女の喜びを反芻するかのように言った。「もしよろしければ庭をご覧になりますか？」ゆっくりと威厳を保ちながら彼は門の方にやって来た。男は長身で、ヘレンの見たところ高齢だった。「驚かせて申し訳ない。私のように背の高い人間でも、糸杉の生垣の後ろでかがめば姿が隠れてしまうことを失念していました」

「お美しい糸杉ですわね」ヘレンが言った。「お名前を教えていただけませんか？　申し訳ありませんが、存じ上げないもので」国会議員の妻というものは、この種の告白に有権者がどう反応するか知ることのできる特殊な感覚を養うのである。

「ご存知でいらっしゃらないのではないかと思っていました」老紳士は思いやりを見せて微笑んだ。「ヘンリー・ランサムです」と老紳士は言った。「叔父はここでは有名人でした。叔父はリチャード・デ・ラ・ガードです。しかし、叔父はこちらに六十年も住んでいましたが、私はこちらに来てまだ三十週と経っていません」

　彼は白塗りの門を開けた。そして、自分の所有物であることを示すかのように左手の親指がブロンズの表札の上をかすかに動いた。『ロッシー館《ザ・ロッシー・ハウス》』金属の暖かい感じのする茶色の上に、文字の部分はクリーム色でエナメルが塗られていた。ヘレンは門を見た。

「どうしてロッシー館と呼ばれているんですの？」

「私がここで暮らすようになってから最初にしたのもその質問でした」

「理由はおわかりになりまして？」

「ええ。それについては秘密などありませんでした。ずっと以前にここに住んでいた教師が命名したに違いないと思います。もしかしたらカレッジの教師だったのでは？」ヘレンが歩いてきた道を下った所にある、視界からはずれたヴィクトリア朝風の煉瓦造りのダリッジ・カレッジに向かって、男は穏やかにうなずきながら微笑んだ。「ロシウスの短縮形だということです」ヘレンは礼儀正しく興味を惹かれたような表情をした。二人が屋敷に向かう小道をゆっくりと歩いているあいだ、ランサムは話し続けた。

「ロシウス――つまりクィントゥス・ロシウス・ガルスのことですが――彼は非常に有名なローマ人の俳優でした」

「俳優？」ヘレンがすばやく尋ねた。

「キケロの非常に高名な友人で、俳優でもありました」

「というと、彼の名前はあれと何か関係があるんですの？」

ヘレンが戸口を指さした。極めて優美なポルティコ（玄関先の柱廊）の右側の柱には、ヒューバート・ブライがモーゼの間で思い出した、古典劇の慣習的かつ象徴的な仮面の浅浮き彫り《ロー・レリーフ》があった。ヘレンは注意して見た。石柱にはモットーの彫られた様子はなかった。

「ああ、もちろんですとも。私はそう考えています。ご存知のように、ここは俳優たちの輩出した地方ですからな。アレン、バーベッジ――それにシェイクスピアも！――みなこのあたりに住んでいたのです。なにしろこの土地はエドワード・アレンが所有していたのです」ランサムの腕がダリッジ全体を抱え込むような仕草をした。「ご存知のように、『形はプロテウス（ギリシャ神話。変幻自在な姿の海神）、せりふはロシウス』と呼ばれたのはアレンその人でした。白状しますと、彼がこの小道を歩いたかと思うと嬉しくなります。それにシェイクスピアも。子供じみた喜びですな。お笑いになっていらっしゃる？」

「ええ。わたしもそういう風に考えるのは好きです。でも、その当時はこの屋敷はなかったんでしょう？」

「ええ、ですが小道は屋敷よりもはるかに古いと聞いております。ホールを通って、といっても、もちろん床下ですが、家を抜けて庭に入り込んでいます。さあ、ご覧に入れましょう。池まで続いているんです。あそこがアレンが腰を下ろしてバンクサイド（テムズ川南岸。エリザベス朝に劇場があった場所）での勝利を夢見た場所です。彼はそうしないではおられなかったのです！」ランサムは屋敷の脇を迂回して薔薇園へと至る広い煉瓦敷きの道を進んでいった。薔薇園は百フィートも続き、その先は二人の眼下の窪地に広がる果樹園になっていた。その眺めは地味だったが絶景だった。まるで、左手に百ヤードほど離れた所にある池の舞台装置としてきちんと設計されたかのようだった。庭園と木々が二人の目の届く限り広がっていた。

「残念ながら池は私の所有ではありません」ランサムが言った。「ベレア館に属しています」ロバート・アダムの建てた優雅な邸宅が、左手の木々の合間から垣間《かいま》見えた。二人の立っている地点から板を打ち付けた窓、亀裂が走り剥離した漆喰、割れたタイルが見え、荒廃の危機にさらされたベレア館全体を包み込む悲惨な様子が窺われた。「ベレア館は誰の所有でもないのですよ、残念ながら*1」

「でも、お庭の一部にはアレンの小川が通っていらっしゃるのではありませんか？」ヘレンはもっと明るいロッシー館の話題に老紳士の心を引き戻した。

「ええ、いかにも。この小道を進むと川に至ります。まるで屋敷を通り抜けているようです。アレンの小道。果樹園の中を通っているのがご覧になれるでしょう？」

「ここから見えますわ。あれがエフラ川ですの？」自分が無知を装っていることでヘレンは良心がと

＊1―ランサムは間違っていた。ダリッジにあるにもかかわらず、ベレア館はサザク首都自治区の管轄である。おそらく自治区議会《バラ》はベレア館の悲惨な状態を遺憾に思っているだろう。当然の話である。

がめた。

「そうです。残った部分です。向こうの谷では暗渠にされてしまいました」ランサムは左手一マイルかなたの南面が急斜面になっているノーウッド・ヒルズの方を指さした。二人にはシデナム・ヒルの頂上に立っている、巨大な組立模型のようなテレビアンテナの支柱が見えた。彼は嫌悪感にわずかに肩をすくめて、「エフラ川は今では下水溝として使われています」と付け加えた。

二人はベレア館の荒れ放題の緑の芝生を見下ろしながら、しばらくのあいだ、黙ったまま並んで立っていた。灰色リスが一匹、右手の二、三ヤード離れた所にある二本の楡の間の地面にさっと姿を見せた。ランサムは、チョーサーが馬に乗り、書記や粉屋、騎士にバースの妻とともにたどった巡礼たちの道、『くねくねした道』に沿った流れを下水溝に変えてしまう人間というものに対して、いかにも残念だという様子でため息をついた。

やがて、ヘレンが穏やかに言った。初めて見るようなふりをしていることに半ば気がとがめながら。

「エフレナーテなら気に入らなかったことでしょうね」

「まさしく、奥様、その通りですよ。本当のエフレナーテならば」彼はここで言葉を切って、彼女の方を振り返った。

「私の家に入られたことがあるのですね」穏やかに非難するような口調だった。「ロシウスやバーベッジのことなどお聞かせして、あなたを退屈させてしまった」

「違いますわ」とヘレンが言った。「お庭に入ったのはこれが初めてです。お屋敷に入ったことなどございません」

「不思議ですな」とランサムは言った。「それなのに、エフレナーテをご存知だとは！　お友達がご覧になったのでしょう」その件についてはもうそれでよいといった態度だった。

彼は煉瓦敷きの道をロッシー館に向かって歩き始めた。「ぜひいらして、エフレナーテをご覧になって下さい。まだこちらにあります。もはや私には逃れるすべはないような気がしますよ」

ヘレンは彼の後について屋敷へ向かった。二人ともホールに入るまでは口を利かなかった。二人の前には素晴らしく均整のとれた回り階段が完璧な弧を描いて上の階へ続いていた。壁は床から天井の高さまでアップル・グリーンの柔らかい色調で塗られていた。バネの一部のようにカールした階段の手すりはクリーム色で、黄金の葉が描き加えられていた。この場全体の雰囲気は優しく、目も心も癒してくれるような簡素な上品さがあった。

「なんて素敵なのかしら」ヘレンが穏やかに言った。

「同感ですな」ランサムが言った。「しかし、このせいで叔父の頭がおかしくなったのではと思います。おそらく他の人間も」彼はヘレンを見た。「ありえないことだとお考えですか？」

「信じられませんわ」

ランサムがすばやくホールを横切った。

「これで私の言うことを信じていただけますか？」彼はスイッチを押して、怒りを含んだような勝ち誇った様子で振り向いた。

ヘレンがゆっくりとうなずいた。彼女は手を伸ばして横の壁に触れた。ひんやりとしてなめらかだった。

「あれがエフレナーテです」ランサムが言った。「寝室へ行くたびにあの横を通るのです」短い沈黙。「叔父もあの横を通ったのです。もう納得していただけましたか？」

階段の途中、深い壁龕《へきがん》の陰に半ば隠れて、ヘレンがかつて見たことのない邪悪な形相をした傴僂《せむし》の小男が潜んでいた。ランサムの押したスイッチが、憎悪に歪んだ顔と変形した肉体に神秘的な光を照らした。

「照明を付けたのは私の考えではありません。叔父の考えでもありませんでした。それよりもはるかに時代を遡《さかのぼ》るのです。いったいどうして照らすのか私にも本当のところわからないのです。以前は背後にあるロウソクが照らしていました。電灯になったのは村に科学文明がやってきて以来のことです」

ヘレンは彼が明かりを消してくれればいいのにと思った。階段のグリーンの壁を背景に見ると、うずくまった小男の姿は汚らわしい感じがした。壁龕はまるで壁の彼方にある悪夢の屋敷への邪悪な入口のようだった。しかしランサムはスイッチを入れたまま階段の方へ歩いてきた。

「さあ、こちらへいらして間近でご覧下さい。大丈夫ですか？」

ヘレンは彼の後に続いてゆっくりと階段を上った。

「もっと正しく彼のことを見て欲しいのです。いつもこんなに邪悪な形相をしているわけではありません。こちらにいらして、私の言うことを理解していただきたいのです」

その像は四フィートほどの高さの不格好に背を曲げた男のものだった。粒子の粗い暗灰色の石から精妙な具象的手法で彫られていた。苦痛に体をよじり、身もだえしているかのようで、嫌悪感で歪んだ顔を短いこわばった首から斜めに突き出していた。ヘレンが戸口の門柱で見た図案、つまりローマ劇の繋がった二つの仮面――ロシウスの仮面だわ、とヘレンは像を見たときにとっさに思いついた――の描かれた平たい石の盾を前に高く掲げ、口を苦悶に歪め、虚ろな目は遠くの苦痛の源をじっと見ていた。屋敷の門柱の図案と異なっている点が一つあった。仮面の下にラフな筆記体の花文字で《エフレナーテ》の文字が刻まれていたが、そのモットーの上には深い悪意に満ちた線が刻まれ、何かを象徴するように部分的に抹消されていた。文字の彫り方には奇妙なことに不器用なところが見られ、その上を通る太さの一様ではない横線には粗暴な感じがあった。奇形の傴僂男を製作した芸術家——製作したのが芸術家であることは確かだ——が、モットーを彫るときには手か視力を失っていたのではないかと思ったほどだった。そして、いかなる芸術家もむらのある破壊的な線を石に刻みつけて憎悪をむき出しにするはずがない。

「彼が必ずしもいつも邪悪に見えるわけではないと私が言った意味がおわかりいただけますかな？」ランサムは前かがみになって、像の口とあごを手で覆った。両目は落ちくぼんで細かったが、像全体が慈しみの心を獲得したかのようだった。その効果は驚くべきものだった。像の顔と首に表れた荒削りで残酷な皺を帳消しにしてしまうような、暖かさと柔和さが表情に表れた。

　ランサムは手をどけた。すると像は再び悪意と邪悪さの塊になった。「まるで神の手を持っているような気分になりますよ」ランサムが言った。「あるいは手品師のようなと言ってもいい」自分自身の空想に戸惑って、彼は言い足した。

「本当に信じられませんわ」とヘレンは言った。「すぐにお気づきになりましたの？」

「奥様、これは私の手柄ではありません。作者のオリジナルのスケッチを見たことがあるのです。私が知らなければならないことは、人が教えてくれました」

「作者はどなたですの？　とても頭のいい……」

「存じません。スケッチに署名を残していなかったのです。しかし、頭のいいという点については私も同感です」

「それならどうして自分の作品をこんな風に台無しにしたのでしょうか？」ヘレンがにやにや笑っている口を指さして言った。

「台無しにしている？　彼が台無しにしたのだと思いますか？」ランサムは『彼』という言葉にアク

セントを置いて言った。

「それでは誰がやったのです？」

ランサムは肩をすくめた。「その疑問に対してはお答えしない方がいい」彼は明かりを消した。「ここには何かしら恐ろしいところがあります。私が決して本当に理解できないことが」

ヘレンはロッシー館に来た理由を突然思い出した。五マイル離れた安置所に置かれた死体のおぞましいイメージが彼女の心をよぎり、指が背骨を撫でるようなぞっとする感じがした。

「奥様」ランサムはパニックに襲われてうろたえていた。「ご気分でも？」

「だいじょうぶですわ。どうも。しばらく腰掛けさせていただけますか？……いいえ、ここではなくて」

ランサムは階段の端に置いてある背の高い椅子の方に彼女を案内しようとしていた。「いえ、どうか別の場所で」階段の曲がり角にある壁龕は暗かった。どこにも通じていない暗い穴のように見えた。いや、違う。ヘレンにはわかっていた。何らかの仕方で、ウェストミンスター・ブリッジのさえない石造建築物の上方三百フィートほどの高さにある、冷え切った煉瓦に封じ込められ、音も聞こえず人気《ひとけ》もない暗く狭い空間に通じていたのである。

「だいじょうぶですわ」ヘレンが言った。「でも、主人に知らせなければなりません、すぐに」

8

「どうしてその件に関する質問をしなかったのかね、ヒューバート？　私だったらやっていたな」まるで議事日程表に記入するような身振りで、ジョン・タランタインがティー・カップを置いた。「やれやれ。君のおかげでこのざまだ」紅茶が受け皿の脇のテーブルに折り畳まれた《スコッツマン》（スコットランドの代表的な高級日刊紙）にはねると、八つ当たりして言った。

「もう《スコッツマン》を読ませていただいていいでしょうか？——用済みでしたら」スコットランド人の議員が苦虫をかみつぶしたような顔をして言った。

　タランタインは新聞を手渡して言った。「普段より湿っぽい紙面ですが」スコットランド人議員は顔をしかめながら、新聞を振った。

「私に質問などさせてくれませんよ」ブライが言った。

「詰めてくれないか」横から声がした。ブライは席を詰めた。

「誰が君に質問をさせないというんだね」同じ声が言った。彼らに加わった男は年輩で、古参議員の称号取得レースを競っている最中の、姿勢の良くてずいぶんとカリカリした人物だった。彼は当選歴において自分が抜きんでていること（彼よりも長い当選歴を持つ議員はほんの一人か二人しかいなかった）を意識しており、その点が気になっていることを、かなり無理して取りつくろった快活な態度で押し隠していた。大した意味はないかもしれないが、彼の顔には横に深い皺が刻まれていた。まるで意識して自分の行動を他人に合わせているような、どことなく不自然な様子だった。チクチクするような金髪は灌木を思わせるほど硬く、立ち直りが早くやや急進的なこの男の性格をいかにも思わせた。

「やあ、フォレスト」ブライは親指を自分の肩越しに向けると、顔をしかめながら言った。「あの連中は私に質問させてくれないんだ」

「そんなことだろうと思った」アーサー・フォレストはうなずいた。喫茶室の反対側では、下院上級官吏の規定によるものではないかもしれないが、伝統的に予約席となっている一角で、第一副補佐官がクランペットを食べ、懐旧の情に耽って《ウェスタン・メール》紙を読んでいた。「権力を与えすぎだよ、あの連中に」フォレストは自分の黒パンの上にジャムを広げた。「あの連中は君にはあまりジャムをくれないんだな」正確かもしれないが見当違いの言い方をした。

「やれやれ、フェアにいこうじゃないか」タランタインは理性の声だった。「あの連中はジャムとは何の関係もないし、質問について言えば、規則を作るのはわれわれだ。彼らは実行しているに過ぎない」彼らの会話が聞こえない第一副補佐官は、クランペットからシードケーキに移った。

「それでも彼らは権力を持ちすぎていると思うな」

「とにかく、彼らに邪魔されたことは確かです」ヒューバート・ブライがあきらめるように言った。

「亡くなった有権者を一目見たかったのに、許可が下りなかったんだ」タランタインが同情するように言った。

「私は週末に二人も会ったよ」フォレストが厳かに誇らしげに言った。

「彼が私の選挙区の有権者かは知りません」

「しかし、亡くなったのは確かなのかね？」

「それはもう。一世紀前に死亡しています」

アーサー・フォレストがバスバン（砂糖をまぶし、フルーツを入れたパン）を丁寧にスライスして口の中に入れた。

「もう一度言ってくれ」

ブライが言った。

「聞き間違いではなかったな。ロード・ジョン・ラッセルの選挙法改正案にショックを受けて死んだのかね？」

「ウェリントン公のことだね」タランタインは時代を正しく把握していることを願った。

「もしもショックで死亡したのなら、眉毛を見ればわかりますね。もっとも眉毛を見ることができればの話ですが」

「まだ眉毛が残っているということか？」

「ええ、有権者の方ですよ。ウェリントン公ではなくて」

「百年経ってもかね？　確か百年と言ったな？」フォレストがバスバンをもう一切れ取った。「昼食を食べそこなったんだ」と彼は説明した。昼食を食べそこなう議員の数は多い。お茶の方が安上がりなのである。

「そうです。眉毛はミイラ化していました。図書室付きの警官が教えてくれたのです」

「まさか、図書室の外の警官が死体を見たというのに、君は見られないと言うのではなかろうな」

　ジョン・タランタインが再びかっかしてきた。

「警官が実際に死体安置所に入ったわけではないと思います。仲間内から聞いたんですよ。実際にこの目で確かめたいものです」

「おぞましい――エクルズケーキ（干しぶどう入りの菓子パン）のど真ん中に突っ込んだようなものだ」フォレストは動揺したような口調だったが、顔色には出さなかった。

「おぞましいのは私ではありませんよ。この件は私が調査しなければならないと思っています。他の人はやりそうもないですから」

「どうしてそう確信が持てるのかね？」フォレストは蝶ネクタイからケーキのかけらを払い落としてパイプを取り出した。

　ブライは検死審問の間にひらめいたことを話した。彼が話し終えると、アーサー・フォレストが断言した。

「内務大臣だ。内務大臣に質問するんだ」

「それが、書記官によれば内務大臣は議会内の事件には責任がないそうなのです。議事堂の中ということですが」

「言いたいことはわかるな」

「そこで厚生大臣に当たってみました」

「論理的だね。ここからさまよい出た死体なら、まさに厚生大臣の問題だろう」

「ところがうまくいきませんでした。そこで私は、どうして公訴局長官は警察に事件解明の指示をしないのか、法務長官に質問しようとしたのです」

「返事はどうだった？」フォレストが尋ねた。

タランタインが答えた。「立証できないことが多すぎる、だな。わかっている。それで私もやられたことがある」

「そうなんです。書記官の答えもまさにおっしゃる通りでした」ブライが言った。

「建設大臣はどうだったね？　彼のボスは――」

フォレストがトレイを運びながら喫茶室をやって来るリチャード・ギルフィランの長身で優雅な姿をパイプで指し示した。

ブライは肩をすくめた。「試してみました。書記官の話では、建設大臣に責任のあるのは建物の構造物に関してだということでした。そして構造物に限るというのです」

「なんとか説き伏せることはできなかったのかね？」

「最善を尽くしてみました。聞いて下さい」ブライは手帳をポケットから取り出してページをぱらぱらとめくり、質問の草案を書いた箇所にたどり着いた。「『ウェストミンスター宮殿の建築物で最近発見された遺体に関連して、宮殿構内の証拠物件、すなわち衣服やその他の物品に対してどのような措置を講じるつもりなのか建設大臣に質問すること』なかなかうまい質問だと自分でも思ったのですが」

「同感だね」確かに巧いものだと認めてタランタインが言った。

「彼らはそうは思いませんでした」ブライはがっかりしていた。「遺体は構造物ではないと言われました。それから、衣類も構造物ではないと。もっとはるかに複雑な物だと。私はここで断念しました」

カップの響きと会話が聞こえる喫茶室で、その一角にだけ沈黙が訪れた。

「なんとか死体を見ることはできないものかね?」ジョン・タランタインが禁句となっていた質問をした。

「私は見るまでもないと思っています」ブライが認めた。「頼めば検視官が裏口から死体安置所に入れてくれるでしょう。しかし、頼むまでもないと思っています」

再びその場だけに沈黙が訪れた。今度はアーサー・フォレストが沈黙を破った。

「検視官に頼む時には、ブライ、私も同行したいと言ってくれないか。その遺体が君の選挙区の有権者だとすると、私の隣人ということになる。お目にかかりたいものだね」

「ブロックウェルにお住まいなのですか?」

「そうだ。いけないかね?」

「別に。ただ、知らなかったものですから」

「別に君が知っていなければならない理由もない。私はいつも君のライヴァルに投票しているんだ。おっと、投票と言えば、もしも君の友だちの検視官が、会期中にしか君を冷蔵庫の中に入れてくれないというなら、ことによると棄権の準備をしてもいい」

「今日棄権してもらえたらな」とジョン・タランタインが言うと、遠くから怒鳴るような声が聞こえてきた。「採決だ！」荒々しい声だった。「さあ、行くぞ！　いつものマリオネットの行進に続く賛成の者はいないか？」

　ディヴィジョン・ベル（採決の開始を知らせるベル）が緻密で魅惑的な音を奏で始めて、騒々しいおしゃべりやカップと皿の立てる音をかき消すと、タランタインは立ち上がった。そしてゆっくりした行進が始まった。喫茶室を抜けて、歳入通廊に沿って下院ロビーへと至る行列。やがて議員たちは一人二人あるいは三人ずつ左右に分かれ（賛成・反対によって通る廊下が異なる）、良心あるいは政党あるいはその両方の命じるままに従って、賛成または反対の票を投じた。伴奏なしの「ロンドン橋が落ちる」である。

「忘れないでくれよ、ブライ！」フォレストがロビーの向こうから大声で言った。

「何をたくらんでいるのかね、ヒューバート？」党内の院内幹事長が愛想は良いが不審そうな表情で尋ねた。

「敵と友好を結んでいるのです」ブライが言った。

　院内幹事長は顔を少し曇らせた。

9

「もしもし、ヘレン・ブライですが……」

「遅れてすまない、ヘレン。たった今、君からの伝言を受け取ったばかりなんだ。採決があってね。三列に並んで。行ってみたのかい？」

「ええ。確かにエフレナーテだったわ」

「どういうことなんだ？　証明できるのかい？」

「何らかの関係はあるということよ、まだそれが何なのかはわからないけど……」

「どんな関係なんだい？」

「彼は傴僂《せむし》だったの？」

「誰が？」

「身元不明の有権者」

「傴僂ではなかった。少なくとも僕はそう思っている。そんなことだったら、検屍解剖を行った医師が証言しただろうからね！」

「まあとにかく、ロッシー館にいる人間の誰かが傴僂を憎んでいたことは確かだと思うわ」

「憎んでいた？」

「ヒューバート、わたし、あれほどの憎悪というものをいまだかつて知らないわ」

「いいかい、ヘレン、いったいぜんたい何が問題なんだ？」

「恐ろしいことよ、ヒューバート。いままであんなものを見たこともないわ。しかも、それがいまだに屋敷の中にあるのよ。何かしなければいけないわ。傴僂だった。何かの手がかりになるかしら？」

＊

「彼は私や君同様、背筋はまっすぐしていた」

検視官はほっと安心した様子だった。「ブライ夫人を失望させて申し訳ないが、バーバリ博士がそういった事柄を見逃していたらショックだったよ」

ブライは何も言わなかった。安置台の上にぺたりと延びた死体は、骨と皮以外の何物でもなかった。というよりも、骨と革かな、と彼は思った。彼は死体が生きていたときのことを思い描こうとしたができなかった。死体から目をそらすと、ほっとした気持ちになった。

「皮膚には何の痕跡もないのかね？」フォレストの方はブライとは違って死体を調べていても気分が悪くならないようだった。しかしフォレストはまだ、午後もまだ早い時刻にヘレンが調べた傴僂男の石像の話を聞いていなかった。石像には幾つかの痕跡があった。

「皮膚には何の痕跡もありません」忌まわしいものを見ながら検視官が言った。「当然のことですが、病理学者たちがくまなく調べました」ミイラ化した肉と革のようになった皮膚——手触りはひんやりして、目には黒く映る——が、まるで毎週発見されているかのような言い方だった。「この遺体を手厚く葬ってやりたいものですな」と検視官は言い足して、人間味のあるところを見せた。ブライは少し気分が悪くなった。それは乾燥して萎縮した死体のせいでも（とはいえ、死体を見てまったく気分が悪くならなかったわけではないのだが）、死体安置所の病室のような雰囲気やホルマリンのぞっとするような臭いと死（「ここには他に五人の死体が置いてあります——もちろん、普通のやつですがね」と管理人が言っていた）のせいでもなく、何やら悪魔的なものが姿を現し始めてきたという確信のためだった。かなりの年月が経過しているにもかかわらず、悪魔的という点では変わることなく、南東ロンドンの素晴らしく文化的で優雅な館の中の残酷さ、悪意、邪悪と何らかの恐るべき関係があるのだ。彼が日常生活の一部として知っていた館の中の。日常に深い裂け目が生じていた。

「着衣を持ってきてくれないか、ゴードン？」

死体安置所の管理人が大きな鍵束をいじくり回しながら奥の部屋へ向かった。戻ってきたときには封をした大きな透明なポリエチレン袋を持っていた。彼はそれを過度の威厳と細心の注意を込めてサイドテーブルの上に置いた。「非常に貴重なものです」と彼は言った。合成樹脂製の袋のことを言っていたのだ。

ゆっくりと、検視官、フォレスト、そしてブライの三人は死者の衣類を改めた。警視の証言は正確だった。つまり、かつては裕福だったが、大半とは言わないまでも富の多くを失った男の衣類だった。ヴェストとズボン下は上質のメリノ・ウール製で、今では破れて裂け目もあったが、特上品だった。何か所か実に丹念に繕ってあった。シャツは混じり気なしのリネンで（やはり繕ってあった）、もともとはきちんとしていた蝶ネクタイはダークグリーンのシルクだった。丁寧に織り込まれたウーステッドのズボンは元の暖色のブラウンから色あせてさえない無味乾燥なグレーになっていた。コートはダークグリーンのウールで上手に仕立てられ、ウェストに合わせてくびれて、折り返しの所で末広がりになっていた。ブーツはひびが入って使い古されていたとはいえ、良質のボックス革だった。ヴェストはグリーンとレッドの縞模様のマックルズフィールド・シルク製で、薄いグレーのうっとりとするような品物だった。

「われらが友人は趣味がいい」ブライは十ギニーで買った自分の上下のスーツのことを思い出した――幸いなことに、シルクで裏打ちされているという点においてだけだったが、ヴェストにはわずかな共通点があった。私のは人絹だったな、と彼は思い出した。

「趣味の良い人間だけがこのような衣類を身につける」とフォレストが言った。「私が買える物よりもかなり上質だ」彼は死者のズボン吊りだった幅広のシルクの帯紐《リボン》を二本取り上げていた。彼はそれを自分の肩にかけてみた。かなり薄汚れたトレンチコートにはぴったりくるとは言えなかった。

検視官はたちまち関心を示した。「なんとも美しい」と彼は言った。彼はそれをフォレストの肩からはずして、サイドテーブルの上に広げて置いた。端から端まで、色あせてはいるものの、ベルリンウールにえも言われぬ刺繍がしてあった。あらゆる色彩とその陰影がそこにはあり、花や葉や恋結びの形で刺繍されていた。

「どうやらこの男を愛していた女性がいたらしいな」口に出した途端に陳腐でばかばかしく聞こえた。明るいが非情な電球の照明のもとで、板の上に伸びた、やせて黒ずんだ遺体を、困惑と深い同情の念を持って見ている自分にブライは気づいた。彼はもう一度刺繍のあるリボンを見た。

「誰もこれに気づかなかったなんて！」ブライはゆっくりと言った。「よく見てください、フォレスト。目を半分閉じるんです。何と書いてあります？」

「何もないぞ」フォレストが言った。目をぱちくりさせ、白髪混じりの金髪の眉毛が好奇心を示して一直線に並んだ。所々に赤みを帯びた彼の顔に張りつめた様子が窺われた。

「ということは、色盲だ」ブライが怒ったように言った。

「色盲だ、間違いない」検視官が言った。「ご存知でしたか？」とフォレストの方を向いた。

「ああ」フォレストは認めた。「戦争が始まったときにそう言われた。私には色彩の微妙な違いがわからないんだ」

「しかし、われらが友、ジョンには――」

「ジョンだって？」

「ええ、ジョンです」ブライは刺繍した長い帯の一方を指し示した。複雑な模様の針仕事の上の、薄いレモン・イエローの繊細な線を彼はなぞった。「ジョンに」彼は指でなぞった。指はもう一方のシルクの帯へ移った。「アリスより」彼は声を出して読んだ。

10

「一つ提案していいかな、ヒューバート？」アーサー・フォレストは下院図書室にあるクラブチェアの一つに腰を下ろした。やせた体は大きなグリーンの革張りの椅子に隠れてしまいそうになった。表情は退屈そうだが張りつめたものが漂い、凝視している両目の下の皮膚はたるみ、すぼめた血の気のない唇はいかにも物思いに耽っているようだった。「名案なんだ」ブライの不審の念をかぎ取って、彼は力説した。五月十五日火曜日の午前十時十五分になろうとするところで、王室検視官が検屍法廷を開いた時から正確に二十四時間が経とうとしていた。図書室は主としてピンクの紐で束ねた書類を持った学識豊かな議員でいっぱいになり始めてきた。ブライは負わされたばかりの探偵役としての責任に、いささか不安を持っている様子だった。

「『ジョン』のことですか？」ブライは暖炉に背を向けて立っていた。部屋の反対側にあるドアの上の掛け時計を彼は見上げた。「あと十七分しかありません。常任委員会Bに出席しなければならないのです」

「そこなんだ」とフォレストが言った。「今朝は何時に家を出たかね？」

「九時ですが、どうしてです？」

「今晩は何時に帰宅する予定かね？」

「さあ。終わりが決まっていないのです。もしかしたら、徹夜になるかも」

「この件を解決するのに、どれくらい時間はあるのかね？」

「検視官は一か月と言っていましたが、しかし……」

「しかし、何だね？」

「しかし、検視官が遺体を手厚く葬ってやりたいと話していたのがどうも気に入りません。そのことで彼を非難できるわけではないのですが」ブライは干からびた肉と骨が安置所のテーブルの上にぺたりと伸びているさまを思い出した。明るい五月の朝だったら、おぞましさは幾らかやわらげられるだろうか。

「探偵活動にどれくらい時間が割けるのかね？」

「私は探偵活動をしているのではありませんよ、アーサー」

「では、何なのだね？」

ブライは答えられなかった。彼は肩をすくめた。「オーケー。私がやっているのは確かに探偵活動です――それから、確かにそのための時間は十分とは言えません。だからどうなのです？」

「だから委員会を設けるのだ」フォレストが言った。

ブライは相手をじっと見つめた。

「委員会ですって？　やれやれ、アーサー。まだ委員会が不足だとおっしゃるのですか？」

「そうだ、確かに。君はうんざりだろう？　常任委員会Bのことを忘れてはいないだろうね？」フォレストは時計を見るポーズをした。「委員会というのはなかなか便利なものだ――専門家ばかりを集めることができればの話だが」

「調査委員会とはね！」ブライはあまり乗り気な様子ではなかった。

フォレストがにやにやした。「特別委員会は成果を上げるさ。誰を委員にしてもいい。フレッドに頼んでみろ」

そばのテーブルにいたフレッドが自分の名前を聞いて、イングランド中部地方からウェストミンスターへと思いを引き戻されて、顔を上げた。

「何だって？」フレッドが尋ねた。

「何でもない」フォレストは言った。フレッドはため息をついて手紙に戻った。『産業』という単語を書くことのできない選挙区の有権者に、どうしたら産業課税軽減のことを説明できるというのだろう？

「いいですよ」とブライが言った。「委員会を設置しましょう」彼は再び時計を見上げた。「五分したら上に行かなければなりません。昼食を取りながら、われわれの仲間に加わってくれそうな人間を決めるのがいいでしょう」彼は熱意を表には出さなかった。

「それが実はな、ヒューバート、私にちょっとした考えがあるんだ……」

「つまり、誰が委員になるかもう決められたということですか？」

「腹を立てないでくれよ、君。君が委員長だ。必要なら拒否権を行使してくれてもいい」

「失礼。誰を委員にするのです？　さあ、一緒に階段を上りましょう。遅刻しそうだ」フォレストは深々とした椅子から苦労して立ち上がった。

「まず、オリヴァー・パスモア……」

「名案ですね。著作権法案に関する彼の演説を聞かれましたか？」

「うむ。一流だった。それから若手のナイジェル・レインはどうだ？」

二人が出ていくとき、図書室の戸口に立っていた警官が陽気に敬礼をした。二人は歳入通廊をゆっくりと歩き、喫茶室（そこには五人のランカシャーとヨークシャー選出の議員がいて、セント・ヘレンズ（イングランド北西部の都市）がラグビーのリーグ優勝する確率について、楽しそうにお互いを罵り合っていた）に向かってそれて、委員会フロアへ通じる暗い階段を上っていった。

「ナイジェル・レインですか?」ブライは疑わしそうな口振りだった。

「いけないかね? いい男だぞ。この種の仕事をやった経験があるんだ。知っていたかね?」

「いつの話です? 知りませんでした」

「軍の情報部でだ。言うまでもなく、彼が調べていた人間は、ジョンのように死んでいたわけではないんだがね。それでも調査しなければならなかったのだ」

「ふうむ、彼を加えることができれば素晴らしいですね。しかし彼は閣僚か、それに準ずる役職に就こうとして忙しいと思いますが」

二人は階段を上りきり、委員会通廊に沿って曲がった。その通廊はロンドン中で最も長くまっすぐで、最も高く、最も広く、しかも最も退屈な通廊だった。片側には窓が並び、迷路のような中庭と議会の不規則な鉛板屋根が見渡せた。その反対側にはどれも変わりばえしない(といっても大きさはまちまちだったが)委員会室が並び、いずれも居心地は極めて悪かったが、大半はかなり機能本位だった。窓は外界に面しているのでゴシック様式だった。

「アレック・ビーズリーを加えることに反対は?」

「どういう人物です?」ブライが言った。

「リヴァプール・セントラル選出だ。聖書に出てくる燃え尽きることのない柴のような髪をして、派手な服を着た生きのいい男だ」

「ああ、わかりました! だいじょうぶですかね?」

「以前、葬儀屋の助手をしていた。言ってみれば、慣れたものさ!」

「オーケー。彼も入れましょう」

「それから、キャスリーン・キミズはどうかね?」

「賛成。良識派が必要ですからね。われわれを入れて、これで六名です」

「三名ずつだな。ペアを組むことになれば好都合だ」

「何でも考えておられるのですね。気をつけて。運輸大臣が見えます。部屋に入らなくては」

常任委員会Bの委員はほとんどそろっていた。

「それではこれで、アーサー。昼食の時にお会いしましょう」

「ちょっと待て、ヒューバート。われわれの委員会の委員があと一人来たぞ……」

「誰です？　運輸大臣ですか？　ばかなことは言わないで下さい」

「ばかなことを言うなというのは君の方だ。リチャード・ギルフィランのことだぞ」

ドアは閉まりかけていた。委員長が「静粛に！　静粛に！」と言っているのが聞こえた。

「そうですね。参加してくれればいいんですが」

アーサー・フォレストがうなずいた。「だいじょうぶ、参加するさ。これ以上確実なことはない」

フォレストは策略の成功に厨房委員会選定のインド産のお茶で祝杯を上げるため、議員用喫茶室に向かった。

下部待機ホールを抜けて行く途中、彼はちり一つ付いていない縞のズボンをはき、いかめしい縁なし眼鏡をかけた、中肉中背の生白くて繊細な青年とぶつかった。委員会事務局に勤務するクリストファー・ピーコックという名前の上級官吏だった。衝突現場から六フィートほど離れた地点の、図書室通廊の端で並んで立っていた警官とオリヴァー・クロムウェルの大理石の胸像は、表情を変えることなく傍観していた。

「仕事が欲しくないかね？」お互いに謝罪の言葉を述べ終えて沈黙してしまい、再び呼吸が落ち着くとフォレストが尋ねた。

「いや、違うのです。仕事ならあります」とピーコックがおずおずと言った。「私は委員会事務局の人間で……」

「わかっているよ。だから訊いているんだ。非公式でパートタイムの仕事だからな」

彼はブライ委員会のことを話した。

「それならもちろん」クリストファー・ピーコックは熱を込めて言った。「言うまでもないことです」

しかめつらしい眼鏡の奥で両目が輝いていた。

「わかった」とフォレストは言った。「議員バーで二時に」

11

ブライ委員会（ラムベスのブロックウェル選挙区の議員が委員長席に腰掛けていた）の最初の会合は一九五六年五月十五日火曜日の午後二時に開かれた。それはフレッド・アーミティジが時計塔の天辺で遺体を発見してから五日後のことであり、チャールズ・ヴィンセント・スタンディッシュ・フェル氏が検屍法廷を開廷してから一日と少し経過してからのことだった。過去五日間の大半を、未知の男の遺体はホースフェリー・ロードの冷蔵庫の中で、平たく、干からびて、黒く、不吉な悲愴感を漂わせて横たわっていた。

クリストファー・ピーコックはとりあえずの問題点を単刀直入に述べた。「報告書の草案作成のお手伝いをしたらよろしいのですね」と彼は委員長に言った。オクスフォード大学を卒業して直ちに事務局に入って以来、六年間というもの、彼は委員長と一緒に委員会報告書作成の『お手伝い』をしてきた。つまり実際には彼が独力で報告書を書き上げたのだが、その比喩的表現を穏やかに受け入れる境地に到達していたのだった。ブライはその慣行に気づいていた。

「もちろんだ」と彼は言った。「毎晩、君と私で必要な草稿を書き上げることにしよう」

「草案を書く必要のあるどんなことがあるのかしら？」キミズ夫人がトニック・ウォーターを前にしてしっかりした低音《コントラルト》で言った。

それに答えようと振り向いたとたん、案件に取りかかる際の彼女が、服の選択眼よりもはるかに高く評価されていることをブライは思い出した。四十歳未満——とはいえ、大幅に足りないわけでもないと彼は思った——の女性にしては、服装にはいたって無頓着であった。二つの対照的な色調のブラウンのウールの上着に、ピカピカのベルトを組み合わせるという異常なセンスから目をそらして、ブライは彼女の顔を見た。「いい感じだ」彼女の小鳥を思わせるような目の輝きを見て、彼は思った。不自然なことではあったが、どういうわけか、肉付きの悪い頬、過度なまでにとがったあご、そして漆黒の髪のせいで、彼女には生意気な可愛らしさというものがあった。以前から気づいていたが、彼女は好奇心を感じると生き生きしてくるのであった。

「最後にどんなことを草案とするかは皆さん次第です。ここに出席している全員の」と彼は言った。

「私は委員長に過ぎません」彼は伝統的なジョークを言いながら、委員たちに微笑みかけた。委員長にはかなりの権限が与えられている。委員長は議会で言えば議長のようなものだ。委員長は委員を後押しして議事を誘導し、その後押しは絶大だ。

「つまり、全員が分担した仕事を抱えて出かけ、戻ってきたらメモを比較し合うということかね？」

勅撰弁護士にして国会議員のオリヴァー・パスモアならば、このような個人主義的方針を打ち出しても不思議はなかった。個人主義に対する同調者として、彼は院内幹事長のたえざる悪夢であった。『出かけ』という言葉にかなり不愉快な強調を置いたことも、いかにもこの人物らしかった。なぜならば、パスモアが出かけるのは目に見えない大いなる力に突き動かされたときに限られ、しかもその時にはタクシーを使うと決まっていたからである。彼は体格が立派で、だらしなく、無精な男であり、運動不足と都会生活のおかげでピンク色にてかてかした人並みはずれた洋梨のような巨大な頭をしたチェスタトン風の人物だった。彼の両目――というよりも脂肪の襞《ひだ》と分厚い眼鏡のレンズを通して見えるものと言った方が正確だが――は、奇妙なことに輝いて生気を帯びていた。

「私にぴったりだな」と彼は言い足した。「好きなところに好きな時間に行けるのだから」

彼は七人の独立した調査員たち――いずれも熱心なアマチュア――がウェストミンスターとブリクストンの間で、各自めいめいのやり方で仕事に励んでいる図を思い描いて、つい嬉しくなって、よく響く声で言った。

「私にはそのつもりはありませんよ」ブライが言った。パスモアがにやりとするのが見えた。「そのことはあなたもご存知でしょう。私が言いたいのは、全員が仕事を能率良く分担しなければならないと……」

「いいわ。それなら実際に能率を考えて、何について私たちが知らなければならないかということから始めましょう」キミズ夫人は椅子にゆったりともたれて聞く体勢を整えた。

「遺体のことです」とブライは言った。「ジョンという名前のミイラ化した遺体と、死者の着衣があり、着衣の方はすべて少なくとも一世紀前の流行です。いずれも遺体を特定するには役立たず……」

「ズボン吊りは別だ」フォレストが口を挟んだ。

「そう、そのことはこれから述べるところです」ブライがズボン吊りの話をした。

「美しい物のようね」キミズ夫人が言った。

「その通り。アリスという名前の婦人が刺繍したものです」

「妻か母親か姉妹か」ナイジェル・レインが言った。血の気のない表情には笑みの一つも浮かんでいなかったが、話しながら両目は面白がってキミズ夫人を見ていた。彼はイートン校出身で、名門校出身者の通例として笑わないでジョークを言った。「それほど身近な人間でもない限り、あの当時、ズボン吊りを男に贈ったりはしません。当時の人たちは、足などというはしたない物の存在を認めたがりませんでした。ズボンはともかく、ズボン吊りだったらなおさらです」片方の薄い眉をつり上げ、口を細くしかめつらしく結んで、ズボン吊りのことを猥褻極まりない物のように言った。肉付きが悪く貧相だったが、ハンサムだった。そして、そのことを自覚していた。

「それに、祖母たちも」アレック・ビーズリーが癇癪《かんしゃく》を起こしたように言った。彼はかつて葬儀屋として、祈禱書に現われる親子親族関係の中で働いてきたのだ。「祖母たちは――そして母親たちも同様だが――一九四五年に施行された選挙以前は、クリスチャン・ネームで署名することはめったになかった」明らかにビーズリーは真面目に考えていた。外見同様、彼はユーモアに乏しい男だった。彼が言うと、まるで自分の母親にはクリスチャン・ネームなどなかったような印象を与えた。

「それなら、妻か姉妹ということですか」ブライが言った。

「あるいは恋人ね。ズボン吊りに刺繡をしたのは恋人だと思うわ」キャスリーン・キミズがロマンティックかもしれないがしっかりした口調で言った。

「あるいは愛人か」パスモアが委員長の方を向いた。「愛人を持っていそうな男に見えたかね?」

これに答えたのはフォレストだった。「それに答えるのはかなり難しいな。われわれが見たとき、彼はベストの状態とは言えなかったからだ」

キミズ夫人が愉快に微笑んだ。

「素敵なヴェストを着ていたというお話でしたが……」

「注意しろよ、君。委員長も素敵なヴェストを着ているんだ」

ブライは自分の胃のあたりを見て、小さなタバコの灰をはたき落とした。「愛人を囲っていたとすれば、零落の理由が説明できます」彼は靴下、下着、ズボンのそれぞれに丁寧に繕ったあとがあることを説明した。

「言わせてもらえば、無駄な憶測ですよ」とナイジェル・レインが言った。同調するものが多かった。

「ここからどこへ行きます？　われわれは何をします？」

「このエフレナーテの件を追究するために、お茶の時間にはダリッジへ出かけます」とブライが言った。

「この何の件だって？」ヘレンの見たものをブライが説明した。

「どうやら手がかりが見えてきたぞ」ギルフィランが椅子に座り直した。「誰が行くんだ？」

「私です」ブライがしっかりした声で言った。「アーサー・フォレストと。いいでしょう？」

フォレストがうなずいた。「私の方から言い出そうと思っていたところだ」

「その間、われわれの方はじっと座って手をこまねいていればいいのかね？」

「それよりも、頭の方を使っていただきたいですね」ブライは言った。

「私には自分がこれから何をするのかわかっている」パスモアが立ち上がった。「議会議事録にあたって、百年ほど前に議員が失踪したことはないか調べてみる」

「それは名案ね」キミズ夫人が感心した。それから疑わしそうな表情になった。「失踪したことが気づかれたとお思いになります？」

横の壁からディヴィジョン・ベルがゆっくりと鳴った。一人の警官がバーに顔を出した。「議長が席に着いています」警官は誰にはばかるともなく言った。タイル張りの壁から反響がすぐに戻ってきた。

「だいじょうぶ、気づかれないはずがない」喧噪の中でパスモアが言った。「古き良き時代にも採決はあったんだ」彼は重々しくゆっくりとドアの方へ向かった。重々しかったのは彼の体格のゆえであり、ゆっくりしていたのは精神状態を反映していた。

「しかし、現代のように院内幹事長はいなかったですよ」ビーズリーが熱のない調子で言った。

たちまち、幾つか走り書きをした一枚の紙片を手にしたクリストファー・ピーコックが一人残された。真剣に考えようとして、紙片をテーブルの上に置いたが、そこにライトエールの輪が浮かび上がったので彼は毒づいた。

12

「ブライ夫妻がお見えの時には決まって、私は生垣の後ろに隠れているようですな。わざとではありませんよ」ブライがロッシー館の門扉を開けると、ヘンリー・ランサム氏が微笑みながら前に進み出た。彼に対するブライの印象もヘレンの印象と大差なかった。長身で前かがみになっていて、大変な高齢で極めてうやうやしかった。後になってブライは認めたが、物事について、たとえどんなに重要なことであっても、ずっと前に頭を悩ますことをやめてしまった顔をランサム氏はしていた。その顔にはしわが寄り、血の気がなかったが、しわは見事なもので、血の気のないのは健康のしるしだった。彼は両手を大きくて清潔なシルクのハンカチで拭いながら、ゆっくりとやってきた。「毎日の日課をこなさないと、庭との競争に負けてしまいますからな。お会いできて嬉しいですな、ブライさん」

彼はブライと暖かい握手を交わし、アーサー・フォレストに会釈した。ブライが二人を紹介した。

「二人の名誉ある国会議員がこの小道を歩くなんて、何年ぶりでしょう？」彼は不意に立ち止まった。「おっと、有頂天になってとんだ失礼を。昨日のご訪問以来、ブライ夫人の体調は良くなっているのでしょうね。大変に動転しておられたので、しばらくの間、こちらで休まれたらいかがかとお勧めしたのですが」

　ブライはヘレンが回復したことを請け合った。

「この小道を二人の名誉ある国会議員が歩いてからどれぐらい経っているのですか、ランサムさん？」フォレストが訊いた。

「かなりの年月が経過していると思います」

「本当にそんなことがあったのですか？」

「実際に起こった出来事なのです。私は長い政治的な結びつきのある家族の出身です。私の記憶が確かなら、ホイッグ党だったと思います。人から聞いた話では、かつてはロッシー館に幸せな笑い声が鳴り響いたと――確かそんな言い方をしましたな？――若きグラッドストーン（イギリスの政治家・首相）とその友人たちの笑い声が」

「あの男にそんな？」

「えっ、友人たちですか？　彼にも友人たちはいたでしょう」

「いや、幸せな笑い声のことです」

「それもあり得たことだとは思います」ヘンリー・ランサムが言葉を切った。「そちらの方がなかなか想像しにくいことですが」

「まあ、彼が笑ったとしたら、ここでは難しいことではなかったのでしょう」フォレストが言った。彼は議会の中央ロビーにあるグラッドストーンのいかめしい大理石の彫像を思い出して、果たしてどうかなと思った。

「グラッドストーンが笑ったかどうかはともかく、叔父はここではなかなか笑えませんでした。どうぞお入り下さい」

彼らは天井の高い美しく均整のとれたポルティコの下を通って、前日にヘレン・ブライを大いに喜ばせたホールへと入った。戸口の柱を通り過ぎるとき、ブライが奇妙な繋がった仮面の図案の上に手をすばやく走らせた。その図案こそ、殺された身元不明の人物の事件に彼を巻き込んだものだった。ヘンリー・ランサムが彼の動作に気づいた。

「何かの慰めになるのですか？」と彼は尋ねた。「あるいは、誰か他の人の？」

「他の人間です」

「何をお求めなのか、どうかおっしゃって下さい。ブライ夫人は何か恐ろしいことを仄《ほの》めかされました。本当に恐ろしいことなのですか？」

「これ以上恐ろしいことはありません」

彼ら三人は体の曲がった悪意に満ちた石像を見た。

「きっとお見えになるだろうと思って照明をつけたままにしておきました。明日だったら水曜日だから無理だったでしょうね。毎週水曜日に家を掃除にやってくるティプレディー夫人が、明かりをつけ放しにさせてくれないのです。無駄だと言って」彼はにやりとした。「彼女も石像が嫌いなのだと思います」

「無理もないですね」とブライが言った。

「二月二十二日が水曜日に当たると極めて具合が悪いのです……私のことを気がおかしいと思っていらっしゃいますな、ブライさん」

ブライは少し顔を赤らめた。ランサムが笑った。「責めるつもりはありませんよ」と彼は言った。「応接間にどうぞ、皆さん。いろいろご説明しなければならないことがあります」彼が照明を消すと、《エフレナーテ》は壁龕の闇の中に後じさりしたように見えた。

主人の後に従って、裏庭を見渡す長い部屋に入ると、木々の狭間から池が見えるのにブライは気づいた。「ベレア池です」彼はフォレストに言った。

アーサー・フォレストは返事をしなかった。彼はテーブルを凝視していた。テーブルの上にはその日の《タイムズ》の朝刊が置かれ、王室検視官による検屍法廷の詳細な報告の掲載されたページが開いていた。その横には石工の使う槌《つち》が置いてあった。

「あれが……凶器なのかね？」フォレストがその言葉を口にするのが恐ろしいといった様子で尋ねた。

「そうです。私は確信しています」ランサムが言った。

すると、まったく不意に、ランサムは微笑んだ。「少なくとも」彼は穏やかに言った。「凶器の一つではありますな。王室検視官が求めている主たる凶器ではありません」ブライはどう考えていいのかわからない様子だった。「あなたの身元不明の友人を殺害した凶器ではありませんよ、ブライさん」ランサムは話を続けた。

「もしも彼を殺した凶器でないとしたら――そう、凶器であるはずがない。硬すぎるし、重すぎる……」フォレストの質問は途中で立ち消えになった。

「まったくです。彼を殺したのは滑らかで柔らかい凶器だと医師は証言しています。ほら」ランサムが言い足した。「私は証言をとても注意深く読んでみました」彼は開いた新聞を軽く叩いた。

「では、彼がそれで殺されたのではないなら、どうして凶器だとおっしゃるのです？」フォレストが尋ねた。

「彼を傷つけるのに使用されたからです」

「しかし、そんなことはありませんでした。私は死体を調べたのですよ」ブライが言った。彼は不意に口をつぐんだ。そして、広々としたホールに続いているドアの方に目をやった。ホールには回り階段があり、階段には暗い壁龕があって……。

「その通りです」ランサムが言った。「私も彼を調べてみました」彼の声が高くなった。「私は彼と一緒に暮らしてきたのですから」

「しかし、石像を傷つけるなんて何のために?」フォレストが尋ねた。

ランサムはわざとらしく肩をすくめた。

「何のために生きている彼を殺したのでしょう?」

ブライはゆっくりと部屋を横切って、外の庭を眺めた。まるで、緑の草や木々の花や葉、生き生きした春の花々が、彼らを再び正常な世界へと連れ戻してくれるかのように。前日、ヘレンがロッシー館を辞去した後の声にヒステリーに近い調子が感じ取れたことを、今になって突然思い出した。

「これは憎しみだ」と彼は言った。「何という憎しみだろう」彼は振り向いてランサムと向き合った。「ご存知だったのですか?」ブライはテーブルの上の開いた新聞を指さした。「この男のことをご存知だったのですか?」

「憎しみについては存じておりました」ランサムは立ち上がると、エレガントなマントルピースの方へ歩いていった。マントルピースにもたれかかって、大理石の溝付きの端に沿って腕を置いた。指は石の上を慈しむようになでていた。「あの像を初めて見たときから憎しみに気づいていました。しかし、時計塔の遺体については存じません。知っているはずがありますか? 誰もあの遺体については知らなかったのです」

フォレストがテーブル脇の椅子から彼を見上げた。口を開きながらその手は槌を摑んでいた。「叔父上は憎しみのことについて何かご存知でしたか?」

ランサムはうなずいた。「きっと知っていたと思います。叔父は気が狂ってしまいました。皆が私にそのことを話してくれます」

「これが原因なのですか?」

「そう想像するしかありません」

ちょっとした沈黙があった。ブライはまだ窓の所にいたが、両手をポケットに突っ込んでいた。庭をじっと見つめていたが、何も見えていなかった。そして、人間というものがこのように二度までも――一度は生きている人間、もう一度は石像を襲うほど、憎しみを持つことができるのだろうかと考えていた。フォレストは手に持った槌を見つめていた。

「どうやら不愉快極まる石をひっくり返してしまったのかもしれないな」彼は顔をしかめた。そして、細心の注意を払って磨いたテーブルの上に槌を置いた。

「どんなことを予想されていたのです?」ランサムが彼に訊いた。

「確かに」とフォレストは言った。「ひっくり返した石の下に見えるのは、そう、もう少しきれいなものかと思っていた。なにしろ、これだけの年月が……」彼の声が徐々に小さくなった。

「しかし、殺人であることに変わりはありません」ランサムが言った。

「殺人よりひどい」

ランサムはうなずいた。

「そして、あなたは誰が犯人なのかご存知です」ブライが離れた窓の方から言った。彼が三十六時間以内に問題に対する解答を持って現れたときの検視官の様子を思い浮かべて、ブライは勝利の瞬間を感じていた！　その勝利は五秒間しか続かなかった。ランサムは答える前にためらっていた。

「いや、私は犯人が誰かは存じません。殺された人間、『被害者』が誰なのかも知らないのです。あなたのおっしゃっている人間と私の言っている人間が、お互いに顔を合わせたことがあるのかどうかさえも知りません。もしも会ったとしたら、お互いに憎み合ったのか愛し合ったのかも知りません」

ランサムはここで言葉を切った。「私が知らないと白状したので、お二人はご不審のようですね。さあ、おかけ下さい。私の話に耳を傾けていただかなくては」

ブライは言われるままに従った。窓際の腰掛けの方に足を運んで、無言のまま過去へと踏み込んでいった。

13

「ここダリッジには私の知人はほとんどおりません」ランサムは暖炉の脇の椅子に収まって、ごく穏やかに話した。「実際の話、英国には極めて少数の知人しかいません。人生の大半をインドで過ごしてきたのです。もちろん、教育はこちらで受けたのですが……」

「『こちら』とおっしゃるのは、そこのカレッジのことですか？」

「ダリッジ・カレッジですか？　いや、残念ながらそうではないのです、ブライさん。ダリッジにはごく年少の頃に一度やって来た覚えがあります。アヒルのいた池や新しいカレッジの建物のことをおぼろげながら覚えています。しかし、教育はブライトンの近くで家庭教師について受けました。ブライトンからカレッジに通うことになっていたと思うのですが、インドにいた父が弟のリチャードと喧嘩をして、私はインドに連れ戻されました」

ランサムはしばし沈黙して昔の思い出に耽っていた。「ヨーロッパとアジアの半分を股に掛けた手紙の応酬をして喧嘩を続けるなんて」と彼は話を続けた。「よほど激しい意見の食い違いがあったに違いありません」

フォレストはうなずいた。

「父と弟のリチャードはそれ以後二度と口を利きませんでした——そして手紙のやりとりも途絶えたのです」

短い沈黙があった。遠くの方からせわしげな電車の警笛が聞こえた。

「リチャード、つまり叔父のリチャードは、ここロッシー館に暮らしており、実に奇妙なことに、その喧嘩は石像と関係がありました」彼は過去の出来事に眉をひそめていた。「ここで暮らす前に喧嘩と石像にどんな関係があるのか尋ねられたら、私にはお答えできなかったでしょう。しかし、関係があることは確信していました。私がインドにいる間に『どうして父上はリチャード・デ・ラ・ガードと喧嘩をなさったのですか？』と尋ねられたら、特に深い考えもなしに『石像が原因で』とお答えしたでしょう。しかし、それ以上は知らなかったのです」

「口を挟ませていただいていいですか？」ランサムはフォレストを不審顔で見上げた。

「どうして『デ・ラ・ガード』と呼ばれているのです？」フォレストが尋ねた。

「ああ、私たちはデ・ラ・ガード一族なのです。申し訳ありません。お話ししておくべきでしたな。私の名前はヘンリー・デ・ラ・ガード・ランサムです。父はロバート・デ・ラ・ガード・ランサム。叔父はリチャード・デ・ラ・ガード・ランサムでした。叔父はロッシー館を引き継いだ時にランサムの名を落としたのです」

「すると、名前を落として石像を獲得したというわけですか」ブライが言った。

「まさしくその通りです。名前を捨てるという条件で石像を譲り受けたのです。もちろん、ロッシー館も引き継ぎました」

ランサムが魅力的な笑みを見せると、血の気のない表情が一瞬輝いた。「おわかりでしょうが、それで多くのことを埋めあわせることができます」

「リチャード・デ・ラ・ガードはお父上よりも若かったとおっしゃいましたね」ブライが口を挟んだ。

「ええ、かなり年齢差がありました」

「それなら、どうしてお父上がロッシー館を相続されなかったのですか?」

「そうならなかったのです。館は直系の子孫に譲渡されたわけではなかったのです。マシュー・デ・ラ・ガードが遺産を残したことは、叔父には青天の霹靂《へきれき》でした。いつも不思議に思うのですが……」

彼は残りは言わなかった。長い間、空間的にも時間的にも二人から遠い彼方に去ってしまったかのようだった。両目を閉じて暖炉脇の椅子の中に沈み込んでしまったかに見える。フォレストとブライは何も言わずに彼を見ていた。このようにリラックスしていると、目の端に年齢と苦労をうかがわせるしわを刻んだ、非常に高齢な人物であることが歴然とした。沈黙があまりにも長く続いたので、二人は困惑した。やがて唐突にランサムが再び話し始めた。その声ははるか彼方から聞こえてくるようで、沈んだ調子は話すことに苦痛を感じているかのようだった。

「もちろん、おわかりでしょうが」と彼は言った。「マシュー・デ・ラ・ガードは一族の人間です。かなり遠縁ではありますがね」

「わかりますよ」ブライは丁重なもてなしに配慮して短く答えたが、やがて確固たる声で言った。「彼が殺人犯であったかもしれないことも理解できます」

ランサムは不機嫌そうにうなずいた。「いかにも」と彼は認めた。「いかにもその通りです。そのことは忘れてはなりません」

再び応接間に沈黙が訪れた。その沈黙を破ったのは今度もランサムだった。彼は手をポケットに突っ込んで手紙を取り出した。封筒は古びて、まるで長い間ポケットに入っていたかのようにしわくちゃになっていた。「是非ともこれをご覧下さい」彼はそう言って、手紙をフォレストに手渡した。「ご覧下さいと言った意味がおわかりでしょう、ブライさん。読めるような人がいるとは思えませんからな」

ブライは部屋を横切ってきて、フォレストの椅子の後ろからのぞき込んだ。そこにあったのはぞんざいで乱暴ななぐり書き、まるで人の指から乱暴にもぎ取ってきたとでも言うような荒々しくて統制の取れないなぐり書きだった。酔っ払いの手紙だ。あるいは、とブライは急に憐憫を感じて思った。狂人の手紙だ。手がいつのまにか口の方に動いていた。

「これは読めない」フォレストが腹を立てたかのように声を高くして言った。手紙は彼の手の中で少し震えていた。「私には読めない。あなたはどうなんです？」まるで非難するような調子でランサムの方に振り向いた。

ランサムは弱々しい笑みを浮かべた。「ええ。大部分は読みました。解読できる部分はですよ。大半は言うまでもなく内密に書かれたものです」

ブライは部屋の反対側にいるランサムをじっと見つめた。突然、この屋敷や手紙、彼と一緒に部屋の中にいる人たちのことが、冷たい非現実的なものに思われた。彼自身もそうだった。

「人に読んでもらうために書かれたとは思いません、この手紙の一部分は。この手紙を書いた人間は気がふれていました」ランサムが言葉を切った。「日付にお気づきになりましたか？」

フォレストの丸い指先が、小学校でやるように、ゆっくりとページの冒頭の蜘蛛の這ったようななぐり書きをなぞるのを、ブライは魅入られたように見ていた。「ダリッジ、ロッシー館」彼は骨を折りながら読んだ。「一九五三年二月二十二日、深夜」

＊

「リチャードを責めることはできません」ランサムは薄灰色の部屋の向こう側にいるブライに挑むような怒気を含んだ声で言った。「彼は約束させられたのです。責められるべきはマシュー・デ・ラ・ガードです。リチャードではありません」

再びブライは冷たい非現実の息づかいを感じた。

「何をしろと約束させられたのですか？」

「ロウソクを灯すようにと」

フォレストは灰色の絨毯の上を横切って、ランサムに手紙を返した。「一部始終を話していただけませんか？」と彼は頼んだ。

「できる限りにおいてお話ししましょう、フォレストさん。残念ながら何とも不幸な物語なのです」

ブライとフォレストはランサムの思考の流れを邪魔しまいとして、はばかるように椅子に戻った。唯一動くものといえば、膝の上で閉じたり開いたりしているランサムの手だった。

「そもそもの発端は口喧嘩でした」彼は自分の記憶を思い返しながら言った。「父、ロバート・ランサムは弟のリチャードと石像のことで口論となったのです。あの石像です！」

彼は小さな暗い壁龕のある階段の方に向かって頭をぐいと動かした。「父はあの像が異教のものだと言ったのです」

ランサムは微かな笑みを浮かべていた。「もちろん、その通りではあります。しかしそれを言うなら私はマシュー・デ・ラ・ガードも異教徒だと思います。彼は叔父にロウソクの儀式によって異教の習慣を引き継がせようとしたのでした」

フォレストがすぐに口を挟んだ。

「しかし、叔父上はあなたにロウソクを灯し続けるようにとは言わなかった」

「ええ、それはもう！」ランサムはフォレストの発言にはさして驚いた様子を見せなかった。

「マシューは私にまでは影響力は持っていませんでした。私がロウソクを灯すのはリチャードがやっていたからです。邪悪は根絶しなければならないということを、自分自身に思い起こさせるためにやっていることです」

彼が顔を上げると、表情に一種の情熱が窺われた。

「私があなたたちにお会いして嬉しく思ったのはその点なのです。あなたたちならこの謎を説明する手助けをして下さるでしょう。そしてひとたび説明を受ければ、私は邪悪を根絶することができます。叔父のリチャードが手紙の中で言っていたのはそのことなのです」

彼はポケットを軽く叩いた。

「この戯言《たわごと》全体が意味しているのはそういうことです」彼は物静かに言った。「マシューが背後に控えているのです。だが、何よりもまず、あの像の背後に」

まるで一本の糸に操られるように、二つの頭は同時にドアの方にぐいと向いた。

「あなたたちには彼が見えません」ヘンリー・ランサムは落ち着き払って言った。「しかし、彼はそこにいるのです！　私にはわかっています」その声はパニックに襲われたかのように徐々に高くなっていった。「毎晩、自分の寝室に行くときに、私は彼の横を通るのですよ」

14

「私はマシューに着ているシャツまで賭けるな」ロッシー館のランサム訪問の長くて詳細な報告をブライが終えると、すかさずアレック・ビーズリーが言った。

「それにしても、言わせてもらえば、何というシャツでしょう」ナイジェル・レインの口調は非難するというよりも、うらやんでいるようだった。ビーズリーはうつむいて幾らか満足そうに胸を叩いた。それは彼が選挙区でよくやる仕草で、鼻高々な印象を与えるものだった。ビーズリーの支持者たちは彼の独立精神に誇りを抱き、彼の方では自分らしさを出すために、赤い肌と生姜色の髪の毛とは著しく似合わない色の服装をしがちだった。悦に入ると歯を見せてにやりと笑ったが、そのおかげで、ウエストミンスターの委員会審議会《コミッティー・ステイジ》で一度決定した事柄について難癖を付けるよりも、リヴァプールの浮き桟橋《ランディング・ステイジ》の上で支持者たちと議論している方がよっぽど楽しいのだという事実を隠すことができた。彼は反ウィカミスト（語源となったウィリアム・オブ・ウィカムは十四世紀の英国の宗教家・政治家で、ウィンチェスター・カレッジやオクスフォードのニュー・カレッジの創立者でもある。ウィカミストといえば通常はウィンチェスター・カレッジの卒業生の意味だが、ここでは文脈から伝統主義者のことを指していると考えられる）で、そのことをシャツは物語っていた。

「私もマシューに賭けるわ」キャスリーン・キミズが断言した。それについては誰もとやかく言わなかった。女性議員室の皆が特に女性らしい服装をした日には、彼女はワイシャツを着ることが多かった。

五月十六日水曜日の二時であった。議員バーでブライが委員たちに初めて話をしてから二十四時間後、ブライ委員会の二回目の会合が催された。今回は、彼らの目的を考えればいっそう相応しかったが、議会の下の新しい非閣僚用の会議室で、一同はミルク・チョコレート色の見事な革で覆った大型テーブルを囲んで、美しい革張りの椅子に腰掛けていた。その外、コモンズ・コートに面した小さなゴシック風の窓の向こうでは、相棒が厨房から出てきたボーイにローズピンクのソーセージの載った大きな盆を渡しているのを、トラックの運転手が見守っていた。ボーイのすぐ脇では厨房課の役人がソーセージから出た血で親指の指紋のついた物品証と配達状を照合していた。厨房委員会は不当な利益に機会を与えるようなことはしていなかった。

ブライは問いかけるようにテーブルを見回した。「結構です」彼は言った。「マシュー・デ・ラ・ガードが何かしら関与しているという点で、皆さんの意見は一致しましたね？」

同意のつぶやきがあちこちから聞こえたが、オリヴァー・パスモアは違っていた。

「本物の委員長みたいな話し方だな、ヒューバート。次期は専門委員団に加われるな」と彼は言った。「『マシューが何かしら関与している』というわけか――オーケー、賛成だ」彼は言葉を切った。「しかし、私は彼を殺人犯と見なすことはできない――まだね。尊敬すべき女性議員の推薦があってもね」彼はテーブル越しにキミズ夫人の方を見た。

「それはまたどうして？」にこりともせずに彼女は尋ねた。

「証明されていないからだ」

「確かに、パスモアの言う通りだ」リチャード・ギルフィランが身を乗り出して、ひじをテーブルの上に突いた。「結局のところ、両者の結びつきは強くない」彼はワイシャツのカフスが自慢だった。

「これまでの成果を概観してみよう」ギルフィランが続けた。彼には古株の政治家といった雰囲気が漂っていたが、そのことは彼のきれいにとかした髪やエレガントで非の打ち所のないスタイルのダークグレイのスーツとはほとんど関係がなかった。彼の権威は目と傲然たる声の響きにあった。「ジョンという名前の、ブリクストンかその辺りの出身の男の遺体がある。彼が何らかの点でダリッジの屋敷と繋がりがあるという明白な証拠がある。ロッシー館の所有者であるヘンリー・ランサムなる男の、途方もない、まったく根拠のない話がある。それによれば彼の叔父リチャード・デ・ラ・ガードはこともあろうに又従兄弟《またいとこ》から、毎年、特定の日に石像の前でロウソクを灯すよう指示を受け……」

「それはアンフェアというものだわ」キミズ夫人がさえぎった。「あなたは何もかも黒か白に決めてしまっている。グレイはどうなのかしら？」ここで彼女は言葉を切った。「ちょっと考えてみましょう、私がグレイと言う意味を。ここに遺体ジョンの紋章が刻まれた石像があり、そしてその紋章はひどく損傷を受けている。明らかに紋章の主を憎んでいる人物の手によるものです。それがマシューかどうかはともかく——私はマシューだと思いますがね」キミズ夫人は嫌悪感を身振りで大げさに示した。夫人は感想を求めてテーブルを見回したが、誰からも発言がなかったので、同じ嫌悪感を声に潜ませて先を続けた。「それから彼は哀れな傀儡男の石像を前にしてヘルファイア・クラブ（十八世紀後半に英国で設立された秘密クラブ）ばりの黒ミサを行った。そして、それだけでは物足りないとばかりに、ロッシー館の遺産継承者にそれを続けさせた」

「いや、もっとひどいぞ」アーサー・フォレストが夫人を支持するために口を挟んだ。「石像に手を加えさえしたんだ。鑿《のみ》を使って別の口を開けたんだ。実際にこの目で見たが、実に巧みな腕だった」

「だからといって彼がジョン某を殺害したことにはならないぞ」パスモアは納得しなかった。扱いにくい勅撰弁護士を気取って、テーブルの上を拳で叩いた。「何を話そうと勝手だが、そんなことでは彼を被告席に着かせる訳にはいかないな。それでも君たちは論理的なつもりなのかね？」

　彼は言葉を切った。しばらくの間、誰も話さなかった。沈黙を破ったのはピーコックだった。「確かに、被害者の死の直前に、その人形《ひとがた》に針を刺していたからといって、その人間を殺人で告訴するというのは理にかなっているとは言えませんね」

キミズ夫人が話に飛びついた。「ええ、その通りよ。でも、針を刺していた人物が殺人を実行する機会もあったことを後で知ったとしたら、容疑はかなり濃厚になるのではないかしら」

「ほほう！」パスモアが勝ち誇ったように言った。「すると彼に機会があったことを証明できるのですな？」

「いいえ、できません。ですが、疑惑を持つことはできます」

「ええ、そうでしょう、どうぞ疑惑をお持ち下さい」丁寧な命令口調だった。パスモアは乙にすましていた。「しかし、わが友マシューについてもっと多くの事柄を知らないことには、犯人としてマシューに賭ける訳にはいかないな」突然、パスモアに或る考えがひらめいたようだった。「そうだ！マシュー・デ・ラ・ガードは国会議員だったことがあるのかな？」

「いや」アーサー・フォレストが断言するように首を振り、一、二秒ほどポケットの中を探っていた。「ここにそのことを証明する手紙がある」と彼は言った。「会議が始まる前にオリヴァーと同じ疑問が湧いたんだ。そこで私は図書室の司書に、マシューが議員だったことがあるか調べて欲しいと依頼した。これがその回答だ」彼は委員長の方を振り向いた。「読み上げようか、ヒューバート？」

「お願いします」

「『フォレスト様。残念ながら、マシュー・デ・ラ・ガードという名前の国会議員が存在した形跡はありません。名前の綴りが間違っているか、もしくは公文書に不正確な記載があった可能性を考慮し、語尾のeと部分冠詞のないガードなる紳士がエクセター市から二度、最初は一八五七年三月二十七日に、二度目は一八五九年四月二十九日に当選していることをご報告いたします。名前はマシューではなく、リチャード・ソマーズでした。彼は一八六五年七月六日に第十八期英国議会が解散した時に議員を辞職しております』」

ブライが口にしようとしたのは議長らしい「ほう」という言葉だったが、パスモアにはそのように分別くさく態度を保留するようなことは頭になかった。

彼は立派な体格を大いに震わせて、挑みかかるように言った。「マシュー・デ・ラ・ガードは除外だな」

キミズ夫人はそれに輪をかけて挑戦的だった。

「いったい全体、あなたは何が言いたいの？　単にマシューが国会議員ではなかったことが証明されただけじゃない」

「その通り！」

「さあさあ、オリヴァー。ここは議会じゃないのよ。先を続けて」

パスモアは太った白い両手を屋根形に組んで、指の先にあごを乗せた。「さて、もしも彼が議員でなかったのならば」彼はにこやかに言った。「ビッグ・ベンの塔の天辺まで、どうやって死体を運んだのかな？」

さしものキミズ夫人もぐうの音も出なかった。パスモアは感嘆した陪審の目を自分に惹きつけて、獲物に近づきながらウォームアップを始めた。

「もしかしたら守衛官――それとも式部長官？――に手紙を書いて建物に上る許可を得たのかもしれないわ。閣下、わたくしは取るに足らない従順な僕《しもべ》でございます。マシュー・デ・ラ・ガード、とね」

「返事があったと思うかね？　ちょっと難しいんじゃないかと思うな」ビーズリーは静かに思考に耽った。全員がそうだった。

「パスモアの言うことにも一理ある」ギルフィランが言った。

キャスリーン・キミズは負けを認めなかった。

「もしかしたら、以前のあの若者みたいに足場を上ったのかも……」

「いつかのあの青年は大陸風の女性の下着を持っていたな」

「色は黒だったんじゃないか？　違うか？」

「そうだ。海賊を自称していた」

「そして想像するに、二・五オンス（約七〇グラム）の、その……トリコット・ナイロンを、足場をよじ上って運ぶのは、十ストーン（六三・五キログラム）の死体を運ぶよりも簡単だろう」

「議論をぶちこわしにしないでくれ、オリヴァー。言い過ぎっていうものだ」

　再び沈黙が続き、一同は思考に没頭した。

「わかったかね」パスモアが言った。「マシューが議員でなかったなら、彼は犯人でもないんだ」

「それから、もう一つある」一日の仕事としてはまだ不十分だとばかりに彼は続けた。

「何だね、それは？」誰もあまり熱が入らなかった。

「マシューは鑿で像に何かを彫りつけたという話だったな」彼はテーブルの反対側のアーサー・フォレストを見た。「彫刻に手を加えるにはどうしたらいいか、ご存知かな？」

「いや、知らない――しかし、私は石工用の槌を持ってはいないからね。ああいう物を持っている人間は、使うために買ったと考えるのが当然だ。君が持っているような物とはわけが違う。例えば……その……衣類用ブラシとかとは」

　パスモアが鼻を鳴らした。「槌が庭師の物でないとどうしてわかる？」

「草木小屋の、無言無名のミケランジェロですか」レインが言った。長くて細い鼻を見下ろしている様子は知性のある羊のようだった。

パスモアは笑い声がおさまって静かになるまで待った。

「こういうわけだ」彼は声を抑えて言った。「私がマシューについて知りたいことは二つある――どうやって死体を時計塔に運び上げたか、そしていかにして彫刻の技術を身につけたかだ」

二十秒間もの長い時間、誰一人として発言しなかった。

「わかった、わかった」フォレストが降参した。「これからどうする、ヒューバート？　質問を粉砕してやる予定なんだ。二十三番だ。もう行かなければ」

一同は時計を見た。

「議長が着席しているぞ、アーサー。急いだ方がいい」

「よし」と委員長が言った。「しかしその前に、誰が何をやるのか担当を決めておこう」

「私はeのないリチャード・ガードについてわかることを調べてみるわ」キミズ夫人が言った。

「それなら私はeのあるマシュー・デ・ラ・ガードを洗ってみよう」レインが言った。「地元の公共図書館を当たってみるよ。ダリッジにも図書館はあるだろう」

「ありますとも。あなたはどうします、ギルフィラン？」

「すまないが、今日はこれからずっとスケジュールが詰まっている。ほら、内閣でね」

「わかりました……フォレストは？」

「私もパスさせてもらう。後援会があってね」

「しまった、私もだ。忘れていましたよ」ブライは認めた。「これが探偵ごっこの報いというわけですね、アーサー？」フォレストは舌打ちしながら、運輸大臣あての質問二十三番に対する回答をたずさえて、議会に向かってほとんど駆け出さんばかりに出ていった。《ケンティッシュ・マーキュリー》紙の見出しになるような自発的な補足発言を四十分間も練っていたので、チャンスを逃すつもりは毛頭なかった。

「かまわなければ、方針を変えてやってみるつもりだ」とパスモアが言った。「誰か行方不明者がいないか議会議事録に目を通してみると私は言った。行方不明の議員リストがあるかもしれないと思ったんだ。確かにあった！　しかし、短いリストだった。行方不明者は一人。彼が条件にぴったり合うのではないかと思う。あと少し調査をすれば、明日には皆さんに一部始終をお話しできるだろう」

「いいですね。ついでにズボン吊りの趣味を調べるのを忘れないで下さい」

彼らはぞろぞろと非閣僚用会議室から出ていった。今度もまたクリストファー・ピーコックが山のようなメモとともに一人取り残され、渋い表情をしていた。

「マシュー・デ・ラ・ガード。マシュー・デ・ラ・ガード」彼は独り言のようにつぶやいた。「彼の遺言状を見つけられないものかな。何か重要なことがわかるかもしれない」

実際、結局のところ、それがすべてをビッグ・ベンのベル室まで吹き飛ばしてしまうことになった。

15

下院図書室の中央ドアの所にいる警官が、議員ロビーで混乱した怒鳴り声を聞きつけた。彼はヘルメットを脱ぐと、警官規則に従って記章を前に向けて左腕にかかえ、図書室のオリエルの間のドアを押し開けて、頭を突き出した。実に見事なほどはげ上がっていた。

「本日の議事進行中です」びっくりするような大声だった。六フィート離れた所にいたステイリブリッジ・サウス選出の議員は、椅子から四インチほど飛び上がった。

「あの男ときたら」キャスリーン・キミズ夫人が毒づくように言った。彼女はてかてかしたピンク色の頭が戸口から引っ込むのを見つめていた。それから話し相手の方をじっと見た。「それに、このガードさんもね」と言い足した。

「残念ながら、これ以上この人に関する情報はありません」図書室司書のプレスディー氏は申し訳なさそうだった。

キミズ夫人は「図書室ときたら」と言いたい誘惑に駆られたが、特別な図書室であることを思い出して、思いとどまった。彼女は記録がどこにあるのか尋ねた。

「残念ながら何一つありません――議員の選挙区と日付を印刷したリスト以外には」と司書は言った。彼は机の上の厚手の二折判《フォリオ》（本としては最大の判型）を軽く叩いた。本のページは年月と七十年に及ぶロンドンの霧のせいで茶色く変色していた。「議会が議員を一個の人間として扱うようになったのはごく最近のことです」と彼は言い足した。彼の言う「最近」とは、過去三十年を意味していた。彼の言う「人間」は、文字通りの意味だった。

キャスリーン・キミズは彼を鋭い目できっとにらんだ。きっかけを摑みそこなって、彼女は舌を鳴らした。それがふさわしい行為に思えたのだ。

「すると、これからどこへ行ったらいいのかしら？」

「どこへも行かないことをお勧めしますね、マダム。うちの調査助手の一人にエクセターの市立図書館宛に手紙を書かせます。地方の図書館は、出身議員の資料を保存しているのが普通です。お調べのガード氏はエクセターが選出母体でしたね？」

彼女はうなずいた。「時間はどれほどかかります？」

「かなりかかりますよ」背後から声がした。彼女はさっと振り向いた。

「そんな風に忍び寄らないでよ、ヒューバート」と彼女は真顔で言った。「その様子では院内幹事と間違われるわよ」その言葉も本気だった。

「二日後に精霊降臨節のために議会が休会になるのをご存知ですか？」ブライは愕然とした様子で言った。「それから、この男を見つけるまでに一か月もないことを？　休会期間を含めてですよ！」

「この男じゃなくて、複数形で言うべきね」彼女がブライの発言を正した。

「なお悪い。この男たちだなんて」

「もしもあなたが情報を速くお知りになりたいのであれば、エクセターの図書館司書に直接電話をおかけになるといいですよ。氏名と電話番号は簡単にわかります」ちょうどそのとき、プレスディー氏はもう一人の議員を見つけた。彼のために死刑についての討論《ディベート》を調べておくと約束していたのだ。プレスディー氏は何か聞き取れないが丁寧な言葉でつぶやくと、図書室の中にある参考図書室へ向かった。

「我慢するんですね、キャスリーン。電話をかけるんです。明日には回答が戻ってきますよ」ブライが顔を輝かせてアドヴァイスをした。「エクセターの司書に電報を打つといい」

彼女には学ばなければならないことがたくさんあった——とりわけ地方自治体や公共図書館の資金調達に関して。しかし、キャスリーン・キミズのことならよくわかっていた。

「わかったわ」と彼女は言った。「電話をかけるのはちょっと贅沢のような気がするけど」

国会議員は自弁で長距離電話をかけなければならない。その一部が、ほんの一部が収税吏から還付されるのである。図書室を出て電話室に向かいながら、彼女は黙って唇を動かしていくらかかるか計算していた。

＊

「残念ながらこれまでのようですわね、レインさん」

ゆったりしたグレイの作業着を着て、手には大きな鍵を持った若い女性は、今にも泣き出しそうに見えた。彼女が大げさにうんざりした様子を表して肩をすくめると、レインはもしも彼女が泣いたら鼻の脇にある埃の跡は流れ落ちるだろうかと我知らず考えていた。無理だろうなと彼は思った。

「戦争中はいろいろ奇妙な出来事がありましたからね」彼は慰めるように言った。

「これは奇妙でも何でもありません。ただ、配慮が足りなかったのです」

彼女の声はべそをかいている時よりも怒っている時の方がひどかった。

レインは話を続けた。「戦争中、私が駐屯していた或る場所では、地元の図書館の管理委員会が百年分の《タイムズ》を売り払っていました。ちょうどこれくらいの量でした」彼は大げさにため息をついて、手を天井に向かって振り上げた。

「まさか！」彼女は先を促すように言った。

「ところがそうなのです。事実ですよ。魚屋にですよ！　配給物のアイスランド鱈の干物、半ポンドがラクナウ（インド北部の都市）の攻囲を伝える新聞に包まれているのを想像してご覧なさい！」彼女は当然のように呆然としていた。彼女にはレインの言った話のおかしさが理解できなかった。資料保管員には信奉する神がいるのである。

「とんでもないことですわ！　考えさせられますわね！」

レインは確かにその通りと言った。

「でも、少なくとも《タイムズ》だったら他にもありますからね！」絶望的な気分がキャンバウェル市庁舎に猛烈な勢いで戻ってきた。「課税査定簿は手書きのオリジナルで、唯一無二なんです」彼女の気分は最悪だった。

レインは責める気になれなかった。

「初めに写真をとっておかなかったのですか？」怒りの炎を焚きつけるように彼は尋ねた。

若い女性はそこまで話していいとは思わなかった。レインが脇を通って通路に出ると、彼女は大きな鍵を鍵穴に差し込んだ。背後でドアがガチャンと鳴り、錠が決定的なことを告げるかのような音を響かせて回った。鋼鉄製のリベットを打ち付けた鉄のドアを彼は見た。『公文書室』とあった。八十年間蓄積した、手書きのオリジナルで唯一無二の課税査定簿をパルプ工場へ送るよう指示を出した、責任ある市民から選ばれたグループの人たちにとって、『公文書』という言葉がどんな意味を持っていたのだろうと彼は思った。それを細かく切断し、どろどろに煮込み、水で割って白い粥状のもの、セルロース製のポリッジ、汚らしい灰色のパン粥といったものにして、オートメーションのロール紙を製造し、その紙を使ったカーボン・コピーでアドルフ・ヒトラーを撃退したとはいえ。

「おおかたパルプにされて菓子の配給券にでもなったのでしょう」若い女性は嫌悪感も露わに言った。

レインはもっとひどい可能性も容易に思い浮かべることができた。

「『国有財産』とスタンプが押されているのに」彼は思った。

「ここからどこへ行けばいいのですか？」レインは夢想からマシュー・デ・ラ・ガードの調査へ戻った。

副資料保管員は黒い鎖のついた鍵を振り回した。風切り音は怒りの気持ちを反映していた。「わかりません」彼女は言った。「ロンドン市の資料保管員ならば、カウンティー・ホールに何か資料を持っているかもしれません。一八三〇年代からのロンドンの住所録一式を所蔵しているので、お役に立つかもしれません。その住所録は印刷されたものですが」

レインはだからといって何も不都合はないと思ったが、彼は資料保管員ではなかった。

「印刷業者は間違いを犯しますから。収税吏は絶対に間違えません。課税査定簿は正確かつ完璧なのです」彼女は肩をすくめた。

レインは礼を言い、嘆いている彼女を残して立ち去った。

彼は時計を見た。十時六分。議会に戻る途中でカウンティー・ホールに立ち寄っても、どうしようもないのは明らかだった。翌朝、市の資料保管員に電話をかけよう。あるいは面会に出かけるか。とにかく、ウェストミンスターへの帰途、どこにも立ち寄る時間がないことがわかってショックだった。七時にはまず確実に採決があるだろう。ラッシュアワーに南ロンドンを通って四マイルの道のりを車の運転をしなければならなかった。彼は車のドアをばたんと閉めた。

「採決なんて！」彼は努めてまるで下品な言葉ででもあるかのような言い方をした。

エレファント・アンド・カースルへの道を半分まで来たところで、彼は書き写してきたメモのことを思い出した。交通に目をやりながら、ヴェストに突っ込んでおいたのを見つけるまで一、二分かかった。

キャンバウウェルのダリッジ区における初期の課税査定簿で、残っていた最新の巻の記載事項をなぐり書きしたものだった。

『ロッシー館、バック・レイン、一八五五年真夏。総賃貸評価額一二〇ポンド。課税額一〇二ポンド。救貧税はポンド当たり十五ペンスの税率で六ポンド七シリング六ペンス。一般税はポンド当たり二ペンスの税率で十七シリング。競売人兼葬儀屋ジョン・モーティマー・タウンゼンド・ウィンター。七ポンド四シリング六ペンス支払い済み』

16

「パスモアはどこです？　誰か見かけませんでしたか？」

「昨夜遅く、図書室にいるのを見たわよ、ヒューバート」キミズ夫人が朗らかに言った。「これから一人で徹夜だって言っていたわ。死体のジョンの調査で」

「熱心でしたからね」

「かもしれません。欠席してそれを示すことができないのは遺憾です」ヒューバート・ブライは少し苛立っていた。「彼抜きで始めますか？」

「正直言ってそうしていいものかどうか。何か役に立つ手がかりを突き止めたとか言っていた。明日まで延期することはできないのかね？」ギルフィランが尋ねた。彼はいらいらと落ち着きがなかった。

「無理ですよ」とブライが言った。「明日から二十九日までの十一日間、議会は閉会になります」

「なんてこった」驚いたことにビーズリーはそのことを忘れていた。

　ブライは彼を無視した。「誰か質疑を行う人は？」彼は問いかけるようにテーブルを見回した。

「いや。しかし、三時半前には議会に出たいな」ギルフィランは率直に見えるように努めたが、尊大に見えてしまう結果となった。

　出席者中ただ一人の閣僚として、質疑の最後に予定されている植民大臣（植民省は一九六六年に連邦省に併合され、現在では外務連邦省となっている）の演説のことを知っていたのだ。一同はいつもながらの彼の純朴さを尊敬して何も言わなかったが、質議が終わったら下院に行くことに決めた。

「オーケー。それならパスモアを待たずに始めよう」ブライは正面からテーブルに着席した。「知りたいことがあれば書記から話を聞けばいい」

ピーコックが鉛筆を削り始めた。

「キャスリーン」ブライが言った。「あなたの話を最初に聞かせて下さい」かくして第三回ブライ委員会が始まった。

「いいわよ」キミズ夫人が言った。彼女はハンドバッグを開いて、丁寧にたたんだ手紙を取り出した。

「ヒューバート、あなたはご存知ですけど、他の方たちは違います」彼女は委員たちに話しかけた。

「昨日の午後――そう、水曜日でしたが――エクセターの市立図書館に電話をかけて、リチャード・ソマーズ・ガードに関する調査を依頼しました。これがその返答です。今朝、着いたばかりです。

『親愛なるマダム、

リチャード・ソマーズ・ガード

本日午後の電話に対して、一八六八年九月二十三日のトルーマンの《フライング・ポスト》紙（五頁）に掲載されたR・S・ガードの死亡記事の複写を同封いたします。

ガード氏は一八六三年、エクセターの織工組合の組合長に選ばれました（典拠：B・F・クロスウェル著『エクセター市およびエクセター州の織工、洗い張り職人、けば取り職人組合小史』、エクセター、ポラード社刊、一九三〇年、一一三頁）。

一八八一年、スティーヴンズ氏作なるガード氏の等身大の大理石製胸像が、弟のエドワード・ガードによってエクセターのロイヤル・アルバート記念博物館に寄贈されました（典拠：デヴォンシャー協会会報、十六巻、一四四頁、一八八四年）。

残念ながら、エクセターで調べることのできた資料は以上にとどまります。

敬具
N・S・L・パグスリー
市立図書館司書』

委員たちは感銘を受けていた。「全員がこのように迅速かつ周到に行動してくれたらありがたいものです」ブライはキミズ夫人の方に向かって感謝の意を込めてうなずいた。

キミズ夫人は市立図書館司書に代わって恐縮した。「ちょっと待って下さい」と彼女は言った。「死亡記事をご覧になるまで！」彼女はもう一枚のタイプした文書を開いて、ヴィクトリア朝後期の哀悼文の典型例、棺の蓋に降りかかる土塊《つちくれ》のように所々に悪口も混ぜた文章を読み始めた。

「うわー」アレック・ビーズリーが俗っぽく言った。「これで彼は除外だな。たとえ」と彼は続けた。「新聞が地元の組合に偏った見方をしていたとしても、この人物はわれらが友マシューよりもずっと好人物のようだ」

「だからどうしたというのだね」とフォレストが言った。「地元新聞の記事で判断することはできないよ。しかし、彼が候補者から除外されるという点では私も同感だね。死ぬのが早すぎる」

「それはレディー・マクベス的な意味（マクベスは夫人の死の知らせを聞いて、「あれもいずれは死なねばならなかった」と述べた。第五幕第五場）でかね？」

「いや。シャーロック・ホームズ的な意味でだ」とフォレストは言った。ヒューバート・ブライは幾分困惑したような笑みを浮かべた。「どうしてです？」と彼が訊いた。

「なぜかというと、ランサムの叔父リチャード・デ・ラ・ガードは甥、すなわちランサム自身が幼児の時にロッシー館を相続した。つまり、九〇年代のいつ頃かだ。このエクセターのガード氏はその三十年も前に亡くなっている」一同はうなずいた。

「あなたは賛成ではないのですか、キャスリーン?」彼女の夢想を破ってブライが尋ねた。

「あら、ええ。賛成ですわ。もちろん。ちょっとした疑問について考えごとをしていたのです。《スティリブリッジ・エコー》紙だったら、私のことを『穏やかな気質で寛大な心の持ち主』だなんて書くかしら」

「それはひとえに、われらが亡くなった友人のように、あなたが一度に千株を一ポンドで買って、五十万ポンドで売り払ったかどうかによりますな!」フォレストが言った。

「静粛に! 静粛に!」ブライがテーブルをドンと叩いた。特別委員会はこの種の発言は好まないものである。

「結構です」委員長が再び議事進行を掌握して言った。「次はどなたです?」

ナイジェル・レインがポケットから紙片を取り出した。「どれだけの価値があるかはともかく」と彼は言った。「ここにあるのはマシューに関する否定的な内容です」

彼は委員たちにキャンバウェルの市庁舎訪問の顛末を話した。「なんてことだ」レインが話し終えると、即座にブライが言った。「つまり、地元の記録からはマシューがいつロッシー館を相続したか証明することはできないということですか」

「その通り。地元の記録からでは。課税査定簿は永久に失われてしまいました。公文書室に存在する最新のものによれば、ロッシー館を所有していたのはウィンターという競売人兼葬儀屋でした」

「それは一八五六年ですね?」

「ええ、一八五六年です」レインが微笑んだ。「地元の記録にはがっかりさせられましたが……」

「ナイジェル」とキミズ夫人が言った。「あなた、何か隠しているわね」

「しばらく待って下さい。そこで私は憂鬱な若い女性のアドヴァイスに従ったのです。今朝、カウンティー・ホールへ出かけて、ロンドン土木局の下水課税査定簿と呼ばれる手書きの原簿に目を通してみました。ロッシー館には下水税がかかっていませんでした！」

　彼は全員が失望をかみしめるのを待った。

「すると、資料保管員に名案が浮かんだのです」六本の手が関心を惹きつけられて上がったので、彼はにやりとしてテーブルを見回した。「ロンドン市議会《L・C・C》の議員図書館に住所録が収蔵されているのを思い出したのです。確かにマシューは載っていました。お聞き下さい」

　彼は目の前のテーブルに一枚の紙を広げた。全員が身を乗り出してテーブルにおおいかぶさるようになったので、まるで昔ながらのアナーキストの会合のように見えた。レインはゆっくりと読み出した。「一八五〇年から一八五七年までの間、ロッシー館は競売人兼葬儀屋のウィンター氏が居住していると記載されております。一八五八年の住所録では土木技師と記載されている人物に、葬儀屋は館を譲り渡しております」ここで彼は効果を狙って言葉を切った。「その人物の氏名は『M・デ・ラ・G・グリッセル』」レインは再びここで効果のために言葉を切った。「一八五八年の住所録では、私の言ったように『M・デ・ラ・G・グリッセル』となっています。一八五九年と以後二十年間は――あるいはそれ以上かもしれません。そこまでしか調べる時間がなかったので――単に『M・デ・ラ・ガード、紳士』となっています」

「おかしな紳士もいたものですね」ブライがうんざりしてうなずきながら言った。

　再び短い沈黙に近い静粛。沈黙を破ったのは委員会の書記クリストファー・ピーコックだった。彼は記憶を必死にたどっていた。まるで深刻な計り知れない困難に陥ったフクロウを思わせる、馬鹿みたいな様子だった。彼は何度も何度もつぶやいていた。「グリッセル、グリッセル、グリッセル……」

　ブライは彼の方を尋ねるように見た。

「書記殿が放心しておられるようだ」と彼は言った。

ピーコックが夢見心地で微笑んだ。「どうも頭の中で鳴り響く名前なんです」と彼は言った。

「そのようだね！」

「鳴り響くと言えば、ベルに決まっている！」ピーコックが声を限りに叫んだ。外の通廊にいた警官がノブを摑み、押し入ったものかどうか迷っていた。キミズ夫人は椅子から四インチほど飛び上がったが、この二日間でこれが二度目だった。今回は夢中になっていたので、誰に向かっても非難しなかった。

「頭の中で鳴り響いている。それも当然ですよね！」クリストファー・ピーコックはテーブルを見回した。

「マシュー・グリッセル」と彼は言った。古典語における金のかかるウィカミスト教育の成果が役に立った。「シ・モニュメントゥム・レクィリス、シルクムスピス（『汝が彼の記念碑を求むるならば、見回すべし』の意味）」と彼は言った。彼はテーブルを見回したが、間違って単数人称で言ったことに気づいて、複数形で言い直した。「シ・モニュメントゥム・レクィリティス、シルクムスピシテ」彼は一人で悦に入っていた。

「何のことだね？」リチャード・ギルフィランがゆっくりと尋ねた。「セント・ポール大聖堂にあるサー・クリストファー・レンの墓碑銘（墓碑銘の方は単数形の前者である）じゃないか」

「そうです。国会議事堂においてはマシュー・グリッセルのための墓碑銘になるのです」彼は言葉を切って、テーブルを見回した。「彼の記念碑を求めるならば、見回してご覧なさい。グリッセルというのはここを建てた人物の名前です」

17

「確かなのか？」ブライが委員全員の疑問を代表して言った。

「ええ、確かです」とピーコックが言った。それからすぐに「でも、ちょっと待って下さい。確かかとおっしゃるのは、どの点についてなのですか？」

「マシュー・デ・ラ・ガード・グリッセルが国会議事堂を建設したということだ」ブライが言った。

「いいや、それは言い過ぎだ」レインが割って入ると、ピーコックが彼に向かって微笑んだ。

「お言葉ですが、そう言ってもいいのではないかと思います。いや。私が自信を持って言えるのは、十九世紀に国会議事堂を建設した男はグリッセルという名前だったと言うことです」

「しかし、その後は明らかなのではないかね？」ビーズリーが言った。「なにしろ、グリッセルなどという名前の人物は多くはないし、レインの住所録では土木技師と記載されていたではないか。その言葉はほとんどいつも、報酬と利益の大きい建設業者を意味しているからな」

「今日は辛辣だね、アレック！」フォレストは面白がっていた。「それで何もかも辻褄が合う」彼は続けた。「もしもこの男が時計塔を建設したグリッセルその人ならば、死体を上に運び上げるのはたやすいことだっただろうし……」

「でも、どうやって？」キミズ夫人がさえぎった。「消防車のリフトでも使うの？」

「いや。まだ生きている時に上まで連れてきて、見事な煉瓦造りを鑑賞している間にガツンとお見舞いするのだ」

「それでパスモアの反論の一つに決着が付いたな」とレインが言った。「建物を管理していたのが彼だったなら、友人のジョンと一緒に上る許可を取る必要はない」

ギルフィランがテーブルに身を乗り出した。「石工用の槌」と彼はつぶやいた。「槌のことも説明できる」

「もちろんだわ」キミズ夫人が熱心に言った。

「しかし、完全にというわけではない」レインが速断を避けた。「お好みなら建設業者と言ってもいいが、土木技師ならば槌を持っていても不思議ではない。しかし、だからといってダリッジの像に槌で手を加えたということにはならない」

「今思いついたんだが」ギルフィランが人差し指でゆっくりとテーブルを叩きながら言った。「もしかしたら、グリッセルはピュージンとメイビー、ジョン・トーマスを手伝ってウェストミンスター宮殿の石像を彫ったのじゃないか。もしもそうなら、ダリッジにある像は彼の習作かもしれない」

「習作を作ったのは確かだろう。私自身はそのことに一点の疑問も抱いていない」アーサー・フォレストが言った。「たぶんギルフィランが建設省でその方面から調査をしてくれるんじゃないか」

「いいとも」ギルフィランが言った。「うちの省の連中にやらせよう」彼は委員長の方を向いた。「初めてロッシー館に行ってランサムに会ったとき、彼が石像のオリジナル・スケッチを持っていると話したのを覚えているかね?」

「ええ、彼はそう言いましたが、この目で見たわけではありません」

「入手できると思うかね?」

「さあ。しかし、今度会った時に話してみましょう。明朝、こちらに来る途中、立ち寄ってきます」

ブライは気分が高揚してきた。「何か摑めそうだ」彼は嬉しそうに言った。

ドアが静かに開いて、オリヴァー・パスモアが部屋に入ってきた。

「まったくもってすまない、ブライ。これ以上早く着くことができなかった」彼は委員会の雰囲気を察した。「何か掴んだのかね？」辺りを見回すと、ブライが愛想良くうなずいた。

「いや、手放しで喜ぶわけには行きませんが、レインとピーコックが確かに重要なことを掘り出したのです」

彼はパスモアにおよその話を聞かせた。

「というわけで」と彼は話を締めくくった。「マシュー・デ・ラ・ガードはマシュー・デ・ラ・ガード・グリッセルになりました。時計塔の建設者はグリッセルなる男です。マシュー・グリッセルは建設業者でした。いずれまもなく、彼が彫刻と関係があったかどうか判明するでしょう。ギルフィランがその件について……」

ギルフィランが任せてくれとばかりにうなずいた。ブライはうなずき返した。

「それでは、明日、同じ時間にまた集まることにしましょう」

「明日は金曜日だ。誰か早退する人は？」フォレストが尋ねた。「休みの前の最後の日だ」

誰も答えなかった。

「結構」とブライは言った。「そろそろ出かけた方がいいでしょう。質疑はほとんど終わっている頃です。下院に出たいとおっしゃっていましたね、ギルフィラン」

全員が立ち上がった。

「ちょっと待った」パスモアが言った。

一同はゆっくりと再び席に着いた。

「そんなに手間は取らせん」彼はテーブルの目の前に一束の書類を置いた。「君たちがマシューを片付けている間に、私は別の方面から攻略していた」

彼は目の前の書類を軽く叩いた。

「これがジョンだと思う。彼について書かれたものを読んでくれ。一人に一部ずつ写しがある」

七本の手が写しを求めてさっと伸びるのを見て、彼はとてもご満悦だった。

18

「ヒューバート！　ヒューバート！」

キミズ夫人はhの音を誇張して二度、小さな声で名前を呼んだ。深く息を吸い込んだので、かえって耳障りな音になってしまった。十フィート離れた、大きな革張りのテーブルの向こうで、ヒューバート・ブライがすばやく顔を上げた。彼は衝撃を受けると同時に立腹した。衝撃を受けたのは、彼らがいるのが図書室の無音室で、会話はたとえささやき声であってもタブーであり、恥辱的な行為だったからである。立腹したのは、彼がオリヴァー・パスモアの資料に取りかかるのを妨げる極めて組織的な陰謀が行われているように思えたからである。二人の有権者、院内幹事、そして副大臣に次々と捕まった結果、パスモアの書類は二時間ほどアタッシェ・ケースの中で手つかずのままで、矢も盾もたまらない思いをしていたのだ。そして今度はキャスリーン・キミズときた。しかも、一層ひどいことに、キャスリーン・キミズは無音室でささやいて、沈黙の壁とあらゆる規則を破り、シデナム・トンネルを抜ける夜行トラックのようなヒス音を立てているのだ。

「何です？」彼はしゃがれ声で尋ねた。

「シッ！」暖炉のそばの議員から声がかかった。沈黙の中、電気による疑似暖炉の明かりがちらちらと明滅した。

ブライはうなった。この場に相応しいと考えられる言葉は歯擦音かhの音を含む口汚ない言葉だったが、そんなことを言ったら事態を一層こじらせてしまうような気がした。

彼は女性議員の方をきっとにらみつけると、左肩の後ろの方へ頭を振って見せた。その仕草は、その状況では極めて無礼な感じだった。二人は立ち上がって、無音室から出る自在ドアの方へ向かった。二人はまるでパントマイムで複雑な儀式（議会風の能とでも言うべき極めて意味ありげで象徴的なものだ）に参加しているかのようで、最後には合流する二つの別々のルートを通って、椅子やテーブル、くずかご、ブリーフケースの間をかき分けつつ図書室のB室の日常世界を目指していた。ブライが自在ドアを手前に開けると、タバコの煙がさっと入り込むと同時に外の会話も聞こえてきた。自在ドアはブライの足にぶつかり、ずっしりした樫材と革が当たる音がした。先ほどの暖炉のそばの議員がシッ！と言った。

ブライは今度はさっき思い浮かんだ言葉を口にした。自在ドアが戻ってきた時に彼は足で蹴った。

「議会に相応しくないわよ、ヒューバート」

彼はもう一度同じ言葉を口にしそうになったが、キミズ夫人ににやりと笑いかけた。

「いったい何のご用です？」

「オリヴァーの文書を読んだかどうか知りたかっただけよ、ヒューバート……いったい何て顔をしているの？」

「私に訊きたかったのはそれだけですか？」彼は裏声で言った。

「そうね、実を言うとそればかりではないわ」

「何でしょう」声が急に小さくなった。

「私に考えがあるの」

一人の議員がドアのすぐ手前のデスクからさっと顔を上げた。そしてさらにすばやく顔を伏せると、当てつけたように経済総覧に専念した。

「どんな考えです？」

「誰かが議会の建物についてちょっとした調査をすべきだと思うの。もしもこのグリッセルという男――けったいな名前じゃない？――もしもグリッセルがこの場所で働いていたのなら……」

「もしもね！……」

「……ええ、もしもよ。彼のいかさま仕事に気づいた人間がいたかもしれないわ」

「なんともエレガントな言い方ですね、キャスリーン」

「エレガントなものですか！　とにかく、私はここの建物については大して知らないけど、建築家の見積りが大きく食い違うことが、議会での冗談の種になっていることぐらいは知っているわよ」

「一理ありますね。見積書は議会では必須だから」

　彼はディズレーリ風の態度を気取っていた。

「現在そうだし、過去においてもそうだったわ。そして、それは当然のことだわ。それで、建築中に誰かが不正を行ったんじゃないかと思ったの」

「しかし、誰もが不正を行っていたわけではありません」とブライが言った。「ボスのバリー（国会議事堂を設計したサー・チャールズ・バリーのこと）だってそんなにうまくはやれませんでした。予算を引き出すまでに、あわや大蔵大臣を訴えるところまでいったんです」

「そうなの！　一財産築いたのかと思っていたわ」

「とんでもありません。彼が手に入れたのは潰瘍だけです。おっと、それからナイトの爵位がありましたね」

二人は成功した平民として確固たる地位を築いたサー・チャールズ・バリーを哀れむような目をした。

「ねえ、いい考えだと思わない？」キミズ夫人が本題に戻った。

「建物に関する調査？　ええ、もちろんですとも。でも、それに関する本とかがないんじゃないですか？」

「ピーコック青年はそう言ってるわね」

「彼はその手のことに詳しいんですか？」

「だと思うわ。委員会書記の連中というのは、歴史にどっぷりつかって身動きがとれなくなっているみたいじゃない？　それに、全員が多大な時間を昔の議事手続きの研究に費やしているみたい。いつだったか、過去二十年間というもの、議事録の各巻を読んでから眠ることにしているという同僚の話を、あの人たちの一人がしているのを聞いたことがあるもの。六週間で一巻の計算になるわ」

「そういう人物こそ調査役に相応しいですね。委員に取り込めませんかね？」

「もっといい考えがあるわ。図書室の調査課に持ち込めないかしら？　彼らにメモをまとめるよう依頼するの。出来のいい簡潔なメモを」

「いけない理由がありますかね。規則に則っています。われわれのやっているのは議会に関する仕事です」

「そうよね」

「もちろんですとも！」ヒューバートは自分を納得させた。

「オーケー、もちろんそうだわ。私から依頼しましょうか、ヒューバート？」

「頼みます。私はパスモアのいわゆる死体のジョンに取りかからなければなりません」彼は書類に取りかかるため無音室に戻ろうとした。キミズ夫人が再び彼を引き留めた。

「その前にあと一つだけ。どうしてリチャード・ギルフィランはこの建物についてよく知っているのかしら？」

「そうですね、それが彼の仕事なのでは？　彼は建設省だから」

「要するに自分の仕事に誠実だということ？」

「ああ、当然ですよ。ウィンストンみたいに。チャーチルは海軍大臣になると、水兵の教育課程を履修したんです」

「そしてギルフィランは建築の課程を修了したわけね」

「だとしても驚きませんよ」ブライはキャスリーンがびっくりしているのを見て驚いた顔をした。

「確か彼は今朝、幾つか名前を挙げていたわね。ピュージン、メイビー、トーマス……」キミズ夫人は我知らず感銘を受けた様子だった。「メイビーとトーマスなんて聞いたことある？」

「一度も！」

「やっぱりね」彼女はほっとした様子だった。「確かガイドブック・スピーチ用に少し仕事をしなければならなかったんだわ」テラスでのお茶を目当てに来る有権者のために、全議員が即座に念入りなガイドブック・スピーチなるものをやることになっていた。有権者たちはイチゴやクリームを頂く代わりに、河岸に面した国王や女王たちの等身大の石像に関する波瀾万丈の説明を聞くことになると少しがっかりするが、ありがたがりはしなくても立ち去るときには感銘を受けていた。これが選挙の時に役に立つのだ。

　ブライは再びパスモアの書類に取りかかろうと無音室の方に行きかけた。しかし、またしてもだめだった。

「メイビーとトーマスといえば、会合の後でクリストファー・ピーコックの所へ行って『ジョン・トーマスって誰？』って訊いてみたの。どうして彼はくすくす笑ったのかしら？」
「いったいどうしてだろうね？」ブライは一人の議員のアタッシェ・ケース、議事録の山と答弁書にぶつからないようにしながら言った。少なくとも一人の官吏が議会議事録ばかりでなく、たまたま近代作家の作品を読んでいたことがわかって嬉しかった（ジョン・トーマスは俗語でペニスを意味する。D・H・ロレンスに『ジョン・トーマスとレディー・ジェイン』という作品がある）。

19

ブライは無音室の自分の席に腰を下ろした。彼は時計——音を立てない時計だ——を見上げ、ちょっとした計算をした。今は七時で、議事堂が閉まるのは十時半だ。喫茶室で夕食にかける半時間と厚生大臣宛の二つの手紙（依然としてウェスト・ノーウッドにできる新しい病院の件だった）の下書きにかかる二十分を差し引く。すると、あと二時間半ほどパスモアの文書に目を通す時間があることになる。

彼が書類を開くと、或る考えが不意に思い浮かんだ。このところ毎日ほとんどの時間、彼の頭に染みついて離れない、干からびて骨皮筋右衛門と化した死体のジョンも、かつてはブライが今こうしているように、過去を見つめて、それを自身の現在の一部として感じながら腰を下ろしていたのかもしれないという考えだった。実際、もしかしたら同じ革で覆ったテーブルの同じ革張りの椅子に腰掛けていたのかもしれない。ジョンがかつて腰を下ろし、一世紀を隔てた殺人というような遠い出来事に思いを馳せたことがあっただろうかと、ブライは訝《いぶか》った。身元不明の人物の謎の人物による殺人。確かに、議会の標準に照らしてみても遠い昔の出来事だった。彼は肩をすくめて自分の考えを払いのけると、書類に取りかかった。

＊

備忘録《メモランダム》

『下院議事録』に数時間を費やした結果、一八三七年から一八六五年までの間に議事録に不在との記載なき議員で、失踪した人物は一人もいないことをご報告しておく。

管理は完璧だった。議会を代表する議長の許可なくウェストミンスターからいなくなった議員は（議員が無給の時代にあっても）一人もいなかった。実際、会期中はちょっとした緊張状態だったはずだ。議員が議会を欠席することが許されたのは軍務に服するため（主としてセポイの反乱と、クリミア戦争の期間）、法廷で証言するため、祖母の葬式に立ち会うため、被告席に着くため（テュークスベリ選出のハンフリー・ブラウン氏やハーン・ヒル選出のジョン・ウィンター氏のように、主として破産が原因）、病気のため、あるいは病気の親戚を見舞うためであった。

一八三七年から一八六五年までの間に、ただ一人の人物が一年以上にわたって欠席し、議会侮辱罪に問われ、不在のまま除名された。その人物の名前はサドラー、ジェイムズ・サドラーである。彼は弟の国会議員ジョン・サドラーによる一連の詐欺に荷担したことで除名された。

＊

ジョン・サドラーは一八一四年、アイルランドのシュローン・ヒルなる地で生まれた。弁護士事務所の事務員を皮切りに、事務弁護士となり、その後、兄のジェイムズの引きでティペレアリー合弁貯蓄銀行の重役会に加わって、銀行業に進出した。

一八四七年、初めはカーロウ選出議員としてロンドンに上京、やがて（二、三週間後には）ロンドンおよび諸州合弁貯蓄銀行の取締役会長に就任した。彼はロンドンに十年間留まったが、一八五六年二月十六日土曜日の夜、ハイド・パーク、グロスター・スクウェア十一番地の自宅を出てハムステッド・ヒースへ向かい、そこで自殺史上最も手の込んだ演出で自殺を実行した。

翌朝八時半、ベイツというロバ引きがヒースで自分のロバを探していて、《ジャック・ストローの城》というパブからおよそ百五十ヤード離れた小さな塚の上で死体を発見した。死体はまだ温かかった。死体は脇腹を下にして安らかに横たわっており――「眠っているようでした」とベイツは証言した――争った形跡はなかった。着衣は整然として乱れたところはなかったが、帽子は丘の斜面寄りに二、三ヤード離れた所に無傷で転がっていた。死体の横には『毒薬』とラベルの貼られた壜が落ちていた。しかし、これだけではまだ言い足りない。壜には単に『毒薬』のラベルが貼られていたというだけでなく、そのラベルが何枚も周り一面に貼り付けられていた。壜には『アーモンド油のエキス』が入っていて、その横の草の上には『アーモンド油』が数滴入り、底にジョン・サドラーの紋章が見事に彫られた銀のカップもしくはクリーム入れ（場合によって記述が異なる）が落ちていた。

死体から一、二ヤード離れた場所には剃刀一式の入ったケースが口を開け、その脇には角砂糖入りの小さな袋があった。検屍報告書によれば、胃の内容物は阿片とアーモンド油のみとしか記載されていなかった。死体のポケットの中には金貨と紙幣で二、三ポンド、それに封をした三通の手紙が入っていた。手紙の一通は義理の姉宛で、自分が世間をあっと言わせた一連の詐欺事件に関わっていたことを認める内容だった。義理の姉の名前はアリス・サドラーだった。

ジョン・サドラーはティペレアリー銀行から二十万ポンドも超過引き出しをして、赤字総額は四十万ポンド以上にのぼった。それに対して、負債の償却に当てる資産はわずかに三万五千ポンドだった。数週間後、詐欺がジョン・サドラー一人によるものであるという本人の主張にもかかわらず、大陪審はティペレアリー選出議員のジェイムズを起訴した。ジェイムズは妻のアリス・サドラーを棄てて行方をくらましたので、下院はやむなく『前日に議会命令に従って出席せず、裁きを逃れた』という理由で、不在のまま彼を除名処分とした。ジェイムズ・サドラーは以後、再び姿を見せることはなかった。ジョン・サドラーは死亡したと考えられた。

さて、ここがこの備忘録の肝心なところだ。ジョン・サドラーは確かに死亡したと断言できる人間がいるとは思えない。

メアリー・エリザベス・ブラッドンの名前を聞いたことがあるかね？　彼女は六〇年代と七〇年代のブラム・ストーカーあるいは『マンク』・ルイスであり、一八六一年に多分に死と推理が含まれている『蛇の軌跡』をもって、文学における暴力と扇情のキャリアのデビューを飾った。私としてはすぐに読むことをお勧めしたい。一つには、幾多の困難がある場合の私的探偵活動のやり方について、多くのことをわれわれに教えてくれるからだ。（もっともそれは、君たち、わが親愛なるブライやその他の委員が直面しそうもない困難だがね。ミス・ブラッドンのグロテスクだが気のいい小男の探偵ピーターズ氏は唖《おし》なのだ。）

蛇その人はジェイベズ・ノースという極めて不愉快な青年で、マンチェスターの住人なら誰でもソールフォードのことだとわかる、スロッパートン・オン・ザ・スラッシーなる町の教師として軌跡のスタートを切るのだ。その後の軌跡はパリ、ロンドンのベルグレイヴィア、シティーを経て、悪名高い移民船、ブラック・スター航路の蒸気船ワシントン号の貨物ドックへと至る。

この頃には彼はすでにジェイベズ・ノースではなく、ムッシュー・レイモン・ド・マロールなる貴族風のフランス人になっていた。彼はノースが『自殺』したときに名前を変えたのだ——戸外の低い塚の上に横たわり、脇には『毒薬』のラベルの付いた壜が落ちていた。他人が彼の服を着て死んでいたのだ。

このアイディアはメアリー・エリザベス・ブラッドンの巧妙な新機軸というわけではない。五年前に「ジョン・サドラーの」死体が《ジャック・ストローの城》の近くで、苦痛を伴う死の手段に囲まれ、しかし安らかに眠っているような様子で横たわっているのが発見されて以来、何千という人たちが同じことを考えてきたのだ。

ベイツがハムステッド・ヒースで死体を発見して二、三日もすると、ジョン・サドラーは債権者から逃れ、金を持って逃亡したという噂が広まった。それは単に債権者たちの欲求不満から出た噂ではなかった——きっかけはそうだったかもしれないが。地面に横たわっていた死体の姿勢、胃の内容物、ハムステッドの救貧院が近くにあったことに基づいた確信といって良かった。人々は皮肉な論理を駆使して、自殺の替え玉を入手する最善の方法は、救貧院の収容者に会い、瀕死の状態になるまで阿片を服用させ（阿片は貧困者の救いの神だ）、最後の段階に至ったときに——後で調べたときに検出されるように——アーモンド油を一、二滴含ませることだと考えた。阿片を服用して死に臨ん《イン・イクストリーミス》だ人間は、アーモンド油によって安らかに死後の世界へと旅立つのだと人々は考えた。

サドラーの犯罪が露見したとき、もしも彼が書斎の中で銃で自殺するというありふれた方法を選んだのなら、誰も驚かなかったことだろう。人々が納得できなかったのは、《ジャック・ストローの城》まで、へまで見込みのない自暴自棄な旅をし、そのくせアーモンド油や阿片チンキ、角砂糖（小袋入り）、容易に持ち主を特定できる銀のゴブレット、それに予備の剃刀一式を準備しておくという用意周到さだった。

サドラーの死後一週間後、ロンドンの半数とロンドンデリー（北アイルランドの州）の過半数の住人が、ジョン・サドラーは債権者たちを逃れ、秘密を保ったままどこかで生きながらえていると思っていた。

それはいつまでか？　アーミティジが時計塔の天辺でつるはしの先端を彼に打ち込むまでか？

私としては一つの可能性としてこのことを吟味するよう委員会に提案したい。

*

ヒューバート・ブライは革張りの安楽椅子にそっくり返ってタイプ打ちの文書を穴の開くほど見つめていた。大柄で悠揚とし、肥満していると言っていいオリヴァー・パスモアが夜更けに訴追側の論告を練り、自らの雄弁に酔い、自分が満足し納得できるまで訴えかける面白くもない様子を彼は思い描いた。

ブライは右手の甲で不謹慎にも書類の束を叩いた。

「なんということだ」彼は声に出して言った。

「シッ！」窓際の議員が言った。

20

「すばらしい！」クリストファー・ピーコックが落ち着き払い、賛嘆の念を含んだほとんどささやくような声で言った。

「ええ」緋色の立派なフロックコートを着た老紳士が言った。老紳士は広々とした中庭を見回して、優雅で美しく均整のとれたサマセット・ハウスの正面に目をやった。まるで彼自身が建物について尋ねられ、テムズ河畔にこの異国風の大陸的な美しさを持ち込むために、イタリア派の建築家を雇うことを提案したのも彼自身であるかのように、老紳士は同意の念と誇りをあらわにしてうなずいた。入口に立った彼は、トラファルガー広場に向かって西向きに流れていく交通の、落ち着きのない騒音が絶えることなく聞こえるストランド街に背を向けた。

「遺言検認登録所はどちらですか?」ピーコックは山高帽をいつもより二インチ半高く持ち上げて尋ねた。

ドアマンは細い金色の帯のついたピカピカのシルクハットに手を触れて、中庭の一番遠くの場所を指さした。「間違えようがありませんよ。それに、通り過ぎても突きあたりになって外に出られませんから」声の調子から、どんな人間でも好きこのんで無分別になるとでも言いたそうだった。

「ありがとう」ピーコックは言った。彼は再び帽子を持ち上げた。今度は赤いコートのドアマンばかりでなく、近くのジョージ三世国王陛下の像とその足下で舌を垂らしてだらしなく横たわっている川の神ファーザー・テムズに対しても挨拶をした。相手はお返しにシルクハットをほんの一瞬持ち上げ、なめらかに櫛の入った髪が純粋な銀髪であることがわかった。

ピーコックがゆっくりと丸石を敷いた舗道を歩いていくと、ストランド街の喧噪は二世紀半ほど隔たった彼方に飛び去ってしまった。灰色の鳩が二、三羽、無頓着そうに彼を見ていた。まるでこの冬は辛かったという様子をしているな、と彼は思った。鳩は平らに石を敷いた道を進みながら鳴き声を立てなかった。眠気を誘う、低い恋のささやきは、やがて陽が高くなるとともに聞こえてくるのだろう。

ピーコックは中庭を横切って一番離れたドアへ向かった。上方には悪意に満ちたグロテスクなポリネシアの人魚が二体、石に彫られていた。彼らは船一杯の貨物をめぐって争っているようだった。ピーコックは彼らを励ますようにうなずくと、中に入っていった。

まだ十時十分で、登録所が開いてから十分と経っていなかったが、入口ホールは上品な活気にみなぎっていた。ピーコックはじっくり考え、その場所に関する掲示を読むためにしばらく立っていた。濃藍色の粗いサージのスーツを着た職員が二、三人、声をかけられるのを待っていたが、誰も彼に話しかけなかった。

みすぼらしい場所だった。高貴な均整のとれた十八世紀の洗練された入口ホールの中に、予算を削減された政府の一部門が入っていた。クリーム色の壁と柱は汚れ、天井蛇腹《コーニス》はロンドンの煤で黒くなっていた。ホールの床の上のスペースは、地下の保管室から膨大な資料を運び込んでいる職員や弁護士事務所の職員、年次目録に名前を探す貧相な系図学者たちに占領されているようだった。部屋の中央では、毛足の長い毛皮のコートを着た耳障りな声の女性が、制服の案内係にぶつぶつと文句を言っていた。「理解できないわ」彼女は悪意を込めて言い続けた。案内係は動じなかった。「もしもその方が遺言状を作成し、検認を受けたのなら、絶対にここにあるはずです」と彼は言った。彼は索引を書棚に戻した。「お間違えになっているに違いないと思いますね、マダム」彼女は今では手の届かないところに行ってしまった死者による、何か秘められた個人的怨恨を男の中に見て、彼を冷たくにらみつけた。

ピーコックは不安を覚えながら、調査カウンターに向かった。先ほどの女性とその怒りをもう忘れ去った陽気そうな案内係が声をかけてきた。

「お名前をどうぞ！」

「ピーコックです」

案内係は所定の様式に名前を書き入れた。

「一シリングです。いつ亡くなりましたか？」

「誰がです？」

「ピーコックさんです」

「亡くなってなんかいませんよ。私です」

案内係は目をぱちくりさせて、穏やかにため息をついた。

「よくあることなんです。どなたのことをお調べでしょうかという意味で申し上げたのです。一人につき一シリングです」

「ああ」とクリストファーは言った。「デ・ラ・ガードです。マシュー・デ・ラ・ガード。人生の大半をその名前で通していました。ですが、同様にグリッセルも調べていただきたい。遺言状を作成するときにその名前に変えたかもしれないので」彼は少し途方に暮れたような表情を見せた。「亡くなったのは前世紀の末頃だと思います。申し訳ありませんが、正確にいつかはわからないのです……」

「大丈夫ですよ。われわれは気にしません。日付をお伺いしたのは、どこから調査を始めたらいいか教えて差し上げられるからです。日付がわからない場合には、何冊も調べなければなりません。向こうの隅から始まっています」

クリストファーは腕時計を見た。今は十時十五分で、金曜日の通例として、議会での会議は十一時に始まる。彼は何巻もの索引が長々と続いている壁面を見上げて愕然とした。何マイルも伸びているような気がした。彼はとんでもないことに巻き込まれたのかもしれないと思った。一八八〇年のGの巻から手を着けることにした。

次の五分間に、ライセスターのデ・ラ・ガード一人と三人のグリッセル（いずれも西部地方）に出くわした。三人の中でただ一人の男性で、グロスターの馬車のオーナーであるジェイベズ・グリッセルは、名前の横に悲しい覚え書きがあった。それは『二十ポンド以下』と読めた。ピーコックは彼のためにため息をついた。

さらに十分経過し、十冊調べた結果、彼は求めていた項目を発見した。デ・ラ・ガード、マシュー。その項目には一八九七の一〇一一Cという書架番号が対応していた。彼は案内係に、一八九七年十一月三十日にロンドンで検認された遺言状の全文を見ることができるかどうか尋ねた。

三分と経たないうちに、彼は書類を手にしていた。大判の二折判《フォリオ》で三ページにも及ぶタイプ打ちの非の打ち所のない法律文書だった。

「やったぞ」声に出して叫んでしまったことに気づいて、ピーコックはさっと顔を上げた。

案内係は誰一人として彼が喜びの声を上げたことに気づいていない様子だった——それよりも、いまだに部屋の中央でしかめ面をし、ぶつぶつと文句を言い、足を踏み鳴らして索引を繰っている女性の方に気をとられているようだった。しかし、彼女の方ではそれに気づいて、嫌な顔をして彼をにらみつけた。十五分で彼が相続権を証明し、一財産にありつけることになったと思い込んでいるようだった。

彼が手に入れたのは封印され、署名入りの、交付された死亡証明書だった。情け深く礼儀正しい青年である彼は、それが無用の、死後発行された、古臭い無駄な文書であることを知って喜んだ。マシュー・デ・ラ・ガード・グリッセルは、ブライと同僚議員たちの手の及ばないところで焼かれていたのだ。

21

「全員いますか？」

「全員出席しているぞ、委員長」リチャード・ギルフィランが自分のブリーフケースを指で叩いた。他の物と同様に、手入れの行き届いた上品な物だった。「今日はゲストがいる」彼は勝ち誇ったようにテーブルを見回した。「オーガスタス・ウェルビー・ピュージンだ」

「あのピュージンですか？」

「あのピュージンだとも」

ピュージンが汚名の水に飛び込むのを一同が待っているかのような短い沈黙があった。クリストファー・ピーコックがその沈黙を破った。彼は目の前の机に置いてある書類を動かした。ノートの下から非常に細長い封筒を引っ張り出すと、自信を秘めた謙虚な様子で縁なし眼鏡に手をやった。

「ここにマシューを手に入れました」彼は言った。

「何だって？」

「マシュー・デ・ラ・ガードです」彼はにんまりしながらテーブルを見回した。「ここに入っています」

「こいつは」とパスモアが言った。「なんともばかげた話だ。われわれの手には負えなくなってきたな」彼はキャスリーン・キミズに向き直った。「さだめし君はジョンをハンドバッグの中に入れているんじゃないか、キャスリーン・キャスリーン？」ハンドバッグは特大のぴかぴかした物だった。

「いいえ……」キミズ夫人が話し始めようとした。

「よかった」ブライは嬉しそうに安堵のため息をついた。彼は『ジョン』が死体安置所のアーク灯の下でどんな様子だったか思い出した。

「でも、あなたはお持ちなんでしょう、オリヴァー」今度はキミズ夫人が勝ち誇る番だった。

「私が何を持っているって?」

「『ジョン』をブリーフケースの中に入れているんでしょう」

「静粛に、静粛に」熱の入らない警告だった。ブライは会議の収拾がつかなくなるような気がした。彼は間違っていなかった。三秒間ほど面談室をまったき沈黙が支配した。それから大混乱が始まった。副大臣が公共の利益を理由に回答を拒否したとき、野党席から上がる野次のようだった。全員が一斉に話し始め、お互いに相手のことを誤解していた。喧噪の中からキミズ夫人がオリヴァー・パスモアに向かって『ジョン・サドラー』の名前を怒鳴っているのが聞こえた。

「ナンセンス」とブライが一言大声で言った。その声は部屋中に鳴り響き、テーブルの向こうにも届いた。彼はもう一度大声を出した。その言葉の語尾が突然の沈黙の中を鳴り渡っていた。

「静粛に、静粛に」フォレストが作り笑いを浮かべながらつぶやいた。ブライは顔を赤らめた。「申し訳ない、キャスリーン」

「私も同感ね。私が言ったのは、ジョン・サドラーに関するオリヴァーの備忘録のこと……」

「あなたは、われらが『ジョン』のことをジョン・サドラーと考えてはいませんか?」ブライが尋ねた。

「とんでもない」

「まさか君が本気で考えているとは思わなかったよ」今度はいささか困惑した様子のパスモアだった。

「実は私自身にしてから信じられないのだ」

「ジョン・サドラーの件は何もかもあなたがでっちあげたのですか？」ナイジェル・レインが怒って訊いた。

「いやいや。あの話は十分に真実で……」

「あらゆる細部にわたって？」キミズ夫人がテーブルの反対側から厳しい目つきでパスモアを見ていた。「あらゆる細部にわたって？」

「もちろんだ。あらゆる細部にわたって」

「破産者のことも？」

「破産者？　どの？」

「破産法廷に出廷するために議会に欠席するのを許可された方だ」

「ああ、もちろんだとも。『議事録』に記載してある……」

「それなら、真実だな」ギルフィランが納得して言った。出席者中の最長老として、彼は王室印刷局に恩義を感じていた。

「それが私たちの求めていたジョンよ」キミズ夫人がきっぱりと言った。「ハーン・ヒル選出の国会議員」

たとえてみれば、会議がもう一つの山を登るためにギアをセカンドに入れたかのように、再び騒がしくなり始めた。ブライがテーブルを叩いた。

「さあ、キャスリーン、話してくれませんか」と彼は言った。

「よろしいこと？」キミズ夫人が優しく言った。彼女はバッグから一切れの紙を取り出して、出席者たちの前に差し出した。

「ジョン・ウィントゥア」彼女は『輪郭《コントゥア》』と韻を踏むように発音して、反応を待ってテーブルを見回した。それに応えたのはオリヴァー・パスモアだった。

「もちろん、『ウィンター』と発音するのだ」

「もちろん」キミズ夫人はパスモアを見た。「ウィンター！　ウィンター！　それでどうなの？」彼女が尋ねた。「さあ、オリヴァー」

数秒間、委員会は息を詰めていた。

「今こそ我が不満の冬《ウインター》は……」呼びかけに答えて静かに唱えたのはギルフィランだった。

「……栄光の」キミズ夫人が彼を受けて結び、満足げに深々と椅子に身を沈めた。

「なんと」レインが言った。「そいつが正解だ、キャスリーン。われわれはなんたる大馬鹿者だったことか！」

「言わせてもらえば、ナイジェル、その筆頭があなたよ」キミズ夫人が悪気なしに言った。

「ほう？」

「特に、あなたがね。マシューが移ってくる前のロッシー館の持ち主は誰だったの？　あなたはそれを昔の住所録か何かで調べ上げたのよ。ご自分の手帳をご覧なさい」

ナイジェル・レインが芝居がかった身振りで額をぴしゃりと叩いた。

「わかった、わかった。その通りだ。私が筆頭大馬鹿者だ。ウィンターだったな。競売人兼葬儀屋のウィンター氏……」

「そして国会議員。おまけに破産者ときた」

「他に何かありますか、キャスリーン？」ブライはにやにやしていた。

「ええ、それはもう。たくさんあるわ。じっくり腰を落ち着けて、しばらく耳を傾けていただきたいわ」

一同はじっくりと腰を落ち着けた。謹厳実直な態度を身につけ、ノートの新しいページをめくったクリストファー・ピーコックを除いて全員が。キミズ夫人はタバコに火をつけ、いまだに自分の愚かさに舌打ちしていたナイジェル・レインの方に煙を吹きかけてから話し始めた。

「正直に白状すると、わからないのよ。最初にピンときたのが、ナイジェルばかりかオリヴァーからも報告のあったウィンターという名前だったのか、『リチャード三世』からの引用との関連で冬と韻を踏むウィンターの発音だったのか、それとも二度現れたハーン・ヒルという地名だったのか……」

「それはいつだね？」さえぎったのはビーズリーだった。「ジョン・サドラーに関するオリヴァーの、言ってみれば弁論の中で、ハーン・ヒルが言及されたのは覚えているが。もう一回はいつだね？」

「ヒューバートの奥さんがロッシー館に出かけたときのことを彼が話してくれた時です。エフラ川はハーン・ヒルを流れると彼は言いました。《エフレナーテ》を説明する時に。覚えていらっしゃらない？」

「そうだ、今思い出した」ビーズリーがうなずいた。嬉しそうに同意する声が一斉に上がったが、パスモア一人は頑として仲間に加わらなかった。

「へそ曲がりと思われたいわけではないが」自分が極端なへそ曲がりと思われるのは承知の上で彼は言った。「何が証明されたわけでもないね。ロンドンには二十人のウィンターがいるだろうし、もしかしたらハーン・ヒルにだって二十人くらいいるかもしれない。われわれが『ジョン』と呼んでいる死体が実際に国会議員であったことを君は証明していな……」

「オリヴァー・パスモア」フォレストが苛立ちを見せてさえぎった。「意地になっているな」

パスモアは鼻を鳴らした。

「君はこれまでに何度法廷で」フォレストが続けた。「状況証拠に基づいて求刑し、事件を立証したかね？」

「こんな証拠を使ったことなど断じてない！」

「ま、私に言えるのは、君は自分の訴訟事件を慎重に選んできたということだけだな」今度鼻を鳴らしたのはフォレストだった。彼はブライの方を向いた。「記録をとっておこう、ヒューバート」

「もちろんです。そろそろその時期だと思っていました。どこから始めます？」

「ズボン吊りから始めたらいいと思うわ」キミズ夫人が言った。

「『ジョン・X』はシルクを身に着けていた。これは事実です、ありのままを述べた事実」

「いいぞ。書き留めてくれ、クリストファー」

ピーコックは仕方がないといった様子だった。書き留めるのに数秒間かかった。

「証拠第二号は」とビーズリーが続けた。「時計ケースに彫られたシェイクスピアからの引用だ」

「そしてその時計は『ジョン』が身につけていた。書き留めてくれ」

レインが財布から紙切れをとりだした。「それからここに私が見落としていた繋がりがある。カウンティー・ホールからのささやかな貢献だ」彼はキミズ夫人に向かって微笑みかけた。「マシュー・デ・ラ・ガードが引き継ぐ前、ロッシー館を所有していたのはわれらが競売人兼葬儀屋のジョン・モーティマー・タウンゼンド・ウィンターだった」

「最後に」キミズ夫人が申し出た。「ジョン・モーティマー・タウンゼンド・ウィンターは国会議員で、時計塔に入ることができた。そして彼は破産者だった」

「それが何の関係がある？　破産のことだが」ビーズリーが尋ねた。

「そうね、一つには着古したズボン下の説明になるわ」

「尾籠《びろう》な話はよせよ、キャスリーン」

「それから、彼の言うことは気にしないで下さい、キャスリーン」ブライが言った。彼は愉快になって微笑んだ。「すべて証明できるんでしょうね？」

「もちろんよ。図書室の調査課の助力があればね。毎晩、この件について調べているようだわ」

「いいぞ」ブライの笑みが一層大きくなった。「この調子で調査が進めば、検視官が『王室執事長』と言い終わらないうちに解決できます」

「あら、他にもまだ証明できることはあるわよ」キミズ夫人が楽しげに言った。

「たとえば？」パスモアはまだ少しへそを曲げているようだった。

「たとえば、彼は一八五六年四月にハーン・ヒル出身議員として選出されたこと」

「何党から？」

「自由党」

「年齢はどれくらいなんだ？」

「自分で計算しなさい。一八一九年生まれなんだから」

「すると、議会に入った時には三十七歳だったということだな」

「検屍法廷で医師が証言したことと一致します。およそ四十歳と言っていました」ブライが興奮してきた。「議員としては長かったのでしょうか？」

キミズ夫人は目の前のテーブルの上にある紙切れを注意して読んだ。

「ぴったり十四か月ね」

「いやいや、キャスリーン、さぞかし多忙な一日だったろうね！　彼の宗派まで知っているとは思わないよ。それ以外のことなら何もかも知っているみたいだね」レインが感心して言った。

「いったい全体、どうしてそんなことを知りたがるんだ？」フォレストが訊いた。「妙なことがあるのかね？」

「確かに、それほど妙なことではない」とレインは言った。「検視官に宗派を知らせれば、葬式の手続きに進むことができると思ったのだ」

「そんなことはする必要がありません」ブライが立腹した様子で言った。「われらがジョン・ウィンター氏は、われわれがこの件にすっかり片を付けるまで、衛生的な冷蔵庫の中でお泊まりです。ほんの数日の問題に過ぎません！」彼はほとんど両手を擂り合わせんばかりだった。「キャスリーン、話を続けて下さい。礼を言いますよ」

「私に礼を言われてもね。お礼なら図書室の調査課にね。ちなみに言っておくけど、ナイジェル、彼の宗派ですけどね。英国国教会派だったわ。でも、教会維持税には反対だった」

「くそっ」

「言葉を慎んで下さい、ナイジェル」

「いや、私が言いたかったのは、もうほとんどジョークの領域だってことだ」レインはキミズ夫人の方を振り返った。「彼が殺されたのは何日なんだ？」その口調は真剣そのものだった。

「残念ながら、それは私にもまだわかっていない事柄の一つだわ」キミズ夫人が肩をすくめた。

「ああ！」ギルフィランが一同の失望を代表して言った。「そいつは残念だ。これは控えめな言い方だが」と彼は後から言い足した。

「君は彼がいつ殺害されたか知らないと言うが」オリヴァー・パスモアが今の証言を受けて弁護士のような言い方をした。法廷での鬘《かつら》とガウンが目に見えるようだった。彼はここで効果を狙って言葉を切った。「彼が殺害されたというのは確実なのかね？」

キミズ夫人は悲しげに首を振った。「いいえ。それもまた確認できませんでした」

「これはかなり重要なことだ」パスモアはブライを見た。そして、いかにも胡散臭そうに片方の眉を上げた。眉毛は『君の証人だ』と言っていた。ブライが口を開いた。

「彼は一八五六年四月に国会議員として登院し、十四か月の間在職していたということでしたね」

「ええ、一八五七年六月十五日まで」

「次の選挙があったということですか？」

「いいえ」

「病気ですか？」

「いいえ」

「それならいったい、何だったというのです？」

「破産したのです」

「かわいそうに」

「おっしゃる通りです。かわいそうに。読んでいて悲しくなったわ」キミズ夫人は言った。

「読んでいて悲しくなる？　何を？」フォレストが即座に疑問を差し挟んだ。

「下院議事録と議会議事録です」彼女は再び紙切れを見て、ブライの横で記録を取っているクリストファー・ピーコックに話しかけた。「議会は『ジョン・タウンゼンド・ウィンター氏の破産状態が解除・解消されるか、負債を証明した債権者が支払いを受けるか負債全額の皆済を受けるかするまで、氏は議会から立ち退くべし』と命令しました」

「ジョン退場！」

「ええ、ヒューバート。ジョン退場というわけ。議会は必要とあれば悪魔のように残酷になれるわ」

「どういうことですか？　彼を放り出したことですか？」

「いいえ。この件に関する議会の取り組み方に比べれば何でもありませんわ。議会は彼から事情を聴取し、そして議場から退場するのを眺めていたんです。そして彼がいなくなるやいなや、破産宣告を受けた時から議会が退場を命じた時までに彼が行った投票を無効にすることを、大真面目に取り決めたのです。卑劣ですわ。欠席裁判なんて」

「卑劣ですね、確かに」ブライはうなずいた。

「記録の残っている投票ごとに罰金を科したとしたら、もっと卑劣だ」フォレストが言った。「そういうことはよくあるんだ、ご存知のように」

「そんなことになったら大変だわ」キミズ夫人は話を続けた。「なにしろ投票のためにロビーに入るよう、彼に指示を与え続けたのは院内幹事たちなんだから」

「院内幹事ならやりかねん」同意のつぶやきがあちこちから聞こえた。

委員たちのおしゃべりの中でパスモアが口を開いた。「どうしてそんなことがわかったんだ、キャスリーン？」

「議会議事録にある彼の弁論を読んだからよ。一八五七年六月十五日。とても啓発的よ。ジョン・ウィンターは情緒的でとても不幸な男だったの」

哀悼の意を表するような短い沈黙が続いた。

「そして彼には何人もの敵がいた」キミズ夫人は言った。

「われらが『ジョン』がジョン・ウィンターならば、確かにその通りだろう。死を招く敵と君だったら言うだろうな」ビーズリーが発言した。彼の燃えるような頭が大げさに真面目くさってうなずいた。

ブライも同じ気持ちで言った。「どんな敵なんです、キャスリーン？」

「名前は明かしてないわ。彼はこう発言しているだけなの――議会議事録からの抜粋よ――『私に対して政治的迫害が向けられ、苛酷な債権者の一人は負債が利子と、と、も、に全額支払われない限り満足しないだろう』」

「政治的な殺人だと思うかね？　怒れる保守党員による自由党員殺しだと？」レインが尋ねた。

「なんてことを言うんだ！　中央広報局に報告してやる」フォレストが愉快そうに言った。

「静粛に、静粛に」ブライが言った。彼はキミズ夫人の方を向いた。「それですべてですか、キャスリーン？」

「まあ、こんなところね」彼女は目の前の紙片をぱらぱらとめくった。「あら、大変！」彼女は当惑して顔を赤らめながらテーブルをゆっくりと見回した。その顔色はカーディガンの紫紅色とはしっくりこなかった。

「顔を赤らめる必要はないよ、キャスリーン」とレインが言った。「ロッシー館に関する私の愚鈍な見落としよりひどいことなどないさ」

「そうかしら？　他の人たちはどう思うかしらね！　私が言い忘れていたことはね、若い頃から一八四三年まで彼は父親の仕事を手伝い、それから自分の事業に手を広げたことよ」

「ハーン・ヒルで？」ブライが尋ねた。

「いいえ、委員長、ダリッジで。彼は競売人兼葬儀屋でした」

22

オリヴァー・パスモアは椅子の背にだらりともたれかかり、両手を頭の後ろに回して支えていた。頭は手による支持が必要なほど重そうだった。

「わかった。降参だ。死体はジョン・ウィンターだ」

　癪に障るほどの英知を湛えて、彼が天井に向かって論証の過程を述べていくと、賢者のようにひそめた眉の陰に彼の目は隠れてしまった。

「死体のジョンは懐中時計を持っていた。その時計はエフレナーテの紋章によってロッシー館と繋がりがある。ロッシー館には、マシュー・デ・ラ・ガード・グリッセルが引き継ぐまでのしばらくの間、ジョン・ウィンターが住んでいた。グリッセルは館を引き継ぐときに名前をマシュー・デ・ラ・ガードに変えた。国会議員ジョン・ウィンターは破産した。彼は下院を去らねばならなかった。ロッシー館を執行吏の手に委ねなければならなくなったのは十分に考えられることだ」

「その場合、マシューはジョンの肉一ポンドを要求した『情け容赦ない債権者』という可能性もあるな。おまけに血まで付けて（『ヴェニスの商人』をイメージしての発言）」フォレストが仄めかした。

「そう、あり得ることだね」パスモアは重々しく話を続けた。「だが、われわれはグリッセルの動機をそこに見いだすことはできないぞ、フォレスト」

「エフレナーテだ」ビーズリーがしっかりした口調で言った。「すべてあの忌々しい像と関係があるんだ」

「いかにも忌々しい！　しかし、そこにどうやって動機を見いだしたらいいんでしょう？」ブライが尋ねた。困り切って髪を乱していたが、彼には似つかわしくなかった。

「われわれは奇妙な中でも極めつけの奇妙な状況からスタートしている」

　パスモアはめったに上機嫌なことはなかったが、その結果として尊大な態度を取ることはさらに稀だった。「極めつけの奇妙な状況とは何だと思うかね、ヒューバート？」

「そのことについては疑問の余地はありませんよ。毎年のロウソクの儀式です」ブライはかなり自信のある口調だった。

パスモアが彼にしては珍しい愛想の良さを見せて、ナイジェル・レインの方を向いた。「ロウソクなら君は専門だろう、レイン？」

「まあ、そう言ってもいいと思います。どうして魔法使いが夜外出するようになったのか突き止められたら嬉しいんですがね。しかし、どうしてグリッセルが——それがグリッセルだったとしての話ですが——哀れな石像に傷をつけ、顔に非人間的な外科手術を施したのか、という方がもっと興味をそそられますがね」

「そしてなぜ《エフレナーテ》という言葉を線で消したのか。或る理由から、私はその方がもっと残忍だと思うわ」キミズ夫人が芝居がかった身振りで恐怖を表現した。「まるで彼——それが誰であるかはともかく——が完全に抹消することを望まなかったみたい。やろうと思えばたやすくできたのに。《エフレナーテ》の上の長いむらのある醜悪な線」キミズ夫人は心の平安をかき乱されているようだった。

しばらくの間、委員会の全員が空想に耽って静かになった。

パスモアが黙想を破った。

「私の想像力はきっとキャスリーンのほどは華々しくないとは思うが」彼は謙遜して微笑みながらテーブルを見回した。「私が知りたいのは、いったい国会議員たるものがどうして——たとえ名前が冬《ウィンター》と韻を踏んで発音されるにしても——『リチャード三世』からのなんとも陳腐で使い古されたモットーで自分を表現しようとしたのかという点だ。シェイクスピアでも一番有名なところだからね」

「今ではね。しかし、一世紀前にはどうだろう？」フォレストが首を傾げた。「サー・ローレンス・オリヴィエ以前ということだが」

「ああ、その頃だって使い古されていたさ、きっと！」

「かもしれん。しかし、まだましな方だ。そこには意気揚々とした響きがある」フォレストが主張した。

「意気揚々としすぎていて、極めて芝居がかっている」パスモアがばかにしたように言った。

「国会議員というものは芝居がかっているのよ、お気づきにならなかったかしら、オリヴァー？」キミズ夫人は無意識のうちに、非協力的な大臣を圧倒的な補足質問で粉砕する女性議員といった、毅然たる態度を取っていた。

「少しは芝居がかっていますね」ブライは少し照れたように言った。「私が当選したとき、妻が時計を買ってくれましてね」彼はにやりとして、こう付け加えた。「代金を支払ったのは私ですが」

「何を彫ったんだ？」レインがすぐに訊いてきた。

「当選した日付です」

「銘は？」

「何も。とにかくシェイクスピアからは引用してません」

「『ジョン』がウィンターで洒落たように、『ブライ』と洒落る言葉があったら、引用したかもしれないんじゃないかな」

「かもしれません」ブライが認めた。

　ギルフィランがブライの方を向いた。彼は封筒を上に掲げた。「われわれは方針を間違っているんだ」と彼は言った。「これには『冬』と『ウィンター』の単なる洒落以上のものがあるんだ。この『リチャード三世』からの引用には或る特別な意味が込められている。そろそろ証拠を提出していいかな？」

「もちろんです。長くお待たせしてすみません」ブライが言った。「一部始終はあなたから話して頂けますか？　私の部分も含めて」

「いいとも」ギルフィランは封筒を開けて、二枚の光沢のある写真を取り出した。「この写真を回覧する前に、経緯をお話ししよう。今朝、なんとも不適当な時間に」——珍しいことに彼の目が笑っていた——「委員長はロッシー館を訪問した。早い話が、彼はヘンリー・ランサムを説得して《エフレナーテ》像の原画を借り出したんだ。十時には原画は建設省で写真撮影され、使いの者がロッシー館に原画を返却した。建設省の歴史的建造物課は仕事が速い」ギルフィランは悦に入っていた。自分の部局の能率の良さを誇っているのは疑いもなかった。「十一時には」と彼は続けた。「《エフレナーテ》のスケッチと、国会議事堂の国王や女王の像を彫るのに彫刻家たちが手本にした原画集との比較を行っていた」

「彫刻の原画の多くは失われてしまった」と彼は続けた。「バリーの国会議事堂に関する他の建築上の特徴を描いた原画は三千枚以上あるが、国王と女王については六、七枚のスケッチが残っているに過ぎない。いずれも同じ優れた素描家——それが誰かはともかくとして——の手になるもので、ロッシー館のスケッチも同じ人物によるものだった」

「ピュージンの傴僂《せむし》だ！」レインが不意に興奮して声を出した。

ギルフィランは顔を上げて鋭い目で見た。

「いずれもオーガスタス・ウェルビー・ピュージンによって描かれたものであることはほぼ確実だが、署名はない。どのスケッチにもだ」

「それなら、どうしてピュージンのものと断定できたのかしら？　署名してないのならという意味よ」キミズ夫人は関心をそそられて不思議な表情をした。

ギルフィランが慇懃無礼な感じでうなずいた。「建設省にある三千枚余りの国会議事堂のスケッチで、署名のあるものは一枚もない。一枚もだ！　しかし、その大半が同じ手で描かれ、建築家バリーの証言に基づけば、ピュージンが細部の装飾の大半を仕上げたことがわかっている。記録課にいる専門家は、ロッシー館にあった《エフレナーテ》のスケッチはピュージンによるものだと考えている」

「ロッシー館と国会議事堂とのもう一つの繋がりですね」ブライの感想は異議なく受け入れられた。

レインが肘を革張りのテーブルに突いて身を乗り出した。「私が『ピュージンの傴僂』と言ったとき、否定なさいませんでしたね」

ギルフィランは首を振った。「私が否定しなかったのは、それがピュージンのリチャード三世像の原画であることを確信していたからだ」

「すると、この建物の外部か内部のどこかに」ビーズリーがくじけることなく言った。「リチャード三世を表したロッシー館の《エフレナーテ》の別の写しがあるんだな」

ギルフィランは微笑んだ。「いや、ない。これをご覧いただきたい」

彼は大きな二折判の封筒を開き、台紙に貼り付けてない二枚の写真を注意深く取り出すと、ブライに手渡した。

この頃になると、七人の委員全員がテーブルの一端に集まっていた。クリストファー・ピーコックはノートを片方に寄せて、ヒューバート・ブライの席にのしかかるようにしているスクラムに加わった。

テーブルの上に並べて置いた二つの写真の間に、どのような関連があるのか容易にはわからなかった。片方は巧みで舌を巻くほど無駄な線を省いたスケッチの、白黒の簡単なコピーだった。線は一本として多すぎることはなく、柔らかめの鉛筆で描かれた大半の肖像スケッチに見られるような、微かな自信のない下書きなど痕跡もとどめていなかったのは特筆すべきことだった。これを描いた画家はよほど自信家だったのだろう――そして自分が想像して描いた人物像に自信を持っていた。それは傴僂の、哀れむべき半身像で、首と肩のところで隆起した肉塊が苦痛にこわばっているのが見えた。一方の手はだらりとたれ、その指は不自然なほど長く、硬直していた。もう一方の手は想像上の石の影に隠れていた。そのポーズは苦しく痛々しいものだった。

ところが、画家の腕前と性格描写における絢爛たる才能に関して全員の心を打ったのは顔だった。細くて高い鼻のついた、力強く、かつ精巧にかたどった顔、穏やかな幅広の眉、そして深い諦観に彩られた目。口は意志的であると同時に柔和で優しかった。

もう一つの写真は、極めて精巧に石に彫り込んだ実際の像を撮影したものだった。あたかも建築物の彫り物をした支柱の一部分のように、両側を垂直な石造りの細い帯状部分に挟まれた、狭い壁龕《へきがん》に像は立っていた。その男の石像は厳粛な威厳のある態度で立ち、カメラのレンズを静かな諦めを漂わせた目で見つめていた。あごは胸に押し当て、肩を心もち上げ、首は上品さを示す古来不変の角度で傾けていた。そして、頭には石の簡素な王冠を戴いていた。

「二人のリチャードか」口を切ったのはアーサー・フォレストだった。

「しかも、同じ芸術家による二人のリチャードだ。そうでしょう?」ナイジェル・レインが指し示した。「鼻は同じだし、両方の口も似ていて……」

「会ってみたいわね」キミズ夫人がレインの解釈をさえぎって、ひとこと言った。

「どちらに?」

「どちらにも。二人は同一人物ですもの」

「そう思うかね?」

「わかりきったことだわ。リチャード三世は実際にこんなだったのかしら?」

「それはどちらの側に立つかによるね。リチャード側か、それとも敵側か」ギルフィランが言った。

「もしもジョゼフィン・テイの側に立つなら……」

「『時の娘』のこと?」

「そう。そちら側に立って、リチャード三世を擁護するなら、ああいう風に諦観を漂わせ、穏やかで善良だ」

「それで、シェイクスピアの側に立ったら?」

「彼は『リチャード傴僂王』で、悪意に満ち、貪欲、残忍、好色、陰険……」

「こちらのようにね」アーサー・フォレストがロッシー館の石像の鉛筆画の方を軽くたたいた。「こちらのように──手を入れた後だが」

「手を入れたというのは適当な言葉ではありませんね。改善するというニュアンスがあるから……」

ブライが話し始めた。

「誰が手を入れたんだね?」ビーズリーが全員を委員会と面談室に引き戻した。次の言葉を待つまでもなく、全員が革張りのテーブルの前の各自の席に戻った。窓の外のコモンズ・コートをトラックが通る音が聞こえた。委員たちは調査に戻った。

「誰が手を入れたんだね?」アレック・ビーズリーが質問を繰り返した。「マシュー・デ・ラ・ガードか?」

「それをわれわれは決めなければなりません」ブライが穏やかに言った。彼は目の前のテーブルの上にある二枚の写真に手を置いた。「ちなみに」と彼は言った。「どうしてリチャード三世の図案が二枚あるのでしょう?」

フォレストが椅子にふんぞり返った。「私だったらそれに対する答えは明白だと思うな。最初の物――『ロッシー像』とでも呼ぼうか――そちらの方はあまりにも正直だからだ」

「正直というと？」ギルフィランが訊いた。

「なぜなら傴僂であることを認めているからだ。あろうことか、傴僂であることを形に残しているからだ」彼は顔を歪めて、ぞっとするような傴僂の真似をした。「相応しくないじゃないか」誰も口を開かなかった。「国王や女王の像を国会議事堂のあちこちに配置するのに賛成した芸術委員会の委員長がどなたかご存じかな？」フォレストは挑発するようにじろりと見回した。「女王陛下の夫君であらせられるぞ！　国王のあのような像を陛下がお認めになると思うかね？」

「しかも、王冠なしときている」ビーズリーが付け加えた。

「その通り。王冠なしだ。ボズワースの予言、無冠の傴僂（リチャード三世はボズワースの平原で殺され、王冠を奪われる）。とんでもないことだ！」

「あなたのおっしゃる通りだと思うわ、アーサー」キミズ夫人がフォレストの方を向いて言った。「そして、彼らは正しかった――芸術委員たちのことよ。リチャード三世の像は中央ロビーに置かれているもの……」

「そうかな？　私にはどちらとも言えないが」レインが認めた。

「上院議会に向かって歩くと左手、セント・ジョージのモザイクの下にあって、とてもしっくりきているわ。傴僂の方だったら、あそこには不似合いね」キミズ夫人はうんざりだといった面もちでロッシー館の図案を指先で突っついた。「しかも、ボトム像なのよ、つまり柱の足元にあって、ちょうど目の高さにくるということ。有権者たちが私を待っている間に見るのがあの像だというわけ」夫人は徐々に調子が出てきた。「もしもあの哀れな傴僂男をあんな風に並べてあそこに置いたら、出産給付金のことで私に面会に来た妊婦がどんな思いをするか（リチャード三世は幼い王子をロンドン塔に幽閉したことで有名。前出『時の娘』参照）考えても見て！　セント・スティーヴンズ・ホール（セント・スティーヴンズは下院議会の俗称）への順路に野ウサギを放すようなものだわ……」

　夫人は椅子に深く腰を下ろして、大きなぴかぴかのハンドバッグからタバコを取り出した。「委員たちの判断は正しかったわ、最初の図案を採用しなかったのは」

「誰か意見のある者は？」ブライは自分の問いかけが形式的なものであることはわかっていた。「誰もいませんか？　はい。二つの像があって、一方は相応しく、もう一方は相応しくない。われらがジョン・ウィンターはどうやって採用されなかった方を入手したのでしょう？」

「もしかしたら、芸術委員会の委員だったのでは？　ちょうど警防委員会の委員が『発禁処分を受けた』いかがわしい絵はがきの見本を失敬するように」

「それは不当な言い方ですよ、ナイジェル」ブライが言った。「私は警防委員会の委員なんです」と彼は言い足した。短い間が続いた。「焼却処分してしまうんです――形式に則って」彼は悲しそうに首を振った。

「残念だな」同情したのはアーサー・フォレストだった。「しかし、ロッシー像を燃やすことはできなかった、そうだろう？　いいかね、われわれが本当に知る必要があるのは、いかにして、そしてなぜ、ジョン・ウィンターは不採用になったピュージンのスケッチを入手したのかということだ」

「ウィンターはピュージンと知り合いだったのかな、キャスリーン？」レインが尋ねた。

「そもそもピュージンと知り合いの人間なんているの？　私の読んだ資料によれば、彼は奇人だったそうよ」

「いつも金に困っていたんだ。ひょっとすると密かに像を売り払ったのかもしれない」

「もしかしたら、ジョン・ウィンターが競売にかけなければならなかったのかも――つまり、自分の本業で」

「なにもかもが、机上の空論だ」オリヴァー・パスモアがテーブルを叩かんばかりの勢いで言った。「私個人としては、彼がピュージンと知り合いだったかどうかなぞ、重要とは思わない。ピュージンはジョン・ウィンターが館に来る数年前に死亡していたから、彼が殺人を犯したはずはないんだ」

「それほど以前というわけではないぞ。たったの四年だ。ピュージンは一八五二年に亡くなった」ギルフィランが訂正した。「精神に変調をきたしていたんだ」彼は言わずもがなのことを付け加えた。

「訂正していただいて、尊敬すべき紳士（下院で議員が同僚を呼ぶ言葉）に感謝する」パスモアが苛立ちを見せて言った。「だとしても事態は変わらないがね。前にも言ったように、彼はウィンターが館に来る前に亡くなったんだ。私が知りたいのは、何らかの手段で像を入手した後、なんだってウィンターはばかげたラテン語のモットーを台座に刻み込んだのかということだ。まったく、エフレナーテだなんて！」

「口角泡をとばさないでよ、オリヴァー」キミズ夫人は楽しそうな笑みを浮かべて、やんわりと忠告した。彼女はレインの方を向いた。「ウィンターがピュージンと知り合いだったかどうか、私に尋ねたわね、ナイジェル」彼はうなずいた。「私にはマシュー・デ・ラ・ガードがピュージンと知り合いだったかどうかの方が興味があるわ」

「ここに至って」とクリストファー・ピーコックが言った。「私の出番がやってきましたね」彼は嬉しそうに鉛筆を置いた。「ずっとメモを取っていたので、話すのはいい気分転換になるでしょう。マシューがピュージンと知り合いだったことは」と彼は続けた。「疑問の余地はありません。マシュー・デ・ラ・ガードはマシュー・デ・ラ・ガード・グリッセルでした。ピュージンの下書きを石像にする仕事は彼がやったのです」

ピーコックはギルフィランに向かって顔を上げた。「オーガスタス・ウェルビー・ピュージンはローマ・カトリックでしたね？」

「間違いのないところだ」

「すると、マシュー・デ・ラ・ガードはピュージンを憎んでいました。彼はあらゆるカトリック教徒を蛇蝎《だかつ》のように忌み嫌っていました——そして、弟が改宗したので、やっと許すことができたのです」

23

目の前のテーブルに置かれた非常に細長い封筒から、ピーコックはいかにも法律関係の文書といった臭いのする細長くて薄汚れた書類を取り出した。隅には色あせたピンク色の平紐と封蠟の装飾が付いていた。

「いったい何を手に入れたの？」キミズ夫人が尋ねた。「ぎょっとするほど目を引くわね」

「そう、見かけばかりでなく、内容もおっしゃる通りなんです」ピーコックが冷静に言った。「マシューの遺言状です」

急に一同の好奇心が高まった。パスモアさえもが身を乗り出して、ただちに関心を示した。

「どうやって入手したんだ、ピーコック？」

「申請したんです」

「しかし、これはオリジナルだが」パスモアが学者風に言った。

「いえ、写しです——ですが、本来の弁護士の所にあったものです」

彼はサマセット・ハウスへ足を運んだこと、そしてその後、ランチタイムにホルボーンとストランド街の間で行った調査のことを話した。「マシューのために遺言状を作成した事務弁護士を訪問したのです」

「相当な高齢だっただろう？」

「亡くなっていました。オクタヴィアス・ベドステッドは死んでいます。ベドステッド、ティンバー、スワロウ、ゲンジ法律事務所よ、永遠なれ。事務所はリンカンズ・イン・フィールズにあって……」

遺言状の通例に従って、それは短い文書だった。二枚の灰色がかった手作りの用紙には薄青色で罫線が引かれていた。各々の紙片は摘要書の判型で、表側にだけむらのある不鮮明なタイプで印字されていた。三枚目に二つ折りの紙が表紙の用を足すべく、無駄ではあったが（遺言者の負担で）付け加えられていた。書類は弁護士たちのお気に入りの、長くて扱いにくいやり方で折り畳まれ、その一部はリンカンズ・インの空気に長いこと触れていて、弁護士たちの指が何度も触れたために脂で薄汚れていた。

ピーコックは書類を丹念に取り扱った。

「一八九二年六月二十一日の日付です」と彼は言った。「この書類を作成したのは、リンカンズ・インのオクタヴィアス・ベドステッドでした」

ここで彼は慎重に咳払いをしたが、どうやらそれがこの場に相応しいと思ったようだ。期待に満ちた沈黙が委員会に訪れた。

「余、こと」と彼は読んだ。「ロンドン州、ダリッジ、ピクチャー・ギャラリー・ロード、ロッシー館のマシュー・デ・ラ・ガードは、健全な精神と肉体において、この神の恵みをあとどれほど享受できるか知らぬまま、遺言状を認《したた》めるものである」

ピーコックの声は、さながら舞台劇か何かで遺言状を朗読しているようなお決まりの口調で淡々と続いた。街頭演説の名文句のように、紋切り型の表現をつぎはぎして作った文章が長々と続いた――「以下に述べる方法と形式によって」……「あらゆる遺言状の古い条項や財産分与を白紙に戻し」……まだまだ続いた。

やがて突然、声と口調が変わった。彼はテーブルの周囲をさっと見渡し、前よりもはきはきと明瞭に読んだ。

「余の遺骸は相応のやり方で納骨堂に納められるよう強く希望し、その旨指示しておく。その納骨堂は余の亡父……」

ピーコックが注意を促すように言いよどんだ。

「……余の亡父トーマス・デ・ラ・ガード・グリッセルが、前記ダリッジにあるセント・ジェイムズ・ザ・レスの教区教会境内に建造竣工したもので……」

「これで決まりだな」ビーズリーが明白なことを強調して言った。ピーコックは、細部に至るまで厳密な、自分の記念碑の建造に関するマシューの指示をさっさと済ませて、元の抑揚のない単調な調子に戻った。記念碑の形式と字体に至るまで細々と指定してあったので、その几帳面さと身勝手な凡庸さに一同はうんざりしてきた。再びピーコックの声が高くなり、これから興味深いことがあるぞと言わんばかりに一語一語はっきりと読み始めた。

「余はローマ教会の司祭である兄バートウェル・デ・ラ・ガード・グリッセルに遺産として五千ポンドを無条件で譲るものであり、前項に拘わらず、前記兄が余より先に死亡した場合、あるいは余の死亡時点で法的な適格性に欠けている場合には、前記兄の私的・個人的用途を目的とし前記教会の利益恩恵を目的とするものではない前記遺産に対しては、可及的近似の原則(遺言状で指定された方法で財産分与が不可能な場合、それに最も近い方法を採ること）を適用せず、残余財産の中に組み入れるものとする」

　ピーコックが再び警告するように顔を上げた。血の気のない顔には、何か高価な物を扱っているようなこころもとなさが浮かんでいた。「ロッシー館です」と彼は言うと、遺言状に戻った。

「余の死亡時点において、前記ダグリッジ、ピクチャー・ギャラリー・ロード、ロッシー館として知られる家屋、および家具、版画、油絵、書物、ガラス器、陶器、リンネル類、皿、鍍金《めっき》製品、園芸用品、馬車、馬、馬具、家畜、楽器、測定器類、家財道具すなわち自宅の室内外で装飾に使用されていた物、その他の不動産、動産、あらゆる種類、性質の所有物で、本遺言状の管財人に一般的に余が約束できる権限のある物に対して、以下に述べる権限と規定の範囲内で、使用を委ねるものとする。ただし、その条件として、伯父チャールズ・デ・ラ・ガード・グリッセルの孫、リチャード・デ・ラ・ガード・グリッセルが前記家屋を良好な貸家として使用できる状態に保ち、修理の条件……」

　以下、眠気を催させるような法律的な細々とした記述、遺産の列挙、禁止条項、希望と期待、委託条件の微に入り細を穿《うが》った記述が延々と続いた。言葉はピーコックの舌から静けさの中へ滔々《とうとう》と流れ出たが、最後の不合理な遺贈条件に至ると、ペースを落とし、さらに注意を払って読み上げた。彼が顔を上げ、「《エフレナーテ》」と聴衆に配慮して警告するように言った。注意を促す必要はなかった。勅撰弁護士のパスモアでさえも、この謎めいた法律的呪文とも言うべきものに、法律の門外漢が抱くような畏怖の念をもって聞いていた。

「……そして、前記リチャード・デ・ラ・ガード・ランサムが、彫像すなわちエフレナーテ像を前記ロッシー館の主階段近くにこの目的のために設けたアルコーヴ、すなわち壁龕に設置し、毎年二月二十二日の日の出から十分以内に、万難を排して自ら前記アルコーヴすなわち壁龕の前記彫像すなわちエフレナーテ像の前に出て、その周囲あるいは近くに同じ最高級の長さ六インチの獣脂ロウソクを六本並べるならば……」

「ああ、お願いだから、もうやめてくださらない。この男は精神が病んでいるわ」キミズ夫人の怒りを含んだ声は沈黙で迎えられた。クリストファー・ピーコックは顔を上げて委員長の目の色を窺った。

「もうこれで十分でしょう」ブライが落ち着いて言った。

彼の決定に対して異議を差し挟む者は誰もいなかったので、ピーコックは灰色の文書を折り畳んだ。

「二人とも精神が病んでいたんだと思うな」ナイジェル・レインが言った。「マシューも、彼の弁護士もだ。この恐ろしい代物は人を惑わす妖術のようなものだ……」

束の間の居心地の悪い沈黙の中、彼はピーコックの方を向いて尋ねた。「まだ続くのか？」

「そうですとも。まだね。延々続きます」

「それも、私に言わせてもらえば」ギルフィランが付け加えた。「控え目な言い方だな」

ピーコックが平気な顔で言った。「別の条件がありますね。重要な条件です。リチャード・デ・ラ・ガード・ランサムは姓を縮めて、単にリチャード・デ・ラ・ガードと名乗らなければならない。そして、すでにわれわれが知っているように、彼はそうしました」

彼は委員会の雰囲気を感じ取って、ベドステッド氏の不愉快なささやかなる傑作を封筒の中に納めた。しかし、そうしながらも、彼は慰めるかのように微かに封筒に微笑みかけた。だからといって事態が変わるわけではなかった。その遺言状は依然として不愉快な文書だった。

一同をリンカンズ・イン・フィールズからウェストミンスターへ引き戻したのはオリヴァー・パスモアだった。彼は腕時計をじっと見ていた。

「言うまでもないことだが、委員長、今から五分後に議会が聖霊降臨節の休会期間に入ることはご存知だろうね？」

ブライは彼をじろりと見た。

「いかにも承知していますが、私としてはこの件を解決しておきたいものだと思っています」

「いいかね、ブライ。まさか君は今日の晩、ここを出るまでに事件を解決できるなどと思ってはいないだろうね」リチャード・ギルフィランが驚いたように辺りを見回して言った。

「まさか。しかし、これから十日間の間、われわれは何をすべきか決めておくべきだと思います」ブライはここでためらった。「休会期間中に出かけるのはどなたですか?」

「申し訳ないが、委員長、私はストラスブールでの欧州会議に出席する」ナイジェル・レインはそう言いながらにやりとした。「君も行くんだろう、キャスリーン?」

「私は行かないわ！　私が行くのは中東よ」キミズ夫人は喜びを隠さないで言った。「レディー・ヘスターみたいに」

「『砂、砂、砂、砂また砂』英国の古典からの最も簡単な引用だ。キングレイク（アリグザンダー・ウィリアム・キングレイク。一八〇九—九一。英国の歴史家）が石油のことを知らなかったのは残念だな」レインがつぶやいた。

「誰か他にどこかへ出かける者は?」

「委員長」ギルフィランがもったいぶった態度で言った。政府は存続しなければならぬと、彼の眉毛が傲慢に物語っていた。「建設省の仕事で国定記念物を回らなければならんのだ。ストーンヘンジや西部地方だよ。私は当てにしないでくれ。なにしろ忙しくなりそうだからな」

「やれやれ、すると残るのはわれわれ三人ですか。失礼、君を入れて四人だね、ピーコック。四人！」ブライがぼやいた。「休会期間だなんて！」

「そう生真面目に考えるな、ヒューバート」ビーズリーはショックを受けた面持ちだった。休会期間は厳粛なものなのだ。「極めて貴重な休会期間になるだろう。私はマシューが本当にあのグリッセルなのか確認するために、彼を追ってみるつもりだ」

「わかりました」ブライは再び笑みを見せた。彼はアーサー・フォレストの方を向いた。「われわれは何をします？」

「決まりきった話じゃないか。もう一方の端から始めて、ウィンターを追いかけるんだ」

「いいですね。これでわれわれ全員の方針が決まりました」ブライは上級官吏の方を向いた。「君を除いてだが」と言って、彼は相手の申し出を待った。

「私のことはあまり当てにしないで下さい」とピーコックは重々しく言った。「処理しなければならない事務仕事がたまっているんです」下院の上級官吏は休会期間中はいつでも書類に首までどっぷり浸かっているんだとばかりに彼は言った。

誰も納得した者はいなかった。

＊

三十五秒後、響きの柔らかい、活気のあるリズミカルなディヴィジョン・ベルの音が、面談室の外の通路から聞こえてきた。幾つものドアが開き、休会期間を迎えた喜びとともに閉じられた音が、国会議事堂のロビーと待機ホールを伝わって徐々に消えていった。

「どなたかいらっしゃいますか《フー・ゴーズ・ホーム》？　どなたかいらっしゃいますか《フー・ゴーズ・ホーム》？」昔ながらの返答を求めない問いかけが響きわたり、議長回廊を通り、人気《ひとけ》のない反響しやすいウェストミンスター・ホールを抜けてテラスへと達した。

「どなたかいらっしゃいますか？」

しかし、門衛と巡査による夜の消え入るような呼びかけに対して答える者は誰もいなかった。「明日いつもの時間に」下院はこれまで休日に締め出しを行うことなど思いつかなかった。「違った、今度の火曜日のいつもの時間に」

議会は延期され、議員たちは選挙区民の声を聞いたり、欧州会議の討議ホールや廊下で英国の孤立主義に対する不満に不愉快そうに耳を傾けたり、中東の不潔さを視察し論評したり、歴史的記念物と並んで回転式改札口に関する報告書を書くために帰宅した。

ビッグ・ベンの時計塔の上では、フレッド・アーミティジがベル室にある巨大な鉄の構造物からさび付いたボルトをはずしていた。そして、彼のはるか下方、対角線方向には、広大なウェストミンスター宮殿の中心点、かつて敬虔なオーガスタス・ウェルビー・ピュージンが夢見た壮麗なゴシック建築の天井の高い薄暗い中央ロビーに、警察官が一人で立っていた。警官は声を出さずにハミングして、無頓着な好奇心から夜警用の青い表示灯の灯った上院の通廊に沿って目を走らせていた。

彼はロビーのアーチのあるコーナーに立っていた石像の向こうまで目をやった。ピュージンのリチャード三世は不平も言わずに、待機ホールの黒ずんだタイルを見下ろしていた。王冠を頂いた彼の頭は、上方の石造りのアーチの重みによる適度な力と、背中の様式化した最小限かつ最適な曲線によって前かがみになっていた。

24

非常に長身でやせ形の、色黒な青年は、目録カードをいっぱいに広げた書き物机から用心深く身を離すと、びっくりするような大股で二歩進んで絨毯を横切り、下院図書室の照会カウンターへとやって来た。その目は、土曜日の朝のこんなに早い時間に、国会議員の先生がいったいどんな用があるのかと問いかけていた。

「閉会期間はお休みかね？」アレック・ビーズリーが尋ねた。

「いいえ。うちは休みません」エドウィン・マックスウェル氏は効果を狙って重々しく言った。

「ウィンドミル劇場のように？」ビーズリーは周囲をいぶかしげに見回すと、頑丈な茶色の調度と地味なグリーンのクロス装の本がぎっしりと並べられた書棚が見えた。閉会期間中、図書室は独特な陰鬱さに包まれる。「ウィンドミル劇場とは似つかないな」国会議員は言った。

「私でお役に立てますか？」司書は話題を変えて言った。

「そう願いたいものだ。マシュー・デ・ラ・ガード・グリッセルという男について調査している。ここを建てたトーマス・グリッセルの息子だと思う」ビーズリーは熱のない様子で辺りを見た。派手な生姜色の色調の毛足の長いハリスツイードのスーツは、周囲の環境に溶け込んでいた。

「グリッセル・アンド・ピートー社！　いかにも西部地方らしい名前ですね！」マックスウェルは昔を懐かしむかのようにため息を吐いた。「その方は国会議員だったのですか？」彼は思いをテイマー川（イングランド南西部を流れる川）からテムズ川へ引き戻した。

「いや。おたくの調査課の調べによればだがね！」

「それなら、その通りですよ！」マックスウェル氏は極めて忠実だった。やがて彼は態度を和らげた。

「『英国人名辞典』はお調べになりましたか？」

　ビーズリーは首を振った。司書がいるというのに、わざわざ自分で調べたりするものか。

「おやおや、いざというときに実に役に立つ文献ですよ」マックスウェルは自分の職業に忠実だった。彼は照会カウンターからさっと離れると、光沢があり手垢の付いた大冊をかかえて戻ってきた。

　一分後、彼の表情が変わった。「思ったほど頼りになる文献ではなかったようです」と彼は悲しげにつぶやいた。「だめです。マシューはありません。トーマスに関する記述さえも！」

「すると、どこへ行ったらいいのかね？」

「どこへも行く必要はありませんよ」司書は顔を輝かせて言った。「『ボアズ』があります。ちょっとお待ちを。取ってきます」

『ボアズ』もまた、時代がかって使い古された大冊だった。『近代英国人名辞典：一八五〇年以降に物故した人物』とある。マックスウェルはページをぱらぱらとめくった。「ありました」抑えた勝ち誇った調子とともに、ややほっとした口調で言った。「とにかくここにトーマスがあります」二人は一緒に書物の上におおいかぶさる格好になった。ウェストミンスター宮殿の建築者に対する控え目な賛辞が一段の半分を占めていた。「何もないよりはましです」マックスウェル氏の声は疑わしそうだった。

「うむ。ご立派な人物だな」ビーズリーは印刷されたページを凝視しながら見下したように言った。

「ですが、友人のピートーほどではありませんよ。彼が何をしたかご存知ですか？」マックスウェルがやや背筋を伸ばしていた。

「いや」ビーズリーは柔らかな物腰で言った。

「リージェント・パークにあった『ディオラマ館』というとりわけむさ苦しい大衆娯楽場を買い取って……」

「……それを国家に寄贈したのか！」

「そうなのです！　それもバプティスト・チャペルに改装した後で！」

二人は心からの尊敬の念でお互いに顔を見合わせた。

「トーマス・グリッセルはバプティストだったと思うかね？」突然、ビーズリーに一つの考えが浮かんだ。「たった今、不思議に思い始めたんだ！　もしもトーマスがバプティストだったならば、息子の一人がカトリックに改宗したとき、彼は不愉快な気持ちになったことだろう」もう一つ名案がひらめいた。「そして、ロッシー館におけるマシューの異教の習慣のことを知ったら、いっそう不快になったに違いない」

彼はマックスウェルに毎年のロウソクの儀式の話をした。

「奇妙ですね」やっとのことで口を開いたマックスウェルは言った。「ちょっとアレイスター・クロウリーを思わせますね。ほら、『黙示録の野獣《ザ・ビースト》』のことです」

「中には風変わりな趣味を持った人間もいる。私はといえば、死体防腐処置に関心があるんだ」ビーズリーはどうしてこんなことを言ったのか自分でもわからなかった。そして、人のいない図書室の持っている、妙にくつろいだ、埃をかぶった陰鬱さが彼に影響を及ぼし、その連想から、かつて葬儀屋の助手として働いていた頃に戻って、彼にそう答えさせたのだと決めつけた。図書室の端から端まで、他に人の姿は目につかなかった。図書室そのものが防腐処置を施されたようなものだった。

マックスウェル氏はぎくりとするほど突然、体を動かした。彼が手のひらでカウンターを叩いたので、ビーズリーは飛び上がった。

「風変わりな趣味ですか！」司書は言った。「系図学者協会！　それこそわれわれに必要なものです。土曜の朝にやっているかな？　電話してみましょう」

電話に応対した若い女性はびっくりするほど活発で、十分近くの間、いろいろなことを教えてくれた。

「いやはや」と彼は受話器を置きながら息をついた。「彼女は万事心得ている」彼はビーズリーの方を向いた。「どうやら、こういうことのようです。もしもそのマシュー・グリッセルが一八三七年以後に生まれたのならば、出生証明書はサマセット・ハウスに保管されているでしょう。ファイルは閲覧できます。十年ごとに五シリングです。この場合にはかなり簡単だそうです。しかし、もしも一八三七年以前に出生したのなら、サマセット・ハウスにはなくて、生まれた土地の教区の教会に保管されている出生登録簿にあり……」

「しかし、どうやって出生した場所を特定するのかね？」

「そこが、どうやら、問題のようですね」

二人はしばらくの間、ちょうど二等辺三角形の二辺のように向かい合った形で照会カウンターによりかかって、そのことに思いを巡らせていた。

「彼が生まれたとき、私の考えでは、母親がいたと思いますね」マックスウェルが熱のない調子で提言した。

「ジュリアス・シーザーとは違って？（シーザーは帝王切開で生まれたとされている）」

「その通りです。しかし、父親はどうなんです？　トーマス・グリッセルです。彼もまた立ち会っていたかもしれません。父親のトムについて何と書いてあるか見てみましょう」

二人は『ボアズ』を詳細に調べた。その間、ビーズリーは前日の『議会議事録』の裏にメモを取っていた。賛辞は省いて、事実だけを書き記した。

「トーマス・グリッセル（一八〇一―一八七四年）、ロンドン、ストックウェル在住のトーマス・デ・ラ・ガード・グリッセルの一人息子。セント・ポール・スクール（パブリック・スクールの一つ）で教育を受ける。最初の共同経営者（一八二五―三〇年）はヘンリー・ピートー、次の共同経営者（一八三〇―四七年）は准男爵サー・サミュエル・モートン・ピートーだった。ピートーは一八四七年、ノリッジの議員として選出された。ピートーはグリッセル・アンド・ピートー社を退職し、トーマス・グリッセルは国会議事堂建設に独力で当たることになった。一八五〇年、ドーキング近くのノーベリー・パークを購入。一八五四―五年、サリー州知事」

ビーズリーは机の上の紙を軽く叩いた。「マシューはストックウェルで生まれたらしいな」

「あるいは、ドーキングか」マックスウェルが仄めかした。

「それもあり得る。しかし、ストックウェルの方が可能性は高い。気づいていると思うが、老人がドーキングに引っ越したのは五十歳になってからだ」

「うーん」マックスウェルはじっくりと考えた。「確かに。とにかく、ストックウェルの方が近い。その先の角を曲がったところにあるようなものです。オーヴァル（ロンドンにあるクリケット場）とブリクストンの間ですから」

「ブリクストン！　なるほど、そうか！」ビーズリーは目を輝かせた。彼は司書に、死体のジョンをたどった結果、『エフレナーテ』を介してエフラ川の土手に至ったという話をした。

「ストックウェルへ行ってみた方が良さそうだな」ビーズリーは腕時計を見た。「十一時半か。今から行けば、牧師がシェリー酒をやっているところに間に合うだろう。街路案内はあるかね？」

＊

ヴィンセント・クァレル牧師はビーズリー氏をオール・ソウルズ牧師館で、極めて丁重に、薄い中国茶を出してもてなした。彼は教区の収納箱を開けて、ぱっとしない厚手の表紙に閉じられた、昔の色あせた登録簿を引っ張り出し、ビーズリーから金を受け取り、必要上かつ法に定められていることからそうしなければならないことを詫び、好奇心、人間性、正義のために必要な記録文書を差し出した。

マシューと兄のバートウェルは、建設業者トーマス・グリッセルと妻エミリーの子供として、ストックウェルで同じ一八三二年七月三十日に生まれた。バートウェルが生まれたのはマシューに先立つことわずかに一時間に及ばなかった。彼らは夫妻の第三子および第四子だった。そのとき、トーマス・ジュニアとヘンリーはヴィクトリア時代のおむつをはいて歩き回っていた（もしも歩けたとしての話だが）。

25

一九五六年五月二十一日月曜日は聖霊降臨祭の翌日で法定休日《バンク・ホリデイ》であり、ホースフェリー・ロードの死体安置所は一人分のお荷物を背負って一日をスタートした。

そのお荷物、ジョン・ウィンターはずっとかまわれないでいた。そこで彼は、凍り付き、ミイラ化した無関心さをもって、やせこけて黒く干からびた、一世紀前の体を横たえて、貴重なスペースを占領していた。とりわけその日は、チャリング・クロス・ロードから横道に入った通りで切りつけられた非行少年や、ピムリコの屋根裏で発見された自殺した幼い妊婦のために、そのスペースが必要とされていた。

「忌々しいあいつをどこかに移して欲しいものだ」ホースフェリー・ロードに夜が訪れると、死体安置所の主任係員が首を大きく振って言った。あと休日は残すところ六時間、その間、何が起こっても不思議はないし、たぶん何かが起きるのだろう。それなのに、空いている引き出しは三つしかない！

ジョン・モーティマー・タウンゼンド・ウィンターは自らの不満の冬の中で身を横たえていた。

＊

ヒューバート・ブライ自身の不満の心象のせいで家族の休日が台無しになった。

始まりは聖霊降臨祭の明けた朝の早い時間で、そのときブライはまだドレッシング・ガウンを着ており、妻はまだベッドの中で、息子のリチャードはまだ浴室で壁を洗面用タオルで拭いていた。ヒューバートがヘレンのティー・カップを運んで慎重にダイニング・ルームを横切っていたとき、電話のベルが鳴った。ごくわずかな量のお茶が受け皿にこぼれた。

「ジプシー・ヒルの三二一六二です」ブライは甲高い声で答えてから、「申し訳ございませんが、ブライ様はお留守です。伝言なら承っておきましょう。ええ、お仕事でございます」と言った。

電話の男の声はキンキン声で話しかけてきた。「国際電話です」その声は無関心そうに言った。「お話し下さい」男の声は、ヨーロッパを東へ向かって大声で叫んだ。

「君かね、ヒューバート」ハープの弦をはじいたような音に混じって、別の声が訊いてきた。

ヒューバートは好奇心に駆られて、自分が甲高い声を出していたことを忘れてしまった。

「そうですが」と彼は言った。「どなたです？」

「レインだ。ナイジェル・レイン。ストラスブールにいる」

「やれやれ！　電話代は誰が持つんです？」

「ばかな質問をするんじゃない、ヒューバート。いいか、よく聞いてくれ。ちょっとしたことを発見したんだ。下院図書室の調査課司書の一人が、ここストラスブールで、欧州会議の臨時代理有給職員として働いている。名前はロバートスンだ」

電話のはるか向こう側から、ささやくような、別の会話が聞こえてきた。現実のものとは思えず、はるかに遠くからのもののように聞こえた。

「もしもし」ブライが試しに言ってみた。

「そこにいるのかい？」レインが尋ねた。

「もちろんですよ」

「彼は私と一緒に電話ボックスにいる。体重は十五ストーンだと言っている。覚えているかね？」

「ああ。先週、病院に関して僕の仕事を手伝ってくれました」

「その人物だ。昨夜、『カンマーツェル』で会ったんだ。ビア・ホールだ」

「なあるほど」ブライが言った。

レインは込められていた皮肉を無視した。

「彼はこちらの大聖堂に関して調査したことがあるんだ」

「ああ」ブライが彼の言葉を遮った。「そうでしょうとも！　賭けてもいいですが、あの連中は睡眠中でも調査しているんですよ」

再びレインは彼を無視した。「彼が言うには、その大聖堂の尖塔は四百七十五フィートの高さがあるそうだ」

「そいつは高いですね」ブライは丁重に言った。

「ああ、そうだろう。しかし、問題なのはそのことではない。足場なしで建築されたそうなんだ。まったく足場を使わずに」

「それは大したものです」

「そうだろう、なあ」

そこで短い劇的な間があった。電話線からはうきうきするような音が聞こえ、その弦楽の背景音からレインの力強い声が返ってきた。

「そして、ビッグ・ベンの時計塔も同様なんだ」彼が言った。

「何ですって！」

「ビッグ・ベンの時計塔は、当地の大聖堂の尖塔と同じ方法で建てられた。バリーはストラスブールの大聖堂を建てた男の技術を模倣したんだ。ビッグ・ベンの時計塔は足場なしで建てられた。内側も外側も」

ブライは事実を受け入れた。

「その男は確かだと言っているのですか？」と彼は訊いた。

「ああ。自信を持っている。ロバートスンがそのことを発見したのは、一九五二年に或る国会議員のために、ビッグ・ベンに関する調査を行ったときのことなんだ」

「妙なことを尋ねるやつがいたものですね！」

「いや。そうでもない。その議員は建設省財務次官に任命されたばかりだった」彼はここで間をおいた。「わかったかね？」

「ギルフィランですか？」

「そう、リチャード・ギルフィランだ。君が知りたかろうと思ったものでね。それじゃあ、ヒューバート。大急ぎで行かなければ。約束があるんだ」

はるか彼方からカチッという音がして、電話は途絶えた。ブライはゆっくりと受話器を戻した。

＊

それからというもの、聖霊降臨祭の翌日の午前中、ブライは家族に背を向けて座り、もっぱら電話に向かって話しかけていた。彼の周りには欲求不満が厚い毛布のように広がっていたが、委員会の全構成員が休日のため不在であることを確認すると、いよいよ不満が募ってきた。彼は果たしてギルフィランに電話をかけることが賢明なことだろうかと思った（ストラスブールからの情報を持って財務次官に面と向かう前に、他の人間と話がしたかった）。彼は、できればフォレストかビーズリー、あるいはこの件に関する限りはパスモアとも話をしたかった。そのいずれとも連絡が取れず、さらに悪いことには、確実にいると言っていた場所に彼らはいなかった。

彼はわざわざナイジェル・レインの電話がいくらかかったのか調べるという意地悪な慰めを見いだし、紙と鉛筆を使って楽しい十分間を費やした結果わかったのは、レインが払ったのはヴァランタン・ソルグのパテ・ド・フォア・グラ二枚に匹敵し、その大きさたるやスワン・マッチ二箱くらいだが味わいははるかに良く、しかもサービス料込み《セルヴィス・ノン・コンプリ》ではなかった。

彼は意地悪な笑みを浮かべ、ジョン・ウィンターを頭の片隅に追いやると、ヘレンとリチャードを連れてダリッジ・パークのアヒルに餌をやりに行った。アヒルたちも休暇を取っていた。アヒルたちはブライのパンを食べようとしなかった。

26

火曜日の朝、今度はブライがポリッジを食べようとしなかった。

「いったいどうしたの、ヒューバート？」妻の口調は、彼の様子を案じるというよりも、好奇心から尋ねているようだった。

「これだ」経済的にも郵便と一緒に配達された電報を彼は指さした。「うちの冷蔵庫を使用に供することができればいいんだがね！」

ヘレン・ブライは電報に手を伸ばしかけて、夫に向かって目を剝いた。「あなたの言ったことがわたしの考えていることと同じだったら、ヒューバート、なんとも不愉快な思いつきですこと」

「パパのくそったれ」リチャードがシュレッディッド・ホィート（朝食用の料理）の陰から愉快そうに言った。

「そんなことを言うんじゃない、リチャード」ブライは反射的に、そして道徳的見地から叱った。

彼は妻の方を向いた。「そんなことはしないさ。いったいどうやったらできるんだ！」

「そうせざるを得なくなるわ。別の選択肢を見つけない限り」短い間があった。「とにかく、うちの冷蔵庫では小さすぎるわ」

「ママのくそったれ」

「いったいこの子はどこからこんなひどい言葉を拾って来るんだろうね、ヘレン！」

「議会で質疑に採り上げたらいいわ！　こんな死体のことに首を突っ込まなければ良かったのに」

「とにかく首を突っ込んでしまったんだ。だからけりを付けるつもりだ」

「でも、すぐにというわけにはいかないんでしょう？」

「いや、すぐにだ」

彼は再び電報を見て、その知らせが新しい意味を帯びてきたかのように顔を輝かせた。

「ねえ君、これは登院要請《ホイップ》として使えるな」

「院内幹事《ホイップ》なんてどうでもいいわ」

「言わせてもらえば、国会議員の妻として相応しい限りの発言だね。しかし、僕が言いたいのは登院要請の方なんだ」ブライは未使用のナプキンを折りたたみ始めた。「臨時委員会を招集しよう」ブライは行動の男だった。

「さぞかし人気が上がることでしょうね。休会期間中に！」
「そんなことは気にしないさ。その気がなければ来ないよ。彼らが来なければ、ひとりでやるまでだ。すぐになんとかしなければ、すべてが台無しだ」

＊

電報はブライが絨毯の上に落としたままだった。
その日の朝、七時五十五分に王室検視官がヘイゼルミアから打電してきたものだった。

シュウマツノ　コウツウジコデ　シタイアンチジョガ　イッパイ　シキュウスペースガ　ヒツヨウ　トノ　ホウコクアリ。ドヨウビニ　フルイショウコブッケンヲ　マイソウスルコト　キンヨウビニ　ケンシホウテイヲ　カイサイシ　ワレラガシタイヲ　オイダスコトヲ　テイアンスル。ケイグ。ふぇる。

ブライは決心がついたかのように卵を叩くと、「王室検視官のくそったれ」と言った。リチャードがキャッキャッ言って喜んだ。

27

図書室調査助手チャールズ・ガウアーは手帳を開いた。そのゆっくりした動作は慎重で、まるで瞑想に耽っているかのようだった。

「キミズ夫人はこの建物の簡単な歴史をまとめておくよう私に依頼して出発なさいました」話しながら彼の手は、目の前の机上にある本や書類をせわしげに動かし、整理した小さな山と積み上げ、彼がそうしたいときにはいつでも参照できるように、必要な順番に分類していた。書誌学的な調査の埃にどっぷりと埋まっていたにしては、これ見よがしなほど埃っ気がなく、小さな黒表紙の手帳に書かれたメモ同様、清潔でこざっぱりしていた。

「夫人はまた、ここを建てた人たちの間で個人的な衝突があったとしたら、それについても皆さんは興味を持たれるだろうとおっしゃいました」彼は問いかけるように委員長の方を見た。ブライは初めて、ガウアーの平凡な、どちらかというと粗野でごつごつした顔が、この会議の雰囲気に影響されて活気づいてきたことに気づいた。普通だったら、ガウアーは特筆に値するほど目立たない青年だったが、今では自分の発見を熱心な聴衆に発表するという期待感から、存在自体が一回り大きくなったように見えた。

「衝突はなかったのかね?」ブライが尋ねた。ガウアーが顔を輝かせて否定の素振りを見せると、彼はにやりとした。

「それどころか、この二日間で私が予備校（パブリック・スクールに進学するための学校）の十二学期で見たよりも多くの悪意や憎悪、陰口や裏工作に出くわしました。それはともかく、ほんの数時間でもウェストミンスター宮殿の建物に関する公式文書を読んでみれば、ここには二ダースの死体が埋まっていても不思議はないという気になってきます。このことを知ったら驚かれるかもしれません——実を言うと私は驚きました。事実上、一八四四年から一八六四年までの間にこの建物に関与した重要人物のことごとくが、下院の特別委員会の印刷文書によれば、五ポンドの金のために幼い孫を殺害しかねなかったのです!」ガウアーはここでためらった。「バリーその人でさえも控え目な殺人というべきことに手を染めていたのです。彼はピュージンの死後、彼の名声を抹殺しました。正気を失っていたのです、かわいそうに」ガウアーはさっと委員たちを見回した。「火事のことから始めましょうか。概略をお話ししましょう」と彼は大急ぎで付け加えた。

「いいぞ。ただし、不正行為は見逃さないでくれ。洗いざらいだ」ビーズリーは椅子の背にもたれて聞き耳を立てていた。骨張った顔にいやらしい笑みを浮かべている。これからのお楽しみに期待して、両目は飛び出さんばかりだった。

チャールズ・ガウアーは最初から始めた。「一八三四年に旧上院に火が放たれ、宮殿の大部分が焼け落ちたとき、その炎の中には不正行為などありませんでした。不正行為が始まったのは、宮殿の再建が決定し、その設計——エリザベス朝様式かゴシック様式でなければなりませんでした——をめぐってコンテストが行われ、バリーが選ばれた時からでした。猫も杓子も選考委員会に賄賂が贈られたと仄めかし始めました。実際問題として、バリーは委員会の委員長と個人的な友人でした。しかし、批判者たちは実際に証拠を摑んでいたわけではありませんでした。設計図には番号が振られ、どの番号がバリーに割り当てられたのか知っている人間はいないとされていました。

「やがて一騒動が始まります。まず最初は、一等から三等までの入賞者による設計図の展覧会が開催されました。会場は国立美術館《ナショナル・ギャラリー》でした。これは公式な催しです。次に、九十四名の落選者による設計図の私的な展覧会が催されました。こちらの方は極めて非公式なものでした。しかし、結局はバリーが自分の設計図で計画を進めることが許されました。後になって彼は、基礎から屋根まで、すべてテムズ川に沈んでしまえばいいと思ったことだろうと私は想像しています」

「巨大なドブ《グレイト・スティンク》の中に」ビーズリーが口を挟んだ。

「ええ、その通りです。その頃のテムズ川はひどいものでした。両院では窓のブラインドを上げて、さらし粉溶液を大量散布しておかなければならなかったのです。悪臭についてはちょっとした不正行為もありました。一八五〇年のことです。その年の悪臭はとりわけひどいものでした。最悪の年だった一八五八年にも匹敵するほどでした。下院の議場はほとんど耐え難いものでした。そこでバリーは、何か措置が講ぜられないものかと、数名の官吏と一緒に基礎に下りていきました。階段を下りたところで、あまりの悪臭のために事務総長が昏倒しました。バリーの方は怒りのあまり気を失いそうになりました。何者かが階段を下りて通風口を開け、瘴気をロビーに導いていたのです。後になってバリーは、オースティンという顧問技師が単に彼の——つまりバリーの、ですよ——評判を失墜させるために通風口を開けたのだと特別委員会に報告しています。オースティンは彼を心から憎んでいたとバリーは証言しましたが、それは委員会を前にして、より穏当な言い方をしたに過ぎませんでした」

「委員会の報告書には目を通したのかね？」ブライが質問をした。

ガウアーは少し誇らしげな態度になった。「私は八十あまりの各種委員会の報告書に目を通しました。いずれもこの建物に関するものです！」

「話を不正事件に戻してくれ、きみ」フォレストが身を乗り出した。「われわれはピュージンなる紳士に大いに関心を寄せているんだ」

「これをデザインした人物ですね」チャールズ・ガウアーは机にはめ込まれたインク壺を軽く叩いた。パスモアのタバコから吸い殻が落ち、パスモアは慌てて灰を吹き飛ばした。「これをデザインしたのも彼です」ガウアーはドアの装飾的な真鍮細工を指さした。「それに、あのノブも。傘立て、そして至る所に配置されている曲線的な重ね棚も。中には」と彼は続けた。「ピュージンが内装と外装のデザインをすべてやったという人もいます。他方、彼が建物全体を設計して設計図をバリーに売り、バリーはそれで大儲けしたのだと言う人が今でもいます」

「いったいどうしてピュージンはそんなことをする必要があったんだ？」

「赤貧と——宗教上の問題です。一つには彼はいつも赤貧洗うがごとしでした。そしてもう一つの理由は、一八三五年にはローマ・カトリック教徒に国会議事堂の建設というような重要な仕事を与えてはくれないことを、彼は知っていたからです。ローマ教会は依然として政治的な火薬庫だったのです。カトリック教徒解放法はやっと法令集に掲載されたばかりでした」

「要点はわかるよ」ブライは物わかりが良かった。「しかし、先ほどバリーはピュージンの名声を抹殺したと言ったのはどういう意味なんだ？」

「言葉の選択にいささか不注意でした。『抹殺した』というのは少し強すぎます。私は書簡の件を言いたかったのです」

彼は苦虫をかみつぶしたような顔をして、先を続けた。

「ピュージンは一度取りかかると途方もないエネルギーを爆発させて仕事をしました。そんな時期の狭間には鬱状態か神経衰弱になって、よく海に出かけて小さなヨットに乗っていました。彼は帆走することに情熱を傾けていました。彼が英国海峡にヨットで乗り出すたびに、バリーは彼に手紙を書きました。どういうわけか散逸してしまったため、バリーが手紙の中で何と書いたのか誰にも確かなことはわかりません。ピュージンが亡くなると、彼の息子のエドワード・ピュージンが、設計図を公開コンテストに提出した時期に当たる一八三五年から一八三六年までの間に、バリーが書いた手紙を発見しました。バリーはそのことを聞きつけました。『なんとしたことだ。全部破棄したかと思ったのに！』と彼はぼやきます。そこで彼は二人で一緒に手紙に目を通そうと言って、或る晩、エドワード・ピュージン青年——当年二十三歳——を自宅に招きました。エドワードは全部で七十六通あった手紙をポケットに入れて、バリーと晩餐を共にしに出かけます。その晩、バリーが客をオールド・パレス・ヤードの正面玄関で見送るまで、手紙のことは一言も話題になりませんでした。『おっと、エドワード』絶妙のタイミングで彼が言います。『私としたことが、手紙のことを失念していたよ！頼むから、置いていってくれないかね。床に就く前に目を通しておこう』」

ガウアーはここで言葉を切った。「それ以来、手紙の行方は知れません」

短い間があった。

「やれやれ」とフォレストが言った。「これが君にとっての不正行為なんだな」突然、フォレストは何か考えついたようだった。「だが、ちょっと待てよ！ 君はピュージンがあらゆるデザインを手がけたと言ったな。しかし、いつだったかリチャード・ギルフィランの話では、建設省にはこの建物の建築上のスケッチが何千枚も残されているということだった。しかし、そのいずれにもピュージンの署名が入っていないのだ！」

「おそらく、ピュージンは取引の約束を守ったのでしょう。彼はスケッチを売り、自分を示すようなものは徹底して残さなかったのです。実際の話、ピュージンの息子が署名入りの図面を見たことがあると言いました。それは公式謁見室のもので、A・W・Pというイニシャルがありました。きっと、バリー派には大打撃だったろうと思われるかもしれません。ところがどっこい！ バリーの息子のアルフレッドは、それは『アルベルトゥス・ウォリエ・プリンケプス』（ヴィクトリア女王の夫君アルバート公を指すものと考えられる）を表していると答えたのでした」

「確かに巧妙な考えだと認めないわけにはいかないな！」パスモアが感嘆の念を露わにして微笑んだ。

「巧妙と言えば」ガウアーが話を続けた。「ゴールズワージイ・ガーニーという人物もいました！ 彼は下院の議場下を通っている下水本管の臭気を、パイプを通して時計塔まで導いた換気技師でした」

「時計塔までとはね！」ビーズリーが不意に身を起こして座り直した。「君は、彼が我らが友人ジョン・ウィンターをガスで殺したと考えているのかね？」

「ありそうにないことだな。漏れた下水の臭気は極めて有害だが」フォレストが大真面目な顔をして言った。「下水の臭気で頭蓋骨を砕かれるなんて話は寡聞にして知らない」

「とにかく」ガウアーは調査課司書の通例として、ビーズリーの質問を真に受けていた。「問題の死体が発見された場所は時計より上でしたね」

ブライがうなずいた。

ガウアーは先を続けた。「ガーニーのガスは時計塔の文字盤直下の穴から排気されました」ガウアーが証明終わりの身振りをした。「つまり」と彼は付け加えた。「もしも排気されたとすればの話ですが。その計画が大成功を収めたとは思いませんし、それが長い間使われなかったことは確かです。爆発があってからというものは」

「またガイ・フォークス（一六〇五年に議会を爆破し国王と議員を殺害しようとした火薬陰謀事件の首謀者）が出たのかね？」ビーズリーが尋ねた。

「いいえ。ゴールズワージイ・ガーニー当人でした！　国会議事堂の地下には主下水溝の他に、ヴィクトリアとオールド・パレス・ヤードに通じているガス本管もありました。そのガス管から漏れたガスが下水溝を通じて出てきたのです。ガーニーは時計塔の下で火を着け、文字盤からウェストミンスターへ流れ出る悪臭を加速しようとしました」

「いささか反社会的だな！」

「反社会的なのはそれだけではありません。死者こそ出なかったものの、多くの人間がぞっとするような思いをしました。もしも爆発によって塔が崩れ落ちたらどういうことになっていたか、考えてみて下さい！」

フォレストは一瞬そのことを考えてみた。「補欠選挙を盛大にやらなければならないな」

ブライは彼の発言を無視してガウアーの方を向いた。「そんな心配は無用だったのに。塔が一九四四年のドイツ軍の爆撃にも持ちこたえることができた以上、ガーニーの石炭ガス爆発にだって耐えられたはずだ」

ガウアーはうなずいた。「確かに。しかし、当時の人たちにはそのようなことを知る由もありません。塔はかなり危なっかしい建物でした。建築を開始したとき、建築業者は恐ろしい思いを味わったのです。地盤が液状化していることが判明したのです」

「下水溝が原因かね？」パスモアが自分自身の不愉快な想像に顔をしかめた。

ガウアーは努めて真面目な顔を保っていた。「いいえ。下水の汚泥ではなくて――そうであっても不思議はなかったのですが――単にそこが湿地帯だったからです。それについて一つ裁判沙汰になりました」彼はここで手帳をぱらぱらとめくった。「一八四五年のことです。基礎を造るために地盤を掘っていたところ……」

「ちょっと待って下さい。その作業をやっていた業者はどこなんです？」ピーコックが再び記録を取り始めた。

「建築業者のグリッセル・アンド・ピートー社でした。パイルを打ち込んで、締切り《コファーダム》（工事のために一時的に水を締め出す囲い）を造る必要がありました。彼らの掘っていた穴の脇に、工事人夫のための一種の休憩所がありました――オリヴァーのコーヒー・ハウスという名前でした――が、或る夜の十時に穴の中に呑み込まれてしまったのです。店主のオリヴァー・マンスフィールド氏とその一家は、俗に言う着の身着のままで難を逃れました」

ガウアーは手帳をめくった。「そして七百ポンドの賠償金を手に入れました」

「それで、コーヒー・ハウスはどうなったんだね？」

「たぶん、穴の中に埋まったままでしょう。裁判記録には『流砂に呑み込まれた』とあります」

ブライが口を挟んだ。「バリーはきっと何もかもすっかり沈んでしまえばいいと思っていたことだろうと君が言った意味がわかり始めてきたよ」

周りから同意のつぶやきが聞こえてきた。

「もちろん、実際には沈むところを見たわけではありません」再びガウアーが話し始めた。「彼は建物が完成する前に亡くなったのです。彼の息子がヴィクトリア・タワー（ビッグ・ベンの時計塔の反対側にある塔）の天辺に一時的に旗竿を取り付けたので、父親の葬儀の日には旗を半旗に掲げることができました。一八六〇年のことでした」

「だが、たとえ彼があと七十年長生きしたとしても、建物の完成を見るには至らなかったでしょう？」ピーコックがチャールズ・ガウアーに話しかけた。「まだ竣工していないんだから！」

「もちろん、時計塔は完成していますが、パレスの残りの部分はまだです。たぶんいつの日か彼らが……」

「金融引締めだ」フォレストがさらりと言ってのけた。

「その辺でやめて下さい」ブライが言った。フォレストはにやにやしたが、それ以上口を挟まなかった。

「今度の『彼ら』というのはグリッセル・アンド・ピートー社ではないんでしょう？　倒産したんだと思いますが」ピーコックはまだ記録を取っていた。

「ええ、彼らは倒産しました」ガウアーがうなずいた。「或る意味では残念なことだと思います。というのは、彼らがそのままバリーの元の設計図に基づいて宮殿の増築の仕事を続けていたら、ニュー・パレス・ヤードにあった自分たちの事務所の敷地に建てることになったからです」彼は部屋の中の委員たちの顔を見回してから、何食わぬ顔で爆弾を投下した。「そこはあなた方の友人、マシュー・デ・ラ・ガード・グリッセルが住んでいた場所でした」と彼は言った。

28

数秒間というもの、死のような沈黙が部屋の中を支配していた。外の川では蒸気曳航船が苛立たしげに汽笛を鳴らした。ピーコックが鉛筆の端をかんだ。

ブライがテーブルの向こう側から発言した。「すまないが、もう一度繰り返してくれないか」ガウアーは繰り返した。「いったいどうしたんだ?」ブライは激昂していた。ダリッジのロッシー館に住んでいたマシュー・デ・ラ・ガード・グリッセルに対する水も漏らさぬ事件が、真っ二つに割れてしまったようだった。「マシューはダリッジに住んでいたんだぞ」彼は断固として言った。「彼はウェストミンスター宮殿の中庭に住んでいたのです」ガウアーも負けずに言い張った。再び沈黙が訪れた。

「そうであってはいけない理由はないだろう?」発言したのはアーサー・フォレストだった。「いけない理由などないだろう? ご承知のように、彼は裕福な人物だった。ロンドンの自宅と田舎の別荘というわけだ」

ほっと安堵するようなつぶやきが周りから聞こえてきた。

パスモアがそのつぶやきを途中でさえぎった。

「ちょっと待った」彼は言った。「ダリッジに『田舎の別荘』だと！」彼はその考えをしばらく吟味していた。「うむ、ありえないことではないな」

「いけない理由などないさ」フォレストはその考えに熱中していた。「ピクウィック氏（ディケンズ『ピクウィック・クラブ』の主人公）だって自宅を構えていたんだ。そして、もしもピクウィック氏にとって良い所だったのなら、グリッセル氏にとって良い所だったとしても不思議はない。とにかく、今でも鄙《ひな》びた土地だ」

クリストファー・ピーコックが鉛筆をかむのをやめた。「もしかしたら、マシューが二つの土地に住んでいた時期はずれているのでは？」彼はここで言葉を切って、慎重に付け加えた。「もしかしたら、ジョン・ウィンターの始末をした後でダリッジに引っ越したのではありませんか。一八五八年にマシューがウィンターからロッシー館を引き継いだことはわかっています。レインさんがカウンティー・ホールで調査された住所録から明白です」彼はガウアーの方を向いた。「グリッセルがパレス・ヤードの家を出たのはいつです？」

ガウアーは再び手帳を見た。彼の指が手帳のページを繰る音が、静まり返った参考図書室の中でひときわ大きく聞こえた。彼が顔を上げた。

「一八五九年です」と彼は言った。

「すると、一年間は二つの家を所有していたわけですね。一軒はウェストミンスターに、もう一軒はダリッジに」ピーコックは丁寧に記録を取りながらつぶやいた。「どうしてウェストミンスターから引っ越したのでしょう。確か、まだそこで仕事をしていたはずですが」

「引っ越しの理由については知りません」ガウアーが言った。彼は再び手帳を見た。「わかっていることは、グリッセルが引っ越して、その屋敷をモンテ・ビデオの領事館が引き継いだことです。このことはウェストミンスター課税査定簿から摑みました」彼は情報源に自信を持っていたので、それに関して議論する準備ができていなかった。

「しかし、いったいどうしてモンテ・ビデオの領事が入ったのだろう?」ブライが無関係な質問をした。

「私にはその理由は明々白々だな。ちょっと中庭を横切るだけで、昼食とお茶の時間の間に、領事は決定権のある議員に対してロビー活動をすることができるのだから。なんとも好都合じゃないか」パスモアが部屋の中を見回した。人当たりの良いラテン・アメリカの領事にひっきりなしにロビー活動を受けている、影響力の大きな議員の悦に入った態度だった。

するると、不意にビーズリーが前に身を乗り出して、テーブルを叩いた。

「そして領事に対して言えることは、グリッセルに対してもあてはまる」と彼は言った。「ただ、グリッセルの方がしていたのは、単に議員に対するロビー活動だけではなかったのではないかね?」彼はチャールズ・ガウアーの方を向いた。「この、グリッセルの屋敷だが。時計塔からどれくらい離れていたのかね?」

「ヤードで測れる距離です。まあ、三十ヤードでしょうか」

「便利だな!」

「至極便利ですとも! 特に、彼は時計塔やその他の建物に、昼であれ夜であれ自由に入ることができたのですから。要するに、彼は建物を管理していたのです。ポケットには鍵を幾つも持っていたことでしょう」

「ちょっと待った」一同の同意の大合唱を破ったのはフォレストだった。「結論を疑っているわけではないんだ。ただ、位置関係がちょっとはっきりしないんだ。彼の屋敷は正確にはどこにあったんだ?」

ガウアーは指先で机の上に見えない四角形を描いた。「ウェストミンスター・ホールの正面入口の真向かい、ウェストミンスター・ブリッジ・ロードの並びです。そこにはとても魅力的な初期ジョージ王朝風の家が並んでいました。現在ではキササゲの木の生えた庭のある場所に建っていました。グリッセルは十一番地に住み、彼の部屋はヤードに面していました。実際の話、彼はベッドの中から時計塔を見て、時刻を知ることができたのではないかと想像しています。ほとんど真上を見上げればよかったのです」

「だとしたらなんとも如才のない男だ」とフォレストが言った。「時計が実際に動き始めたのは、彼が引っ越して一年も経ってからのことだがね」

「つっかからないで下さい、アーサー」ブライが苛立たしげに言った。「ガウアー君の言いたいことはおわかりでしょう」彼は司書の方を向いた。

「当方にわかっている情報によれば」自分の言葉が照れくさくなって、ブライは咳払いをした。「時計塔は足場を使わずに建設されたということだ。そのことはご存知かな？」

「はい。同僚のロバートスンから聞きました。以前、或る国会議員のために調査したということで」

「そのようだね。それでは、どうやって建てられたのかな？」

「ねじ式の脚によって時計塔の上まで上昇する、一種の作業台を使ったのです。作業台の上にはニュー・パレス・ヤードから建築資材を引き上げるための蒸気機関が設置してありました。大成功を収めた方法です。グリッセル社はリフォーム・クラブとネルソン記念碑を建てた時にも、やはり同じ方法を採用しました。天辺で働く人間一人につき、塔の下で四十人の石工を働かせることができるということでした」

「無関係な話だが」とパスモアが愛想の良い口調で言った。「石工には労働組合はあったのかね？」

ガウアーはその質問を真に受けた。「さあ。しかし、ストライキはありました。一八四一年のことです」

「ありがとう」パスモアは丁重に頭を下げた。「一本取られたな」

「いい加減にして下さい、オリヴァー!」ブライが言った。彼は気を落ち着けた。そして、「静粛に、静粛に」と付け加えた。「一八四一年にストライキがあったということだね。他の年はどうかね?私が言いたいのは、塔の建築中にストライキはあっただろうかということだ」

「だと思います。正直言って、調べたわけではありません。きっとどこかに記録が残っているはずです。ただ、それに関する情報はきっとありとあらゆる所に散らばっていることでしょう。私の知る限り、ここの建物ほどいい加減で、当てにならないものはありませんよ。しかもその記録ときたら!」

ガウアーは頭の天辺から脚のつま先まで司書そのものだった。

「われわれのために、いかなる詳細についても調べてくれるね?」ブライが突然興奮した様子になったのに、ビーズリーが気づいた。

「何を企んでいるんだ、ヒューバート?」

ブライは彼に微笑みかけた。「ちょっと待って下さい。やらなければならない仕事があります」

彼はテーブルに身を乗り出して受話器を取った。

*

時計塔を管理している人間を突き止めるのに、ブライは二十五分かかった。下院は休会期間中で、したがって宮殿のいかなる部分についても守衛官に責任はないことを理由に、守衛官局は責任を否定した。文字通り解釈すれば、自らの部局についてさえも責任がないことになる。局長補佐は丁寧に、しかし断固とした口調で、式部長官に当たられたらいいでしょうと助言した。

式部長官は不在だったが、書記官秘書は式部長官が再建中の建物の一部に何らかの関係があるとは思えないと疑問を表明した。おそらく、時計塔が補修中なのはお気づきでしょう？　問い合わせた人間は知っていると答えた。彼はまた自分は国会議員であり塔に上りたいのだとも言った。秘書はよそよそしい調子の青年で、少しは国会議員のことを聞いたことがあるのは間違いなかった。彼はどんな人間――微妙な強調によって特に国会議員のことをほのめかしていた――であっても、時計塔に上れるとは思わないと言い、たとえ上れる人間がいたとしても建設大臣の許可が必要だろうと述べた。彼はこの自分の発見を自信と完全無欠な礼儀正しさを示して述べた。ブライは礼を述べ、受話器を置いてから罵った。「ギルフィランがいてくれたらなあ」と彼は言った。彼は振り向いてクリストファー・ピーコックに話しかけた。

「サー・モーティマー・ホィーラー（一八九〇―一九七六。ドーセット州のメイドン・カースル等の発掘調査で有名）の州から彼はいつ戻ってくると言っていたかな？」

「はい。今日には戻って来られるはずです。ラムベス・ブリッジ・ハウスに電話をかけられたらいかがでしょう。今頃はオフィスにおられるかもしれませんよ」

ブライが電話をかけると、ギルフィランは戻っていた。二人は仕事にとりかかった。

＊

五月二十二日火曜日午後二時半のこと、選りすぐりの調査員から成る小さなグループがビッグ・ベンの塔の下に集まった。その大半が人目をはばかるような様子で、少なくとも一人は憂鬱な表情をしていた。

クリストファー・ピーコックは舌をなめ、気を落ち着けてからチャールズ・ガウアーに話しかけた。

「内部の階段を上りますか、それともあのひどいエレヴェーターを使いますか?」

「エレヴェーターにしますか」ガウアーは鉄パイプの足場に囲われた塔を見上げた。鉄の管や棒の集合体の外側に、電動式のエレヴェーターが固定されていた。「ええ、エレヴェーターにしましょう。きっと面白いでしょう。ちょうどわれわれのために下りてくるところです」

ピーコックは祈るように両目を閉じて、醜態をさらすことのないようにと願った。

「高い所はお嫌いですか?」ガウアーが優しい気づかいを見せた。その気づかいは長くは続かなかった。「少し揺れますね」彼は上を見て、楽しそうに言った。

エレヴェーターの金属製の格子扉ががしゃんと音を立てて開くと、中の運転士が彼らに声をかけた。

「上に参ります。上に参ります。時計、鐘、死体で最初に停まります。定員は四名です、皆さん。一度に四名までです。文字盤の上に叩きつけられたくはないでしょう?」

ピーコックが四人に譲るために、礼儀正しく、内心感謝しながら退いた。他の四人もそうしたいところだった。

＊

扉は金属製の格子をがちゃがちゃさせて閉まり、運転士がぴかぴかに磨いた真鍮のレバーを力強く押し下げると、バリーの時計塔の西壁にボルトと補強板で固定された複雑な構造物の足場の間を、ケージはゆっくりと滑るように上昇した。ブライは壁からじわじわと離れて、周囲を見回した。彼がいるのは普通のエレヴェーターの箱だった。しかし、そのわずかな違いに、彼は突然の吐き気に襲われた。彼と目の前の空間の間には格子扉しかなかった。オリヴァー・パスモアにちらりと目をやると、少なくとももう一人、ヴェストの下で吐き気を抑えている人間がいることを知って安堵した。モーターの低い回転音は、彼の耳にはいや増しに大きく響き、下方右手から聞こえるブリッジ・ストリートのいつもの交通騒音は、エレヴェーターの静かで滑るような上昇とともにゆっくりと薄れていった。

　最初の四十フィートの地点――塔の風雨に打たれた茶色の石にできた染みが偶然の目印になっていた――で、運転士は自分に対する指示を独り言でつぶやいた。レバーがさらに二目盛り分下がると、箱はごく短時間揺れた。モーター音は高音域に駆け上がって前よりも高い調子になり、エレヴェーターの加速度が落ちるとブライの胃がひっくり返った。再び彼がパスモアの方を見ると、目をしっかりと閉じて、緊張感から額に脂汗を浮かべていたのでほっとした。これこそブライに必要なことだった。残酷にもブライはパスモアに話しかけ、両目を開けさせた。

「起きるんですよ、オリヴァー。これを見逃す手はありませんよ」ブライは意地悪く言った。

　後でパスモアは、確かに一見の価値があったと言った。ウェストミンスター全体、国会議事堂から西側一帯が彼らの眼前に開けていた。ニュー・パレス・ヤードには議員専用に白い駐車用の枠を描いた黒いアスファルトの敷地があり、彼のほぼ直下のキササゲの並木はダンカン・グラント（英国の画家。一八八五―一九七八）描く風景画の中の芽キャベツのように見えた。青銅の像が円形に並び、上から眺めるとマッチ棒の先ほどにしか見えないパーラメント・スクウェア（ニュー・パレス・ヤードの通りを隔てて向かいにある小公園）、緑青色の屋根と角塔のウェストミンスター寺院、灰白色の石の箱のようなセント・マーガレット・ウェストミンスター教会（ウェストミンスター寺院のすぐ脇にある）、そしてさらに遠くの西側の澄んだ視界にはバードケイジ・ウォーク（セント・ジェイムズ・パークの脇にある通り）とセント・ジェイムズ・パーク、バッキンガム・パレス、コンスティテューション・ヒル（バッキンガム・パレス前のクィーンズ・ガーデンから続く道）の凱旋門、ハイド・パークの開けた緑色の空間、さらにロンドン西部の霧に溶け込んでいるキャムデン・ヒルに立ち並ぶ無秩序な灰青色の住宅群があった。「なるほど、これがグレイト・ウェン（ロンドン市の俗称）か」とブライが言った。

パスモアは無言だった。高さ三百フィートの場所に通じる扉を通り抜けるために、どのような曲芸を演じなければならないだろうかと彼が考え始めたところ、ちょうどモーター音の調子が変わり、エレヴェーターは巨大な文字盤を通り過ぎながら減速した。ぶるぶるっと痙攣のように一揺れするとエレヴェーターは停止した。

「全員出て下さい。ここまでです」運転士が必要以上に大きな声で言った。「後は上って下さい。いえ、そっちじゃありません！」運転士がパスモアに言った。「私だったらその扉は開けませんよ。あなたの後ろの時計側に別の扉があります。お足元にご注意を」内扉が音を立てて開くと、地に足のつかない四人の調査員たちは、ベル室の崩れかけた石の手すりとの間にある十二インチの何の支えもない空間をまたいだ。

彼らはジョン・ウィンターの古い慣例を無視した墓から一フィート以内の所にいた。ビッグ・ベン脇の汚れた台座に腰掛け、残った人間をエレヴェーターが運んでくるのを待った。

「発言に注意するんだぞ、オリヴァー」とフォレストが言った。「ＢＢＣのマイクのスイッチがオンになっているかもしれんからな（ＢＢＣがビッグ・ベンを時報に使っていることを念頭に置いたジョーク）」

しかし、パスモアは何も言っていなかった。

29

「奇跡ですよ」建設省事務次官補ハロルド・トリリング氏は言った。「実際のところ、奇跡が重なったものです」彼は唇をすぼめて、頭を後ろに引いた。「例えば、あの屋根をご覧下さい」まるでペテイコート・レイン（日曜日に蚤の市がたつ）でがらくたを勧めるみたいに、彼は大声でしっかりした陽気な口調で言った。客たちもその抑揚にうっとりとすることだろう。

彼は塔の上部にある鋳鉄製の梁と支柱を指さした。「あの明かり窓の上をご覧下さい。ちょうど鳩小屋のようになっていて、同じくらい汚れています。しかし、あの屋根は！　驚きですよ！　鋳鉄と装飾ガラスが子供の組立式おもちゃのように互いに組み合わさってできています。一つとして同じものはありません。あれを取り外すのは大変な仕事ですよ」彼は大きなポケットの片方に手を突っ込んだ。「ここに図面を持ってきました。ロッカーアーム室にお連れする前にご覧頂きたいのです。そこが皆さんのお調べになりたがっている場所です」

彼が折りたたんだトレーシングペーパーを床の上に広げると、七名の熱心な調査委員は彼の周りに膝をついて半円形に集まった。まるで敬虔な祈りを捧げる集まりのようだった。

「あまりそちらに耳を近づけすぎないように」トリリング氏はロンドンの煤を厚くかぶり鳥の糞を浴びたウェストミンスターの大鐘ビッグ・ベンに親指を向けた。「ご存知のように、あれはまだ動いています。そして、その音たるや凄まじいですからな」

ピーコックが黒ずんだ木の窓枠からじりじりと後ずさった。

「これもあなたの言われる奇跡の一つというわけですか、トリリングさん？」

「ええ、確かに。フレッド・カーノ（コメディアン。一八六六―一九四一。人間業とは思えないアクションを伴う彼の喜劇が、ビッグ・ベンの複雑な機械仕掛けを連想させたのだろう。複雑でとても動きそうもないが、動くことが奇跡なのである）ばりの奇跡です。この図面をご覧下さい。そしたら、鐘の仕組みをお教えしましょう。人類の歴史の中で最も興味深い組み合わせのロッカーアーム、重り、仕掛け線《トリップワイヤ》です。しかも動いています！　動作しているんです！　世界で最も正確な大時計――それも百年近くものあいだ」

「それで、他の奇跡というのは？」ブライが中腰になった。

「塔がずっと立っているという事実ですよ。オリジナルの図面の大部分は省に保管してあります」彼はトレーシングペーパーを煤けた指で差してから、自分の指の汚れに気づいてコートで拭いた。図面に汚れが残った。「これは原図から複写したもので、もちろん簡略化されております。図面のことごとくが建築家の出たとこ勝負の奇跡のような伎倆を示しています。それでも塔は立っています。これが安全でないなどと言うことはできません。そうでしょう？　この大きさの塔で、爆弾や砲弾を受けて残っている塔はそうあるものじゃございません」

彼はここで人間の作った記念物というものの厄介さにため息をついた。

「これをご覧下さい」と彼は言った。彼はベル室を囲む欄干のスケッチを指さした。「ここがわれわれが今いる所です。ご覧のようにこの周囲を高いアーチが囲っています」

「ゴシック様式だな」パスモアが合いの手を入れた。

「そう。ゴシック様式のアーチです。これは横木です。明かり窓と屋根の重さを鋳鉄の支柱の助けで支えています。横木には軽量化のために切り欠きがあります。しかも、南側が爆撃を受けてアーチのうち三つが損傷してもなお」ここで彼は言葉を切った。「屋根は崩れませんでした！」

フォレストは確かに魅力的な話だがいささか専門的だなと思った。「それで、死体はどこにあったのです？　この図面上でという意味ですが」

「ここです」トリリング氏はヴェストのポケットから鉛筆を取り出すと、図面上に×印を書いた。「塔の南面。角を回って、この建物の反対側のヴィクトリア・タワーに面した側です」

「ちょうど爆撃を受けた所ですか？」

「正確に同じ場所というわけではありませんな。さもなければ死体はばらばらになっていたことでしょう」彼が笑うと、上方の小さなベルの一つから同情するようなかすかな反響が返ってきた。「とはいえ、振動は受けたはずです。ロッカーアーム室の壁面アーチの基礎の四フィート下の所に埋まっていたのですから。もしもこれほど徹底した改修を行う決定をしなかったら発見されなかったでしょう。われわれは少し深く掘り下げることにしたのです」彼は自分の部局の徹底ぶりに賛同するようにうなずくと、不意に立ち上がった。「さあ」と彼は言った。「鐘が打つところをお見せしましょう。ちょうど三時になるところですから」

ブライ委員会と調査課から来た新入りの委員チャールズ・ガウアーは、ビッグ・ベンの台座脇の低いドアに押し寄せて、下の時計室に通じる暗くて清潔とは言えない空間に集まった。左側の二、三段低い所でトリリングがマッチを擦り、光の届かない暗い壁の奥まった場所にある小さなドアの鍵を開けようとして悪態をついた。パスモアがびっくりしたような表情を浮かべた。

「ここを通り抜けろというつもりじゃないだろうな？『不思議の国のアリス』に出てくるようなドアだぞ、ヒューバート」

「文句は言わないで下さい、オリヴァー」頭と肩をロッカーアーム室に突っ込んでいたので、ブライの言葉はくぐもっていた。

その直後、ドアの内側から重いごつんという音と押し殺したような声が聞こえた。

「委員長が何者かに殺害されたぞ」ビーズリーが陽気な声で言った。「大丈夫か、ヒューバート？」

「ああ、なんてことだ。急いで下さい。あなたたちも同じ目に遭えばいい」

誰もそうはならなかった。失望したブライのぼやき声が聞こえてきた。

「静かに！」トリリング氏の声が狭い空間をこだました。ブライの不平は意地の悪い痛烈な雑音となって消えていった。彼はまだ額をこすっていた。

突然、ロッカーアーム室はカチカチとかウィーンとうなるような音で活気づいてきた。「そら始まった。ご覧下さい」ロッカーアームが十五分ごとに行う複雑に揺れたり回転したりする儀式を開始すると、トリリングはもう一本マッチを擦った。油と埃で黒ずんだ、無数とも言える複雑な鋼鉄製のワイヤが、カチカチいう音を立ててピンと張り、委員会のメンバーが身を縮こまらせている床の下にある時計から頭上のベル室のベルへ、機械的な指示を伝えていた。複雑なチェーンによる機械的な指示は故ヒース・ロビンスン氏（ウィリアム・ヒース・ロビンスン。一八七二―一九四四。英国の漫画家で、複雑な機械装置を発明するブレインストーム教授シリーズの挿し絵を担当した）を喜ばせたに違いない。彼だったら敬意を表して脱帽したことだろう。

彼らの頭上、午後の空に向かって開け放たれたベル室の中では、ウェストミンスター・チャイムが一時間に一回の呪文を開始していた。「神よ、この時を通じ我らが導きとなり給え。汝の力添えあらば、足を滑らすこともなからん」

それからビッグ・ベンの鐘が三度鳴り、深い轟音が部屋全体を揺るがした。耳で聞いたというよりも、四肢で感じた音といった方が適切だった。その後で長い脈打つような共鳴が続いたが、誰も口を利かなかった。

トリリング氏が沈黙を破った。「この鐘は二十四時間のうちに一五六回鳴ります」と彼は言った。「しかも、一秒以上狂うことはめったにありません」

それから彼は静かに言い足した。

「件《くだん》の遺体はあそこにありました」

トリリングがもう一本マッチを擦ると、全員が一つの壁の中央に空いたばかりの穴の周りに集まった。床板は取り除かれ、煉瓦の壁が露出していた。床板の間にジョン・ウィンターの墓所がぽっかりと音もなく口を開けていた。何の変哲もない穴だった。

「あれが本来の床なのですか？」ブライが不意に尋ねた。

トリリングは躊躇することなく答えた。

「その通りです。本来の床です。それに関しては疑問の余地はありません。そして、あの新しい煉瓦造りの下に本来の壁があります」彼が指で指し示した。「遺体はあそこにありました。あの底に平たくとても丁寧に置かれていました」

「たった今、計算してみたんだがね、ヒューバート」ビーズリーの声が暗闇から聞こえてきた。「彼はあの穴に横たわって、ビッグ・ベンの鐘の音を五五〇万回以上も聞いていたに違いない。じっくり調べてみれば、もっと正確に計算することもできる」

ブライがマッチを擦った。

「どうやって計算するんです？」

ビーズリーの興奮に輝いた顔が、ブライの指がつまんだマッチの明かりに照らし出された。

「なぜかというと、君がここへ来て穴を見る許可を得ることにしたと言ったとき、私には君の意図がわかったからだ。あの壁がこの床板で密閉されてから、ほぼ正確に百年が経過している。もしもいつ密閉されたのかが判明すれば、ジョン・ウィンターがいつ死亡したのか正確に摑むことができるはずだ」

誰一人微動だにしなかった。マッチはブライの指近くまで燃えてきた。手を放すと、マッチは油で黒ずんだ床板の上で赤い輝きを放った。

30

「よし」ブライが活気あふれる声で言った。興奮と勝利から彼の両目は輝き、両肩は五歳は若返って見えた。墓所を訪れたことによってかなり晴れやかな表情になっていたが、その反面、着衣の方はさんざんな目に遭っていた。彼はそのことにほとんど気づいていなかった。「これからどうしますか?」ブライは陽気に問いかけた。彼は委員たちを見回した。委員たちは薄汚れて見えた——ちょうどトリリング氏の指と同様に、同じ原因で。パスモアは上体を後ろに反らして、汗をかき、へとへとに疲れ切っている様子で、彼の顔に比べれば、図書室調査課の灰白色の壁もまばゆいばかりだった。まるで肉付きの良い額でロッカーアームをきれいに拭いたかのようだった。ピーコックは窓際の凹所で自分の膝を抱えて腰掛け、サー・チャールズ・バリーが三フィートもの厚さの快適な壁を建てたことに感謝していた。彼は今でも蜘蛛みたいだったが、ずっと小さな蜘蛛に見えた。ビーズリーはタイピスト用の科学的に設計された椅子に座って、ゆっくりと回転していた。髪も顔も対照的な赤い影の中で輝いている。彼は歯を見せてにやりと笑っていた。フォレストとギルフィランは安楽椅子を見つけ(ギルフィランは腰を下ろす前に無意識に椅子の埃を払った)、ガウアー(部屋の責任者)は部屋の一番暗い隅に行儀正しく腰を下ろしていた。興奮で緊迫した雰囲気だった。

「これから」ブライが再び尋ねた。「どうしますか?」

「これから何かやる前にだな、ヒューバート」——ビーズリーがひととき椅子の回転を止め、にやにやするのを止めて言った——「あそこにいるわれらが財務次官殿に、どうして時計塔について図書室の連中に調査させたことがあると一言も言わなかったのか、その理由を訊いてみたらどうだ」

ナイジェル・レインのストラスブールからの電話についてブライが話すあいだ、ギルフィランは無言だった。

「いったいどういうつもりなんだ?」ギルフィランが振り向いてビーズリーをにらみつけた。一瞬、怒りが表情に現れ、細面《ほそおもて》の虚ろな顔が傲慢そうに輝いた。「何が言いたいんだ?」

ビーズリーは肩をすくめた。「何も」彼は相手を挑発するような無頓着な様子で答えたが、顔色はかなり青ざめていた。「ただ私は、この計画ではわれわれはチームとして事実を調査し、情報を蓄積するものと思っていたものでね。どうして君は自分の情報を提供しなかったんだ？」

「その理由は、本件とは無関係と思ったからだ。今だって関係あるとは思えない」ギルフィランの頰骨が怒りで朱に染まった。彼は爪をいじっていた。

ブライがビーズリーの肩を持ったので、事態はますます険悪になった。「もちろん、関係はありますよ。特に、今となってはね。もしも殺人が行われたのが床板を取り付けた後だったならば、犯人は時計塔に特別なことをしないでも自然に近づくことのできた人物ということになる。そして、殺人が不慮の偶発的なものではありえないということが、まさにこれまで以上にグリッセルを指し示しています。わからないんですか、ギルフィラン？　もしも足場が——例えば今あるように——その当時もあったとしたら、外からよじ上る度胸のある人間になら殺人は可能だったわけです」

「肩に死体をかついでかね？」ギルフィランが苛立ちを見せて鼻を鳴らした。「ばかなことを言うんじゃないぞ、ブライ」

「われわれが言っているのはこういうことです」ブライがかっとなって言った。「あなたが高さ三百フィート以上の時計塔を建てて、その上に警備の必要な貴重かつ精密な機械装置を設置したとします。そこであなたはどうするか？　まず一階のドアもしくはドアの数々に施錠します。そして、その鍵を持っている人間を制限するのです。ここまではいいですね？」

ギルフィランはしぶしぶうなずいた。

「それで、非公式な特別委員会が機械仕掛けの上で起きた出来事を調査しようとすると、どういうことになりますか？」

「まるで子供同然にお説教されることになるな」ギルフィランはにやりとした。事実上、謝罪したようなものだった。彼は、怒りで髪型が乱れたとでもいうのか、白髪混じりの髪の毛を神経質になでつけた。

ブライが笑みを返した。「委員会の人間にしてみれば、あらゆる点から見て密室殺人の様相を呈してきたと考えるでしょう！」

パスモアがあざ笑って言った。「しかも、数限りない、見当も付かないほどの、絶対的に多数の鍵が存在するんだ！　われわれの知る限り、宣誓したときに全議員が鍵を一つ受け取っているはずだ」

「お願いですから、話を逸らさないで下さい、オリヴァー。私が言っているのは、そしてこだわっているのは、マシュー・グリッセルは確実に鍵を持っていたということだけです。いまいましいことに、彼が現場監督をしていたのです。そして、鍵を持っていたということは、ジョン・ウィンターを殺害する機会があったということです」

ブライが部屋を見回しても、誰一人として発言しなかった。彼は再びギルフィランの方を向くと、穏やかに話し始めた。「これで、われわれに足場のことを教えてくれても良かったのにと考えた理由がおわかり頂けたでしょう？」

ギルフィランはためらった。「確かに理解した」再び彼の声の調子が高くなった。「それでは、どうして私が調査したことを認めたくなかったのか、その真の理由を我らが友人ビーズリーが知りたいというなら、教えてやろう！　万一政府の役所という所がどんな所かわかれば、彼も身をもって知ることになるのだ！」彼は『万一』という言葉を強調して言った。「建設省では大臣が――たとえ副大臣であっても――認めることのできないことが幾つかある。その一つが、国会議事堂の建設された経緯についてまったく知らないことなのだ」

ビーズリーが『万一』という言葉に込められたあからさまな侮辱という挑発には乗らなかったので、ギルフィランは少々不満げな様子だった。彼はその埋め合わせをするように言った。「先を続けてもいいかね、委員長」

ブライはうなずいた。

「他にもまだ私が知っていることで、君たちも知っておいた方がいいことがある」ギルフィランは再び安楽椅子に背をゆったりともたれかけた。初めの言い訳が自分の良心に負担だったのか、重荷を下ろして急にさばさばした表情になった。彼は指をいじるのを止め、グリーンの革張り椅子の肘掛けに指を置いていた。両目を閉じて、頭をそらして革にもたれかかる。全員の視線を避けることによって、ビーズリーから目を避けていた。

「我らが友人ビーズリーには無礼なことを言ってしまったので、謝罪しておきたい」――彼は片方の手を椅子の肘掛けから上げると、アレック・ビーズリーの見当に振って見せたが、両目は閉じたままだった――「彼はロッカーアーム室で、床板がいつ取り付けられたか正確に知る必要があると言った」彼はここで両目を開けて、ビーズリーの方を見たが、悪意は認められなかった。「この考えは明らかに非常に優れたものだ。実に素晴らしい。しかし、われわれにはわからないのだ」

「くそっ」委員長が議員らしからぬ言葉で毒づいた。「それで、その理由は?」

「記録が残っていないらしいという単純明快な理由だ。実際、日付がすべて記録されているとは考えられない。公式にはいっさいの日付はどこにも記載されていないのだ。私がこのことを知っているのは、建設省を引き継いだときに」ギルフィランはここで引きつったような笑みを浮かべた。「何よりもまず、そうした日付が口をついて出てきたらいいだろうなと思ったからだ」

「もっともなことだ」フォレストが励ますように言った。「私が労働省の政務次官になったときのことだが……」

ブライが眉を上げた。彼はそれがどんなに不作法に見えるかわかっていたので、速やかに眉を下げた。フォレストは見逃さなかった。

「……君の時代よりも、はるかに、はるかに昔のことだよ、ヒューバート！　私はまる一週間かけて初期の結社禁止法を研究した。信じられないだろうがね！」彼はパスモアの方を向いた。

「大戦中は省のために何をやっていたのかね、オリヴァー？」

パスモアは天井に向かって微笑んだ。「何もしなかったさ、アーサー。大蔵省の最若手の副大臣として二期務めたあと、辞めさせられたんだ。院内幹事としては資格を満たしていなかった。何度も相手の党の議員と棄権申し合わせをしたからね。法廷活動に時間を割きすぎたんだ」

そこで彼はギルフィランに話をもどした。「財務次官の熱意は敬意を表されて然るべきだ」ここで彼は言葉を切った。「しかし、彼がこの建物の記録について述べたことが事実だとしたら残念だ。確かなのかね、ギルフィラン？」

「確かだとも。公式文書はどこを探しても見つからない。ご存知かね！　礎石をいつ据えたかも公式記録には残っていないんだ。一八四〇年四月二十七日のことだとわかるのは、息子の書いたバリーの『伝記』に記載されているからなのだ。バリーの妻が或る朝、朝食後にこっそりと据えたんだ」

「そして、彼女の一番いい帽子に雨が降り注いだ」チャールズ・ガウアーが窮屈な隅から口を挟んだ。

「しかし、何と言っても驚きなのは、建物が使えるようになったとき、公式の除幕式が行われなかったことです！　誰も時計塔の除幕を行っていないのです」

「それには恐ろしく大きな幕が必要になったことだろうな」

「言葉を慎んで下さい」とブライが言った。「本題に戻りましょう」彼は静かになるのを待った。「そうなるとどういうことかね？」彼はそれを間投詞としてではなく、本来の疑問詞として使っていた。

「そうなると、非公式な資料に頼らなければならないことになります」ピーコックが窓の所から答えた。「ギルフィラン氏と建設省には深甚な敬意を払いますが、他にも資料はあるはずです。私に試させていただけますか？　可能ならガウアーと一緒に」

「もちろんだ」ブライがその提案に飛びついた。それからドアの外の鋳鉄製のノッカーが轟くような音を立てると再び――今度は文字通り――飛び上がった。濃紺の制服に身を包んだ、顔の長い小柄な男が調査課に音もなく入ってくると、部屋中の者がドアに顔を向けた。

「ブライ様」と彼は悲しげに言った。「レバノンからの速達です」彼は切手と消印だらけの薄青色の航空便を取り出した。

「ありがとう」ブライは言った。彼は手紙を見て顔をしかめた。「キャスリーン・キミズなら委員会に口を出さずにはいられないと思いましたよ！」

それは――まもなく一同は知ることになるが――非常に重要な口出しだった。

＊

ブライは身を屈め、肘をデスクに突き、芝居がかった様子で咳払いすると、委員たちに――言わでもがなのことだったが――耳を傾けるようにと言った。

「『ホテル・セント・ジョージ、ベイルート、レバノン』……」

「いやはや！」パスモアがうらやましげに言った。「随分と歓待されているじゃないか！」

「彼女は自分で自分のことをもてなしているようですよ」ブライが顔を上げて言った。「聞いて下さい。

『親愛なるヒューバート。昨夜、地酒（アニスの実みたいな味で、強烈だったわ）をグラスに二杯飲んでいると、ファウジ・バダウィ氏なる友人（そう呼べるとしての話だけど）が面白いヒントを与えてくれたのです。

『まるでミルクのような――といってもそれは見かけだけの話ですが――飲物の影響で、私はわれらが逝去せる友人ジョン・ウィンターのことを彼に話したのです。（ところで彼はもう永遠に旅立ったのかしら？）

『「それは姦通ですな」彼は即座にこう言ったわ。どうやら、イスラム教徒はかつてそういうことにかなり頻繁に出くわしたようね。実際に、不義を働いた女性の数と同じくらい頻繁に。彼らは『封じ込め』と呼んでいるけど、まさしくその通りなのだからそれも不思議ではないわね。不義の女性を煉瓦の壁の中に閉じ込めてしまうの。

『封じ込められていたのは男性で、女性ではなかったと私は指摘してやりました。でも、彼はそんなことは何とも思わなかったわ。彼の言い分は、良きイスラム教徒の風習をキリスト教徒が歪曲したということでした。もちろん、今では行われていない風習です。

『彼が去ると、私は彼のズボン吊りのことを思い出したのです。ジョン・ウィンターの、という意味ですよ（アラック酒が何とも見苦しい影響を私に及ぼしたわけです）。そして、もしかしたらアリスというのは彼の妻ではないのではという考えが浮かんだのです。もしも彼女がマシュー・グリッセルの妻アリスだとしたら、バダウィ氏の考えにも一考の余地があるかもしれません。調べてみる価値があると思いませんか？　私は調べたらいいと思います。

『ヘレンによろしく。そしてもちろん、ブライ委員会の面々にも。敬具。キャスリーン』

ブライは手紙から顔を上げた。数秒間、考え込むような沈黙が続いた。

「そうだ、可能性はある！　さすがキャスリーンだ、こんな考えを思いつくとは！」ブライが感嘆するように言った。

「それが彼女の考えではなくて、友人のB氏の考えだった事実は措くとして、考慮すべき点ではあると思うな」フォレストが部屋の反対側にいるオリヴァー・パスモアに向かってうなずいた。「弁護士向きの仕事と言えるだろうな」

担当者は決まった。

＊

次にギルフィランが安楽椅子から発言した。

「私には破産に関して調べさせてくれ。私の——というよりも、妻の親類が破産管財人局にいるんだ。何か掘り出すのに助力を期待できると思う。やってみなければわからない。グリッセルははした金のためにでも彼を殺したかもしれない」

「そいつは名案だ」ブライはエル・アラメインで部下に指示を出すモンティー（バーナード・ロウ・モンゴメリー。一八八七—一九七六。第二次大戦で北アフリカ作戦を指揮し、ロンメル将軍をエル・アラメインで破った陸軍元帥）のような気分になっていた。彼がベレー帽を少し片側に傾けた時には、もう一つの分担が決まっていた。

＊

「当然、問題となるのは、ロッカーアーム室の床板の年代を調べるにしても、今日すんでのところで機会を逸したことです」クリストファー・ピーコックは部屋の反対側の隅で居心地良さそうに座っているチャールズ・ガウアーを見た。「われわれが利用したい図書館はたいてい五時に閉館してしまいます。今からさほど長い時間ではありません」

「自治区《バラ》図書館はどうかな？　ブリクストンに素晴らしい図書館があるんだが。それとも、私の身びいきに過ぎないかな？」ブライはガウアーの顔に興味を惹かれた表情が浮かんだのに気づいた。「日によっては夜の九時まで開館していることもある。これから司書に電話して、君たちが必要な資料を揃えているか確かめてみようか？」

「お願いします。名案ですよ」

五分後にはピーコックとガウアーはブリクストンへ行くために待機していた。その頃、六マイル離れたテイト中央図書館では、書架係たちが巨大な二折判《フォリオ》の本を業務用エレヴェーターに載せようと四苦八苦していた。

＊

「当然のことですが、誰か新聞をチェックする担当者が必要です」そう提案したのが司書のチャールズ・ガウアーだったのは、むべなるかな。「《タイムズ》と、できたらハーン・ヒルの地元紙がいい。地元紙が一紙でもあればですが！」

「もちろん、あるとも。今でもある。《サウス・ノーウッド・プレス・アンド・テレグラフ》は私の愛読紙だ」とブライが言った。「創刊百周年記念を一九五三年に祝ったところだ」

「それでは、ヒューバート、彼らにちょっとした調査活動をやらせて、気分転換に情報収集してもらったらどうだ」フォレストの目は輝いていた。「私個人としては」と彼は言った。「お粗末な新聞だと思う。そして、彼らの方では私のことをお粗末な国会議員だと思っている。たぶん、どちらも正しいんだろうな」

「もしかしたら、一八五七年には今よりも立派な新聞だったかもしれないぞ、フォレスト」パスモアが言った。

事実、いずれわかることだったが、一八五七年には非常に優れた新聞だった。

＊

北西に四分の三マイル離れた所では、近衛騎兵が人気のない廊下と合同騎兵クラブの部屋中に鳴り響くような声で怒鳴っていた。手に持った受話器は、手そのもののせいばかりでなく、ショックのために震えていた。

「ベドリントンか?」と彼は尋ねた。

宝物館館長が電話線の向こう側から負けじとばかりに返事をしたので、二つの電話交換器が混線したほどだった。相手はそうだと答えた。

「こちらはブラザートンだ」近衛騎兵は三人称単数形で、感情のこもらない文章のように話したが、宝物館側はそれを取り違えることのないよう注意していた。彼には(そして受話器から三十ヤード以内にいる人間なら誰にでも)わかっていたが、近衛騎兵はすでに苛立ちを露わにしていた。

「今晩は」代わりに彼は大声で言った。

「今晩は」

ぞくぞくするような沈黙。

「君も電報を受け取っただろう?」

「王室執事長からの電報か? ああ」

「まったくうんざりするな」

「まったくだ。なんともいまいましい」

「あの国会議員の奴だろう」

「いかにもありそうなことだ。くそっ」

「来週まで延期した方がいいな」

「検屍法廷をか？」

「違う、ほら、ロウハンプトン（ゴルフコースがある）だ」

「そうだった！　火曜日までな」

　二人が同時にさよならの挨拶をすると、合同騎兵クラブの廊下に再び沈黙が訪れた。鳩たちが窓辺に戻ってきた。

31

　鎖と金属が衝突したようなガラガラいう音が聞こえた。

「余は」ウズラクイナのような耳障りな声が聞こえた。「ジョン・モーティマー・タウンゼンド・ウインターであるぞよ」

「はじめまして」ヒューバート・ブライはしかるべき礼儀を払って答えた。彼は一瞬ためらってから言った。「ヴィクトリア時代のバン・ペニー（一ペニー硬貨のこと）は電話機に入りましたか？　それに、もしそうだとしたら、王室検視官からどうやって取り戻されたんです？」

　受話器の声は彼を無視して再び耳障りな声で話し始めた。

「余は一八一九年にデプトフォードで生を享けた。つまり、貴君の友人キミズ夫人が、余が下院を追放されたとき、わずか三十八歳だったと言っていたのは正しいのだ」

もう我慢の限界だった。「いい加減にして下さい」ブライは不愉快そうに言った。「アーサー・フォレストですね」

受話器の笑い声が彼の耳の中で響いた。

「ピーコックですよ」という声が聞こえると、あのクリストファー・ピーコックがこんな不似合いな冗談に耽るとは、いったいどんな衝撃を受けたのだろうとブライは不意に思い至った。

「見つけましたよ」ピーコックが続けた。「ラップラウンド・タイを着けた、小粋な男です。思っていたよりも少し太っていましたが。『あの老人にあれほどの血があろうとは、誰が想像したことだろう！』（『マクベス』第五幕第一場からのやや不正確な引用）もっとも、彼は老人ではありませんでしたがね」

「おい、ちょっと待った！」まるで長距離電話を相手にしているように、ブライの声は不必要に甲高くなっていた。「どこにいるんだ？」

「あなたの居場所から一マイル離れた場所です。ブリクストンの」ピーコックは言った。「市庁舎の真正面。プリンス・オブ・ウェールズ劇場の外側です。しかも、あと半時間後には図書館が閉館になるときている！」

「ああ！　それではもう一度最初から発見したことを報告してくれ」

ピーコックはブライに話した。話が半分も終わらないうちに、ブライは妻に車をガレージから出すように合図した。

妻が彼の身振りを曲解した事実は、また別の話である。

*

二時間後、貴重で古色蒼然とした《建設業者《ビルダー》》、《ジェントルマンズ・マガジン》、《イラストレイテッド・ロンドン・ニューズ》や、付箋紙、鉛筆書きの覚え書き、そして司書たちに囲まれ、ブライはかすかな悪寒が背中の皮膚を伝わり、頭髪の先端にまで這い上がるのを感じてぞっとした。骨と皮だけになり、やせ衰えた塊がホースフェリー・ロードの冷蔵庫のスチールの引き出しに入っているのを想像して、彼は心が乱れた。

不条理で恐ろしいことであったが、人に噂をされてジョン・ウィンターはくしゃみをしているのではないかと思った。

*

ちょうどバークレイ氏と彼の部下たちがブリクストン図書館で熱心に協力していた頃、アレック・ビーズリーは図書館司書に用件を伝え、彼を通じてウェストミンスターの下院図書室のウィリアム・シェイクスピアと接触した。

「実際にウィンターがこの本を用いたと考えるのかね？」

ビーズリーは他の国会議員同様、議会の体現する万物流転を題材にして適切な演説を作ることが多かったが、やはり他の議員同様、いささか即物的とはいえ永劫不滅性の証拠に直面するとにわかに信じられない思いだった。それに、いずれにせよ、百年というのは一冊の本が書架に保存されているには長い時間のように思われた。

「断言できますよ。もしも国会議員のジョン・ウィンター氏が、言ってみれば採決と採決の間にシェイクスピアを読んだとすれば、自分の本を持ってきたか、この全集を使ったかのどちらかです」長身のマーシャル氏は本を高みから見下ろした。「素晴らしい全集ですよ。今なお」

「現代より空間的にも時間的にもおおらかな時代に印刷され出版された……」

「実に、われわれ英国人がフランス革命で戦争に出かけた同じ年に印刷されたものです」図書室司書の口調はドライだった。

ビーズリーはこの長身の司書に、帽子を持ち上げて敬意を表するのを期待されている気がした。彼は本をよく見た。確かに美しい本だった。小口に沿ってゴールドの輪郭線の刻まれた木目カーフの装丁、マーブルの見返し、その両面には下院図書室の堂々たる金色のメダリオンが型押しされている大型の八折判《オクターヴォ》。

「この巻に『リチャード三世』が収録されているのかね？」

「ええ。第十巻です」

「よし。これから手を着けてみることにするよ。ありがとう。それから、アーサー・フォレスト氏が九時頃到着したら、私が話があると言っていたと伝えてくれないかね。ここにはずいぶんと長居をしているみたいだね。気にしないでくれたまえよ」

マーシャルは構いませんよと言ったが、それはほとんど本心からの言葉でもあった。そのことを彼は大いに誇りにしていた。休会期間中、図書室は五時に閉館していたので、夜遅くまで無給で、予期しない不可抗力的な残業をしている格好だった。しばらくの間、彼は忠告をあきらめたかのように目を上に向けた。その目は、約十五フィート上方に肉汁のような焦げ茶色とトマト・スープ色で天井に描かれた紋章状の模様の上にしばらくとどまった。彼はため息をついて目をそらすと、現在手がけている複雑なロネオ・カード索引の仕事に悲しげに戻っていった。

＊

アレック・ビーズリーは腰を下ろし、押し黙って熱中していた。彼はグロスター公（後のリチャード三世）の疑問の余地のない悪行を追っていた。彼は一世紀前の行為の動機を、さらに邪《よこしま》で一層古い動機の物語――それは最後にはボズワースの戦場におけるもう一つの非業の死に至るのだが――を通じて解明しようとしていた。

32

リチャード・ギルフィランはトースターの脇に置いてある電報をもう一度見た。そして、今回もやはり辟易した。

まさかと思ったが、その電報は午前六時半に電話で打ったもの（もっとも、届いたのは八時半だった）で、電報にしては辟易するほど饒舌かつ華美な文章だった。

ぶりくすとんトショカンデ　ホリダシタ　シンジラレナイホド　ボウダイナ　ジョウホウヲツイセキチュウナルモ　うぃんたーケノ　ハサンニツイテハ　セイカ　キワメテスクナシ。ネガワクバ　チョウショクニ　ジカンヲツカウナ。けありー・すとりーとカラ　キンキュウノ　ヨビダシ。ゴゴ二ジ　カイントショカンデ　カイギ。えふれなーてガ　セカシテイル。

鼓舞激励の文章としては最低だった。さらに悪いのは署名だった。ブライ、C・I・D（犯罪捜査課の略。スコットランドヤードが殺人事件などを取り扱うとき、担当する課）。

実際にはその文章は真夜中に作られたのだが、いかなる風変わりな興奮状態にとりつかれて一人の男がこのような文章を、しかもそんな時間に書いたものかとギルフィランは首をひねった。

賢明にも彼は朝食を大急ぎでかき込むようなまねはしなかった。英国政府の副大臣として、女王陛下の破産管財局（公務員）が不運で先見の明のない人たちを励ます、日々の業務の開始時間は知悉していたので、もう一枚トーストを取り、第四の社説（忘却された銀行口座に関する無味乾燥ではあるがもっともな文章）を読み、攻撃に移る前に残りの郵便の内容を威厳をもって改めた。

*

彼が着いたとき、ケアリー・ストリートは五月の朝にしてはどす黒い空の色だった。それでも太陽は雄々しくも、狭間やゴシック風の窓で飾られた王立裁判所の不規則な輪郭を照らしていた。チャンスリー・レインから西に向かって、リンカンズ・イン・フィールズとオールドウィッチの間に挟まれた網の目のような街路や小道を歩いている人たちは、敷石に映った光と影のグロテスクな模様の中をふらふらと移動していた。しかし、ギルフィランのタクシーが扉に近づいた時には、破産裁判所の黒い正面には光は降り注いでいなかった。

法廷は開廷されていなかった（復活祭《イースター》とトリニティ開廷期の間は『休廷期』なのである）が、待合室と廊下にはみすぼらしい服装をして顔色の悪い人たちが何人もいて、次の開廷期が始まっても仕事に不足はないことを示していた。

ニス塗りのカウンターの向こうにいる悲愴な表情の事務員のところに着いたときには、ギルフィランの気分は破産地獄のように暗くなっていた。五分後、薄い罫線を引いた紙の上に破産したことが赤い文字で書かれた無名の小男に対して猛攻撃——その人物を知っていたので、そう思ったのだが——をかける予備会議に、妻の従弟が出席していることを知り、彼の気分はさらに暗くなっていた。さらにその二十分後、一八四九年を含めてその年までと、一八八三年以降の破産に関する記録は公開されているが、一八五〇年から一八八二年に至る記録の廃棄を議会が承認したことを知ると、彼の気分はこれ以上ないほど暗くなった。つまり、ジョン・ウィンターの破産記録は、焼却されたかシュレッダーにかけられたかして公式に抹消され、しかもそれが議会の完全なる承認によるものであることが判明したのだ。

　リチャード・ギルフィランはケアリー・ストリートに逃げ出すとほっとした。二分後、冷酷な裁判所の外で彼はタクシーに拾われた。一瞬、運転手が前払いを要求してくるかと彼は思った。「国会まで」と彼はしっかりした声で言った。「議員口だ」

　タクシーの運転手は空車表示板を倒しながら、ほっとして微笑んだ。破産者は議員口を使うことはできない。なぜならば、破産者は国会議員でいられないからだ。

*

　ヒューバート・ブライはこみ上げてくる怒りにギルフィランを睨みつけた。

「要するにあなたのおっしゃるのは、ウィンター破産の顛末について、われわれには知りようがないということじゃないですか。くそっ！」彼は乱暴に付け加えた。「くそったれめ」彼は両腕を振り動かして滑稽な身振りでせっかちなところを見せたので、国連文書の大きな山が動いた。図書室の案内係が雑誌架の背後から飛んできて、レイクサクセス（一九五一年まで国連安全保障理事会本部が置かれた）からの文書の氾濫をくい止め、何事かをつぶやいた。

「ちがうぞ、ブライ」ギルフィランが言った。「君は間違っている。それに、頼むから少し落ち着いてくれないか！　私が言ったのは、あくまで『公式には』ということだ」彼はここで効果をねらって言葉を切った。「まだ《タイムズ》がある」

ブライはびっくり箱よろしく座っていた椅子から飛び上がった。「どうしてそれを言ってくれなかったのです！　それなら、あそこに全て揃っている」参考図書室から大股で出て行きながら、彼は最後の言葉を肩越しに返してよこした。ギルフィランは肩をすくめ、案内係は意味ありげに眉毛を片方だけ上げた。

「ブライ氏のおっしゃりたかったのは、他の議員の方々が上院図書室にいるということでしょう。あそこには《タイムズ》の揃いが置いてあります。下院図書室の分は処分してしまったものですから、上院のものを使わなければならないのです」

*

「アーサー！」上院の美しい図書室に置かれた、大きな磨き抜かれたテーブルの周りに集まっている調査者たちの忙しそうな小さなグループから、まだ二十フィートも離れていたのに、ブライは声を上げ始めていた。

出入口に立っていた制服を着た上院の守衛が、まったく前例のない騒ぎに一瞬、動揺を隠せなかったが、彼らが下院の通路からやってきたことを思い出すと、あきらめたように首を振って、上院図書室通廊に置かれた緋色のフラシ天で飾られた詰め所に戻っていった。

ビーズリーが読み上げるのを書き取っていたアーサー・フォレストが覚え書きから目を上げた。彼は活気にあふれ、異常なほど興奮していた。「ここには資料がたくさんあるぞ、ヒューバート！」彼は鉛筆を置いて、指を曲げたり伸ばしたりした。「書痙だ」と彼は言った。「私の年齢で！」

「いいぞ」ブライが言った。「破産者の欄は調べましたか？」

「いや。ギルフィランがケアリー・ストリートに行って……」

「彼は戻ってきました。成果なしです。記録は破棄されていました」

「チッ」司書のチャールズ・ガウアーが言った。記録破壊者全般に対する司書としての反射的な反応だった。

「なんてこった」クリストファー・ピーコックが言った。彼の苛立ちはいささか学問的とは言えなかった。「つまり、一八五〇年からやり直さなければならないことになりますね」彼はパーマーの『タイムズ索引』を何巻か腕にかかえて、取りかかり始めた。

ビーズリーが調べていた大判の革装の本から体を伸ばした。

「言葉」彼は軽蔑するように言った。「言葉、言葉、言葉！（『ハムレット』第二幕第二場）いつ果てることもない」彼は背中を入念に伸ばして、上院図書室を端から端まで眺め渡した。

「すべて言葉だ。泣きたくなるよ」

「泣くと言えば」とフォレストが言った。「この美しい書物たちを元の場所に戻すべきだとは思わないかね？」彼は製本した《タイムズ》が何冊も重なっている山に向かって親指を突き出した。「さもないと、明朝ここを掃除にやってきた時に誰かが泣きを見る羽目になる」

「破産の件が片づくまで、何も元に戻すわけにはいきません」ブライは後に引かない様子だった。

「ギルフィランはどこへ行ったのかな？」

「ここにいるぞ」ギルフィランの手が大きな安楽椅子の赤い背革から突然現れた。「《タイムズ》の社説を読んでいたんだ」彼はボドーニ活字（ボドーニ活字は十八世紀のイタリアの印刷業者ボドーニが考案したもの）でぎっしり組まれたページを叩いて憤慨している様子だった。「私の目を惹いた最初のものだ。一八五七年の風俗紊乱による売春婦の逮捕件数の記録がある。ロンドンで一年に、五一七八名だ！」

調査を開始して二冊目の巻からビーズリーが顔を上げた。
「ヘイマーケット（ウェスト・エンドにある劇場街）栄光の六十年間」と彼は言った。「それはそうと」と続けて、彼はブライを目で探した。「オリヴァー・パスモアは離婚の件にどう対処しているかな」

33

まさにその瞬間、オリヴァー・パスモアはとりたてて嬉々とした様子もなくストランド街からはずれたサマセット・ハウスの広大な中庭を通り抜けているところだった。事実上、成果といえるようなものはなく、そのために一時間十五分を費やしていた。

彼は腕時計を見た。十一時半だ。となると、たっぷり一時間以上というもの、離婚登記所で若い男女が用紙に署名し、手数料を支払い、清書した離婚仮判決や確定判決（普通版は半クラウン、彩色版は十シリング）をポケットに入れるのを見て過ごしたことになる。

カウンターの向こうにいる事務員が同情し、押しつけがましいほどの丁重さで親身に応対してくれた。まるでベッドサイド・マナー（病床の患者に対する医師の接し方）だとパスモアは思ったが、特定の文脈のもとでは、そして離婚を取り扱う役所にいるということを考えれば、とんでもない不謹慎な表現だと気づいた。しかし、パスモアも気づいていたが、同情だけでは彼の求めている種類の物的証拠を得ることはできないのだ。

公平に判断して、離婚登記所のカウンター事務員は所属部局の欠点の被害者のようだった。

「われわれの落ち度ではないのです」彼はパスモアに悲しげに言った。「お探しのグリッセル氏の離婚ですが、実際にあったとすると、第一次離婚条例によって当所が設立される一八五八年以前のことに違いありません。およそ百年前のことです。百年ともなりますと、離婚書類も大変な量になります」何の慰めにもならないことは明らかだった。

事務員は用紙にペン先でガリガリと争点を記入している人たちを悲しげに見回した。どうやら離婚日和と見える。

「うちには何十万件もの記録があります」と彼は続けた。「しかし、われわれが或る人物の記録を保管していないからといって非難されては困ります。それはご無理というものです」ほとんど涙を浮かべんばかりだった。縞のズボンをはいた黒い涙。

パスモアは思慮分別のあるところを見せてうなずいた。

「すると、私はこれからどうしたらいいのかね？」面子を失わずに質問することができたのは、当然ではあるが、自分が国会議員であり学識豊かな勅撰弁護士であると言いそびれていたからだ。それでよかったのだ。彼はどう見ても然るべき学識に恵まれているとは言えなかった。わざわざ出向かなくても事務所から事務員を使いに出せばよかったと思うのはこれが初めてではなかった。

「ああ、お求めの記録はどこからでも見つかりますよ」とカウンター事務員が力になろうとして言った。「さもなければ、どこにもないかです」彼は魅力的な笑顔を浮かべて言い足した。マホガニーのカウンター越しに、血色の良い大きな顔がパスモアに向かって輝いた。「お探しのグリッセル氏がどこに住んでいたかによります」

「ダリッジ」

「ああ、それだったらサリー州主教代理邸でしょう」彼は血色の良いあごを撫でた。「たぶん」

「確認できるかね？」パスモアは見上げた忍耐力を示していた。

「もちろんですとも。ほんのしばらくお待ち願えれば」事務員は背後の机に向かっていた快活な表情の若い女性に振り向いて、しっかりした声で言った。「ミス！　この紳士のお相手を頼みます」彼はみすぼらしい茶色のドアを通って姿を消した。

　若い女性が近づくと、カウンターにいた髭を生やした青年は明るい表情を見せ、チョーサーの雀のように目を好色そうに輝かせた（『カンタベリー物語』の「ジェネラル・プロローグ」を典拠とした表現。雀は好色の象徴）。顔——というよりも目に見える顔の一部分と言った方が適当だが——に浮かんだ表情から、明らかに彼は離婚確定判決を受け取りに来たのだった。パスモアはカウンターの向こうにいる若い女性は危険手当を受給しているのだろうかと思った。

*

「お待たせして申し訳ありません」事務員が満面に笑みを浮かべていたので、パスモアの二十五分間に及ぶ退屈がすっかり吹き払われた。「宗教裁判所に電話をかけていたのです。アーチ裁判所（カンタベリー大主教管轄の控訴裁判所）ですよ。電話を受けた若い女性がとても力になってくれました」彼は満足げにうなずいた。「その人によれば、グリッセル氏は——もしも離婚したことがあるのであれば——サリー州主教代理邸で離婚したに違いないということでした」彼は満悦ぶりを隠して自分の指を眺めた。

「それで、それはどこにあったのかね？」パスモアはいまだに模範的な忍耐力を示していた。

「サザク教区教会に」

「しかし、サザクには大聖堂がある！」

「ああ！」事務員はパスモアの炯眼ぶりにうなずいた。「しかし、一八五七年にはありませんでした。当時、ダリッジはウィンチェスターの教区に属していました」

　パスモアは仰天した。

「おおっ！　では、サザク大聖堂の記録を閲覧することができるかね、それともウィンチェスターまで出向かなければならないのかね？」

「どちらの質問に対してもノーです。その場所にはないのです！」パスモアの顔がピンク色に変わるのを見て、事務員は再び微笑んだ。「サザク公共図書館においでになればご覧いただけます」

「ほう！」パスモアは帽子に手を伸ばした。サザクはタクシーでたかだか十五分の距離だった。

「ですが、その必要はございません」カウンター事務員は楽しんでいた。

パスモアは再び帽子を置いてため息をついた。頬が震えていた。

「アーチ裁判所の若い女性によれば、卓床離婦《エイ・メンサ・エト・ソーロウ》、つまり『食卓と寝床は別にする』という意味における離婚（別居するが夫婦の身分は存続させる離婚の一形態。一八五七年に廃止）宣告書は……」

「『寝床と朝食付き《ベッド・アンド・ブレックファスト》』と間違えてはいかんな」パスモアはわざと下品な冗談を言った。

初めて事務員の表情が険しくなった。彼はすばやく部屋の中を見回し、誰もパスモアのなんとも場所柄をわきまえない下品な言動に憤慨した人物がいないことを確かめると、顔をしかめて、話を続けた。彼の声は少しうわずっていた。

「……卓床離婦離婚は議案としての手続きが取られます。国会まで出かけられれば、パスモア様、上院記録課を当たられることをお勧めしますね」

彼は話しながらパスモアの帽子をカウンターから持ち上げて、それを差し出した。帽子の内側の革バンドには、黒い趣味の良い文字で書かれたエナメル引きの名札が付いていた。オリヴァー・R・D・パスモア、Q・C（勅撰弁護士）、M・P（国会議員）。

パスモアは冷たく微笑むと、一礼して立ち去り、帽子屋を変えようと心に誓った。カウンター事務員はピンク色に顔を輝かせてオフィスを見回した。「お次の方、どうぞ」と彼は言った。天晴れな公務員だ。

＊

離婚登記所で一時間十五分も無駄にしたとは！　さらに十五分間を渋滞のタクシーの中で過ごし、ストランド街を通ってホワイトホールとパーラメント・ストリートを下り、ニュー・パレス・ヤードの正面扉を抜けて議員口に到着した。彼がタクシーから降りると、ビッグ・ベンが四十五分の《スリー・クオーター》鐘（ビッグ・ベンは十五分ごとに異なったメロディーで鐘を鳴らす）を鳴らした。パスモアは時計塔——管材で組んだ足場にさえぎられて形は判然としなかったが——を見上げ、高みにあるジョン・ウィンターの墓に向かって大げさに芝居がかった身振りで帽子を持ち上げると、ウェストミンスター宮殿へ入って行った。時刻は十二時十五分前で、ブライ委員会は二時に予定されていた。

＊

上院公文書室室長は国会議事堂のヴィクトリア・タワーの下にある、快適な家具調度の備えられた調査室で、パスモアを前例のない丁重な態度で迎え、聖霊降臨節は楽しく過ごされたのでしょうなとお愛想を言い、帽子、傘、ブリーフケースを受け取って用件の詳細を聞くと、五分ほどお待ち下さいと言ってバリーのグレイト・レコード・タワーの闇の中に姿を消したので、パスモアは取り残されて眺望を——同席していた人物は別として——楽しむことになった。

同席していたのは二人の極めて寡黙な研究者で、いずれも高齢ではなかったがくたびれている感じだった。一人は男性で、バクストン－マトロック（いずれもダービーシャーの町）間の鉄道路線（ラスキンを激怒させた路線である）の美しい縮小図を調べており、もう一人は若い女性で、子牛皮紙《ヴェラム》にアングロ－ノルマン語の乱暴な書記体で書かれた法律文の断片を解読していた。彼女はなぜか、顔に笑みを浮かべていた。

ゴシック様式の高窓からの眺望の方が見る価値があった。明るい彩色の施された曳舟が、石炭を載せた荷船をラムベス・ブリッジ（国会議事堂のやや南にかかっている）の下を抜けて上流に引いていた。そして、ヴィクトリア・ガーデンズ（ロンドン西部にある）の三角形の芝地にはデッキチェアがいっぱいに出ていた。

パスモアは腕時計を見た。室長が出て行ってからもう五分以上経ったのは確かだ！　彼はタバコを吸いたくなったが、禁煙の掲示に気づいて、代わりに歴史研究奨励に相応しいものとして（ホップナー（肖像画家。一七五八―一八一〇）流に）スチール上に彫られ木枠に収められ、石膏壁にかかったトーマス・グレンヴィルの肖像画をにらみつけた。

「お待たせしました」室長はそう言って廊下から小走りに入って来た。両手に大理石模様の厚表紙に綴じた書類を持っていた。彼はそれを謹厳な学者風の勝ち誇った様子で差し出した。

パスモアは彼に向かって顔を輝かせて、マシュー・デ・ラ・ガード・グリッセルの件に決着を付ける証拠に向かって手を伸ばした。

「すると離婚はあったんですな！」彼は嬉々として言った。

「いいえ」室長は言った。パスモアの口が無作法にあんぐりと開いた。パスモアは「ほう」と言ってから口を閉じた。室長は話を続ける前に、ほんのしばらく様子を見た。「離婚はありませんでした。その議案は第二読会にかけられた後で打ち切りになったのです」室長は書類の最後のページを見ながらためらっていた。「第二読会から委員会審議への過程で彼の妻が失踪したようです。そして大法官の覚え書きによれば彼女は自殺したようです」

「ほう」再びパスモアは言ったが、いかにも場違いだった。

沈黙の中、アビンドン・ストリート（ヴィクトリア・タワーの脇を通る通り）沿いの喧噪が突然、ブンブンうなるような音となって聞こえてきた。若い女性研究者は中世を舞台にした大団円に近づいているかのように、静かに鼻歌で景気づけの歌を歌っていた。

「それでは、ウィンターは？」

「ウィンターですか？　そうですな、もちろん、離婚の議案は第二読会を通過しました。つまり、ご存知のように議会は双方の弁護団の言い分を聞き、公的に証人尋問を行ったわけです。通例、それはかなりあさましいものです！　つまり、実際にグリッセルに離婚が承認されなくても、ウィンターの罪は公知のものとなったことでしょう」

「すると、実際にウィンターが失ったものは評判だけなのですか？」

「それで十分ではありませんか？　公的な生活を送る人間にとっては」室長はこのような疑問が学識豊かな国会議員の口から出たことに、いささか衝撃を受けた様子だった。

彼は穏やかに続けた。「そうなると財政的にも影響をこうむったことは確かですよ！　ほら！　これです」彼は指で書類をつつきながら言った。「マシュー・グリッセルに対する損害賠償として、ジョン・ウィンターは五百ポンド支払わなければならなかったようです」

「五百ポンド！」パスモアはそっと口笛を吹いた。「それは大した金額だ、現在でも！」新しい考えが閃いた。「この事件が起きたのは正確にいつのことです？」

「一八五七年七月です。損害額が認められたのは、正確には一八五七年七月十日でした」

「すると、ウィンターが破産のため下院から追放される一か月前のことだ」

「ほう、そうだったのですか！　なかなかの山師だったようですな！」

「かなり明らかになってきたぞ」パスモアは熟考していた。「五百ポンドか！」と彼はつぶやいた。

「一八五七年だったら、大した金額だっただろうな」

「いかにも」室長は大いに興奮して言った。「現在にあってもそうですからな！」

パスモアは答弁のために起立しようとはしなかった。この前の予算決議案に賛成票を投じていたのである。

「五百ポンド。破産者がいったいどうやって五百ポンドを工面することができたのだろう？」

「工面できたか私には疑問ですな。あるいは工面しようとしたかも。きっと他の負債と合算して、資産から差し引かれたのでしょう。もしも資産があったとしたらですがね！」

「もしかしたら彼の屋敷はそれに充てられたのかもしれない！」パスモアが突然にやりとした。

「いけない理由がありますか？」

「そうだ、いけない理由はない」

パスモアは喜びのために気分が明るくなって、室長に礼を言うと、ブライ委員会のための刺激的な覚え書きを幾つか書くために、研究者用テーブルに向かって腰を下ろした。彼自身のジグソーパズルの一片はぴたりとはまり、隣のテーブルについた女性研究者同様に笑みが顔中に広がった。『しかしその理由は』と彼は思った。『こちらのほうがはるかに良い』

34

「さて、紳士諸君」ヒューバート・ブライは嬉しそうに緑色の灰皿とぴかぴかの水入れの置いてある大型の図書館テーブルを叩いた。「今回がブライ委員会の最後の会合ということになるでしょう」彼は一礼すると満面に笑みを湛えて部屋の中を見回した。オリヴァー・パスモアは突然、その様子に離婚登記所のカウンター事務員が重なっていらいらした。彼は両目を閉じてイメージをかき消そうとした。

ブライは喜びと満足に猫のように喉を鳴らしかねなかった。彼は革張りのテーブルを見渡した。テーブルからは、議会とのやりとり、文具入れ、インク壺（ピュージン作）、ゴシック風の暦、革張りの文鎮といった邪魔物は取り除かれていた。自分の委員会の構成員を眺めてみて、いかに立派で真に傑出した人材を集めたかということに、初めて彼は思い至った。彼はそのことを口走らないように気をつけた。

「破産の件は片づきましたか？」指で要点をチェックしながら彼は訊いた。

「ああ」ギルフィランが言った。「おそろしく手数がかかったがな！」

「結構です」ブライはもう一本の指を叩いた。「殺人の日時については？」

「計算してその日付まで突き止めました！」一同は喜びのささやき声を交わし、クリストファー・ピーコックは自分の手帳を見てにっこりした。チャールズ・ガウアーはヴェストのボタンをじっと見ていた。

「素晴らしい。離婚は？」ブライはテーブルの向こう側にいるパスモアを見た。彼はメモ用紙に走り書きを始めていた。

「離婚など断じてなかった」彼は重い頭を振りながら言った。大変な労力を要する仕事に見えた。

ビーズリーは書棚の上にトラヤヌス風の大文字で金文字で書かれた歴代議長のリストを読むのをやめた。

「何がなかったって？」彼は自分でも思っていなかったような大声を発した。頭をパスモアの方に向けると前髪が額にかかった。

「離婚などなかったと言ったのだ」

ブライが怒ったようにパスモアの方を振り向いた。「しかし、あなたの担当した件は片づいたとおっしゃったではありませんか！」

「そうだ。確かにそうなのだ」パスモアは意地悪そうに楽しんでいた。「しかし、離婚は存在しなかった。問題の女性は自殺したらしい」

「アリスがですか？」

「どうやらそのようだ」

委員会全体がしんと静まり返った。まるで、過去数日間にわたる捜査活動と少しずつもたらされた勝利、一種のカタルシスを通じて、委員たちがジョン・ウィンター殺し（ヒューバートの頭の中では彼の遺骸のことが暗く悲しいものとして存在していたが）の陰惨な恐怖を頭から閉め出し、自分たちのささやかな探偵活動を正当化する学術的な事実として、受け入れ始めていたかのようだ。しかし、学術的な事実の背後に灰色の悲劇が存在することが突然明らかになってみると、一人の男性を殺人に駆り立てたばかりか、一人の女性を自殺に追い込んだ悲劇が、図書室の無音室に得体の知れぬものを呼び込み、彼らの昂揚ぶりは急に冷めて雲散霧消してしまった。

冷静に私情を交えないで、パスモアは男と女の物語、密通の果てに最後には一人が殺害され、もう一人は自ら命を絶った顛末を語った。

電光石火、フォレストが質問をした。

「どちらが先だった？」

「それには答えることはできない」パスモアは認めた。「しかし、もしもウィンターが上院で離婚議案が取り下げられる以前に殺害されたならば、遅くとも一八五七年の八月までに殺されていたはずで……」

「それはまったくあり得ません。絶対に問題外です」チャールズ・ガウアーがまるで挑戦するかのように言った。「われわれはウィンターが殺されたのは一八五九年の半ばであったことを証明できます」

「すると、それがアーサー・フォレストの質問に対する回答になるな」パスモアは肩をすくめた。「アリス・グリッセルは一八五七年八月に死亡した——そのことは離婚議案の取り下げを宣言したときの大法官の話からわかっている。そしてウィンターは二年後に彼女の後を追ったのだ」

ブライはパスモアの推理にうなずいて、ぞっとするような集中力でテーブルに身を乗り出すようにしていたフォレストの方を向いた。「どうしてそんなことを訊いたんです、アーサー？」

フォレストは堅い口を開いた。いつもの茶化すような陽気さは影を潜めていた。「ちょうど考えていたところなんだ」彼は考えるように言葉を切り、タバコを吸い込んだ。「もしかしたら、ジョン・ウィンターがアリスを殺害したために、マシュー・グリッセルは彼を殺したのではないかとね」

「何ですって！」声を上げたのはブライただ一人だった。衝撃のあまり続いた静寂はフォレストが破った。彼は耳障りな声で言った。「あまりにも判断できない事柄がここには多すぎるように私には思える。われわれには見つけることのできない事柄の数々。ここではわれわれは、グリッセルが殺人を犯したのは、妻を誘惑したウィンターに対して薄汚い復讐をしたかったからだと仮定している。もしかしたらウィンターはアリスを誘惑したばかりか殺害したのかもしれない。そんなことは昔からあったことだ」

彼に答えたのはパスモアだった。

「確かにそんなことは昔から起きている、フォレスト。そして、この事件で起きたとしても不思議はない」彼はブライの方を向いた。「これはロマン主義の伝統における激しい情熱というやつとは違うぞ、ヒューバート。話を整理してみよう。私はこの離婚議案に関して上院に提出された証拠に目を通してみた。その一部分をお聞かせしよう」

彼は一枚の紙をポケットから取り出した。

「まず第一に、グリッセルの妻に対する態度だ。これから引用するのは、いいかね、非の打ち所のない文書からだ。『彼は私の知る限り最も寛大で親切な夫です』これは一家の旧友の証言だ。『彼は極めて愛情豊かで、心の温かい人物でした。もしも夫人がもっと従順な性格だとしたら彼女を束縛したかもしれませんが、実際にはそうしませんでした』これはストックウェルの教区牧師であるスティーヴン・イグジュペリアス・ウェントワース師の言葉だ。『夫人が彼を棄てる決心をしたとき、グリッセル氏の態度はどうでしたか？』大法官の質問だ。『彼は言葉には言い尽くせないほど悲しみました』と牧師は答えている」

パスモアはメモから顔を上げた。「いいかね、怒りも恨み言もなかったのだ」誰からも言葉はなかった。

「さて、地元の開業医の証言に耳を傾けてみよう。『私が郊外をまわっていると、ストックウェルからブリクストン・ヒルへ至る小道の端で、グリッセル氏の使用人が氏の馬車を行ったり来たりさせているのを目撃しました。男は馬車を走らせるのに懸命で他のことは目に入らないようでした。ところが、私の姿を目にするや、御者は急に馬の向きを変え、小道を急いで折り返していきました。私は自分の御者に馬を速めるように指示しました。小道で向きを変えたとき、ウィンター氏とグリッセル夫人が先ほど小道の端で見かけた馬車の中に座っているのを見つけました。彼らは非常な速度で馬車を走らせていました。明らかに、私の目を避けるつもりだなと思いました』

『弁護士：あなたはご覧になったことをグリッセル氏に伝えましたか？』

『ブレイス医師：ええ。およそ一週間ほど後のことでしたが』

『弁護士：彼はそれについて何と？』

『ブレイス医師：彼はがっくりと気落ちしていました。状況を知ると、彼は泣き出しました』」

　再びパスモアはテーブルを見回した。「これ以上必要かね？」彼はメモ用紙におおいかぶさるように背を曲げていた。文句があるなら言ってみろといわんばかりの態度だった。「不幸なジョン・ウィンターに対する私の見方が変わったことはおわかりだろう？」

　ブライが鋭い声で言った。「しかし、彼が何をやったにしろ、ウィンターは殺されたんです。しかも、後頭部に卑怯な一撃を受けて……」彼は最後まで言わなかった。

「その馬車のエピソードだが」ギルフィランが発言した。彼の声には不可解な響きがした。「どこかで聞いたことがあるような……」

「そりゃあそうですよ。『ボヴァリー夫人』です」チャールズ・ガウアーがつぶやいた。「しかも、ほぼ同時期ですね。どっちが先かな？　ムッシュー・レオンか、ウィンター氏か？」

　誰も彼の問いに答えなかったが、ピーコックが『辻馬車《ル・フィアクル》』（レオン・フルノー〔一八六七―一九五三〕作の曲）の冒頭の一節をハミングした。

　パスモアがブライの方を向いた。「結末をお話ししていいかな？」

「そうしていただいた方がいいでしょうね」

「あまり気分のいい話じゃない」パスモアが急に辛辣な調子になって言った。

「結局、夫が妻を寛大に遇していたにもかかわらず、アリス・グリッセルは夫のもとを去る決心をしたと告げる。そこで彼はどうしたか？」パスモアはしばらく間をおいた。「彼は友人に妻に思いとどまるよう説得して欲しいと頼み、三時間というもの、この男——ノウルズという弁護士だが——がアリスの部屋でなだめたりすかしたりしている間、マシュー・グリッセルは階下の応接間で審判が下るのを待っていた。彼は応接間から出なかった。一度たりとも。彼はそこに座って、妻が出ていかないようにとひたすら祈っていた。そして、三時間後、アリス・グリッセルは名付け親であるリヴァプール在住のウォード夫人の所へ行くと言って屋敷を出た。

「彼女はリヴァプールには行かなかった。ジョン・ウィンターと連れだって、ポーツマスからおよそ五マイル離れた郊外にあるパール・コテイジという小さな家に行った」

穏やかに、パスモアは上院公文書室所蔵の大理石模様の表紙に挟まれた薄い書類から知った一部始終を物語った。

「そのコテイジはジョン・ウィンターが借家契約を結んだものだった。寝室が二つと、グリッセル夫人のメイドと家政婦用の部屋が一階にあった。家政婦は上院に証人として召喚され、大法官が尋問した。『二つの寝室の下でお休みになったのですね？――はい、と彼女は言った。上で何が起きているか物音は聞こえましたか？――ええ。ウィンター様が毎晩、ご婦人の部屋に入られました。それで、ベッドの様子はいかがでしたか？――お二人が休まれたと言ってよろしいでしょう』」

「これ以上話す必要があるのか？　品のある話ではない」ギルフィランが憤慨して言った。怒りのあまり歯を食いしばっているかのように、口を真一文字に結んでいた。

パスモアは肩をすくめた。「これで事情が変わるのは確かだろう。あと少しでおしまいだ」彼は前よりも早口で話を続けた。「ポーツマス警察警部、ウィリアム・トーマスはブリクストン監獄所長にウィンターに対する証拠を発見するよう依頼された。これがその報告書だ。

「『午前二時、われわれはパール・コテイジを訪問しました。家政婦がドアを開けると、われわれは階段を上りました。私がグリッセル夫人の部屋のドアをノックすると、夫人がドアを開けました。夫人は夜着を着ていて、背後のベッドには男が入っていました。夫人は私を見ると大きな金切り声で言いました。「私がジョンに、来て一緒に寝てくれるように頼んだのよ」大法官：「ベッドの中に誰かいたとおっしゃいましたね？」「ええ。一人の紳士が寝具を引き剝がしてベッドから飛び出すと、ベッドの下に潜り込みました。私は彼に出てくるよう言いました』」

オリヴァー・パスモアはメモ用紙を注意深く折りたたむと、財布の中にしまった。誰も発言しなかった。彼は図書室のテーブルの上で両手をしっかりと握りしめて委員たちを見回した。

「ベッドの下にとっさに潜り込んだ男は」彼はうち解けた様子で言った。「現在、ウェストミンスター死体安置所にいる」

35

「われわれはモラルを裁く法廷ではありません……」

「ヒューバート！　元ボーイスカウト隊長の君がそんなことを！」

「黙るんです、ビーズリー。私が言いたいのはこういうことです」パスモアの席をにらみながらブライの顔は怒りに染まっていた。「それでは、グリッセルのやった行為を正当化しようというのですか？」

「モラルを問題にしているのはどちらかね！」パスモアは法廷で憤慨したときにやる慣れた手つきで銀色の鉛筆を投げた。「私は誰も、あるいは何も正当化しているわけではない。私はただ、ジョン・ウィンター、つまりわれらが親愛なるジョン、ホースフェリー・ロードの哀れな男が頭に一撃を受けたのは、私に言わせれば、少なくとも部分的には身から出た錆らしいと言いたいだけだ。それにまだあるぞ、ブライ。上院公文書室室長と私は、君たちがまだ入手していなかったものを提供したのだ。殺人の完璧にして十分な動機を！」

「それは確かにその通りだな、ヒューバート」アーサー・フォレストがささやかな怒りの応酬に割って入った。「白状すると、われわれはこれまであまりにもグリッセルを確たる動機もなしに標的にしすぎていたと、いささか考え始めているところだ」

「そして、依然として彼を標的にしているのです」ブライはフォレストの方を向いてにらんだ。「われわれは殺人犯を追い詰めているのです。忘れたのですか？」

「それでは、両者を追い詰めることはできないのか？　殺人犯と姦通者を？」口論に穏やかに口を挟んだのはギルフィランだった。「私に言わせれば、われわれ全員、凶悪な殺人者による哀れな犠牲者が登場する探偵小説の読み過ぎだ。パスモアなら法廷での経験から賛成してくれると思うが、そんなことはめったにあることじゃない」パスモアがしきりにうなずいていた。「これは探偵小説ではなく、実人生であって——というよりも百年前の人生であったと言うべきかな——われわれは何が起きたのか説明しようとしているのだ。そして、確かにわれわれはうまく説明している」ここで彼はパスモアに向かって丁重に頭を下げた。「私の考えでは、上院から得られた証拠は既に得られた証拠と同程度に重要だ」

「しかし、ウィンターがアリス・グリッセルを何とも不潔な状況で誘惑したことを発見したからといって、マシュー・グリッセルが彼を殺害する動機を部分的にでも正当化できると示唆するのは間違ってはいませんか？　極度の、そして一時の激情を根拠として、彼を正当化するのは？」クリストファー・ピーコックは極めて穏やかに話したので、委員全員が話に心を奪われ黙って耳を澄ませた。「われわれは日付のことを忘れていますよ。アリスは一八五七年八月以前に死亡しました。ウィンターが殺害されたのは一八五九年です。すると、二年かそれ以上経ってからということになります。痴情沙汰《クリム・パッシオネル》を動機とするには、あまりにも時間が経ちすぎています」自分で言ったフランス語にばつの悪い思いを感じて、彼は咳払いをした。

「こいつは驚いた！　君には庶民的な哲学があるようだね」ビーズリーは尊敬するように言った。「しかも、そこには真実が多分に含まれている」彼は続けた。「きっと、ウィンターとグリッセルは、パール・コテイジの薄汚い寝室における笑劇と、グリッセルがウィンターを時計塔の天辺に連れて行って頭をガツンとやるまでの間に、顔を合わせることがなかったというのが正解だろう」

フォレストがわざとらしい様子で言った。「戻れ。すべて水に流す。ビッグ・ベンの塔の天辺で会おう！　一八五九年の《タイムズ》の広告欄を調べた方が良さそうだな」

ブライはフォレストの思いつきを真剣に受け取った。「他に調べるところはありませんね。調査すべきことは何もかもやったんです！　ここでの報告は明日の朝一番に提出されることになっています。たとえ、ここで徹夜して書くことになっても」ピーコックはため息をついて、窓の外の太陽をあきらめたように見た。彼はブライが何を言っているのかわかっていた。

突然、恐怖の表情がヒューバート・ブライの顔に広がった。

「しまった」彼は言った。「《サウス・ノーウッド・プレス・アンド・テレグラフ》の編集長に電話するのを忘れていた。二時前に電話すると約束していたんだ。失礼。本委員会は五分間休憩します」そして彼は半時間遅れで図書室の反対側の八十ヤード離れた所にある電話機に向かって走り出した。

36

「その編集長は企画中の特集記事用に作成したメモを持たせて、記者を差し向けるそうです。『国会議員、過去と現在』とか何とかいう特集です」

「と現在、か。なあ、ヒューバート、結びの一言はヒューバート・ブライ万歳なんだろう！」フォレストの声にはやや辛辣な響きが含まれていた。

「いけませんか？　浮動票を獲得するにはいいじゃないですか！　しかし、胡散臭い人間関係が始まることになるんでしょうね。オズバルデスティンとか……」

「それに、ロード・スウェイルデイル（前出のオズバルデスティンとともに、女性関係で悪名の高かった国会議員と考えられる）！」フォレストはいっそう辛辣になった。

「そして、ジョン・ウィンター」ビーズリーが付け加えた。「君だったら普通はベッドの下に潜り込むかね、それとも衣装ダンスの中に隠れるかね？」

「静粛に、静粛に」ブライがにやにやして言った。「委員会を再開します。破産の件！　ギルフィランの番です」

*

「またしても悲しむべきかなり薄汚い話だ、委員長」ギルフィランが椅子の脇の床に置いてあるブリーフケースに手を伸ばした。

「やれやれ！　また汚れるのか」ビーズリーが汚れを払うように手をこすった。

「静粛に、静粛に」委員長席から叱責が飛んだ。

リチャード・ギルフィランはビーズリーに向かってうんざりしたような目つきを見せると、書類を読んで話を始めた。

「『一八五七年八月十九日木曜日、シティーのベイシングホール・ストリートにある破産法廷でのこと。ダリッジの葬儀屋兼競売人で、最近までハーン・ヒル選出国会議員であったジョン・モーティマー・タウンゼンド・ウィンターが破産の尋問を受けた。

『ウィンターが計算書を作成する会計士に報酬を支払うことができなかったため、債権者集会は延期された』」

ギルフィランが書類から顔を上げた。図書室の中を死のような沈黙が支配した。外の河岸からはかすかな船の往来の音が、そしてもっと近くからは図書室の窓をかすめて旋回するカモメの鳴き声が聞こえてきた。

「ここに注目に値することが書いてある」と彼は言った。「『破産法廷長官の許可を得て、ウィンターは一八五七年七月十日に彼の所有になる貴重な芸術品を売却し、その代金によって会計士を雇うことが可能になった。残金は債権者のために法廷に支払われた』」

「因業な高利貸しどもめ」フォレストが言った。

ギルフィランは肩をすくめた。「債権者にも妻子はあるさ！」

「その『貴重な芸術品』というのは《エフレナーテ》の像なのではないかな！」

「そうは言ってないぞ、ビーズリー。しかし、その可能性はあると思うが」

「誰が買ったか書いてあるか？」

「ああ。シティーのウェスターマンというアート・ディーラーだ」

「グリッセルではないのか？」

「グリッセルのことは一言も言及されていない——ここでは！」

「『ここでは』というのはどういう意味です？　後で出てくるのですか？」ブライは辛抱できなかった。

「そうだ。すぐに彼の所にたどり着くさ」ギルフィランの声の調子は冴えなかった。

ブライが小声で詫びを言うと、ギルフィランは書類に戻った。

「『一八五一年七月、ウィンターは六五九ポンド一〇シリング八ペンスの資産を持っていたが、一八五七年七月には負債総額は五一九〇ポンドに上っていた。この莫大な金額の負債に対して、申し立てによれば四九五ポンド相当の有価証券と六シリング五ペンスの現金を銀行に預けていた』」

「だからズボン下がすり切れていたのだな！」

誰一人としてビーズリーの発言に反応しなかった。

ブライは夢中になって身を乗り出していた。「主たる債権者は誰なんです？」

「それはこれから言うところだ。しかし、まず最初に、彼の出費一覧の一部——《タイムズ》の一覧表からの抜粋だが——を読み上げよう」彼は一項目片づくたびに指先で叩いて次々と早口で読み上げていった。

「『選挙運動出納責任者一〇二ポンド、一八五六年四月当選時のハーン・ヒルの地元政治家への祝儀金二ポンド、選挙印刷費六ポンド、選挙用馬車賃借料三ポンド、ビラ貼り代六ポンド、選挙運動員八ポンド、会議室賃借料一〇ポンド、全選挙運動経費一三四一ポンド（饗応費四五八ポンドを含む）。そして、この一三四一ポンドのうち未払い金が八〇〇ポンド』」

「まだ聞きたいかね？」ギルフィランはテーブルを見回した。「選挙方面についてだが」

「いったい何のために彼は国会に立候補したのでしょう？　金がかかるので有名だったし……」

「今だって……」

「ああ、そうだ。しかし、現在では少なくとも出費に上限が設けられている」

「ああ、まったく気が滅入ってくる」ブライは初めの活気をすっかり失っていた。彼はギルフィランに続けるよう合図をした。

　ギルフィランは再び話し始めた。「選挙活動のことは脇に置くとして、彼の資産を眺めてみよう」彼は考え込むかのように舌先で頬をふくらませた。「大半が質札だ」彼は言った。

「おい」パスモアが物静かに言った。「これはあまり上品とは……」

「よく言うよ」ビーズリーが下品にさえぎった。「パール・コテイジのしわになった敷布に舌なめずりしていたのは誰だったかな？」

「静粛に、静粛に」ブライは本気で怒っていた。「頼むから黙って下さい、ビーズリー」ビーズリーは尊大に片方の肩を上げた。

　ギルフィランが話を再開した。「『法廷に提出された質札は、シルクのカーテン、掛け布、絵画、皿、リネン、家具、宝石類のものだった。大半の質草は流れてしまっていた。残った物の価格は五八ポンド十七シリング六ペンスと査定された』ちなみに」ギルフィランはことさら不快な顔をした。「いかにも紳士らしく質札のことを面白がっていた『ディック』・シェパード氏という大債権者の代理人を務める下級法廷弁護士（勅撰弁護士よりも下位の弁護士）に、リンクレイター氏なる人物がいた。彼は上品な骨董品を持って下院へ行く途中、質屋に立ち寄るウィンター、という浅ましい絵を描き……」

「下級法廷弁護士の中にはけしからん人物もいる」パスモアが解説するように言った。

「下級法廷弁護士に限った話か？」ビーズリーが嬉しそうに勅撰弁護士のパスモアに向かってにやに

や笑いをした。

ブライがすばやく割って入った。「気になることが一つあります、ギルフィラン」彼は言った。「個々の項目はいずれも少額です。地元政治家に対する祝儀に二ポンドとか、いろいろありますが。二ポンドをいくら積み重ねても、そう簡単に六千ポンド近い負債になるとは思えませんが」

「ああ、ジョン・ウィンターの場合もしかり。一つ二つ大損害をこうむっているんだ」ギルフィランが書類をめくった。

「葬祭業と競売業の方でウィンスロップという共同経営者がいた。彼はウィンターが国会に当選した直後、一八五六年六月に共同経営者として加わった。ウィンスロップは三分の一の出資金として九一〇ポンド支払い、六か月後、ウィンターはその金に利子を付けてウィンスロップに返さなければならない羽目になった。そして、現金箱から二百ポンド横領されていることが判明したのはウィンスロップに対する支払いを終えてからのことだった」

「かわいそうに」ウィンターの株がやや戻った。

「ディック・シェパード氏との交際はなお一層面目を失わせる結果となった」

「まさか、あのディック・シェパードですか!」

「それは君がどういう意味で発言したかによるな、ブライ。ヴィクトリア朝ロンドンの、あのディック・シェパードだ」

「会ったことはないな」

「君の時代よりも少し前だからな、ビーズリー。彼はかなり有名な役者だった」

「役者だって!」その言葉は図書室のテーブルの四隅から一斉に飛び出した。

「ああ、役者だ、いけないのか？　ヴィクトリア時代のロンドンにも役者はいたさ！」ギルフィランは突然驚愕したように天を仰いだ。「何ということだ」彼は大きく息をした。「信じられるか、ブライ、私は今までこの関連に気づかなかったんだ！」

「落ち着いて、さあ、落ち着くんです」ブライが切迫したように言った。「これは初めての繋がりです、例外として『リチャード三世』からの引用……」

「……そして仮面の図案……」

「……それにロッシー館という名前……」

「……確かに！　ウィンターは演劇と何らかの繋がりがありました。続けてください。しかし、ゆっくりとお願いします。書記が書き留めなければなりませんから。ここは重要です」

ギルフィランは書類を注意深く並べ直した。「いい話ではない」と彼は言った。「その点ではパスモアの話と五十歩百歩だ。《タイムズ》にその件が痛烈に書かれている」彼はここでちょっと微笑んで見せた。「公衆道徳に益するためにだ！

「発端は一八五六年四月のことだったようだ。ハーン・ヒルの国会議員として選出されたばかりだった。それが二十三日のことだ。次の土曜日の晩、四月二十六日だが、ウィンターはブリクストン・ロードのブランドン・ロッジの自宅にシェパードを訪問する。言うまでもなく、召使いを伴って真新しい一頭立て二輪馬車で乗りつけたんだ。そしてシェパードに当選をともに祝ってくれるように頼んだ。彼らはブラックフライアーズ・ロードのサリー劇場——シェパードはそこの連帯借主だった——まで出かけ、国会議員当選を祝うパーティーを開いた。そこにはもう一人の借主も出席していた。やはりその道では同じくらい有名なブルームズベリ・スクウェアのクレスウィック氏という人物だった」ピーコックがノートに走り書きをしているのをブライは同意するようにうなずいていた。

「パーティーの間、ウィンターはシェパードをかたわらに引き寄せて、彼に途方もない、私に言わせればまったくの絵空事を話して聞かせた。彼はダリッジに或る極めて高価な財産——もちろん、実際にはそれほどの価値はなかった——を、そしてサセックスのルイスの近くにカントリー・ハウスを所有していると言った。《ガドベリー・ヒル》と呼ばれている場所だ、と彼は言った。シェパード氏の弁護士は屋敷もその名前もでっちあげだと主張した」

静かにギルフィランはメモのページをめくった。話をする者も身じろぎする者もいなかった。紙がたてる音だけが図書室の無音室の中に響いた。

「彼はまた、イングランド南東部で最大規模の葬祭業と競売業を営んでいるとシェパードに向かって大風呂敷を広げた。もちろん、これはウィンスロップが三分の一の出資金九一〇ポンドを支払う前のことで、ウィンターの主張するほど大きな事業であったはずはない」

ギルフィランは顔を上げて微笑んだ。「口のうまい想像力豊かな男だね、われらがジョンは。話はこれでおしまいじゃない。彼はまたシェパードに、金持ちの伯父が亡くなったら遺産を相続することになりそうなこと、ハーン・ヒルの有権者が彼に少なくとも千ポンドの価値のある銀器類——もちろん、彼はそれを売って金に換えることもできるのだ——を買ってくれるとか、事業をやめてもっぱら国会で国家のために奉仕するつもりだとか話した。次に閣僚になることになれば、サリー劇場もいずれは有力な高い社会的地位にいる人物をパトロンとするようになるだろう。

「その頃になるとディック・シェパード氏も、お祝いだ、ジンだと、口車に乗せられて、千鳥足になっていたことだろう。とにかく、彼はほとんど疑うことなくウィンターの話を鵜呑みにした。運の悪いことに、ウィンターは一時的に手持ちの金を切らしてしまったらしい。ほんの一日二日、月曜日に銀行が開くまでの話だ」

ギルフィランは芝居がかって間を取った。「ジョン・ウィンター氏はソヴリン金貨（一ポンド金貨）の入った袋を持ってサリー劇場を出て、ロッシー館へ馬車で戻った。シェパードは彼に二百ポンド貸したんだ。シェパードはその金を二度と拝むことはなかった。しかも、ウィンターを馬車で連れ帰った召使いは、身銭を切って素敵な二輪馬車を借りたことを破産法廷で認めたのだ」

「その金も戻ってこなかった」ビーズリーが言った。

「その金も戻ってこなかった――ハーン・ヒル選出の国会議員のために働いた十二か月間の給料もろとも」

ビーズリーの声が沈黙の中を響きわたった。

「われらが委員長が見つけようとしている適切な言葉は『とんでもないことだ《ブライミー》』ではないかな！」

「ブライミー！」委員長は従順に言った。

アーサー・フォレストがしぶしぶながら賞賛の口笛を吹いた。「ウィンターが腕のいい競売人兼葬儀屋だと言われても納得できるな」

「もちろん、そのことは幾つかある奇妙な点の一つだ。彼は確かに腕が良かったに違いない――生き馬の目を抜くような座元兼俳優から口先三寸で二百ポンドもの現金を絞り出すとは、確かに社会の脅威と……」

「アリス・グリッセルが思い知ったように！」

「まさにそうだ！　かわいそうなアリス！」

「しかし、見栄っ張りだったくせに、幾つかの点ではずいぶんとけちだった」ギルフィランが書類を指先で叩いて言った。「妻が死んだとき、『葬式用の羽根飾り』に七ポンド十シリングしか使わなかったと、ここに書いてある」

五秒間ほど完全で非の打ち所のない沈黙が続いた。ギルフィランは自分が引き起こした驚愕ににやりとした。

「妻と言われたのですか？」

「彼の妻だ、ブライ」

「なんたることだ」ブライは仰天のあまり呆然としていた。彼は両手で頭を抱え、「彼の妻、彼の妻」と数回繰り返した。

「大した女たらしだ」

ブライがさっとフォレストの方に振り向いた。

「あなたは面白がっていますね！」

フォレストは肩をすくめた。「まだグリッセルを攻撃目標にしているのか？　それとも、公衆道徳の観点から告発を取り下げるか？」

「ちょっと待って下さい。われわれは結論に飛びついてやしませんか？」ピーコックが穏やかに問いかけた。彼はギルフィランの方を向いた。「彼の妻が死亡したのはいつです？」

「まさにそこだ」ギルフィランが言った。「まさにその通り。一八五六年の前半に亡くなっている。ウィンターが初めて当選した直後だ。だからたぶん、アリス・グリッセルとパール・コテイジに行った時には浮かれた男やもめだったろうな」

ブライがため息をついた。「まだましだ！　それでもひどいが」彼は慌てて言い足した。「しかし、妻を残してパール・コテイジに出かけたとしたら、もっとひどいな！　アーサー・フォレストの言う通り、グリッセルがウィンターを片づけたのは公衆のためにも良かったと思い始めてきたよ」

リチャード・ギルフィランが慎重に眼鏡のレンズを拭いた。

「実を言うと、彼はためになることをしたのだが、それは私的なものだった」彼は効果を狙って待った。

「彼はウィンターにロッシー館を抵当にして七五〇ポンド貸し付け……」

ビーズリーが喜びと満足から口笛を吹いた。

「グリッセルはそれで屋敷を入手したのか！」

「彼は妻の愛人の物件を差し押さえたわけか！」ブライの声はほとんどささやき声に近かった。

ビーズリーが両手をこすり合わせた。彼は再び歯を見せておおっぴらににやにやしていた。

「薄汚い奴だなんて言わないことです、アレック・ビーズリー。さもないと、これを投げつけますよ」ブライは手の上で灰皿の釣り合いを保っていた。灰とタバコの吸い殻がテーブルの上に落ちた。

「そんなことは言うまでもないさ、ヒューバート。みんなの顔に表れているからな」とビーズリーが言った。彼はテーブルを眺め回しながら、ちらりと横目で見た。

ギルフィランが静かにするようにと手を上げた。「それについてはまだあるんだ」彼は慎重に言った。「法廷の記録によれば、差し押さえが行われると、ウィンターはロッシー館から追い立てを食った。そして、差し押さえが行われたのは」――彼はここで慎重に間をおいた――「一八五七年二月二十二日だ」

「二月二十二日！　ロウソクの儀式の日じゃないか！」ブライはほとんど叫び声を上げんばかりだった。

「その通り！」ギルフィランはゆっくりとテーブルを見回した。「これは私の仮説だが」と彼は言った。「二月二十二日というのは、アリスとジョン・ウィンターが彼を欺いている証拠を初めて摑んだ日ではないか。そして彼は直ちに差し押さえを行ったのだ」

クリストファー・ピーコックはノートを取りながら、『辻馬車』の最初の二、三小節を再びハミングしていた。

37

制服の守衛が図書室の無音室のドアの所で敬意を表して立ち止まり、それよりは少し敬意を落として脇にいる若者を見た。

「何でしたか?」と彼は訊いた。「サウス・ノーウッド・プレス……」

「……アンド・テレグラフ」

ヘンリー・ラヴァレイドはまだ十分に生えそろっていないコンプトン・マッケンジー（英国の作家。一八八三—一九七二）風のあご髭を撫でつけ、片手をあご髭の下に入れると、ネクタイをまっすぐに整えた。彼は神経質にうなずいた。

「ここはジャーナリストの方は立ち入れない場所なのです」と守衛は穏やかに言った。

守衛が無音室のドアをノックした。それから内部の喧噪にも聞こえるように再びノックした。

「どうぞ」ヒューバート・ブライが苛立ったように言うと、ジグソー・パズルの最後の一片がドアを通って部屋に入ってきた。

*

「やれやれ」薄汚れたマッキントッシュを着た、不格好と言ってもいい青年が委員会テーブルに向かって絵模様のあるカーペットを横切ってくるのを見て、ブライは思った。彼はラヴァレイドのほっそりとやせた顔と、後ろと左右に長く伸びた髪を見た。「まさにジャーナリストだ！　どうして彼らはみんな同じように見えるのだろう？」

「こんにちは」とブライは言った。「わざわざ来ていただいてありがとう、ラヴァレイドさん。どうぞ、おかけ下さい」彼はテーブルの反対側のピーコックが引き寄せた椅子の方に手を振った。

ジャーナリストはおずおずと遠慮がちに微笑んだ。

「お力になれれば嬉しいのですが」彼はかぼそい用心深い声で丁寧に答えた。

「それはどうもご親切に」ブライは率直な態度で行くことに決めた。「おそらく既にご存知と思いますが、われわれはまったく非公式な特別委員会で、つまり参考人を召喚したり文書を取り寄せたりする……」

「……いかなる権限もないのですね」

ブライは愉快そうににやりとした。「君は国会番記者なのかな？」

ラヴァレイドは首を振った。「まだです。いつかはと思っていますが」彼はすばやくテーブルを見回した。「それが私がこの国会に関する連載記事の担当を買って出た理由で……」

「現職国会議員ヒューバート・ブライのプロフィールで締めくくるわけだ」口のうまいフォレストがほのめかした。

ラヴァレイドはその案に飛びついた。「いや、それは名案ですね」

ブライがうなり声を上げた。「君は私の選挙区に住んでいるのかね？」彼はすばやく訊いた。

「ええ」とラヴァレイドが答えると、ブライはにわかに微笑んだ。それは議員が政党の公認候補者になったその日から身につけて忘れることのない、反射的な如才なさだった。議員と有権者の交歓が今にも仰々しく始まりそうになった。

「ジョン・ウィンターのことだが」オリヴァー・パスモアは話を元に戻そうとして、きっぱりと言った。

「そうだ。ジョン・ウィンターだった」ブライは図書室テーブルの向こう側にいるジャーナリストに目をやった。「ウィンターのことはご存知かな?」

その返答は明らかに気が進まない様子だった。「ええ」と彼は言った。

「君が見つけ出すことのできた事柄を話していただけるかね?」

相手を喜ばせようというラヴァレイドの熱意は、不意に消え失せたかのようだった。

ビーズリーは青年の逡巡の原因を突き止めた。

「われわれの証人がブリーフケースの中に特ダネを入れたジャーナリストだということはご存知ですな、委員長?」

「素晴らしい特ダネです」ラヴァレイドは感謝の気持ちを込めてビーズリーに微笑みかけ、少し間をおいた。「うちの編集長を興奮させるような特ダネで……」

「……君を国会の番記者に抜擢するようなものかな?」

ジャーナリストはビーズリーに向かって再び微笑んだ。彼はうなずいた。

「それでは私はこちらの友人がわれわれの最終報告書を真っ先に読むことのできるジャーナリストであることを動議として提案する。言うまでもなく、王室検視官が目を通した後でだが」ビーズリーはすばやく言い足した。

ブライはテーブルを見回した。異口同音に賛成の声が上がった。

「いいでしょう」ブライはラヴァレイドの方に向き直った。「ジョン・ウィンターのことだが……」

彼が話を促した。「どんな話なんだ?」

「ジョン・モーティマー・タウンゼンド・ウィンターは」ラヴァレイドはしっかりした口調で言った。

「現職の国会議員であったときにプロの役者として舞台に立った、ただ一人の議員でした」

　ヘンリー・ラヴァレイドも自分の言葉がもたらした反応に満足した。

＊

　委員長は委員会の興奮が静まるまで二、三分間待ち、それから我慢できなくなったかのように乱暴にテーブルを叩いた。

「《エフレナーテ》」彼は嬉しくなって大声を上げた。言語は違うが、ユリーカと叫んで浴槽を飛び出したアルキメデスといったところだった。

「紳士諸君！　静粛に！」彼は腕時計を見た。「もう四時だが、ラヴァレイドさんには幾つも質問をしなければならない」彼は自分の選挙区の有権者に向かって慈しむような笑みを浮かべた。

「君はわれわれがまさしく知りたかったことを話してくれた」彼は幸せそうに付け加えた。

「それは私にもわかりました」ラヴァレイドは言った。

　委員たちは彼の軽口に声を出して笑った。

「さて」とブライは言った。「一部始終を聞かせていただけるかね」

　ヘンリー・ラヴァレイドはブリーフケースを開けると、光沢のある黒表紙のノートを取り出した。

「これに出くわしたのはまったくの偶然です」こういう言い方が、近い将来に待ち受けている国会番記者のキャリアでは必要とされることが彼にはわかっていた。「自分の記事のために新聞を調べていた時のことです」と彼は言い足した。

「『国会議員ジョン・ウィンター』あるいはフットライトの前に』という題名の滑稽詩に出くわしたのです。私には説明できない風変わりなほのめかしが幾つかありました。例えば、『通帳の六シリングと五ペンス……』とか」

彼は顔を上げた。

「それについては心配することはない」ブライが言った。「後で説明しよう。その詩を読んでいただけるかな？」

「もちろんです」ラヴァレイドはノートをさっとめくり、該当のページを探し当てると朗読し始めた。

「誰が思い至ろうか、足りない資産で
昔の負債を勇んで返す新機軸！
ベイシングホール・ストリートのしかめ面、
通帳の六シリングと五ペンスに渋い面、
何を思ったか、葬式を引き受けず、
一夜の悲劇を引き受ける！
勇ましきハーン・ヒルの若者たちよ！　その悪意は
議会を打ち負かして哀れなるウィンターに議席を与えた。
今こそ悔いるのだ、けちな怒りの爆発を！
嫌か？　ならば急いで、舞台の上の議員を見よ。
今は平凡な役者、聡明なる議員先生、
『多芸は無芸』を地で行く男が（どちらも淘汰）
『とんぼを切るぞ』そーれ！　どうだ！
改革家、葬儀屋、今や役者が

毎日額に加えるは、緑の栄誉の月桂樹。
チャタムの馬鹿者とグレイヴセンドの過激派が
ハーン・ヒル選出の若者に上品な声援を送り、
巨大な青いポスターが彼の名を上げ、
また三文文士どもがアレンの再来と騒ぐ
（金で釣ったのでないことは言うに及ばず、
『当代随一の悲劇役者』を。運も味方だ。）
それでも彼、悲劇のジョンは、われらを笑わせる、
退屈な日々に冗談を飛ばして。
演技術に魅せられて、誰が
棺桶《ハース》を手放して、下稽古《リハーサル》に精を出し、
演じまする役は弔いの男たちにあらずして
『持ち物』は売り払わずに、身に着ける。」

ラヴァレイドがノートを置くと、賞賛の深い沈黙が続いた。

「これは驚いた！」ブライが一同の気持ちを代表して言った。「すごいぞ。どこで見つけたのかね？」

ラヴァレイドはわざわざノートを見るまでもなかった。「一八五七年六月二十五日の《サウス・ノーウッド・プレス・アンド・テレグラフ》です。初日に彼が出演して二、三日後ということになります……」

ギルフィランがさえぎった。「彼はまだ議員だったと言うのかね？」

「ええ。彼はチルターンハンドレッズの代官職を申請して、下院議員辞任を申し出たのですが、何らかの理由でそのことは官報には掲載されていません」

「なるほど、議員なんだな」ギルフィランが満足してうなずいた。

ビーズリーがテーブルに身を乗り出した。「チャタムの馬鹿者とか言われたが……」

「そうだ！　それにグレイヴセンドの過激派とも」ブライがその疑問を取り上げた。「どうしてチャタムでグレイヴセンドなんだろう？　ハーン・ヒルから何マイルも離れているのに」

「実際にはそう何マイルも離れているというわけではありません」ラヴァレイドはノートのページを注意深く繰った。「ですが、説明は簡単にできます。初日が演じられたのはロチェスターのロイヤル劇場で、チャタムとグレイヴセンドから一番近い劇場です。ちょっとお待ち下さい。週刊赤新聞《時代》の演劇評論家が後でどう書いたか読み上げますから」

　彼は咳払いをして、長い引用文を読み上げた。

「ウィンター氏によるシェイクスピア作品の上演を賞賛する文章が地元新聞に掲載されたので、氏の演技が称賛に値するものであると思われた読者もいるだろう。ところが、観客はウィンター氏の演技力がむしろ凡庸以下であることに明らかに失望していた。彼はrの音を明瞭に発音することができず、死の場面は滑稽と言うしかなかった。彼がうつぶせに倒れると、天井桟敷の観客は大声で『奴を仰向けにしろ』と怒鳴る始末だ。われわれにはウィンター氏の目指すところを妨げるつもりは毛頭ないが、舞台には向いていないと言わざるを得ない！」

　しばらくは誰も発言しなかった。ラヴァレイドはノートを閉じると顔を上げた。「言うまでもなく、署名はありません」

「当然だろう。こういう記事は決まってそうなんだ」一同の同情は明らかにウィンターに集まった。

「それにしても、何という死の場面だろう！　彼は死の床にでもつまづいたに違いない」

ビーズリーは面白がっていると同時にびっくりしているようだった。

「いえ、死の床ではありませんでした」ラヴァレイドが間髪入れずに言った。「彼は戦場で、王国をやるから馬をくれと言って亡くなったのです。リチャード三世を演じていたのです」

このジャーナリストが聴衆の反応を見て喜んだのは、半時間の間にこれで二度目だった。

38

「それで君は」ブライが勝ち誇ったように尋ねた。「これについてどんなことを知っていると言うのだね！」彼は喜びを露わに両手をこすり合わせ、スポーツ・ジャケットを着た現代のトビー・ジャッグ（三角帽子をかぶりパイプをくわえた小太りの男性をかたどったジョッキの一種）よろしく満足の表情を浮かべていた。「やれやれ、これは驚いた！」彼がそう言い足したのは場違いな感じだった。「役者！　国会議員にしてプロの役者か」

「かのグラッドストーンが聞いたら何と言ったかな！」

「それから女王陛下も！」

「U（上流社会）では考えられないことですよね？」ピーコックは社会科学の最近の研究に通じていた。

「ぞっとするな。うつぶせだぞ！　哀れな奴だ！」パスモアは同じような苦境に置かれ、観客の前で突っ伏し、芝居がかった様子で古い敷物に臨終の息を吹きかけている自分を想像した。

「奴を仰向けにしろ！」ビーズリーが口に両手を当ててメガホンにして言った。彼がまごうかたなきコックニー風のアクセントで指示を出すと、パスモアは席から飛び上がった。ビーズリーは意地悪そうに彼の方を振り向いた。「承知しているだろうがね、パスモア」いかにも尊大な様子で彼は言った。

「これは特権乱用の明白《プライマ・フェイシ》な事例だ。なんといっても、彼はまだ議員だったんだ」

パスモアは身震いした。「したければ冗談も結構だ、ビーズリー。私は恐ろしいことだと思うね」

「キャスリーン・キミズもそう考えるだろう」フォレストがテーブルの反対側から意地の悪い忍び笑いをした。「彼女に会うまで待っていてくれ。パール・コテイジでの愛の夢や、ズボン吊りにウールで刺繍した愛の言葉《ビエ・ドゥー》のことをすっかり話してやるぞ！　カンカンになるだろうな。おまけにな、ヒューバート、彼女は君を名指しで非難するぞ。間違った悪党の仮面を剝ぐとは思慮に欠けると言って！」

ブライはにやにやした。「もちろん、そうでしょうとも」それから突然、にやにや笑いが彼の表情から消えた。「思うにわれわれは死者に対してずいぶんと無礼を働いていますよ」彼は気が抜けたようにため息をついた。またしても、ジョン・ウィンターの死体の黒い影が彼の頭の中にこびりついて離れなかった。やはり今度も、石の死体安置台に載った、後頭部を打ち砕かれて粉々になっているウィンターの遺体を目に浮かべたのだった。

「急ぎましょう」彼はぶっきらぼうに言った。

委員たちは急いだ。

ラヴァレイドは極めて不本意ではあったが彼らのもとを去った。

＊

「われわれには誰がやったのかわかっています。犯人が誰を殺したのかもわかっています。その動機もわかりました。そして、犯行の場所も」自分たちが成し遂げてきたことを数え上げるうちに、ブライの気分は再び昂揚してきた。彼はテーブルの反対側の角に腰を下ろしていたチャールズ・ガウアーに向かってうなずいた。目の前には一束の書類が置かれ、テラスを見下ろす窓に背を向け、顔は光と影の明暗に深く刻まれていた。

「今度は調査課の出番だ」ブライは言った。「犯人はいつ殺人を実行したんだ？」

ガウアーはためらうことなく答えた。

「一八五九年七月五日日曜日から十一日土曜日までの間の、晩も遅くなってからのことでした」

ブライがにやりとした。「その調子だ」と彼は言った。「もちろん、証明できるのだろう？」

チャールズ・ガウアーは再びためらうことなく言った。

「言うまでもありません。ピーコックの助力――そしてブリクストン図書館の司書の助力のおかげで」

訴追側の最終弁論が始まった。

*

「われわれが真っ先に受け入れなければならないことは、既に議論され承認されました」

ガウアーはテーブルを疲れたように見回した。

「ビッグ・ベンの時計塔は外部に足場をまったく設けずに建設されました。すなわち、時計塔への立ち入りはニュー・パレス・ヤードの管轄下に置かれていたと考えられます」

「足場を上ることはできなかった。その点に関しては全員意見が一致した」ブライが励ますようにうなずいた。

「しかし、地上から時計塔に繋がるドアを管理していたのは誰でしょう？」ガウアーが話を続けた。

「バリーじゃないか、当然……」ブライがほのめかした。

「あるいは、グリッセルか……」ギルフィランが言った。

「ほぼ確実にグリッセルでしょう」ガウアーが賛成した。「ですが、バリーということは断じてありません！」彼は要点をかんで含めるようにゆっくりと穏やかに話していた。

「そこがこの途方もない建築事業にまつわる最も信じがたいことの一つなのです。時計塔の建築家チャールズ・バリーは塔の内部に入ることを断固として拒否されていたのです」

「いったいどうしてかね？」

「その理由は、彼がデイヴィッド・ボズウェル・リード氏と仲違いしたからです。『換気技師リード』と」チャールズ・ガウアーはすばやくアレック・ビーズリーの方を向いた。「この建物に塔が幾つあるかご存知ですか？　装飾の小尖塔は別として」

「二つだ。時計塔とヴィクトリア・タワーだ」

「それでは中央の頂塔はいかがです？」

「あれは塔《タワー》というよりも尖塔《スパイア》だ」

「いかにも。それでも非常に高い尖塔です」

「なるほど」ビーズリーが鷹揚なところを見せて認めた。「すっかり忘れていたよ」

「皆さんそうです」とガウアーは言った。「しかし、時計塔よりもたった二十フィートしか低くなく、ということはつまり王族口の上のヴィクトリア・タワーより二十三フィートしか低くないということです。中央の頂塔あるいは尖塔は建物の設計図が認可された後で、バリーが強制されてできたものです」ガウアーは再び顔を上げて、目の前の書類を軽く叩いた。

「最愛の建築に中央塔を増設するよう強制されたときのリードの威張りくさった態度を、バリーは絶対に許しませんでした。よろしいですか、これについては公平に判断する必要があります。バリーは決して建築上の理由から反対したわけではありませんでした。それどころか、中央からもう一つ尖塔がそびえ立つことによって、様式上もいっそう『ゴシック』の荘厳美を極めるものと考えていました」

「もちろん、現状のように！」

「もちろんです。ええ。しかし、バリーが憤慨したのは、リード博士の傲慢な態度でした」ガウアーは威厳を持たせようとして口を休めた。「換気技師リードはきっと鼻つまみ者だったに違いありません。彼はバリーを押しのけて、建設工事を監督し、いかがわしい実験を行い、その結果を発表し、建築家に何の了解も得ずに突っ走ったのです。その一例が腐肉の実験というやつでして」

委員たちは愉快そうに好奇心を示した。

「新鮮な牛肉の一頭分を背中で半分に割って、その片方をテムズ川横の戸外、高さ十フィートの足場に放置したのです。上院のすぐ外でした」

ビーズリーが鼻をつまんで不快感を雄弁に物語った。

「いかにも」とガウアーが言った。「一八四一年当時の目から見ても、二十四時間後には肉は腐敗して食べられなくなりました。もう片方の半分は、やはり一八四一年当時の水準に照らし合わせてですが、まる三日間は食することができました。その原因はたった十フィートではなくて四十フィートの高さの足場に置かれたからだと、リード博士は主張しました」

「実際、高ければ高いほど空気は良くなる」ブライが言った。

「リード博士の核心もそこにありました。そこで彼は空気取り入れ口をヴィクトリア・タワーに設け、上院上方の空気を吸い込んで……」

「新鮮さも特上だ！」

「おっしゃる通りです。空気を二つの議場に引き込み、貴族たちや下院議員のめいめいに呼吸してもらい、中央の頂塔や時計塔を通って上空大気に排気する一大換気システムでした」

ガウアーの調子が出てきた。話が進むとともに、ずいぶんと様子が活気づいてきた。

「リードは上空からの良い空気を取り入れるために管をすっかり取り付け、パレスの議場のある階に均等に配置しました。ところが、うまく機能しなかったのです！」

「一つ言わせてもらえば、それは今話すようなことかね？」フォレストは腕時計を見ていた。

ガウアーの返答は明快だった。「話はこれで終わりではないからです」彼は要点を強調するために速度を落とした。「リードは排気管を時計塔内部に取り付ける許可を得るや、塔に関する規定による権利を手に入れたのです。それ以後、バリーはリードの許可なくしては塔にいっさい足を踏み入れることはできなくなったのです」

「すると、われらが殺人犯がサー・チャールズ・バリーではないことは確信が持てそうだな」ブライは愉快そうににやにやした。

「ええまあ、もちろん、彼がやったのでないことはわかっていますとも。ですが、たとえバリーを殺人の罪で疑う人間が誰かいたとしても、私なら以上の根拠に基づいて純粋かつ単純に反駁してやるでしょう。バリーがリードに腰を折って頼んだことは一度もなかったことは断言できます。彼は頑固で融通の利かない、誇り高い人間でした」

「やむを得なかったんだろう、おそらく」

「確かにその通りでした――自分の仕事の報酬を支払うよう、やむなく大蔵省に頭を下げるまでは！でも、それはずっと後のことです」

「この換気に関する論争はいったいいつのことだったのかね？」

「一八四〇年に始まって以来、延々と絶えることなく……」

「おいおい！」ビーズリーが口を挟んだ。「君はたった今、リード博士が一八四〇年に時計塔内部に管を取り付けたと話していたばかりじゃないか。その時には時計塔は建っていたんだろう？」

「いえ、違います！　建設業者グリッセル・アンド・ピートー社が塔の仕事に取りかかったのは一八四三年で、塔が高くなるにしたがって、換気用導管が取り付けられたのです」

「では、バリーは時計塔内部に絶対に立ち入ることができなかったんだな」

「ええ、絶対に」ガウアーは自分のメモを眺めた。「アルフレッド・バリー師による父親の伝記を引用すると、『時計塔の内部は彼の手の及ばない場所だった』のです」

「しかし、換気技師リードはかなり早い時期に罷免されたと思ったが。時計塔が竣工するずっと以前に！」ギルフィランが問いかけるように言った。

「『かなり早い時期』というわけでもありません。一八五四年に失意のうちにアメリカに逃れるまで、その職にあって換気の仕事を続けていたのです。彼の地では政府の医療事業にたずさわりました」

「何の役にも立たない管や換気用導管を山のように残してな！」ビーズリーの口調には漠然とした感嘆の念が含まれていた。「しかし、リードがアメリカ行きのフェリーボートに乗ってからは、バリーは時計塔の内部を好きなようにできたはずだ！」

「それがとんでもない！　リードが去ると、別の『科学者』が引き継いだのです。ウェストミンスターの天才発明家、ゴールズワージイ・ガーニー氏でした！　それ以後の二、三年で、ガーニーはリードが実際には通風管や排気用導管の試運転をしなかったことを証明しました。ガーニーはさらに管を延長しました。彼は時計塔の緊急避難口をヴィクトリア下水道の本管と連結し、時計塔が議場から汚れた空気を吸い出すと同時に、ヴィクトリアとウェストミンスター地区一帯の下水道の臭気をも吸い上げるようにしました」ガウアーはここで言葉を切った。「それもうまく機能しませんでした」と彼は付け加えた。

「それで、その男はどれだけの期間、その仕事に従事していたんだ?」ブライが訊いた。

「一八五四年から一八六三年までです」

「それで、それまでに時計塔は完成したのかね?」

「ええ。しかし、バリーはやはり時計塔への立ち入りを禁じられていました。最初はリードによって、次にゴールズワージイ・ガーニーによって」

「で、そのことは君が主張するほど重要なことなのかね?」かなり苛立った様子で質問したのはパスモアだった。

ガウアーはテーブルを挟んで質問者をじっと見つめた。「重要なのは確かです。そのことはチャールズ・バリーが一八五六年二月に堪忍袋の緒を切って、時計塔に屋根をかぶせたことに繋がるからです。彼は出しゃばり連中——その中にはゴールズワージイ・ガーニーも含まれますが——が時計塔内部をいじくり回すのにうんざりして——それには極めて相応な理由があったのですが——いました」

チャールズ・ガウアーはここで一息入れてタバコに火をつけた。「少しばかり詳細に立ち入った話をしてもいいですか? 実はここが肝心なのです。ウィンターが殺害された日付に関するわれわれの証明はそのことに立脚しているのです」ブライがうなずいたので、ガウアーは話し始めた。

「アルフレッド・バリーによる父親の伝記を読めば、バリーには鐘と時計を塔内部の竪坑を通して引き上げる意図はまったくなかったことがおわかりになるでしょう。彼は両者を外側から吊り上げ、上方から据え付けるつもりでした。

「さて、一八五一年までに塔は一五〇フィートの高さになっていました。四年後、意匠を凝らした鋳鉄と石造りの屋根を迎える準備が整いました。そのとき、バリーは周囲を見回し、手を打って言ったのです。『いいぞ、時計と鐘を据える準備はできた』ところが鐘の方の準備ができなかったので、どうにもなりませんでした。時計は出来上がったのですが、鐘が仕上がっていなかったのです。

「アルフレッド・バリーはこう書いています」調査助手は自分のメモに目を向けた。「『塔が時計を待っているのか、それとも時計が塔を待っているのかということに関する疑問に対して、当時多くの議論が重ねられた。ことの真相はそのどちらでもなかった。塔も時計も鐘を待っていたのである！』」

ガウアーは顔を上げた。「その『議論』なるものは、バリーが工事の遅れに業を煮やし、足を踏み鳴らして時計塔に屋根を載せるようグリッセル・アンド・ピートー社に命令した一八五六年の初頭まで、まる一年ほど続きました。これはアルフレッド・バリーの話を裏付けています」

彼はブライに一八五六年二月二日の《イラストレイティッド・ロンドン・ニューズ》から取った小さな複写を手渡した。装飾的な屋根を戴いて、照明の試験をするために仮の文字盤を取り付けた時計塔の、小さくてラフなスケッチだった。

ブライはそれを丹念に見た。「君の議論は足場がないことに立脚していたと思ったがね！」彼は絵を軽く叩きながら難詰するように言った。「これは足場だぞ」

「ええ、ですが正式な屋根を取り付けるためだけのものです。お気づきでしょうが、文字盤より下の塔にはありません」

ブライが満足してうなずいた。「なるほど。続けたまえ」

ビーズリーが顔に興奮に近い輝きを浮かべてテーブルに身を乗り出していた。

「このことは本当に確かなのかね？」彼はガウアーに尋ねた。

「絶対に確かです」

「では、ロンドン子が一見完成した時計塔を初めて見たとき、実際には時計塔はがらんどうだったんだな？」

「その通りです。まったくのがらんどうでした」

「だから鐘は内側から引き上げなければならなかったというわけか」

「ええ。それから時計の機械仕掛けも」

ビーズリーの視線は天井に据えられていた。彼は静かにするようにと手を上げた。しゃべる者は一人もいなかった。ガウアーは笑みを浮かべてそのしぐさを見た。

「つまり、大小の鐘が天辺の定位置に吊されるまで、何も取り付けることはできなかったんだな。さもなければ、鐘が障害物に突き当たってしまう……」

「どうぞ続けて下さい」ガウアーが先を促した。

「だから、一昨日われわれが歩き回ったロッカーアーム室の床は、ビッグ・ベンが実際に最終的に取り付けられてからでないと出来上がらなかったのだな？」

「その通りです！」

ビーズリーは嬉しそうに微笑むと、椅子に深く座り直した。

「鋭いな」彼は賞賛の気持ちを込めて静かに言った。

ガウアーは謙遜した。「ピーコックが解き明かしたのです」と彼がつぶやくと、クリストファー・ピーコックが一層謙遜した態度を示した。

「実に鋭い」パスモアが微笑みながらテーブルを見回した。「床の取り付けが済むまで、ウィンターの死体を隠すことはできなかった。わかりきったことを言って申し訳ないが」

ブライはにやにやして、再び両手を摺り合わせていた。

「すると、われわれは殺人が可能だった最も早い日付を確定できる。ビッグ・ベンが持ち上げられた日だ！　さあ、先を続けてくれ。われわれは君の話をしっかり理解しているぞ！」

ガウアーが自分のメモに戻った。

「さて、この後は時計室に取り付けられなかった時計や、地上でひびの入った鐘、大きすぎて竪坑を通らない二つ目の鐘などの、長くて途方もなく込み入った話となります。その二つ目の鐘もひびが入ってしまったのですが」と彼は言い足した。彼は肩をすくめた。「三年半もの間、激しい言葉の応酬が続き、何十もの記事や議会報告書、紙上の論争、議会での質疑、辞職、人目をはばからない口論、国民的な娯楽となった中傷、ありとあらゆる憎しみと嘲笑、告訴に逆告訴を引き起こしました。その詳細に立ち入る余裕はありませんが、ここにその概略が記されています」

彼はそそくさと再びタバコに火をつけると、これから始まる長い説明のために一息ついた。

「一八五六年八月、最初の大鐘がストックトン＝オン＝ティーズで鋳造されました。三か月後、十一月に大鐘は船でウェストミンスターに到着しました。町中の人間が大鐘を一目見ようと出てきました。

「大鐘は直ちに、時計塔近くのニュー・パレス・ヤードの仮設梁に取り付けられ、テストが開始しました。十一か月後の一八五七年十月、鐘には縁から頂端にかけて亀裂が走りました。そこで、最初からやり直さなければなりませんでした。ウェストミンスターの大鐘がだめになったのです！　大鐘は大ハンマーや破壊用の金属棒で粉砕され、パレス・ヤードは大変な騒音に悩まされました。

「次の鐘ははるかに出来の良い鋳造品で、ずっと近く――ホワイトチャペルのミアーズ社によるもので、一年で据え付けまでこぎつけました。一八五八年十月のことです。今回は儀式は行いませんでした！」ガウアーはしばらく話すのを中断して、満足げに微笑んだ。

「見事なタイミングだな！」

「それがあれです。一八五八年の鐘。《ビッグ・ベン》です」ガウアーが言った。

ゆっくりとした朗々たる響きは建物のせいでくぐもり、高音の響きは徐々に消え入り、低音の響きは床を伝わる一種の振動として届いた。ビッグ・ベンが五時の時を告げた。反射的に、委員たち全員が自分の腕時計を見て、ウェストミンスターの大時計の正確さに無意識のうちに賞賛を捧げていた。

「いよいよわれわれはジョン・ウィンター殺しが行われた一番早い日付に到達します」

ガウアーは注意深く書類をめくり、印刷物からの別の複写を取り出した。今回は《建設業者《ビルダー》》の一八五八年十月十六日号からのものだった。ページの大部分は時計塔上部の断面スケッチで占められ、優美な曲線形状の鋳鉄製ベアリング支持部内部のベル室に特別に設置された足場も同時に描かれていた。足場の上には巻き上げ機が取り付けられ、男八人のチームで巻き上げていた。ガウアーは委員長にスケッチを回した。

「大鐘の引き上げは一八五八年十月十三日の早朝から始まり……」

「するとバリーは迷信など信じなかったんだな!」ブライが口を出した。

「ええ。ですが最悪の事態は予期していたふしがあります。実際には、作業は順調に行われました。巻き上げ機を回し始めたのが水曜日の早朝、各ハンドルに四人の男が張り付いて、一時の休みも取らずに水曜の夜を徹して翌日の午後までかかりました。作業員たちは約三十時間、ノンストップで働き続けたのです。しかし、時々は助っ人と交代したことは明らかです。いずれにせよ、ウィンチは一瞬たりとも止まることはありませんでした。

「《ビッグ・ベン》は鉛直の木製ガイドに沿って滑らかに動くように車輪の付いた特製の木枠に収められ、横にして引き上げられました。そして、三十時間後、時計室のある高さ百八十フィートの所まで持ち上げられました。一時間に六フィートの割合です。一分間あたりでは一インチちょっとでした！」

「しかし、もちろんその時点では時計室はまだなかったのだろう？」口を挟んだのはギルフィランだった。

ガウアーはすぐには返答しなかった。彼は《建設業者》からのもう一枚の複写をギルフィランに渡した。「大鐘が持ち上げられる前の内部の様子です。まったくのがらんどうでした。先に申し上げたように、鐘がすべて最終的に所定の位置に配置されるまで、床を張ることはできなかったのです」

ギルフィランがうなずくと、ガウアーが話を続けた。

「作業員たちはビッグ・ベンを次の木曜日の二十一日まで時計仕掛けが設置される予定の場所に置き、それからベルマウスを下にしてベル室まで運び上げました。そこで他の小さな四つの鐘――作業員たちは大鐘の《衛星》と呼んでいました――と一緒に、所定の位置に取り付けられました」

「やれやれ。きっと、胸をなで下ろしたことだろうな！」

「私もそう思います。作業員たちは所定の位置《イン・シトウー》にビッグ・ベンを取り付けると、木槌で二十一回叩いてロイヤル・サルート（王室の慶事に際して行われる儀礼空砲）を鳴らしました。それが、既に述べたように、一八五八年十月二十一日木曜日のことでした」

ガウアーはためらって、意見を求めるようにテーブルを見回した。誰も発言しなかった。全員が彼の話に気を取られ、完全にくつろいだ様子で席に腰を下ろしていたが、両目は調査課司書に釘付けになっていた。

ブライが励ますように言った。「どうか話を進めてくれたまえ」するとガウアーは論証の第二段階を話し始めた。

＊

「というわけで、ジョン・ウィンターの殺人は一八五八年十月二十一日よりも前だったはずはありません。われわれが見つけ出さなければならないのは、『いつロッカーアーム室の床が張られ、永久に塗り込められたのか？』という疑問に対する答えです」ガウアーは少し肩をすくめた。「これは、はっきりさせるとなると少し難しい問題です。そして、残念ながらやや少し詳細に立ち入った年表が必要になるということです。ご辛抱できますか？」

すぐさま委員たちから是非にという同意の声が上がった。

「一八五八年十月二十一日以後、人々はウェストミンスターの時計とビッグ・ベンのことを忘れてしまったようで……」

「ちょっと待ってくれ！」パスモアは前かがみになってむしろ遠慮がちに言った。「ビッグ・ベンという名前がいつ、どのようにして付けられたのか確定できるかね？」

「いいえ。正確には。誰とも知れぬ議員が戯れにビッグ・ベンと名付けたという昔ながらの話には確証がないことはご存知でしょう。それに関しては議会議事録には何一つ記述されていませんし……」

「残念だな」

「ですが、一八五八年十月九日、つまり大鐘がホワイトチャペルからウェストミンスターに届いた日よりもはるか以前ということはないと言えます。《イラストレイティッド・ロンドン・ニューズ》に――ありがたいことに――に『ビッグ・ベンと呼んでいいものだろうか？』という言及があるからです。ちなみに、それ以前は《グレイト・スティーヴン》と呼ばれていました」ガウアーがパスモアに向かって眉を上げげると、彼は話を続けるよう手を振った。

「さて、運び上げられて以後、私の見つけたビッグ・ベンに触れた最初の記事は、やはり《イラストレイティッド・ロンドン・ニューズ》で、一八五九年一月二十九日号でした。『時計塔はいまだ礎石に散見される未完成の石細工に堂々たる美観を損なわれ、丹念な仕上がりの文字盤と巨大な針――もっとも針はいまだ動くことなく、あり得ない時刻を指しているが――は、百年間続く眠りに突然襲われたお伽話のお城の塔や時計にまといつく、幽霊でも出没しそうな雰囲気を時計に賦与していた』」

「なんという文章だろう！」フォレストが感想を述べた。

「なんとも素晴らしいですね」とチャールズ・ガウアーは言った。彼は自分のメモを見て微笑み、ページを繰った。

「次のやつはかなり目標に近づいています」と彼は言った。「またしても《イラストレイティッド・ロンドン・ニューズ》ですが、今度のは一八五九年二月二十六日号です。『時計塔の内装は完成に近づいているということだ。組立の準備はすっかり整った。大鐘で時を打つための用意も万端整い、小さな鐘でチャイムを鳴らすための準備もはかどっている』これはかなり重要な記述だと思います」ガウアーが言い足した。

ブライがうなずいた。「私も同感だ。そうだとも！　このことはロッカーアーム室の仕事がほとんど終わりに近づいたことを意味するからな」

「そして、最初に床を張らずに行うことはできませんからね」

「当然のことだ」

「ええ」ガウアーは認めた。「その点に関しては賛成します。しかし、作業員がまだ梁の間に渡した板の上で作業しているうちに床板を据えるとは思えません。私の想像ですが、時計と鐘との接続が実際に完了するまでは床板は張らなかったのではないでしょうか。そうなると、一八五九年四月二十三日の《タイムズ》の記事によって……」

「性急に結論に飛びつこうとしているわけではないのだろうな」とギルフィランが訊いた。

ガウアーは笑った。「こう申し上げてよろしければ、あなたの言い方はまるで《タイムズ》の一八五九年四月二十三日の記事みたいですよ。お聞き下さい。『読者諸君は、ウェストミンスターの大時計が遂に完成に向かって動き出したと知って、きっと喜ばれることだろう。もっともこう述べたからといって、時計がまもなく動き始めるとか、完成までもう長くはないとか、あるいはまたそもそも絶対に完成するのだという印象を与える意図は、われわれには毛頭ないのである！』」

「これではあまり参考になりそうにないな！……」パスモアが話し始めたが、ガウアーがさえぎった。

「この部分はそうです。しかし、この記事は引き続いて、時計の設置が実際に完了しなければ考えも及ばないはずの、油圧方式のねじ巻き機構の据え付けについて述べているのです。肝心な点は、時計を巻くのに三日ごとに休みなしに十八時間働くとして二人の人間が必要だ——必要になるだろう、ではなくてですよ——と記事の筆者が書いていることです」

「ああ、据え付けが完了したということを確かに意味している！」ビーズリーが力説した。

ガウアーは首を縦に振った。「でも、まだうまく動作したわけではないのです」と彼は言った。「実際、五月五日以前には針は動いていませんでした。その日は《パンチ》が一般大衆の不満を代弁したささやかな記事を載せています。『ウェストミンスターの怠け者の時計は——恥ずかしさのあまり長針と短針で顔を隠してしまっても驚くに当たらないが——国家に総額二二、〇五七ポンドという巨額の出費を強いた。時は金なりという当たり前の真理をこれ以上如実に示す例はない』」

ガウアーが諺を言ったとき、ビッグ・ベンが動き始め、再び大音響を発した。五時半だった。

「ビッグ・ベン殿はお気に召さないようですね」とピーコックが言った。

「やれやれ、こんな時間だ」ブライが委員たちの笑いをさえぎって言った。「それなのに、これから報告書を仕上げなくてはならないときている！」彼はクリストファー・ピーコックの方をじっと見つめた。「すべて記録してくれたかね、書記さん」

ピーコックは見るからに安心しきってタイプ原稿を高く掲げた。「ガウアーのオリジナルのメモがあります。王室検視官用にすべて準備してあります」彼はそう言いながら、テーブルの向こうのチャールズ・ガウアーを見た。「とにかく、もうすぐ終わるでしょう？」

「もうすぐだよ」ガウアーは自分のメモに戻った。「七月十三日まで他に特筆すべきことはありません。その日は《タイムズ》の読者投書ページの最後に辛辣な手紙が掲載されています。ウォータールー・プレイス（ビッグ・ベンの約一キロ北西にある）に住む紳士が編集長に宛てた手紙で、ウェストミンスターの大時計と鐘がとうとう動き始めたことは慶賀に堪えないが、ビッグ・ベンの騒音にはいたく失望したと述べています。大時計は動いていたのです。一八五九年七月十二日に動き始めたのです」

「時計が動き始めたことを示す記事はそれだけだったのか？」

「《タイムズ》にはそれだけでした」

「歓迎する論説はなかったのか？」

「そんな論説などまるでありません！」

「ひどいな！」

「私も同感です。なにしろ《タイムズ》は遅れについては述べたのですから」

「もしかしたら、途中で止まってしまうと予想していたとか！」

「かもしれません。そして、実際、その通りになったのです！」

「ほう！」

「ええ。一か月後、針が重すぎることがわかって、交換しなければならなくなりました。それから一年後のことですが、ビッグ・ベンに亀裂が入ったことがわかり……」

「またしてもか？」

「ええ、またしても。ですが、取り替えませんでした。ハンマーが亀裂に当たらないようにビッグ・ベンを回し、軽いハンマーにしただけでした。そして、そのまま今日に至っているのです。かすかに亀裂が入ったまま」

ビーズリーが体を動かして、肩に力を入れた。「さあ、ガウアー君、殺人の件だ！　時計の針を交換した時と大鐘を回した時に、ロッカーアーム室の床板をはがす必要はなかったということだな？」

「ええ。その必要はありませんでした」

「その必要はなかったと想像で言っているのではないかね？」

「いいえ。事実、その必要はなかったのです！　もしそんなことをしたら、われらがジョン・ウィンターの死体とご対面したことでしょう。一八五九年七月十二日に初めてビッグ・ベンが鳴ったとき、ジョン・ウィンターは少なくとも二十四時間、そして多めに見積もっても六日間、壁の中の空洞に塗り込められていたのです」

*

「静粛に、諸君、静粛に」委員長が図書室のテーブルを拳で叩いた。徐々に騒ぎは収まってきた。

「彼に説明の機会を与えてやろうじゃないか」と彼は訴えかけた。

ガウアーは感謝の言葉をつぶやくと、興奮して腕を振り回すのをやめた。

「私が申し上げようとしているのは、委員長、その六日間、七月五日から十一日までの期間が、ウィンターを空洞の中に埋め込むことのできた唯一の機会だったということです。これ以外には不可能でした。床が封じ込められてしまったので、七月十一日以降ということはあり得ません。建設省の施工者が検屍法廷で証言したように、私の理解するところでは施工が行われてから一九四一年五月に爆撃を受けた日、いや正確には夜に至るまで、空洞が開かれることはありませんでした。そして、大時計と鐘が動き始めるまで、つまり一八五九年七月十二日以前はずっと板で囲われていたはずです。ねじ巻き係が機械仕掛けを調べるためにロッカーアーム室に入っているので、それ以後に塗り込めたということはあり得ません」ガウアーは今ではゆっくりと、ところどころ強調して明確に話していた。

「委員長、ウェストミンスターの大鐘が一八五九年七月十二日の日曜日に初めて鳴り響いたとき、それはジョン・ウィンターに対する弔いの鐘だったのです。ビッグ・ベンの下にある部屋の床には、一人の死人が狭苦しい空洞の中に封じ込められていたのです」

アーサー・フォレストがチャールズ・ガウアーの方を見た。好奇心のあまり灰色がかった金髪が逆立っているかのようだった。「君は検屍法廷に出席したかね、ガウアー君？」

「いえ。残念ながら。しかし、《タイムズ》の記事は読みましたから……」

「それなら、死体がミイラ化したことについて医師が述べたことは覚えているだろう？」

「ええ、確かに覚えています。空洞が密閉されるまで、二十四時間から七十二時間くらい循環する熱気に曝されていたはずだと医師は証言しています」

「で、そんなことは可能だったのかね？」

「もちろんです。死体がその間、現実に人目に触れていたとは思いません。床板を上にかぶせて、たぶん端を開けておいたのだと思います」

「犯人は死体が発見される危険を冒したということになるな」とフォレストが言った。

「殺人者はそもそも危険を冒しているんです！」

ガウアーの言葉にフォレストはうなずいて顔をしかめた。

「しかも、それは計算された危険でした」ガウアーが真剣になって続けた。「犯人はおそらく時計が巻き上げられるまで待ったのでしょう。そうしたら、三日間は邪魔されないことを知っていました。ついさっき申し上げたように、ねじ巻きは三日ごとに行います」

今度はビーズリーが口を挟んだ。「まだわかりきった危険があるぞ！　マシューは犠牲者の死体がミイラ化するのを予想することはできなかった。極めて偶然性の高い稀な事象なのだ。私にはよくわかっている。以前、葬儀関係の仕事をしていたからな。そして、そのような運を天に任すような危険性を考慮すると、当然死体の臭気を誰かに嗅ぎつけられる可能性に気づいたはずだ！」

「ああ、そのことですか」チャールズ・ガウアーは勝ち誇ったように言った。彼は身を乗り出した。「ゴールズワージイ・ガーニー氏と彼が時計塔に換気口を設けたヴィクトリア下水道のことをお忘れですね。そして、ガーニーの換気用導管がなくても」続けて彼は言った。「時計塔の天辺の臭気は悪魔さえも降参させる代物であったことは、多数の証拠が示しています」ガウアーは自分のノートに書いた細かい書き込みを、目を細めて注意深く読んだ。「一八五八年の下院報告書四四二号に載った『酸水素クーロメーターの実験結果』と呼ばれる図表によれば、塔の天辺の空気は下院議場のそれよりもさらに悪かったのです。そして当時の下院議場の空気といえば、窓にかかった消毒済みのカーテンを絶えず取り替えることによって、国会議員がどうにか着席して議論できるといった有様でした」

「もうたくさんだ！　やめてくれ！　混乱するばかりだ！」とビーズリーが言った。「オーケー。ジョンの死体が腐臭で気づかれる心配はなかった」

「ところで」とパスモアが物静かに言った。「最初の二十四時間から七十二時間の間、死体の周囲に熱気があったのは確かだろうね！」

「もちろんです。その年は――これは《タイムズ》の天気予報を見たのですが――七月四日までは冷夏でした。ところが五日になって地獄のような酷暑が始まり、ロンドンはなんとも耐えられなくなりました。一八五九年七月五日から十一日までの間、可能な人間は誰もがロンドンを出ていきました」

「だが、ジョン・ウィンターは違っていた！」

「ええ。ジョン・ウィンターは別でした。彼は狭苦しい空洞の中で急速に干からびていき、ビッグ・ベンの鐘の聞こえる場所で長い長い夜を過ごしていました」

委員会に沈黙が訪れると、ブライはぞっと寒気を感じた。

＊

五月二十四日木曜日の午前二時二十五分前のこと、ベッド脇の電話がヒューバート・ブライの頭の中でうねるように鳴り響いた。

「くそっ」彼は眠りの底から悪態をついた。「いまいましいくそったれのディヴィジョン・ベルめ」ゆっくりとだが、彼はベッドから出ようとした。ロビーのドアが閉まる六分前の規則によって迅速な行動を禁じられていた。

ヘレンが目を覚まして、彼の肩胛骨を指で突いた。「電話に答えて」と彼女は激しく言い立てた。「女性と取り込み中だって言うのよ」

ブライは受話器を取り上げた。「女性と取り込み中だ」と彼は言った。

「ああ」と受話器の向こう側でクリストファー・ピーコックが言った。

両者は十五秒ほど無言だった。

「ピーコックです。クリストファー・ピーコック」

「おい、どうしてそう言わなかったんだ？」

「さあ、なぜでしょう」とピーコックは言ったが、理由はわかっていた。「明日にしましょうか？」

彼はおずおずと言った。

「君が何のことを言っているのかわからないのだが」ブライが答えた。

ピーコックがきっかけを摑んだ。

「ジョン・ウィンターのことです」彼は断固たる口調で言った。

「君はそう言わなかったじゃないか？」

「ええ、でも言いたかったんです。彼が殺害されたのは一八五九年七月十日です」

「そうか」

「お知りになりたいのではと思って」

「ありがとう」とブライは言った。「恩に着るよ」

彼は受話器を元に戻した。

＊

十二分後、クリストファー・ピーコックは報告書のタイプ打ちを中断して、電話に応答するために部屋を急ぎ足で横切った。「ピーコックです」と彼は言った。「クリストファー・ピーコック」

「どうしてわかったんだ？」ブライが尋ねた。

「計算したんです」

「何から？」ブライは今では機敏になっていた。

「私がマシュー・デ・ラ・ガードについて知っていることと、パスモアとギルフィランが昨日の会議で話してくれたことから」

「彼らの話したことはたくさんあるぞ。何のことを言っているんだ？」

「二月二十二日にロッシー館を差し押さえられたという箇所です」

「それがどうしたんだ？」

「マシューは記念日好きでした」

「確かに、その日は気に入っていた」

「さて、殺人は七月五日と十一日の間に行われたとガウアーが証明しましたね」

「その通りだ」

「殺人はまた別の記念日に行われたのではないかと思います。二年さかのぼりますが、一八五七年七月十日、高等法院は離婚訴訟でウィンターに敗訴の判決を下し、マシューに五百ポンドの損害賠償をするよう命じました」

「おそらくそんな金は持っていなかっただろうな」

「それは問題ではないと思います。マシューに金は必要ではありませんでした。復讐を求めていたのです」

「しかし、これはそれから二年後のことだ。どうして、一八五八年に祝わなかったのだ？」

「二つ理由があります。まず、ウィンターがロンドンにいなかったこと。もう一つはグリッセルが技術的な問題を解決していなかったことです。私の考えでは、最初の理由がより重要です」

「表面的にはそのように見えるな。居場所がわからなければ、ウィンターを殺害するのは難しかろう。それは君も認めなければならないと思うね！」ブライは大真面目だったが、徐々に調子を落としてきた。

「しかし、その気になれば、ウィンターの居場所は容易に突き止められたはずです。ちょうど私がやったように。私はラヴァレイドが残した書類を調べてきました。一八五八年七月十日、ウィンターはマンチェスターで大入りの観客を前に『オセロー』を演じていました。しかし、マシューがウィンターをロンドンの外で殺害することに食指を動かしたとは思いません。私の考えでは、マシューはウィンターをあえて時計塔で殺害せざるを得なかったのです」

「あえてせざるを得なかったって？　それは強い言葉だな、君」

「ええ、そうせざるを得なかったのです。彼はニュー・パレス・ヤードにある自宅の見える場所で殺人を行ったのだと思います。それはすべてグリッセルの強迫観念の一部だったのでしょう。ウィンターが初めてアリスに会ったのは、ニュー・パレス・ヤード十一番地だったと思います」

　ピーコックの電話の横にある置き時計が十秒間チクタクと時を刻んだ。

「あり得るな」ブライが静かに言った。「一晩寝て、明日、報告書を作成する時にそのアイディアがどう見えるか考えてみよう」

　ピーコックは一、二秒間待ってから、話を続けた。「まだあります」と彼は言った。「別の記念日が」

　ブライはあくびをかみ殺して、興味を感じたような反応を示した。

「《エフレナーテ》。彫像です」とピーコックは言った。

　今度はブライの反応は本心からの関心を示すものだった。「それがどうかしたのかね？」

「ウィンターが債権者に支払いを行って帳尻を合わせるために『貴重な芸術品』を売り払ったのは一八五七年七月十日でした。マシューはアート・ディーラーのウェスターマンを通じて彫像を買ったのだと思います。そして、予定表に不愉快な記念日の日付を書き込んだのです」

第二部　修正案が提出される

39

「今がチャンスだぞ、ヒューバート」アレック・ビーズリーがいかにも芝居がかった様子でささやいた。「あっと言わせてやれ、おい、あっとな！」

「お黙りなさい、アレック」キャスリーン・キミズ夫人が言った。「つまみ出されるわよ」彼女は人目を気にするようにモーゼの間を見渡した。

「まあ、待ってくれよ、キャスリーン」ビーズリーがそっと言った。「君だってあっと言わされるぞ。レバノンに留まっていれば良かったと思うよ……」

「法廷では静粛に願います」ビーズリーの期待に満ちた忍び笑いに警官が割り込んできた。そして、王室検視官の紅潮した顔に困惑の表情が浮かんでは消えた。証言台に上るとき、ブライはそれを見てかすかに顔を紅潮させた。検視官の背後の壁にかかった、毛布をまとったモーゼもいつもより期待に満ちた表情を浮かべているような気がした。

警官の制止から続いていた沈黙のなか、フェル氏がブライに話しかけた。

「あなたには宣誓を求めません、ブライさん。あなたは、いかなる意味においても、われわれがここで調査している犯罪の証人ではありませんから」

ブライが感謝の言葉をつぶやいているうちに、検視官は左側のテーブルに着席している陪審員たちに向かって話しかけた。陪審員たちは一様に懐疑的な様子だった。国会議員のやつがわれわれをかつごうとしているぞ！

「私はブライ氏に、過去二週間に下院の同僚とともに集めた証拠に基づく報告書を、本法廷で読み上げて頂こうと思います。私からのお願いですが、陪審員の皆さん、質問やコメントは報告書を読み終えてからにして下さい」検視官はブライに向かって微笑み、始めるようにうなずくと、これからの胸の躍るような十分間、一同の口があんぐりと開いて、不信感の刻まれた表情が眉毛を険しくひそめるのを見るのに専念した。

ブライがウィンターの弔辞を述べ始めたが、それは賞賛の言葉ではなかった。

＊

「『一八五一年のこと、ジョン・モーティマー・タウンゼンド・ウィンターという名前の競売人兼葬儀屋が、妻とともにチャリング・クロスから南東六マイルほど離れたダリッジの村に居を構えた。ウィンターは当時三十二歳で、父親から引き継いだ葬儀屋の仕事はすこぶる繁盛していた。

「『やがて、幾つかの理由から突然、彼の事業は衰運をたどり始めた。そのような状況だったので、一八五三年八月一日には自宅を抵当に七五〇ポンドの借金をしなければならない羽目になった。三年半後、一八五七年二月には現金はなくなり、抵当流れ処分を受け、ウィンターはダリッジの自宅を抵当権者の、初めはストックウェル、次にウェストミンスター、後にダリッジに在住することになるマシュー・デ・ラ・ガード・グリッセルに引き渡さなければならなかった。グリッセルはダリッジの家からウィンターを追い出し、その後、彼自身が引っ越した——自分の名前を変えてから。

「『ウィンターとグリッセルの人間関係は極めて重要な意味を持っており、この殺人事件を調査したわれわれは、二人の人物、ウィンターとグリッセルがどのようにして初めて知り合ったのかを示す証拠を見つけ出すことができなかったことが残念でならない。二人の最初の出会いは純粋に社交的なものだったかもしれない――二人は同じ社会階級に属しており、どちらもブリクストン近辺の洒落た地域に住んでいた。他方、二人の最初の出会いは仕事がらみだったかもしれない。ウィンターは他人の財産を扱う競売人として、有力な土木技師一家の一員であるグリッセルと、幾つかの点で仕事上の接触があったかもしれない。

「『マシュー・デ・ラ・ガード・グリッセルはストックウェルのトーマス・デ・ラ・ガード・グリッセルの息子で、父親はロンドンで建設業者として仕事を始め、ドーキングで裕福な引退した土木技師として生涯を終えた。四男のマシューは一八三二年七月三十日に誕生した。一八五三年の二十一歳の誕生日の直後、彼はダリッジの自宅を抵当としてウィンターに七五〇ポンド貸した。このことから二人は――ウィンターはグリッセルよりもかなり年上だが――友人同士で、金を貸したのはグリッセルが成年に達した直後で、かなりの金額の私的財産を自由にできたと推測される。

「『同じ年、一八五三年にジョン・ウィンターはダリッジ・バック・レイン――今ではギャラリー・ロードと呼ばれているが――にあった抵当に入っている自宅を《ロッシー館》と名付けることに決めた。この決定を行った正確な年を知ることができるのは、一八五二年のキャンバウェル自治区の課税査定簿には、そのような名称では記載されていないからである。その後はその名で呼ばれており、現在でもそのままになっている。

「『われわれはその邸宅の命名が非常に重要だと認識している。この名称と非公式な紋章を付けていたこと、そしてラテン語のモットーは、ジョン・ウィンターが偉大さに対する妄想に冒されていたことと、演劇に対する強い執着の影響をこうむっていたことを示唆している。

「『この演劇というテーマは非常に重要である。なぜならば、ジョン・ウィンターはこの頃、自分をシェイクスピアのリチャード三世に実にうまくなぞらえていたからである。彼は戯曲からの一行を、自分流に変更して懐中時計に刻み、後に、一八五七年にプロの役者に転身した時にその役の——大成功とは言えなかったが——初日を演じた。

「『リチャード三世とのもう一つのかなり謎めいた関係は、一八五六年以前のいつの時期にかウィンターが入手した、本来リチャード王を象《かたど》った石像——われわれはオーガスタス・ウェルビー・ピュージン作のものと確信しているが——にも見ることができる。どのようにしてウィンターがこの石像を入手したのかは不明だが、純粋に状況証拠に基づいて、友人のマシュー・グリッセルを通じて手に入れたことを知って満足している。ウィンターは石像を自宅、つまりロッシー館に置き、その底に自分自身の新しいモットー、『エフレナーテ』を彫った。それは明らかにウィンターの新しい申し分のない身分の象徴だった。『エフレナーテ』というモットーそのものは、ダリッジのロッシー館の地所を通るエフラ川という川の名前との語呂合わせ——あまり優れたものではないが——である。キケロ流の荘重典雅なラテン語で、聞くところでは『率直に』とか『遠慮なく』といった意味とのことである！　このモットーがウィンターの演技スタイルと生き方のいずれとも合致していたことは多数の証拠が示すところである。

「『やがて、一八五六年のこと、三つの重大な事件がジョン・ウィンターに起こった。まず、彼の妻が亡くなった。次にウィンスロップという悪党の山師が彼の事業に三分の一の出資をした。第三に、ハーン・ヒル選出の国会議員に当選した。

「『これら三つの出来事は彼にとって零落の原因となった。妻の死は彼が痛切に必要とした安定作用を取り払った。新しい共同経営者ウィンスロップは帳簿をごまかしてかなりの金額を着服した。そして、下院議員に当選して彼の誇大妄想に火が着いた。彼に対する当時の論評は「下院議員になって影響力と幸運の水門が開いたと思い込んでいる」というものだった。恐るべき錯誤である。

「『ハーン・ヒル選出の議員となって二年を経ずして、彼は破産し、それが理由で下院から追放され、自宅を失い、公開法廷では友人の妻を誘惑したとされ、生活に必要な金を稼ぐために舞台に立たなければならなかった。マーゲイトの或る劇場では演芸犬の一座と交替で出演した。

「『そして国会に当選して三年三か月後、彼は殺害された。

「『われわれが集めた多数の証拠の中で、二つの日付が再三にわたって登場する。その日付とは二月二十二日と七月十日で、その重要性を次に説明しなければならない。

「『一八五七年二月二十二日、何の通告もなく、マシュー・グリッセルは抵当を流して、ロッシー館をウィンターから取り上げた。ところが彼はすぐには引っ越して来なかった。ウィンターが出ていった年の一八五八年の郵便局の住所録によれば、ロッシー館はマシュー・デ・ラ・ガードの所有になっているが、これは必ずしもそこに居住していたことを意味するものではない。グリッセルという姓がいつの間にか落ちている。グリッセルがロッシー館に引っ越した時までに、ウィンターは殺され、アリス・グリッセルは自殺したというのが、われわれが考え抜いた上での結論である。グリッセルはそれ以後、新しい氏名のもとで新しい人生を始めた。

「『グリッセル――すでに単にマシュー・デ・ラ・ガードと呼ばれるようになっていた――は一八九七年に亡くなるまでロッシー館に住んだ。そして毎年二月二十二日になると、《エフレナーテ》像の前でぞっとするような儀式を執り行った。しかも、その習慣はグリッセルの死とともに絶えたわけではなかった。死ぬ前に、彼は遺産相続人であるリチャード・デ・ラ・ガード・ランサムという従順な甥に慣行を続けることを課したのである。

「『その儀式はあまりにも不快、偏執的、背徳的であり、かつては友人であり、争いの相手となった一人の男を追い立てたことを記念する――それが適当な表現だとしてのことだが――以上のものがあったと、われわれは確信している。その儀式は争いそのものを記念したもので、一八五七年二月二十二日というのは、どうもグリッセルが初めてアリスとジョン・ウィンターとの間のあさましい関係を発見した日だったのではないかと思われる。このたった一場の発見から、殺人、自殺、そして偏執的な呪術的儀式が発生したのである。

「『二番目の鍵となる日付は七月十日である。一八五七年のその日、二つの事件が起きた。まず、高等法院がジョン・ウィンターに対して、グリッセルの妻アリスとの「姦通罪」で有罪判決を下し、グリッセルに五百ポンドの損害賠償を支払うよう命じた。そして次に、ウィンターが債権者に支払いを行って帳尻を合わせるために《エフレナーテ》像を売り払った。マシュー・グリッセルが七月十日という日を選んでジョン・ウィンターにビッグ・ベンの塔の天辺に上るよう――おそらく竣工した塔や大鐘と組み込まれた時計仕掛けを見ようとか言って――説得した理由は、この二つの事柄で説明できるとわれわれは信じている。そして、そこでウィンターは殺害されたのである。

「『われわれは時計塔建設と時計の設置の進み具合に基づく技術的な証拠によって、ジョン・ウィンターの殺人は一八五九年七月五日から十一日までの間に起きたはずであり、過去の日付にちなんでグリッセルが十日を選んだことはかなり確実だという印象を持っている』」

*

ブライはここで口をつぐむと、さっとモーゼの間を見回し、聴衆が彼の話に熱心に聞き入っているのを知ると、検視官の方を向いた。彼は話を再開した。ここまで彼が読み上げてきた委員会報告書の明瞭な響きに比べると、言葉を和らげた分ほとんど尻すぼみの感があった。彼は最後の告発に潜む落差に突然気づいた。まるで、遠くの静かな安息所からマシュー・デ・ラ・ガードが憐れむように微笑み、委員会の行動力についてブライを褒め称え、墓の向こうにまんまと逃げおおせたことで自分自身を祝福していることがわかったかのようだった。

「『したがって、一八五九年七月十日に、サリー州ストックウェル在住のマシュー・デ・ラ・ガード・グリッセルが、かつてロッシー館に住んでいた住所不明のジョン・モーティマー・タウンゼンド・ウィンターを、柔らかいが重い凶器で頭を強打して殺害したことをわれわれは確信した。その後、死体をウェストミンスターの時計塔のベル室直下の壁の穴蔵に入れると、ストックウェルの自宅とニュー・パレス・ヤードの部屋を引き払い、ダリッジのロッシー館に居を定めて、以来、紳士マシュー・デ・ラ・ガードとして余生をそこで全うしたのである』」

ささやき声が法廷の至る所から上がった。ブライは検視官をさっと見た。

「補足書を付けておきました」彼は言った。

王室検視官が自分のオフィスから持ってきた小槌で机の上を叩くと、ささやき声はすぐに収まった。

「『調査委員会は、ジョン・ウィンターとマシュー・デ・ラ・ガード・グリッセル両人に対する裁きの公平を期するため、本殺人事件の特殊な状況を配慮する必要を感じている。この事件は確かに殺人事件であり、しかも細心の注意を払って計画された謀殺であり、さらにその計画も実行に移されるまでに、ほぼ二年の歳月をかけて練られたものである。グリッセルは打算的で悪魔のような男だった。一方、ウィンターの方は今よりもはるかに姦通が品位と名誉に対する許し難い犯罪であった時代にあって、打算的で悪魔のような姦通者だった。確かにグリッセルは一人の人間を殺害したが、被害者は邪悪な男であった』」

ブライはタイプ打ちの報告書を証人席の狭い台の上に置いた。すると、活発なおしゃべりが法廷内で徐々に高まってきた。一人の女性が耳障りで場違いな声で笑い出し、その横の通路の男は何食わぬ顔をするのに苦労していた様子だった。検視官の小槌が机の上に重々しく振り下ろされた。[*1]

「遺憾なことです」と検視官は冷静に言った。「傍聴席から退場願わなければならない事態になったとすれば」

検視官がにらむように見回すと、法廷の手すりの向こうの人たちは一斉に困惑の態で体を動かした。

「アイ、アイ、サー」高齢の海軍提督が口を閉じたまま、検視官に聞かれないように言った。もう使わなくなってから六十年以上にもなるいたずらだった。

「質疑をどうぞ！」検視官は揉み手をせんばかりだった。「ブライ氏が私に話してくれたところでは、彼が……その……『上程した』——確かそういう表現だったと思いますが——委員会の報告書は文書による証拠として提出するとのことです」

検視官が話しているあいだ、式部長官が法廷のために出向させた守衛が、コピーした文書をきちんと綴じた物を十一名の陪審員たちに回し、質議が始まった。初めのうちはゆっくりと、やがて沸騰せんばかりになり、ブライは自分の立場を守ってそれらに答えた。

*

後になってブライは、委員会の発見を詳しく伝え、或るものは取り上げ、また或るものは棄却して、自分が質疑時間《クエスチョン・タイム》の首相になったような気分だったと語った。実際、まことに天晴な閣僚ぶりであり、党の傍聴席にいた院内幹事長を二度までもにやりとさせたほどだった。普通なら不吉なしるしだった。

委員会報告書から浮かび上がった平板で漠然としたイメージが、徐々に深みと意味を与えられた。ヴィクトリア時代のロンドン、国全体が自己満足と利己主義に染まっていた暗い時代における暗い都市が、アリス・グリッセルとジョン・ウィンター、マシュー・グリッセルとチャールズ・バリー、ピュージンとリードたちの姿、破産監督官、聖職者たちが黒い輪になって詮索する監督法院、それら一切合切の不浄不潔さ、憎しみと無情さといったものの背後から生き生きとよみがえってきた。そして、この暗い背景を背にして、ガーニーの派手な愚行の数々、尋常ならざる場に置かれた普通の人々やウェストミンスターの大鐘を割った男、グリッセルの異常な遺言状を作成した男、ロチェスターのロイヤル劇場で役者に向かって大声で呼びかけた天井桟敷の男――彼は『奴を仰向けにしろ』と言ったのだった――などの特異な奇妙さが点景となって浮かび上がった。

描かれた絵柄は完璧だった。邪《よこしま》ではあるが好感の持てる青年がヴィクトリア時代の郊外に現れ、過度の野心と罪深い情事の重みに押しつぶされていった。彼よりも傲慢ではなく、寛大なもう一人の男――妻を見上げた優しさで遇し、自分の財産を気前よく貸し与えた男――は、妻と友人によって窮地に追い込まれた。嫉妬が芽生え、二年後に嫉妬から殺人が起きる。

妻はほぼ確実に自らの手で死亡し、三人の人間が失意の底に沈んだり破滅したりした。そのうちの一人だけが生き延びたが、誰にも顚末を語らなかった。

＊

半時間後、早口の質問が反論にあって難なく退けられてしまうことに突然のように気づいたのか、検視官はブライに相応の休息を取らせるために検屍法廷を今にも延期しようとしていた。まるで陪審も検視官も、この事件が彼らの手に負えないほど強固に構成され、証拠が整然と整理されており、陪

＊1――客人をモーゼの間に連れてくる貴族たちは今日、王室検視官による机のへこみを見せるのが普通である。

審のテーブルに整然と積み上げられた綴じた文書を取り扱うことにかけては、証言台の証人の方が専門家であることにようやく気づいたかのようだった。

検視官はマシュー・デ・ラ・ガードを告発する、状況証拠ではあるが圧倒的な証拠の要約を開始する前に、少し待った。そして、事件全体ががらがらと音を立ててモーゼの間に崩れ落ちたのは、検視官が問いかけるように陪審からブライへ、ブライから陪審へと目を移した、その躊躇している間のことだった。ヒューバート・ブライが床の上にへなへなと崩れなかったのは、ひとえに意思の力の賜だった。

＊

始まりは王室古文書館館長の顔に浮かんだ困惑したような表情だった。

「古文書館館長」検視官が助け船を出した。「納得されておられないのですか？」

ブライはさらなる質問に答えるべく身構えた。

古文書館館長は不似合な自信のない様子を漂わせて肩をすくめた。「時計が動き始めた日付については納得したが……」

ブライは再び緊張をゆるめた。彼が最も微に入り細を穿って、執拗なテリア犬のように熱心に尋ねられたのは、事件のこの点、すなわち殺人の日付であった。一八五九年七月十日という日付は、どうやら結局は受け入れられたようだった。

しかし、古文書館館長の声にはあまり確信がなさそうだった。「日付は結構です」と彼は続けて言った。「その点についてては争わん——申し分ない説明を聞いたばかりだ」彼はブライに向かって祝福の笑みをちらりと見せた。「だが、私にはずっと頭の片隅で気になっていたことがある。それが何だか今になってわかった。金のことだ！」

「ウィンターの所持金ですか？」

「そうだ。殺害された時に死体がいくら所持していたのか、私は正確に覚えていない。しかし、相当な金額だったと思う」

「五ポンド十一シリング二ペンスでした」検視官が確認のために書類を見た。三十秒ほど調べたのち、彼は机から小さな紙片を取り上げた。「そうです。五ポンド十一シリング二ペンスでした。金貨と銀貨と銅貨で。一八五九年当時は相当な金額だったでしょうな！」

「私が気にしているのはその点なのだ。債務履行していない破産者が所持している金額としては、多すぎるような気がする」

検視官はその点について少し考えてみた。

「確かにその通りだと思います。かなりの大金であり……」

「しかし、彼は舞台に立ってかなりの金額を稼ぐようになりました」ブライが反論し始めた。「ロチェスターの劇場では週二十五ポンド稼いでいます」

検視官が顔を上げた。「それは確かに大金ですな」彼は微笑んだ。「現代の水準からすると、まるで映画俳優だ」

彼は机に前かがみになり、無地のマニラ封筒を取り上げた。硬貨が封筒の隅から隅まで動くと、微かに金属的な音が聞こえた。

検視官は決して急いでいるようには見えなかった。彼は硬貨を左手に落とした。「とても素晴らしい硬貨です」と彼は言った。「銅貨でさえまるで金貨のようです！」

「コレクターズ・アイテムとして価値を増しているので、そうであってもおかしくありませんよ！」

ブライが半分真面目な顔をして言った。そして「今では額面よりもはるかに価値があるでしょう」と大真面目で付け加えた。

「だと思いますな」検視官は硬貨をじゃらじゃらさせながら、再び陪審の方を向いた。「しかし、古文書館館長の質問の回答にはなっておりません」彼は硬貨を目の前の机の上に置くと、それらを広げて、銅貨を一枚選りだして、話しながら調べた。「このようなほとんど未使用のバン・ペニー硬貨は今では数シリングの価値がありますが、ジョン・ウィンターが亡くなった時には一ペニーの価値しかなく、たったの一ペニーでした」

「私が興味を惹かれたのは一ペニー硬貨ではないのだ、検視官」古文書館館長が話し始めた。「ソヴリン金貨だ。ジョン・ウィンターは裕福な破産者と見える。死んだ男は本当に破産者だったのだろうか。そして、一つのことに疑いが出てくると」彼は粘り強く話を続けた。「死体がジョン・ウィンターと呼ばれている男なのだろうかという疑問が湧き起こってくる」古文書館館長は危険を省みずに踏み込んで言った。比喩的に言うと、彼の踏み出した足はブライのプライドを踏みつけた。「さてまた反論だ！」彼は疲労困憊するような議論をさらにもう二時間続ける様子がありありと目に浮かんだ。書類や課税査定簿、遺言状、破産手続き、離婚訴訟などを頑迷な陪審員、それも古文書の専門家に示して！　こんな決まり切った……決まり切った……頭の中で言葉が出なくなって振り向いたとき、委員会の面々が傍聴席の前の一列におつにすまして座っているのが目に入った。彼は怒りと不安のなか、救いを求めて目を走らせたが、それは得られなかった。その代わりに得たのはショックだった。

彼がキャスリーン・キミズ夫人の顔を見たのはその時だった。彼女は安堵と満足で顔を輝かせているように見えた。彼女は頰を紅潮させ、興奮し、自信に満ちているようだな、とブライは苛立ちを募らせながら思ったが、彼の心は沈んでいた。

「いったいあの女は何を企んでいるんだ？」キミズ夫人が厚かましくも彼に向かってウィンクして見せたとき、ブライは思わず声に出して言ってしまった。似合わない服を巻き付けた、おかしな格好の包みのように腰掛けて。おまけにウィンクまでしている！

ゆっくりとブライは検視官の方を振り返ったが、目を合わせてびっくりした。恐ろしいほどに怒っている男の目だった。

「なんとしたことだ」とチャールズ・スタンディッシュ・フェル氏は言った。「またしても振り出しだ」彼は山上のモーゼを描いた背景に背を向けて、予言者その人よりもはるかに威厳をたたえていた。「法廷にメモが寄せられました」と彼は言った。「手すりの向こうにおられる、国会議員のキミズ夫人によるもので……」

検視官がキャスリーン・キミズに向かって軽くうなずくと、彼女の表情は前よりもいっそう赤みを帯び、自己満足の混じった照れ臭さを示した。

「……夫人が私に回したメモによれば、ヴィクトリア時代の《バン・ペニー》が最初に鋳造されたのは一八六〇年であるとのことです」彼はここで言葉を切った。「一八六〇年。陪審の皆さんはこのことが何を意味するのかおわかりでしょう！　本検屍法廷は開催予告のあるまで延期します」

王室検視官は怒って退廷し、かんかんになってドアを抜ける時のすきま風で、壁に掛かったタペストリーがゆっくりと揺れた。

ヒューバート・ブライはひどい混乱状態で証人台に残された。

40

「いまいましいことに日付が刻印されているではないか！」検視官は歯の間から言葉を押し出すように話した。モーゼの間を後にして平和と静粛を求めて式部長官室へ入って半時間が経っていたが、検視官は今でも怒りで文字通り頭から湯気を立てんばかりだった。彼が一ペニー硬貨をテーブルの向かい側に放り投げると、硬貨はくるくると回りながらうんざりしたような弧を描いた。マコーリー警視が硬貨を受けとめたが、何も言わなかった。硬貨そのものが必要なことを雄弁に物語っていた。一八六〇年と刻んであった。

マコーリーは初めて硬貨を注意して見た。見たところ美しい状態で、まさにコレクターズ・アイテムであり、今なお新品の一ペニー貨特有の赤銅色の光沢に輝いていた。側面の縁飾りは摩耗していなかったが、まるで縁飾りの加工機械が一周を越えて余分に一ミリ重ねて加工したかのように一箇所で乱れていた。銘は十分に間隔をとり、VICTORIA D:G: BRITT: REG: F:D: と鮮明に刻まれていた。左の横顔が浅浮彫で美しく彫られている。若い女王が戴いた月桂冠、頭の後ろに束ねた髪、襟足に巻いたリボン、そのすべてが毛筋ほどのきめ細かさで描かれていた。ガウンの生地に微かに花模様が描かれているのも見えた。

「素敵な硬貨ですな」検視官に硬貨を返しながらマコーリーが弱々しい声で言った。役に立つコメントとはとうてい言えなかった。

「おまけになんとも素敵な事件に巻き込まれてしまったものだ！」検視官は二度、チッと舌を鳴らして口に出せない嫌悪感を示した。

「私に当たらないで下さい」マコーリーが愉快そうに言った。しかし、度を過ごした。

「それではいったい誰に当たったらいいのだ？」検視官の声が徐々に大きくなった。そのまま声が大きくなるに任せた。

「巡査！」

彼はびっくりするほど乱暴に叫んだ。その声が厳粛な小さな室内を響き渡ると、マコーリーはめまいがし、隣室では大法官の法務次官が委任立法集の大冊を取り落とし、古風ではあるが生きのいい悪態をついた。

「はい、何でしょうか？」守衛が検視官の部屋に首を突き出した。「お呼びですか？」

いつもの礼儀正しい態度で話す気にはなれないといった様子で、王室検視官はうなずいた。指は膝を軽く叩き、三十二分音符の同じ五音をアルペッジオで繰り返していた。やがて、不意に彼は自分の声を見つけたようだった。「ブライだ」と検視官は中央ハ音より一オクターヴ高い声で言った。彼は頬が震えるほど骨を折って、穏やかに続けた。「ブライ氏をお呼びしてくれ。すぐに頼む」

しかしブライはいなかった。彼は二と四分の一マイル離れたタワー・ヒル（ロンドン塔の北部と西部を走る通り）で、自転車の可動部分と固定部分を描いた場違いな壁の説明図を見ていた。

「この説明図は」彼は不機嫌に考えていた。「ペニーファージング（大前輪と小後輪から成る昔風の自転車）にすべきだったな」

＊

「セトラー氏がお会いになるそうです」王立鋳貨局の守衛詰所の巡査部長が言った。守衛のごつごつした顔に大いなる勝利の表情がぱっと浮かんだ。彼は最初の一回で責任者を見つけ、そのことだけでも日誌に書き残す価値があった。彼は受話器を置くと、元気よくペンを取り上げた。

ブライは無関係だがためになる壁の説明図から名残惜しげに離れると、デスクの方に踏み込んで、氏名、住所、職業、そして訪問目的を告げた。

ブライは中に入った。彼はキャスリーン・キミズのいまいましい才気を否定しようとしていた。さらに、できることなら職長、職工、さらに局長の署名入りの文書を手に入れて否定したいと願っていた。羊皮紙に書かれた文書で。

彼は制服の随行員の三フィート後ろ一フィート右手に従って中庭を横切った。さながら戦闘隊形の英国艦隊といったところだった。

*

ブライが優雅な十八世紀風の部屋に通されると、アンガス・セトラー氏は礼儀正しく立ち上がった。立ち上がっても椅子に腰掛けていたときより氏の頭が磨いたリノリウムの床からさほど隔たらなかったのに気づいて、ブライはびっくりした。彼は非常に小柄で華奢な老人で、両目はきらきらと輝き、髪の毛は一本もなかった。その顔はまるで軟らかいピンク色のプラスチックの上に丁寧に鑿《のみ》を入れたかのようで、いつしかブライは、王立鋳貨局の官吏はいずれセトラー氏のような洗練された硬貨のような風貌になってしまうのだろうかと考えていた。氏と対照的な身長と顔立ちの巡査部長のことを思い出して彼はほっとし、妙なことを考えるのはやめた。

やがて、セトラー氏が口を開くと、ブライはぎくりとして顔を赤らめた。彼の声は、オフィスの端にある薄緑色をした縦溝彫りの柱に当たって跳ね返ってきそうな、しっかりした大音声《だいおんじょう》だった。開いた窓の向こう、四分の一マイル離れた所にロンドン塔の銃眼付き胸壁が見えた。セトラー氏の声は明瞭にホワイト・タワー（ロンドン塔で最古の建物。ノルマンディーから輸入された白い石でできているのでこの名がある）まで反響してきて、難なく七デシベルのピークを示したように思った。彼は考えを鋳貨局に戻した。

「巡査部長の話では」セトラー氏が朗々とした声で話していた。「赤銅の《バン・ペニー》硬貨について何かお知りになりたいころがあるとか」彼は小走りで慎重に部屋を横切り、ブライの腕を取ると、アーチ道へと引っ張って行き、やがて傾斜した陳列ケースが所狭しと並んだ、均整のとれたホールに入った。彼は一つの陳列ケースの前で立ち止まると、ライトをつけた。

「これです」と彼は大きな声で言った。「これが有名な《バン・ペニー》硬貨です」彼は白いエナメル塗りの板を背景に陳列された硬貨の一枚を背のびして見ながら微笑みかけた。

ブライは一瞬、もっと楽に見えるようにセトラー氏の脇の下に腕を差し入れて持ち上げてやろうという親切心を起こした。彼は衝動に打ち勝ち、自分を大いに悩ませていた硬貨を親の仇のようににらみつけた。表を上に、裏を下に置かれていたので、日付は隠れていた。

「私が是非とも知りたいのは発行された日付なのです」と彼は言った。喉がこわばっていた。ブライ委員会がマシュー・デ・ラ・ガード・グリッセルを犯人として構成した事件全体が、セトラー氏の返答いかんにかかっていた。そして、氏が返答すると、事件は陳列用キャビネットの間の床にずしりと落ちた。

「一八六〇年ですよ、もちろん」とセトラー氏は言った。「誰でも知っていることかと思いましたがね！」

ブライは彼を見下ろした。

「何らかの理由で、発行が早まった可能性はないのですか？」ブライは答えを恐れて、しゃにむに問いかけた。「つまり、一八五九年の硬貨鋳造に不足が生じるなどして、新硬貨が発行されたとかいったことは？」

「絶対に論外ですな、絶対に！」絶対にという副詞が耳障りな音を立てて漆喰の飾り天井にぶつかった。「硬貨鋳造用の金型が用意できるのは切り替えの行われる二、三週間前です」セトラー氏はブライの表情が明るくなり始めると見ると、小さな白い手を上げた。セトラー氏が指を嚙んだのに気づいてブライは満足した。かりそめの、非論理的な慰めだった。「しかし……」セトラー氏は嚙んだ手を振った。「しかし、その金型は副職長が個人的に管理したことでしょう」明らかに安全を保証する決定的な発言だった。

　ブライはさらに突っ込んで言った。「硬貨が何かの手違いで流出したということは考えられませんか？　蒐集家などに？」

「まったくあり得ません。一枚も鋳造されなかったでしょう」

「試作品でも？」

　セトラー氏は一秒ほど窮地に陥ったように見えた。

「ふうむ」と言ってから、さらにゆっくりと「試作品——われわれは『見本《パターン》』と呼んでいますが——は、確かに金型が完全かどうか見るために鋳造されます。しかし、その場合、作業は副職長の前で行われたはずです」

「しかし、試作品の鋳造は行われたのですね！　すると、たとえ一枚でも流出したかもしれない！」

　セトラー氏は少し自信がぐらついてきたようだった。ブライの声も勝ち誇ったように大声になった。

「私にはまったく信じられませんな」

「しかし、ほんのわずかでも可能性はありますか？」

「極めてわずかですが。極めて」彼が小さい顔をしかめると、まるで鋳貨局そのものと同じくらい年輪を経たように見えた。すると、彼は顔を急に輝かせた。

「しかし、たとえそうであったとしても」と彼は言った。「たとえ鋳造された最初の見本が非常に特異な経路で流出したとしても、あまり時間的な違いは生じません」

「というと？」

「一か月か二か月だと思います！」セトラー氏は唇を小さなOの字にすぼめた。

「もしかして六か月ということは？」ブライがささやくように問いかけた。

セトラー氏は狭い肩を微かにすくめた。「私の考えでは、その可能性はわずか、ごくわずかだと思います」彼はすばやく辺りを見回して、王立鋳貨局の代表するあらゆることに対する彼の裏切りを、誰かがそばで聞いていないか確かめた。

ブライは抜け目なさそうに笑みを浮かべていた。彼の有権者用スマイルはまるで当選した時のようで、ふと気づくとセトラー氏にかがみ込んで、まるで伯父のように頭を軽く叩きそうになっていた。幸いなことに、当の頭には髪の毛一本生えていなかったので思いとどまり、すんでのところで思いとどまって良かったと安堵の冷や汗をかき始めた。彼は算術に逃げ場を求めた。

「一八六〇年一月一日から六か月前というと」と彼は口に出して言った。「一八五九年七月一日……」

そう言ってから、七月一日に対するイメージがさほど空想的でないとしても、彼の仮説が薄氷のようにたよりない基盤の上に立っていることにブライは気づいた。一枚の硬貨が流出したと述べていた。七月一日にたったの一枚が。九日後、その硬貨がジョン・ウィンターのポケットに入っていた。そしてそこに九十七年と十か月間留まり、ソフトカラーにとんがり帽子の警官がジョン・ウィンターのポケットに手を入れて……」

「待った！」セトラー氏は自分の持てるものすべてをこの言葉に託した。さながら土曜の晩のロンドンの大きな交通騒音をせき止めようとしているかのようだった。ブライは夢想のさなかに現実に引き戻された。

「ブライさん、どうして一八六〇年の《バン・ペニー》がその年の一月一日に公式に発行されたとお考えになるのですか？　いったいどうして？」

ブライはうまく答えられないのに気づいた。「ほう、違うのですか？」と彼は弱々しく尋ねた。

「確かに違いますとも」セトラー氏は再び大音声を響かせて言った。彼はブライの無知に、王立鋳貨局のバスティーユ監獄のように重々しい壁の外側の全人類が共有する愚かさを見て、わかったようにうなずいた。そして彼がうなずくと、ブライは彼の小さな首が落ちるのではないかと思った。

しかしそうはならなかった。まだうなずいていたが、ブライが見ていると、セトラー氏はアーチ道を通って、もと来たオフィスに小走りに戻っていった。密かな喜びに何事かつぶやいていたが、そのつぶやきは、体の割にはずいぶんと大きかった。ブライは彼の後を追いかけた。再び心配にとらわれ、微笑みは消えていた。

「よくある間違いです。よくある間違いです」セトラー氏は壁際の低い戸棚の中を捜しながら、こだまのように繰り返して言った。「あった！」と彼は叫んだ。彼は首をひねって、つるつるの顔に勝ち誇った笑みを浮かべた。ブライはゴミでも入ったかのように両目を閉じた。

彼が再び目を開くと、セトラー氏は机の上に二折判《フオリオ》のバインダーを広げていた。太肉の黒インクで王室の花押が冒頭に押された、大型の活字のぎっしり詰まった文書だった。説明文は太字の『朕《ちん》』で始まっていた。

セトラー氏は指先で文書をトントンと叩いた。紙面に爪を当てなかったのが音でわかった。「お読み下さい」彼はモーゼを思わせる声で言った。ブライは読んだ。

女王による
布告

「朕は『ペニー・ピース』と命名された赤銅の合金製硬貨の発行を妥当と考えたがゆえに、表面に『VICTORIA D: G: BRITT: Reg: F: D:』と銘打った月桂冠を戴いた朕の肖像があり、裏面には海の岩に座したブリタニア（兜をかぶった女性像で、グレイト・ブリテン島の象徴）が右手を盾に添え、左手に三叉鉾を持ち、遠方には船と灯台が刻まれ、発行年とともに『一ペニー』の表示があるペニー貨は……」

「続けて、ブライさん」セトラー氏はブライの目を見ていた。「先を読み続けるんです、あなた、その先を」彼は体制に対する先刻の不忠を償うように、けたたましく言っていた。ブライは読み続けた。

「そこで朕はここに布告し、宣言し、命じるものである。すなわち、前述した赤銅の合金製硬貨は、グレイト・ブリテンおよびアイルランド連合王国で流通する合法な貨幣であり、前述した王国の合法的流通貨幣として通用し一般に広く認められるものであり、かようなすべてのペニー・ピースは現行合法な一ペニーの価値を有するものであると」

セトラー氏は感極まって足を踏み鳴らさんばかりだった。ブライは彼の足が床を踏み抜いて、グリム兄弟の話を裏付けることになればいいと思った。

その文書は女王による布告以上のものであった。一人の無実の男、ダリッジのロッシー館に住んでいたマシュー・デ・ラ・ガード・グリッセルに対する女王の恩赦であった。

ブライは最後の文章を声に出して、いっそう穏やかに、あきらめたように読んだ。セトラー氏は幸いにも口を出さなかった。

「朕の治世二十四年目、一八六〇年十二月七日、ウィンザー宮廷にて。
神よ女王を救い給え
女王、ヴィクトリア」

ブライは日付を見て顔をしかめた。「どうしてあと二週間待って、一八六一年にしなかったのでしょうかね？」と彼は尋ねた。セトラー氏の表情は、その質問が不適切と考えていることを物語っていた。ほとんど大逆罪《レーズ・マジュステ》に匹敵する。ブライはそのことを考え続けていた。

41

「とにかく議会が閉会期間だったことを神に感謝したい気持ちだ！」ブライの表情は険しかった。検屍法廷が議会の会期中に開かれていたら、喫煙室やロビーで同僚の議員たちがどれほど滑稽な論評を加えただろうと想像すると、彼はぞっと身震いした。それに議場でも！　そう考えるとパニックになりそうだった。保証発行に関する演説にさりげなく加えられ、後世のために議会議事録の一ページに記録される、華々しい燦然たる推理を彼は思い描いた。身震いが収まると、休養を取ってリフレッシュし、熱心な有権者たちと接触してやる気満々になった後で、今度の火曜日に国会に戻った時に避けたい議員たちのリストを、ブライは頭の中で作成した。さて、あまり熱心ではない有権者が一人いたなと彼は思った。しかも、際立って熱心でない！

ニュー・パレス・ヤードの正門を通り抜けたとき、警官が敬礼したことに彼は気づかなかった。しかし、その脇にいた王室検視官が二人に向かって黒い中折れ帽をこれ見よがしに上げて見せたので、警官はつぶやくのをやめて笑みを返した。

検視官はブライの方を向いて、うんざりしたように鼻を鳴らした。「あなたの考えていたのはあれだけですか？」と彼は訊いた。「あの死体はどうします？　死体のことをお考えになりましたか？」

ブライの顔が赤くなった。

十分後、ブライがチャールズ・フェル氏に従ってスコットランドヤードの法医学研究所に入った時も、彼の顔はまだ赤かった。やがて、それは真っ青になった。

＊

一対の厚手のゴム手袋が水を切って乾かすために洗濯ばさみで留められていた。ブライがドアを通るとき、手袋は目の前の壁からぱっと突き出した。それぞれの指はピンと伸び、手のひらは裏返しになり、互いに一フィート離れて頸動脈の高さの位置でブライに向かって上品に歓迎の挨拶をしている。状況から考えて象徴的だなとブライは思い、喉がこわばった。それから、手袋はむしろ毛糸玉を巻いてくれと誘っているのだと考えて気を落ち着かせた。気分はずっと良くなった。

しかし、それも長くは続かなかった。いつなんどき恐ろしい物が、吐き気を催すような、かろうじて判別できる、乱暴に扱われ切除された臓器が目の前に現れるか、彼は細長い照明の行き届いた部屋を用心深く見た。何も見えなかったので、彼は緊張をほぐした。

そのとき、彼は自分が息を止めているのに気づいた。息をすると、臭気が神経系を襲った。それは病気と刺激臭、ライソル（消毒剤の商標）とホルマリンの奇妙な混合で、両者の背後にはぞっとするような死の臭いがして、彼をしっかりと捕まえて放さなかった。彼はすぐに生唾を飲んで、喉の詰まったような声でバーバリ博士に午後の挨拶をした。

「またお会いできて嬉しいですよ」バーバリ博士は陽気そうに言った。彼はそう言いながら外科用手袋を脱ぐと、濡れたゴムがパタパタと音を立てた。病理学者が手袋をはめるのは、脱ぐときにさりげなく印象的な音を立てることができるからだ、というのがブライが一瞬にして得た印象だった。彼が手袋をはめる理由は他になさそうだった。研究所の中で彼がただ一人、何らかの沸騰実験とかには専念していない人間であり、長い白衣を着ていない人間だった。その部屋には三十名近い人間が、単純なU字管から複雑な曲管に至る、ありとあらゆる形状のガラス管とゴム管を組み合わせた入り組んだ実験装置が載った長い作業台の前に、ほぼ等間隔に並んでいた。

「ここに来られたのは初めてですか、ブライさん？」バーバリ博士が親しげに話しかけてきた。

「そのことはよく承知しているはずだ」と王室検視官が苛立ちを見せて言った。彼はブライを正面入口から通すために自分が署名し、封印し、届けた宣誓供述書のことを思い出していた。彼はブライの方を向くと、目をぱちくりさせ、眼鏡越しに漠然とした警告を伝えた。「用心したまえ、ブライ」と彼は言った。何かがわかりかけてきた。「この件にはマコーリーが一枚かんでいる。バーバリが君を連れて来たらどうだと言った時に気づくべきだった。マコーリーの許可がなければ、彼はそんなことはせんよ」バーバリ博士の方に向き直ると、「彼はどこだ？」と検視官は尋ねた。「それから、何食わぬ顔をするのはやめたらどうだ」

「こちらに向かっています」バーバリはこれまで以上に何食わぬ表情を見せた。彼の表情は、バター色の髪の毛と相まって、レースの襟付きのサープリス（聖職者などが着る前が斜めに交差した白衣）を着たらさぞかし似合うだろうと思わせた。「ブライさんのお力をお借りしたいのだと思います」

「ほう！」と検視官は言った。ブライに対する目つきが雄弁に彼の気持ちを物語っていた。「そして君は、こういうものが役に立つと思っているのかね？」彼は実験室を見回した。「こけおどしだ」と彼は言って、警告を繰り返した。「用心したまえ、ブライ」

ブライには彼の声がほとんど耳に入らなかった。ワゴンがゆっくりと部屋に入ってくるとき、実験室の正面ドアが耳障りな音を立てた。ヘレンが一杯機嫌の党の下働きにサンドウィッチを出す時に使うような通常のワゴンだったが、サンドウィッチは載っていなかった。その代わり、大きなパイレックス製のキャセロール入れのようなガラス容器が三つ載っていた。いずれも蓋がしてあり、中は空ではなかった。ブライは妻がキャセロールが好物だったことについて心の中で願を掛け、検視官は同じことを繰り返し言っていた。「こけおどしだ」と。ワゴンを押してきた青年は、部屋の真ん中に立っていた彼ら三人の横を通り過ぎた。注意深い、感情を出さない表情をしていたが、その表情は彼らから二ヤード離れるとたちまち変化した。ブライは整然とラベルを貼ったガラス容器から両目をそらしながら、魅せられたように青年の下あごの輪郭を見た。やがて、ブライの注意深い自制にもかかわらず、口中をからからにして、恐怖が襲いかかってきた。青年は彼の見たところガムを嚙んでいた。

ブライが平常心を回復しつつあったとき、マコーリー警視の声がした。「お待たせして申し訳ありません」と言いながら彼の巨体が戸口に姿を見せたが、特に恐縮している様子はなかった。検視官は不信感を露わに鼻を鳴らし、バーバリはあからさまににやにや笑っていた。

「うちの研究所はじっくりとごらんいただけましたか、ブライさん？」マコーリーが気取らずに言うと、検視官が鼻を鳴らした。

ブライは口を開いたが、その声はいつもとは違っていた。「実に興味深い」と彼は言った。「非常に能率的なようですな。その真価が正しく発揮されなかったのは遺憾です。科学者にも硬貨の日付は読めたはずだと誰だって思うでしょう」

問題のすりかえであることは歴然としていた。硬貨の日付に気づかなかった人物がいるとすれば、それはブライとその委員会であり、マコーリーと法医学者たちではなかった。感情が傷つけられたとすればブライの激しい口調のせいだった。そして傷つけられたのは明らかだった。

検視官はマコーリーの顔つきと顔色が変わるのに気づいたが、やがて実験室の端から端まで揺るがすよく通る笑い声を上げた。それが原因で、部屋のずっと向こう端の大きな蒸留装置から共鳴音が発生したらしく、観測していた科学者がむっとして周囲を見回した。太い黒縁の眼鏡をかけた頭のぼさぼさな若者で、白衣の前が灰色に汚れていた。不敬にも儀式の邪魔をされた不精者のドルイド教の僧侶といった趣があった。その脇でミニチュアのベーコン・スライス機を動かしていた別の若者は、かっとなって腕を振り回し、愚にもつかない悪態をついた。

バーバリの笑みは消えたが、マコーリーは無理して顔に笑みを浮かべていた。ブライはマコーリーがなんとか愛想良くしようと、明らかに並々ならぬ努力を払っているのに気づき、初めて警視が彼の協力を真剣に必要としているのがわかった。マコーリーの白い休戦旗をはためかせている風には何が潜んでいるのだろうとブライは真実訝《いぶか》った。

マコーリーがバーバリに向かって軽くうなずくと、病理学者は自分の個室に彼らを案内した。

*

「ブライさん、おかけになって心の準備をして下さい」

窓際の椅子から声をかけたのは王室検視官だった。「私はまだ何一つ聞いていないが、バーバリの顔つきから判断できるならば——実際、私は判断できるのだが——あの嫌な臭いのする実験室で、何か不愉快なことが発見されたのだろう」彼はふんと鼻を鳴らすと、今通ってきたドアの方に首をぐいと振って見せた。

バーバリはそれに応えてにやりとした。彼は手を黄色い髪の毛にやると、再び冷静で人当たりの良い表情を見せた。

「われわれにお任せ下さい」この状況では曖昧模糊とした言い方だった。

「君たちが仕事を任された時」フェルがぴしゃりと言った。「君の部下たちが最初からしっかり仕事をしていれば、われわれは馬鹿面を下げなくても済んだのだぞ」

マコーリーがすばやく口を挟んだ。「私はすでにその件では検視官に謝罪しています、ブライさん。あなたにも謝罪します。われわれには特異なことがあろうとは窺い知るべくもなく……」

「すると、見つかったのだな？　ペニー硬貨以外にも？」

「あなたの出番ですよ、先生」マコーリーは直接返答を回避する機会を摑んだ。

ブライは待った。そして、返答を得た。

＊

「私は穴蔵を徹底的に調べさせました」博士が話し始めた。「実際にそこで殺人が行われたと想定して調査したということです」

「最初からそうすべきだったんだ」フェルがうなるように言った。

「おっしゃる通りです」バーバリは下手《したて》に出た。「しかし、われわれには知る由も……」

「どうぞ先を」ブライは我慢できなくなった。

「ええ、わかりました、ブライさん」バーバリは自分が場を仕切っているので楽しくなってきた。彼は机に身を乗り出してボタンを押した。たちまち、耳障りなブザーの音も鳴りやまないうちにドアが開いてワゴンが入ってきた。ブライはごくりと生唾を飲んだ。

ワゴンを押していたのはやはりガムを噛んでいた若者だったが、口は動いておらず、たぶんガムはもうないのだろう。ブライが連想したのは『置き場所』という言葉だった。彼は置き場所を求めてワゴンに向かって目をぱちくりさせた。そのとき、キャセロール入れもなくなっているのに気づいて、大いに胸をなで下ろした。彼は再び唾を飲み込んだが、今度は喜びからだった。

「ありがとう、ラクストン」とバーバリが言うと、若者はおずおずと後ずさりしながら部屋から出ていった。ドアが閉まる寸前に、ブライは若者のあごが動き始めたのを見逃さなかった。ブライはにやりと微笑んで、再び愉快になった。

やがてブライは、ラクストンが気を利かせて彼のそばに置いたワゴンを、いっそうの注意を払って見た。その上には半ばまで青白い液体の入った白い壜の載った皿があった。そしてその液体の中にあったのは、ブライをまっすぐ指しているジョン・ウィンターの指の一本だった。

*

バーバリの声はいつになく柔らかく、まるで遠くの谷間から話しているように、ぼうっと響いてきた。ブライがこっそり首を振ると、声は再びいつもの調子に戻った。その声は明らかにジョン・ウィンターの墓について話していた。

「一つ確かなことがあります」バーバリが話していた。「穴蔵はこれまでに手を加えられたことはありませんでした。本来の床が作られると同時に作られ、それ以来手つかずのままでした」

「しかし、そんなことは不可能だ」ブライはまるで他人が話しているかのように自分の声を聞いた。彼は王立鋳貨局を訪ねたことを話した。「一八六〇年十二月まで鋳造されなかった硬貨が、一八五九年の七月にポケットに入ることなどどうやって可能なんです？」と彼は尋ねた。「そんなことは不可能だ！」バーバリはブライに最後まで言わせてから、身を乗り出してワゴンからゆったりと紐で結んだ塊《かたまり》を取り上げた。「やむを得なかったのです」まるで生贄《いけにえ》を差し出すかのようにその塊を机の上で捧げ持ちながら彼は言った。「煉瓦です」と彼は説明した。「本来の煉瓦で」彼は右側の煉瓦を軽く叩いた。「塔の壁に使われていた物です」彼はもう一方を指さした。「そしてこちらは穴蔵の周辺の層から取り出した物です。床板の上にありました」

彼は両方の煉瓦を慎重に持ち上げた。「モルタルがご覧いただけますね？」彼はブライを見上げた。「おそらく時計塔全体に使用されているのと同じモルタルです。他に何か見えますか？」

ブライは見た。二つの煉瓦にかけられた長い大麻のより糸が、本来のモルタルとともに煉瓦をくっつけていた。

「それが塔の内部にあった唯一のモルタルです」バーバリはまるで煉瓦そのもので打ちつけるように、核心を痛烈に突いていた。「爆撃を受けた時に加えた部分を除けばですが」と彼は言って、煉瓦を置いた。

「それで、穴蔵そのものは調べたのかね？」検視官が訊いた。

「もちろんです。穴蔵そのもの！　われわれはあらゆる塵を採取して、それを研究所で調べました。その結果、現段階では説明できない砂の痕跡を発見しました」

「犯人のサンドバッグから落ちたんだ！」検視官がうなずきながら提案した。

「もちろん、そのことはわれわれも考えました。そして、その砂の出所を洗っているところです」

「それには何と言っても一世紀ばかり遅かったのでは？」ブライはそう訊いてから、不意に部屋の中の緊張した冷たい雰囲気に気づいた。マコーリーはパイプを親指の付け根のふくらみにそっと押し当てて、窓の外の空を見上げていた。まるで小さな不思議な音に耳を澄ましているかのように、彼の顔は動かなかった。

「遅かったかどうかは私にはわかりません」バーバリは当惑気味だった。「死体の着衣にわれわれは首をひねりました。もっともその点については、死体そのものもそうでしたが」

「早く話して下さい」ブライは指を引っ張り始めた。彼は自分が何をやっているか気づくと、ジョン・ウィンターの指を盗み見て、指を引っ張るのをやめた。彼は容器に帽子をかぶせたいという不穏当な衝動に駆られた。

「まず、着衣ですが」バーバリはせき立てられるのを拒否した。「縫い目に、とりわけポケットの中の縫い目ですが、白い粉の痕跡を見つけました。われわれは樟脳《しょうのう》だと思いました。しかし、そうではありませんでした。天然の樟脳――一八五九年当時使っていたもの――は、日本産で、光学活性があります」

「それはどういうことです？」ブライが胡散《うさん》臭そうに尋ねた。

「溶液にすると、偏光面を或る角度だけ回転させるということです。われわれは偏光計《ポラリメータ》にかけてみました。特に偏光面の回転は起きませんでした。つまり、天然の樟脳ではないということです」ブライはそれをそのまま認めた。いささか専門的だが、妥当なように思えた。

「すると、合成樟脳ということかね？」検視官が示唆した。

「ですが、それはどうも考えにくいことだと思いました！　合成樟脳が防虫剤に使用されたのは、一九一四年以降のことだからです！」

「ああ！」ブライはわかったというようにうなずいて言った。

「それにとにかく、防虫剤用の樟脳がナフタリンに代用されるはるか以前のことで……」

「それはいつのことです？」ブライがすばやく尋ねた。

「正確には知りません。その必要はありませんでした。ナフタリンではなかったのです。紫外光を照射しても紫色の蛍光は示さなかったからです。蛍光透視鏡《フルオロスコープ》で試験しました」

「それでは防虫剤ではなかったわけだ！　先を続けてくれたまえ」ブライは急に赤面した。「失礼」と彼は言い足した。

バーバリは微笑んで、謝罪の言葉を寛大に受け入れた。彼は明らかに楽しんでいた。

「そこでわれわれは系統的な分析を行いました。ナトリウムの粒《ペレット》とともに融解すると、塩化ナトリウムが生成しました。つまり、塩素を含んでいるということを意味します」

その言葉はブライには何の意味も持たなかった。検視官の表情が興奮してきた。

バーバリは先を続けた。「実は、結局は防虫剤だったのです」短い張り詰めた沈黙。

「パラジクロロベンゼンでした」バーバリ博士はその言葉を静かに発音した。「英国薬学会によれば、パラジクロロベンゼンが防虫剤として初めて店頭で売られたのは一九三二年のことです」

ブライは椅子の中で体を硬くした。黙っていると、笑い声が隣の実験室から聞こえてきた。一人の科学者が何か大いに深遠な発見をしたのだ。バーバリのオフィスに笑い声は響かなかった。

「一九三二年と言われましたか？」

「一九三二年と言いました」

ブライは緊張をゆるめ、にやりとした。「何ですって、これは大変なショックだ！　誰が分析を間違えたんです？」彼は不躾にヒューと口笛を吹いた。二つの小さな汗の玉が額に現れた。「私なら、博士、そいつをクビにしますよ」

再び部屋に沈黙が訪れた。検視官は眼鏡のブリッジに爪を走らせながら、過度に慎重な手つきでレンズを拭いていた。開いた窓の外で救急車の警報が鳴り、数秒間が過ぎ去った。

ブライは椅子に座ったまま前屈みになり、さっと警視を見てからバーバリ博士に目を移し、驚愕して再び目を警視に戻した。ゆっくりと彼は立ち上がった。

「どこかに間違いがあるはずだ」彼は静かに言った。

「間違いはありません」バーバリが言った。それから自分では意識せずに自負心を示して言った。

「私自身がチェックしました」ブライは再びさっと腰を下ろした。

バーバリは数秒間、自分の言葉の余韻を響かせていた。「それだけではありません」と彼は言った。彼は立ち上がって、外科用手袋をチャペル型の帽子掛けからはずし、粉末を振りかけてからはめた。目には気味の悪い笑みが宿っていたが、口元までは届かなかった。

「お気づきになりましたか?」彼はワゴンの方に向かって、胸の悪くような内容物とともに容器を取り上げると、ブライが無言でうなずいた。彼はたった今、指の皮膚が切除されていることに気づいたばかりで、マコーリーが指紋を採取するテクニックを悦に入って証言したことを思い出した。急に指が何とも痛ましく感じられた。

すでにバーバリは、特大のディッシュカバーのような金属製のドーム状装置のスイッチをひねっていた。装置の横には小さな開口部があり、バーバリはそこに手を突っ込んだ。

マコーリー、ブライ、検視官の三人は彼の後ろに集まった。蛍光透視鏡の内部にある手は、一様なちらつきのない光に照らされ、バーバリはその結果を見て満足そうだった。彼はブライを手招きして言った。「あなたも試してごらんなさい」

ブライは自分の手が青白い一様な光に照らされるのを見た。マコーリーの手も、検死官の手も、順に試してみた。やはり同じ青白い輝き、鈍いちらつきのない発光だった。

「さて、ジョンの指はどうか試してみましょう」バーバリが親しげに言った。

切断された指が紫外線にさらされると、萎えた指先から第二関節に至る長い皮膚を囲むようにして、たちまち薄紫の蛍光がぼうっと浮かんだ。

好奇心に押し黙って、一同は自分たちの席に戻り、バーバリはジョンの指を防腐剤の中に戻した。再び、指はブライを指していた。

「ニコチンです」バーバリは手袋を脱ぎながら言った。「紙巻きタバコからのニコチンです。もしも喫煙されるとしても、皆さんはたぶんパイプを使われているのでしょう。だから、皆さんの指にニコチンの痕跡がないのです」

「それで何か証明できるのですか？」ブライが訊いた。

「或ることを暗示します。それだけです。紙巻きタバコは現代人の習慣です。それだけです。一八五九年に紙巻きタバコを吸っていたのは、ハイカラな若者——もちろん男性——に限ります」

「何を企んでいるのです？」ブライの寛大で人当たりの良い顔が怒りで黒ずんでいた。「何を考えているのですか？」

バーバリが忍耐強く手を上げた。「もう一つあります」ブライの怒りの問いかけを無視して彼は言った。「歯です。二本の歯にアマルガムが充填されていました。アマルガムは一八三〇年以来普通に使用されているものですが、うちの歯の専門家がそれをはずしてみたところ……」

「歯を？」

「いえ、充塡物です。歯が電気ドリルで削られていることを発見しました」

「なるほど」と検視官が言った。全員が理解した。

「さて、髪の毛に進みます。それとも、これで十分ですか？」

「続けてくれ」ブライが乱暴に言った。

「髪の毛には、法廷だったら『有名な髪の毛の固定剤』とでも形容するしかない成分を発見しました」

「ブリルクリーム（ヘアクリームの商標）か何かかね？」

「ブリルクリームでした」バーバリは机の上の覚え書きを見た。「製造者に問い合わせたところ、ブリルクリームが初めて市場に出たのは一九二八年九月だということでした」

ブライは狂気の沙汰を積み重ねたような状況全体に気分が悪くなって、ゆっくりと立ち上がった。
彼が口を開こうとしたとき、バーバリが先手を打った。

「まだ終わっていません、ブライさん」彼は再び腰を下ろすようにとブライに手を振った。「まだあるのです。そして、それは極めて重要なことなのです」彼は検視官――彼の感じている勝利を理解するための医学的知識を持っている唯一の人間――の方を向いた。

「われわれが、南アメリカのインディオと第一王朝以前のエジプト人の死体に対するギルビーとラブランの実験を追試したと言ったら、お喜びになられるでしょう。ミイラ化した死体の血液型を確定したのです。O型のRhプラスでした」

「それは実に」と検視官が苦々しげに言った。「素晴らしい。おたくの血液学者にお祝いを述べさせてもらうぞ。だが、身元を確定するにはあまり役立たないのではないかね？」

「ええ、その通りです」バーバリは慇懃《いんぎん》に言った。

彼はブライの方を向いて知識のない人間に説明した。

「O型のRhプラスはもっともありふれた血液型です。ずっとありふれた」

彼の声が急に猫なで声になった。「しかし、ＡＢ型のRhマイナスはどうです？」

「ああ！」と警視が言った。「そうなると事情は別だ。それは珍しい血液型だ」その話題が好きでたまらないかのように彼の声は感情を込めて喉の奥から出た。

「本当にめったにありませんよ、警視。珍しいものです。千人に六人の割合です」バーバリ博士は自信を持って統計値をすらすらと述べた。「被害者が争って息絶えたと述べたら、たぶん関心を持たれるでしょう。彼は加害者を傷つけました。爪の裏に血が詰まっていました。ＡＢ型のRhマイナスでした」

そのときブライが感情を爆発させた。「くだらない戯言《たわごと》だ」他の人間が口を開く間もなく、彼は言った。「Rhなんとかに Rhかんとかだとか、フルオロスコープにペリメータ……」

「ポラリメータです」バーバリは言葉に厳格な男だった。

ブライは彼を無視した。「パラジなんとかに、それから……」

「パラジクロロベンゼン。これで一語です」

ブライは大きく深呼吸をした。それからいきなり法医学全体に向かって、その慇懃無礼な優越性を一蹴した。「そんなのは単語とは言わない」と彼は猛々しく言った。「それ全体で一つの文章《センテンス》みたいなものだ」

「さて」マコーリーが満足げに割って入った。「どういう成り行きになるのかわかりかけてきたぞ。判決《センテンス》と言えば、このことが何を意味するのかおわかりですか?」

「もちろんだとも」検視官は再び眼鏡に息を吹きかけた。「犯人はもしかしたらまだ生きているかもしれない」

指はブライを指し続けていた。そして彼は突然、吐き気を催した。

42

「というわけで、犯人がまだ生きている可能性があるんだ！」ブライは委員会室の沈黙の中にやけくそになって言葉を放ったが、誰も彼に応じようとする者はいなかった。

王立鋳貨局と、その後、内務省の研究所で初めて目にしたもののことをブライが述べるのに要した十分間に、委員会に起きた変化にはめざましいものがあった。アレック・ビーズリーでさえも、ショックのあまり口が利けなかった。

最初にショックから立ち直ったのはキミズ夫人だった。「考えてみると」と彼女はつぶやいた。「ずいぶんとジョン・ウィンターに同情を注いだものね」

「いやはや」ナイジェル・レインがショックを受けた声で言った。「たった今気づいたばかりだ。もしも、殺人が一九三二年に行われたのだとすれば……」

「そうは言ってません」ブライがすばやく口を挟んだ。「一九三二年以前に行うのはあり得ないことだと言ったんです。それ以後に行われた可能性もあります」

「わかった！　わかった！　ヒューバート、そんなにかりかりするなよ」自分がかりかりしながら、レインが先を続けた。「私が言いたいのは、われわれはマシューに謝罪すべきだということだ」

「本当だ、その通りですね！」ブライの眉間《みけん》に恐ろしい考えが浮かんだ。「子孫が私のことを告訴する可能性はありますかね、オリヴァー？」彼は検屍法廷でマシューを極悪非道な行為のかどで告発したのを思い出し、金のかかる法廷闘争を思い描いてぞっとした。

「ありえんよ、ヒューバート。法廷は特権的な場なのだ」

「そいつは助かりました」

「いずれにせよ、その問題は非現実的《アカデミック》です」ピーコックが救いの手を差し伸べた。「マシューには子孫がありません。直系の、ということですが」

リチャード・ギルフィランが重い体を動かして委員長に話しかけた。「本委員会の構成員は将来にわたって『アカデミック』なる言葉を使用することを禁止する旨の動議を私は提出する」

ここで「謹聴、謹聴」の大合唱が起こった。

「『将来にわたって』というと?」フォレストがギルフィランの方を向いた。「われわれはこの言葉なしにはにっちもさっちもいかないぞ!」彼がその考えにぎょっとしたことが言い方から窺われた。そして彼は、理性に訴えかけるように眉毛を上げて、ゆっくりと委員会を見回した。

「わからないな。どうして警察は今になってわれわれに協力を求めるのだろう。これはプロの仕事だ」オリヴァー・パスモアが図書室椅子の中で巨体を動かすと、椅子はきしんで不平を言った。「話は違ってくるぞ、殺人を犯したのがまだ生きている人間となると……」

「生きているかもしれない人間です」

「誰だろうと構わん、ヒューバート。そのことと歴史的な調査研究とは隔たりがある」

「歴史的な調査はアカデミックだからな」とビーズリーがにやにやしながら言った。

「静粛に！　静粛に！」

「すまん、ヒューバート」ビーズリーはいっそうあからさまににやにやした。「いいかね」と彼は嬉しそうに続けた。「われわれ全員が共同幻想を夢見ていたわけではないと思う。このロッシー館と破産と舞台に立った国会議員に関する件は……」

「それにパール・コテイジも……」

「ああ、そうだった。とりわけパール・コテイジだ！　こういったものすべてを、われわれは委員会室で長々と居眠りしている間に作り上げたわけではあるまい？」

「その通りです！」

「それでは《エフレナーテ》は？　あれはどうなのかしら？」事件のキー・ポイントを的確に指摘したのはキミズ夫人だった。

「そう。やれやれ、その通りだぞ！　《エフレナーテ》に銘の刻まれた懐中時計があった！」ブライはその意味するところが洪水のように押し寄せてきて顔色が青ざめた。「それに、衣服とブーツ……」

「……そして帽子！」

ほんのわずかの間、一同は不意に不吉な興奮にとらわれた。息を吸い込む、微かだが耳障りな音がして、ブライは髪の毛が逆立つのを感じた。彼は左手の薬指を引っ張り始めた。

初めに口を切ったのはナイジェル・レインだった。

「犯人はわれわれの裏をかいたんだ。ジョン・ウィンターに関する全てを知り尽くし……」

「……死体が発見されるのを見越して、私たちに偽の証拠をつかませたんだわ」キミズ夫人は自分と仲間たちがトリックにまんまと引っかかった手口に怒るよりも、犯人のあまりの狡猾さにぞっとしたようだった。

「われわれに断言できることが一つあります」ブライが議論をまとめ上げた。「犯人は死体が発見されることを知っていて、解決不能な歴史上の謎として処理されることを望んでいたのです。まったく。実に頭がいい」

「しかし、その頭の切れも十分ではありませんでした。国会議員の中に貨幣の専門家がいることを考慮し忘れたのです」クリストファー・ピーコックがキミズ夫人に笑いかけた。

「いいえ。私は専門家じゃないわ。ただ、子供の頃に硬貨を集めていたことがあって、たまたま一八六〇年のヴィクトリア時代のバン・ペニーを自宅に持っているだけ。犯人が年を間違えたことを知ったのは純然たる偶然で……」

「待った！」ビーズリーがほとんど怒鳴るように言ったので、委員会全員が怒ったように彼の方を向いた。彼は一同に構わず図書室テーブルに拳を振り下ろした。「犯人は年を間違えた訳じゃないぞ」彼はゆっくりと言った。「犯人の基準からすればだ。犯人が死体にヴィクトリア時代のバン・ペニーを持たせたのは、死体が一八六〇年に封じ込めることができたと考えたからなのだ。犯人の調査は不完全だった。それだって、たった数か月の差だ！　いや。口を出さないでくれ、ヒューバート」ビーズリーはブライが邪魔するのを避けようと手を上げた。「しかし、それはほんの一面に過ぎない」彼は話し続けた。「《エフレナーテ》と刻まれたジョン・ウィンターの懐中時計がある！　それから、その他もろもろ、いずれも本来はブリクストンで購入された物ばかりだ。わからないのかね？　犯人はジョン・ウィンターとマシュー・グリッセルの物語を知っていたばかりか、それらすべての『小物類』も所有していたに違いないのだ。劇場用語を使うと、『小道具』ということになるかな。犯人は衣類、懐中時計、その他を遺産相続したに違いない」

「あるいは、一括で購入したのかもしれんぞ！」パスモアがビーズリーに向かって首肯しながら言った。

「そうだわ、ヒューバート。あの人たちの言ってることは正しいわよ」キミズ夫人が議論に戻ってきた。「確かに、続けて調査するだけの何かがあるわね！」

「何もしないよりはましか。確かに！」ブライはあまり乗り気そうではなかった。「わかりました。皆さんが言ってるのは、警察は——生きていようが死んでいようが——一九三二年以前ではなく以降に古着を箱から取り出し、それをビッグ・ベンの塔まで運んで死体に着せ、素人探偵たちが偽の手がかりを掴むように死体を置いた人間を見つけなければならないということです」彼はふさいだ顔になった。「あまり見込みがありそうに思えませんね」

「でも、私には有望なように思えます」チャールズ・ガウアーが初めて口を開いた。「衣類を相続したというビーズリー氏の考えが、手がかりにつながる可能性は高いと思います。人間というものは奇妙な物をとっておきます。私も自宅のどこかに、祖父がインド暴動の時に現地人を殺すのに使っていた仕込み杖を持っていますよ！」

「そうだ。それにグリニッジの博物館にあるネルソン提督のズボンのことを考えてみろ。あのズボンは何世代にもわたって屋根裏部屋に保存されていたんだ」

「しかし、故人が有名な人物でもない限り、遺品には執着しないぞ！　なんといっても、ジョン・ウィンターとネルソンでは大違いだからな！」

「ええ。しかし、彼がジョン・ウィンターであったことが、子供たちや孫たちにとっては大切なのです。重要人物ですよ。元国会議員。ロンドンの舞台に立った役者……」

「そして破産者！　赫々たる経歴だ！」

「失礼ですが」クリストファー・ピーコックが静かに言った。「故人の美点の列挙を中断して申し訳ないのですが、ジョン・ウィンターに子供がいたという記憶はありません。まして孫だなんて」

委員会テーブルから落胆のうめき声が上がり、図書室の外の議長回廊を静かにパトロールしていた宮殿の守衛が寛大な笑みを浮かべた。「議員たちときたら！」と彼は思い、パトロールを続けた。

「子供が何十人もいるかもしれない！」

「もしかしたら。きっとそうだ！」

「ダリッジを去ってから、再婚だってしたかもしれない」

「わかりました、わかりました」ブライが手を上げた。「もしかしたらですよ！　もしかしたら、警察は彼の子供の子供の子供の消息を突き止め、犯人を見つけるかもしれません。そして挙げ句の果てに、何年も前に死んで埋葬されていることを突き止めるんです」

ブライは立ち上がった。「とにかく」と彼は言った。「私は警視に会いに行き、X氏はジョン・ウィンターの子孫かもしれないという有益な結論に到達したことを話した方が良さそうです。これで警視も大いに励まされることでしょう」

会合は意気阻喪して満たされないまま解散しかけていた。ピーコックは書類を集め、いかにも特別委員会の書記らしく機敏にして聡明、委員会に提出されたあらゆる証拠を把握している風を気取っていた。彼はそれにも成功していなかった。パスモアが図書室椅子から巨体を持ち上げようと骨の折れる作業に取りかかっていたとき、ビーズリーが再び爆弾発言をした。

「ちょっと待った！」彼は同僚たちを見回した。「もう一度腰を下ろしてくれ」誰も何も言わなかったが、全員が各自の席に着いた。パスモアはうなりながら椅子に腰を沈めた。

「いかにして犯人は死体を隠した後でそれが発見されることを予想したのかな？」依然として誰も発言しなかった。「いいかな、もしも私が人を殺して壁の中の穴蔵に隠したとする」彼は手で髪の毛を梳《す》いて、かつてないほどに爆発を思わせる髪型にしていた。「壁は何年か手つかずのまま残されると私なら想定する。もしもそれがビッグ・ベンの時計塔のような著名な国家的記念物ならば何世紀もだ。死体が永遠に隠されたままだと予想できるならば、大変な労力を費やして死体に服を着せるなんてことはやらん。なあ、そうだろう？」彼は支持を求めて見回したが、誰からも支持はなかった。

「くそっ、目を覚ますんだ！」ビーズリーの穏やかで、説いて聞かせるような声が突然、苛立ちで大きくなった。「どうして犯人は死体が見つかることを予期したのか？」彼はその疑問をほとんど叫び出さんばかりの声で言った。

やはり誰も答えなかった。

「何たる委員会だ」絶望の仕草はやり過ぎだったが、ビーズリーは心底うんざりしていた。彼はブライに、それからパスモアに、ギルフィランに、ピーコックに指を向けた。「おいおい」と彼は言ってから尋ねた。「わからないのか？」

初めに口を開いたのはキャスリーン・キミズだった。「本当だわ、アレック。あなたの言う通りよ」彼女はためらった。「犯人は壁がいずれまもなく取り壊されることになるのを知っていて……」

「だが、なぜ？」

「正式に建て直すために」彼女は陽気に部屋中に微笑みかけた。

ビーズリーが帽子を取って鷹揚に挨拶した。

「正式に建て直す！」彼は重労働をやったかのように椅子の中に腰を深々と沈めた。「それが答えじゃないかね？　これまで何度、時計塔の壁は一時的な修理をしたかな？　一度だ。ドイツ空軍《ルフトヴァッフェ》が穴を開けた一九四一年五月のことだ」

彼は勝利に顔を明るい朱色に染めていた。「われらが犯人は爆撃による損傷の誘惑に逆らえなかったんだ。戦争が終結するまで煉瓦で補修されるだろうことが犯人にはわかっていた。そこで犯人は仮の墓場として使ったんだ。実に好都合だった。しかも、頭がいい」

彼は目の前のテーブルの上に半クラウン硬貨を投げ出した。「誰か賭に応じる人間は？」

一人も応じなかった。

43

「こう言ったらあなたは興味を惹かれるかもしれませんね」とヒューバート・ブライは図書室テーブルの向こうに向かって演説風に言った。「英国の鋳造硬貨に関する公認の専門家――そう彼らは称しています――が四十四名も私の選挙区にいるんです」彼は勇敢にも、オーガスタス・ウェルビー・ピュージン作のくすんだ真鍮製ペーパーラックの向こうにいるアレック・ビーズリーに向かってにやにやして見せた。「そのうち十九名が私に手紙を寄せ、二十一名が電報を打ち、残りの四名が自宅に電話をかけてきました」

「そして、全員が直ちに下院議員を辞職すべしと言ったのだろう」ビーズリーはかつて若い頃、自分に届いた手紙を引き合いに出した。

「三十九名がそうでした。他の四名は自殺を仄めかしました」

「神を畏れる英国人の代表者には相応しくないというわけだ」ビーズリーが言った。「嘆かわしい無知！」

「うんざりするような、い、い、い、い、無知！」

「俸給に値する仕事をしていない！」

「まったくのごくつぶし！」

隣のテーブルにいた年長の議員が仕事を中断してさっと顔を上げた。今の言葉に思い当たる節があったのだ。

「私など二週間に一回はそういうことがある」と彼は言った。「それなしにはどうしていいか途方に暮れてしまうね」彼はため息をついて《エコノミスト》に戻った。

「気にするな、ヒューバート」ビーズリーが慰めるように言った。「休会期間最後の日にはもっとひどい気分になるものさ」笑みが彼の顔から消えた。「警察にはわれわれの仮説を話したのか？」いきなり彼は訊いてきた。

「警察はすでにその方向で動き出しています」とブライが重々しく言った。「彼らはわれわれが考えるよりもはるかに迅速です。昨日の朝、マコーリーが私を呼びに来ました」

「日曜の朝に！　警察は真剣だな！」

ブライは重々しくうなずいた。「そうです」と彼は言い、図書室を見回した。そこにはほんの一握りの議員しかいなかった。いずれも火曜日の午後に議会が再開される前に郵便物を受け取ろうとして、一日早く戻ってきた地方議員だった。数は少なかったが、話の聞こえる場所に座っていた。ビーズリーはブライが躊躇しているのに気づいて立ち上がった。「セント・スティーヴンズ・バーへ行こう」彼ははっきりした声で言った。

ブライがにやりとした。「いいですね」と彼は言った。「でも、支払いはあなたですよ。もう二度と一ペニー硬貨は見る気になれません」

＊

「あなたは英国海軍にいたのでしょう？　電信技手ビーズリーとして」ブライはグラスを両手で揺すって、ジン・トニックが渦を巻くのを眺めた。目はグラスに向けたままだった。

「何が言いたいのかね？」ビーズリーの目が急に怒りを見せた。

「昨日、彼らが話してくれたのです」

「警察がかね？」

「ええ。殺人が起こったとき、あなたは地中海でラトーナ号という機雷敷設艦に乗船していました。警察はあなたの『服務記録』とやらを目の前に広げて……」

「やれやれ、何ということだ！」

「とんでもない。あなたは自由の身です。容疑者リストから除外されたのです！　お知りになりたいのではないかと思って」

ブライは飲物を飲んだが、渦の勢いの判断を誤った。ハンカチで口を激しくこすると、口髭がガサガサと音を立てた。

「あきれたね。警察は私がやったと考えたのかね？」ビーズリーの前髪が額にかかった。「この私が！」後で思いついたように彼は強調して言った。

「あなただけではありませんよ。われわれ全員です！　一人残らず！」

「われわれは全員、疑いが晴れたのかね？」

「かならずしも全員では。フォレスト、ギルフィラン、パスモア、それに調査課司書ガウアーは依然としてリストにあります。もちろん、その他大勢の人々と一緒にですが！」ブライは悲しげな表情になった。「そのリストを、マコーリーは容疑者リストと呼んでいます」

「どうもマコーリーのことは好きになれないな」ビーズリーは獰猛にオリーヴに歯を立てた。不意に歯が種に当たったので、歯を傷めてしまった。「君はどうして嫌疑を免れたのかね？」彼は痛む歯でオリーヴを噛みながら訊いた。

「陸軍省です。それに尋問。ルドルフ・ヘス（ヒトラーの側近。四一年イギリスに飛び、独英間の和解を図るが失敗）がメッサーシュミットに乗ってスコットランドに降り立ったとき、私はどこにいたか？」

「それが何の関係があるんだ?」

「その週末なんですよ。彼が着陸したのは、一九四一年五月十日に時計塔が爆撃されたのとほぼ同時刻だったのです。ヘスが到着したのを公表したのは月曜日、二日後のことでした」ブライは物思いに沈み込んだ。「考えてみれば、ヘスが時計塔に衝突し、爆弾がグラスゴー郊外の野原に落ちた方が、誰にとってもはるかに都合が良かったんだな」

「ルドルフ以外の全員にとってな!」

「私の言った全員にとってですよ。とにかく、誰かのために身元不明の死体を入れる穴蔵を、石造建築に作ることはなかったんだ」ブライは絶望の泥沼に沈み込んでいるようだった。

ビーズリーはその中に踏み込んでいった。彼は感慨深げに言った。「その知らせが飛び込んできたとき、私は眠っていた。ヘスの知らせのことだ。そしていまいましい通信係の下士官が、話を伝えるために私を起こしに来た」彼の顔は懐旧の情に輝いていた。「私は彼に、ヘスをどう処遇すべきかと話したことを覚えている」十五年の歳月に思いを凝らしながら、彼はためらっていた。笑みが表情から消え去り、彼はため息をついた。「私の言うようにはならなかったがね」

二人は、国会議事堂とキャノン・ロウの警察署との間にある、居心地が良くて人気のある個人営業の店、セント・スティーヴンズ・ダイヴの小さなテーブルに互いに向かい合って座っていた。日中に何度かは、角を曲がった所にあるホワイトホールの高級官僚たちでにぎわっていた。そのような時間の一つがちょうど始まりつつあり、すでにスナックバーの前の六脚のピアノスツールそれぞれが、五本の縞ズボンと黒いバラシャのスカートで温められていた。ブライもビーズリーもそれには注意を払わなかった。二人はスタンド・パイ、ピクルド・オニオンに若摘みキュウリのピクルスを配した、アーサーの素晴らしいディスプレイにもぼんやりして気づかなかった。

突然、ビーズリーが身を乗り出して、額と額がぶつかりそうになった。「ヒューバート、君はここに座って、警察が十五年前の或る週末の委員会構成員全員の行動を突き止めようとしていると言いたかったのか！」愕然としたようにビーズリーの声は高くなった。

「それ以上ですよ！　もっと大勢なんです！」ブライはサービスの堅いビスケットをかじった。「警察は全員の行動をチェックしています。つまり、その当時、議会にいた人間全員ということです。上はウィンストンから下々《しもじも》に至るまでね」

「何たることだ。気でも違ったのか？」ビーズリーの眉毛が垂直に立っていた。アーサーの磨き抜かれたカウンターからの反射光が当たって、彼の眉毛は火花を散らしているように見えた。

「いえ。気が違ったわけではありません。単に徹底しているんです」ブライはいつしか柄にもなく自分がマコーリーの弁護をしているのに気づいた。「昨日、私は警察と長々と話し合いました。おかげで昼食を取りそこないましたよ。それが終わると、昼食を苦心して料理したヘレンと長々と話し合いました」ブライは全世界を敵に回したような顔つきになった。彼はジン・トニックをゆっくりとすすったが、表情は好転しなかった。

ビーズリーはまだ怒りが収まらないようだった。「しかし、調べなければならない人間は何千人といるぞ！」彼は『何千』という言葉を金切り声を上げげんばかりに言った。

「何千ではありません。二一三名です。その時に議会にいなかった何名かを含めてです。それは特別な人間です、あなたや私のような。警察はわれわれのような特別な人間にも関心を持っています。異常な好奇心を発揮して捜査を開始したからです」

ビーズリーはやや重い息づかいになっていた。「二一三名か」と彼はつぶやいていた。突然、ビーズリーが声を張り上げて再び数字を唱えたので、スナックバーでクリームチーズを挟んだフランスパンを食べていた年かさの官僚が振り向いて彼をにらみつけた。クリームチーズを挟んだフランスパンを頬張っていなければ、官僚は「シッ！」と言っていたような印象を与えた。

「二一三名！」もう一度、アレック・ビーズリーは大声で言った。「いったい警察はどうやってその中から特定の人物を突き止めるんだろう？」

「調査です」ブライはその言葉をまるで不平を言ったように発音した。「警察は一九四一年五月に国会議事堂に近づけた国会議員、貴族、公務員のリストを入手し、現在のリストと照合しました。一九四一年と一九五六年のドッドの『議員必携』二冊を使って、半時間かかったそうです」

「きっと、ばらばらだっただろう？」ビーズリーが相手の発言を促した。

「もちろんです」ブライは肩をすくめて、グラスを見つめ、それから小さなテーブルの向こうをじっと見た。「しかし、重複の方がいなくなったのより多かったですよ。そのうちの半数以上はすでに除外したと警察は言っています。あなたと私を入れてね」彼は寛容に言い足した。

「それはどうも」とビーズリーは言った。

「私に礼を言わないで下さい。礼はマコーリー警視とその部下に」ブライは少し間を置いた。「もちろん、それが可能になったのはルドルフ・ヘスのおかげです」

「それでは、われわれはルドルフに礼を言った方が良さそうだな」

「まあ、ルドルフがメッサーシュミットで到着したとき、皆が自分の居場所を覚えているのは事実ですからね。私がそのことを話に出したとき、ちょうどあなたが話したように。そして、誰もが自分が誰と一緒にいたか覚えています。警察はそこをとっかかりにします。皆さんが待っている間にアリバイを、十五年前のアリバイを調べるのです」

ビーズリーはほとんど何も耳に入っていないようだった。まるでブライの話から何か矛盾はないか探しているような、顔に心配した表情を浮かべていた。突然、彼の顔が晴れやかになり、勝ち誇ったように指をパチンと鳴らした。

「警察が大きな過ちを犯している点は指摘してくれたのだろうね、ヒューバート？」

「多くの点を指摘しましたが……」

「部外者のこともか？　部外者が議事堂をうろつき回っている以上、警察は捜査を議員だけに限定できないぞ」

ビーズリーは悦に入って座り直した。

「早まらないで下さい、アレック」ブライがぴしゃりと言った。「私と同じ過ちを犯していますよ。危険な論拠に立脚するという」

隣のテーブルにいた、とても愛想の良さそうなブロンド女性が、まるで危険な論拠というものにもっぱら関心があるといった様子でこちらを振り向いた。彼女の耳は目に見えるほどぴくぴくと動いていた。とても素敵な耳だった。

ブライは彼女とその耳を見た。彼は声を落とした。

「一九四一年五月十日から二十日までの間に、国会議事堂を訪問した人間が何名いるか、正確にご存知ですか？」

「いや、君は？」

「警察は把握しています。二十二名でした」

ビーズリーはうんざりしたような顔をした。「ばかな」と彼は言った。

「二十二名なんです！」ブライが繰り返した。「そして、その一人一人がそこを出る時に署名しています。どうやら、非常に厳格に強制された規則のようです。戦時中ずっと、国会議事堂は実質的に立入禁止でした。訪問者が中に入るには、枢密顧問官二名による署名入り誓約書を携行しなければなりませんでした」

「二十二名」ビーズリーはその数字を独り言のようにつぶやいた。「ばかげているぞ、ヒューバート。たとえ戦時中であっても、議員一人あたり二十二名以上の訪問者があって不思議はない！」

「落ち着いて下さい、アレック」ブライはにやにやした。「議員はいませんでした。二十二名の訪問者が訪れたのは上院の貴族だったのです。下院は孤児アニー（アメリカの新聞漫画の主人公で、富豪に養育されている孤児の少女）みたいなものでした。そこにはなかったのです」

アレック・ビーズリーがヒューと口笛を鳴らしたので、ブロンド女性が怒ったように少しつんとなったが、誰も気にとめなかった。

「何ということだ、ヒューバート。忘れていたよ。議場が爆撃されると、下院はチャーチハウス（下院の南西約三五〇メートルの所にある）へ移ったんだった。すっかり忘れていた！」

ブライはうなずいた。「そして六月十九日までチャーチハウスで議事を行っていたのです。だから時計塔が損傷を受けてから部外者は入れませんでした。その二十二名を除いては。たまたま、訪問者たちはいずれも法律家か外交官たちでした」

「すると犯人は議員か貴族に違いないんだな？」

ブライがうなずいた。「あるいは、特権官僚か。他には誰も時計塔には近づけず……」

「おい！」ビーズリーが口を挟んだ。「一時的な補修を行った労働者たちはどうなんだ？」

「それについては何もありません。マコーリーはそのことも考慮しました。警察は担当の労働者を突き止めました。全員がまだ生きていて、同じ建設会社にいます。彼らは塔の天辺で四人一組になって交替で働きました。つまりお互いにぶつからんばかりだったということです。だから四人全員が共謀しない限り、誰かを殺害するのは……」

ブライは最後まで言わなかった。ビーズリーはうなずいて、「ありそうもないな」と言った。

「もう一つあります」ブライが先を続けた。「暗くなってからは照明を使うことができなかったので、労働者が働いたのは日中だけでした。そして、作業に十分な明るさがなくなると、空襲の火災監視人に引き継ぎました」

ビーズリーが体を硬くし、両目は興奮のあまり飛び出さんばかりだった。「火災監視人だって！」餌に食いついて、彼は言った。

「ええ」ブライは落ち着き払って言った。「火災監視人です！　上下両院の議員と職員から成る」

彼はここで芝居がかって間《ま》を取り、高性能爆薬を投下する前にジンを一口すすった。「この時期の火災監視人名簿が、守衛官の執務室から盗難にあったのは残念です」彼は急所を突いた。「つい最近のことです」

44

アレック・ビーズリーはナプキンでごしごしと口を拭き、振り向いてウェイターを探した。「コーヒーは、ヒューバート？」と彼は訊いた。

ブライは悲しげにうなずいた。ビーズリーが馬のミルクでもどうだと言ったとしてもうなずいたような印象を与えた。

下院のダイニング・ルームはほとんど空だった。別々のテーブルに座った二人の議員がオヒョウをつついている最中で、別のテーブルの上級官吏はブランディーの香りを吸い込もうと、大きなグラスに首を突っ込むところだった。ビーズリーのそばの五つのテーブルには誰も座っておらず、ひそひそ話をする必要はなかった。秘密を保つ以外の欲求から、彼は身を乗り出すようにしてほとんどささやき声になった。

「なぜマコーリーが急に寛大な態度になったのか、わかっているのか?」

ブライは自分のカスタード付きアップルタルトから顔を上げた。「もちろんです」彼は赤面して、困ったような顔をした。「彼が言うにはわれわれの協力が必要なんです」

「君の協力かね、それとも委員会の協力かね?」

「私のです」彼はビーズリーを真っ向から見た。「なにしろ、彼は殺人犯を捕まえようとしているのです」

ビーズリーは首の色が髪の色と調和しなくなるまで濃い赤に顔を染めた。ブライはそれを見て謝罪した。「申し訳ありません。不必要なことでしたね」彼は勢い込んで続けた。「自分のやったことが正しかったのか自信がありません」

ビーズリーはブライを励まそうとはしなかった。「それは君のやったことの内容によるな」

「何もやっていません——これまでのところは」ブライはにやりとして見せたが、両目は笑っていなかった。「明日は何の日です?」と彼は訊いた。

「五月二十九日火曜日だ」

「それから?」

「学校に戻る最初の日だ」

「マコーリーもそう表現していましたよ」ブライは鼻を鳴らした。部外者にそういう言い方はされたくない。議員はともかく。「だからこそ彼が急に協力を求めてきたのです。議会が再開されれば、獲物との関係が絶たれるのがわかっているんです」

短くて居心地の悪い沈黙が続いた。ブライはテラスに沿って淀むことなく流れる川を窓から見つめていた。川は異常なほど油っぽく、灰色で不快に見えた。

ビーズリーがまず口を開いた。「君は手錠とシェリフのバッジをもらったわけではないんだろう？」

「ええ」

「それなら、どうしてそんなに落ち込んでいるんだ？」

「網が狭まっているんです」

「網なら狭まることもあるさ」

「しかも、私自身はリングサイドの席に座っているんです」ブライはさっとビーズリーの方を見た。「パスモアとフォレストとギルフィランにどう話したらいいんです？　彼らはまだ網の中にいるんです。その上、彼らと一緒にいる人間は残り少なくなっている」

「むろん、彼らはそのことを知っているのだろう？」

「ええ。しかし、網がどれほど急速に狭まっているかは知りません」

ビーズリーはテラスの上方をじっと見つめた。

「本当にそうなのか？　君はこの大がかりな消去法が功を奏すると本気で考えているのか？　たとえ警察が一人の人間に絞り込んだとしても、その人物が有罪であるという積極的な証明にはならないんだぞ」

「だからこそ」とブライがあっさりと言った。「私は落ち込んでいるんです。私には」彼はゆっくりと続けた。「議会の内部から証明するしか手がないように思えるんです。それはつまり、あなたか私が証明しなければならないということです」彼は嫌悪感を露わに大きく鼻を鳴らして言った。「二一三名から少しずつ絞り込んでいるマコーリーと小賢しい部下たちなんか糞食らえだ。これは議会にまつわる謎で、ジョン・ウィンターと関連があるのは偶然なんかじゃない」

　ブライは元気になってきた。ダイニング・ルームのはるか端では、一人のウェイターが座って仕事を片づけていた。彼はのんびりとフォークを数え、きわめて慎重にリズミカルな音を立てながら箱の中に落としていた。

「この事件の背後にはジョン・ウィンターが控えているんですよ、アレック。何もかもがあまりにもぴたりとはまっている。一八六〇年発行の一ペニー硬貨とパラジクロロベンゼン以外はです。誰かがジグソーパズルの二つのピースで間違いを犯したんです。しかし、その他のピースが完璧にはまることは変わりません。そのピースたるや大変な数です」

「つまり君は、何者かがジョン・ウィンターの死体が発見されるよう仕組んだと言いたいんだ」ビーズリーは疑わしげだった。彼は美しいテーブルクロスの上にパンくずで悪戯書きをしていた。

「私にはわかりません。でも、私の考えは違います。あなたが示唆されたように、犯人は死体が発見されるのを予期しており、自分から注意を逸らすためにトリックを用いたのだと思うのです。犯人がやったのは——少なくとも私の考えでは——内部の犯行だと見せかけることでした。議会の内部ということですよ」

　ブライは前に身を乗り出してビーズリーの腕を軽く叩いた。「マコーリーの容疑者リストに三名の委員会構成員が入っていることは、決して偶然などではありません。実際、もしもリストに構成員が入っていなかったら、その方が驚きですよ」

　ビーズリーがテーブルの向こうからじっと見つめていた。彼の顔は純然たる恐怖の表情をたたえてこわばっていた。

「やれやれ。君は自分の言っていることがわかっているのか？　君が疑っているのはギルフィランやパスモア……」彼の声は先細りして耳障りなささやき声になった。

　ブライはビーズリーをじっと見返した。口はしっかりと閉じ、あごの先が小さく脈打っている。ビーズリーは陰気にうなずいた。

「だが、ヘンリー・ランサムのことを忘れるな」彼はゆっくりと言った。「あのバン・ペニーによって、彼も関係者として舞い戻って来たのだからな」

*

　ブライは立ち上がって、グリーンと金の革張りの椅子をテーブルの下の元の場所に戻した。この些細で不必要な、几帳面さを示す行為を、彼は楽しんでやっているようだった。彼は伸びをして、手を両目に押し当て、指が圧力で白くなるまで顔の皮膚をもんだ。

「何とも決めかねますね」と彼はあっさり言った。彼はこれ見よがしに肩をすくめ、出て行こうとして体の向きを変えた。

　ビーズリーが椅子に座ったまま彼を見上げた。その顔はブライがかつて見たこともなかったほどやつれて青ざめていた。「明日の討論会を忘れるなよ、ヒューバート。出るんだろう？」

　議会の偶然の皮肉のなせる業か、聖霊降臨節による休会後の初日である一九五六年五月二十九日は、シドニー・シルヴァーマン氏の死刑（廃止）法案の委員会審議に充てられていた。

　その時が来ると、ブライは投票者控え廊下《ロビー》を三度通ったが、一言も耳に入ってはいなかった。

　ロビーの端にあるゲートを通り抜けるたびに（採決は可否いずれかのゲートを通過することによって行う）、ケネス・ロビンスン氏（一九一四年生まれの歴史家。当時は労働党の議員で院内幹事だった）が彼に微笑みかけた。ころんでもただでは起きない。

45

自動車のブレーキが悲鳴を上げると、ブライは悪態をついた。さっと辺りを見回し、ここに来たことを誰にも気づかれなかったか確認してから、リラックスして大きく安堵のため息をもらした。ギャラリー・ロードをダリッジ・ヴィレッジとロンドンの都心に向かう朝の通勤者たちの流れは、あと二時間は始まりそうもなく、ブライはベレア館とその敷地の荒廃した佇《たたず》まいを独り占めしていた。いや、ほとんど独り占めと言うべきかなと彼は思った。大きな生姜色の猫が、車の脇の伸び放題になった低木からのっそりと出てきて、彼を十秒ほど横柄ににらみつけると、やがてぼんやりと思い描いた色事のために、北に五十ヤード離れたぼろぼろのフェンスに向かって歩き出した。フェンスの向こうには照明を浴びた一群の栗の木に半ば隠れて、マシュー・グリッセルのロッシー館が建っていた。

動くものは何一つなかった。小鳥たちも束の間、静まり返っていた。寂れて荒廃したベレア館——手入れを怠ったために台無しになり、威厳を奪われて美名にそぐわなくなっていた——の鎧戸《よろいど》の下りた窓がブライを見下ろしていた。ブライはパイプに火を着けたが、マッチ箱を擦った音に驚いたクロウタドリが彼を責めるようにさえずった。健康を心配する妻の見送りの言葉を頭の奥底に押し込んで、彼はじっと腰を落ち着けて考えた。腕時計を見る。五月二十九日火曜日午前七時十五分。運転席の鏡の中に映った自分を見て、陽気で自己満足した表情をしているのにぞっとした。一時間後、表情はそのどちらでもなくなっていた。

その時間、彼は三週間前にフレッド・アーミティジが死体を発見してショックを受けた時に始まり、前日のビーズリーとの長い話し合いに至るまでの、『彼の』殺人の込み入った顛末を回想していた。

あまりにも多数の疑問が未解決のまま残り、その大部分が曖昧で分厚いびくともしない覆いの下に隠れていた。それらは事実が乾いた骨のようになったもので、非常にもろく、時には粉になってしまうので、事件の再構成に使うわけにはいかなかった。もしも殺人が行われたのが一九四一年五月という最近のことであるとしても――ブライは『最近』という言葉を頭の中で使う時に、こっそり鼻を鳴らして嫌悪感を示した――十五年が経過するうちに、ゆっくりと這うような速度で化学変化が着実に進行し、真犯人の安全をしっかり守るのに役立っていた。

しかしながら、それにもかかわらず多数の事実を集めることができたと彼は考えた。それらの事実を積み重ねれば、断片的に人物像をあぶり出し、犯人をぴったりあてはめる役に立つだろう。確実なことがあった。一つには発見された死体の着衣と《エフレナーテ》の銘入り懐中時計は、元国会議員ジョン・タウンゼンド・ウィンターの正真正銘の遺品であり、どこかの突き止められていない古着屋から購入するか、そっくりそのまま遺産相続するかして、犯人が同時に入手した物に違いない。ブライは一つのことを確信していた。警察は新聞の批判に押されて遅ればせながら活動を余儀なくされてはいるが、ロンドンの端から端まで、不潔でいやな臭いのする中を、市場と中古品を扱う店を確実にくまなく調べ上げていた。そういう仕事は警察に任せておけばいい。ブライは芝居がかった様子で鼻にしわを寄せ、運転席の鏡に映った自分を見て、鼻をまっすぐに戻した。彼は硬貨のことに思考を向けた。

ここでは、彼ら、すなわち警察と検視官と自分自身は、ずっとしっかりした基盤に立っていた。警察は何者か、誰とも定かでない未知の正体不明の人物が、一九四一年五月十二日月曜日に、セント・ジェイムズはキング・ストリートの古銭古美術商ソロモンズ商会を訪問した事実を突き止めたと話していた。そこで彼は（正体不明という点で、女性かもしれないが）、硬貨の小さなコレクションに現金で十六ポンド十三シリング七ペンスを支払った。ただ一つ重要な事実を除いて、死体＝ジョン・ウィンター説を支持するのに相応しい物として選ばれたのだ。これによって、たとえ衣類が相続された物だとしても、硬貨までは相続しなかったことがはっきりした。さらに、『ジョン・ウィンター』殺しを工作した犯人は、或る程度の資産家（男女を問わず）であることも明らかになった。十六ポンド十三シリング七ペンスともなれば、小銭といえる額ではない。

それによって、とブライは喜びを表に出さずに思った。アーサー・フォレストは除外される。それともそうだろうか？　偽装を完璧なものにするために十六ポンド工面する価値はあっただろう。少なくとも、慎重な犯人ならそう考えるはずだ。アーサー・フォレストがやらなかった保証はあるのか？ブライは車の窓を下げて周囲を見回したが、毎度のことながらきしるような音にぎくりとした。隠れていた場所の周囲をぐるりと見回したが、誰も視界に入らなかった。ほんの一瞬、ブライの窓ガラスが立てた耳障りな音に戸惑って、車の上の枝にとまったクロウタドリがさえずるのをやめた。やがて、小鳥は再びさえずりはじめ、ブライの思考はアーサー・フォレストに戻った。

何とも居心地の悪い考えだった。フォレストが彼に『ブライ委員会』を組織することをいかに強く勧めたか思い出した。調査を見守り、場合によっては間違った方向に逸らすことを望んでいる人物にとって、おそらく巧妙な提案だったのだろう。しかし、これは卑しむべき考えであった。いずれにせよ、とブライは思った。彼の目の前に考えを差し出したからといって、フォレストが何か、あるいは誰かを誤った方向へ導いたことを示唆するものは――かなりたびたび注意をグリッセルから逸らそうとしたとはいえ――何もなかった。他方――ブライはこのことの持っている不愉快な意味をあえて考えた――フォレストは少なくとも一点で、つまり年を誤ったという点で有罪だった。そして、その間違いは、殺人犯がわざわざ硬貨を死体のポケットに入れた時に犯した間違いとぴったり符合していた。

もしもフォレストが大時計の完成した日付を正しく知っていたら、一八六〇年発行の一ペニー貨が年の間違いによってジョン・ウィンター説をぶち壊しにすることもなかっただろう。委員会はニュー・パレス・ヤードのマシュー・グリッセルの家について議論していた……誰かがマシューがベッドに横になれば大時計を見ることができたとか言ったな……不可能だ、アーサー・フォレストは言った、不可能だ！　大時計が動き始めたのはマシューがウェストミンスターを去って、ダリッジで生活を始めて一年経ってからだと。もしもマシューが一八五八年に引っ越したならば結構だが、マシューはそうはしなかった。そして、フォレストはそのことを知っていたはずだ。なぜならば、チャールズ・ガウアーが複雑だがよく整理された議論の道筋をちょうどこつこつ進んでいたところだったからだ。マシューは一八五九年に引っ越したが、フォレストは間違ったことを言っていた。それについては疑問の余地はない。フォレストは――もしも彼が犯人だったならば――『ジョン・ウィンターの』ポケットに一八六〇年発行の硬貨を入れても、矛盾あるいは年代の不一致に気づかなかったことだろう。

ブライは自分が少し汗ばんでいて、手に持った鉛筆がすべりやすくなっているのに気づいた。帽子を頭の後ろにやり、深く考え込むような顔をした。やがて、フォレストのミスはおそらく不注意によるものだろうという考えが浮かび、彼は明るい顔になった。ブライはよく承知していたが、国会議員というものは国会議事堂に関して無頓着なことで悪名が高かった。そこで彼は初めて有権者――実に嫌な有権者だった――に公の場で、セント・スティーヴンズ・ホールの地下にある礼拝堂ができてからどれくらいになるのかと尋ねられた時のことを思い出して、気恥ずかしさに身をよじった。ブライはそれを知らなかったが、落ち着いて「長い時間」と答え、限りない英知と無頓着さを兼ね備えている風を装った。その場にいた人たちは、質問した当人である嫌な奴を除いて全員が笑った。ブライは一瞬、短い祈りがかなえられたのかと思った。その嫌な有権者はバスにひかれてしまった。

彼はフォレストの誤りに考えを戻し、同僚の中に大時計が動き始めたのが一八五九年七月のことだということを知っていそうな人間は、ごくわずかしかいない方に喜んで賭ける気になっていた。三年後には、と彼は思った。新聞とBBCが百周年を盛大に祝って誰一人知らない人間はいなくなるだろう。国会議員を含めて。しかし、それまでは、アーサー・フォレストが犯した種類のミスが、殺人犯優勝杯の準決勝進出の資格を与えるとするのは、非常に不安定な基盤に立つことになるのをブライは承知していた。これは警察が調べる仕事であり、マコーリーの生意気な部下のチームが国会議事堂の公共の場所で出会う議員たちに、大時計がいつから時を刻み始めたか知っているかと片っ端から尋ねてこそこそ動き回る様子を思い描いて、ブライはにやりとした。『失礼ですが、ベヴァンさん（労働党の政治家。一八九七―一九六〇。労働党左派指導者となる）、唐突ですが、大時計がいつ動き始めたかご存知ですか？　失礼、バトラーさん（保守党の有力政治家。一九〇二―一九八二）、大時計のことなんです。もしかしたらいつ初めて時を刻み始めたか知っていらっしゃいますか？』

ブライは次から次へと頭に浮かんだ顔がまったく正当な腹立ちからピンク（あるいは青）色になるのを思い描いて大声で笑った。それから彼はがっかりして勢いよく運転席に沈み込んだが、かろうじて時代遅れのギアレバーにぶつからずに済んだ。もちろん、そんなことは不必要だ。すでにほとんど議員全員が警察の手で消去されている。その大半が一九四一年当時議員でなかった者だ。何人かはおそらく、殺人が犯された時に他の場所にいた。彼がどのような見方をしようとも、フォレストとギルフィランとパスモアはまだ容疑者リストからはずされていなかった。彼らと一握りの他の議員たち。彼は座席に深く座って、パイプを詰め直し、火を着けて、さらに懸命な気の滅入るような考えに取りかかる準備をした。彼は不安で顔をしかめた。

当然のことながら彼は、そこから五マイル離れた場所でマコーリー警視がその瞬間、朝の郵便がさらに二名の容疑者を除外してリストが十七名に絞られたことで、オフィスの中でにんまりと勝ち誇ったように相好を崩していたのを知る由もなかった。

パスモア、ギルフィラン、フォレストは候補者リストに依然残っており、有能なA課の連中に追いかけられながら犯人レースを——その他全員と一線に並んで——競っている最中だった。そして追跡の声が聞こえ始めてきた。

*

ブライは自分の気の滅入る考えから顔を上げた。

薪を燃やした薄青色の頼りない煙が、破れたフェンスの向こうのロッシー館の煙突から垂直に上がっていた。ヘンリー・デ・ラ・ガード・ランサムは早起きして家の中で動き回っていた。おそらくベレア館の方を見て、誰かが自動車を低木に半ば隠れるように置いて、すすけた暗緑色の月桂樹と栗の重く広がった葉の陰に身を潜めているのを不思議に思っていたことだろう。無意識にブライは帽子を前に引き、座席の中でいっそう身を低くした。姿を見られたくなかった。特にランサムには。とにかく、今はまだ。頭の中でかなりはっきりしたイメージが摑めるまでは。

ブライは大げさに鼻を鳴らした。眠れない夜の大半を費やしてもはっきりしなかったことが、木陰で二十分考えただけですっかり明らかになるはずもない。彼がやっているのは、まさにそういうことだった。

ランサムに関する大きな問題点は明らかだった。彼は議員に選出されたことがないという単純なものだ。彼は貴族ではなく、下院であれ上院であれ、いずれの上級官吏として勤めたこともなかった。要するに、彼は殺人を実行するために時計塔に上る立場にはいなかったのだ。

しかしながら、ヘンリー・ランサムは故意か偶然かこの件に関与していた。ロッシー館事件が無益な学問的研究であり、推理の演習が採決と採決の間の時間つぶしにとどまっている限り、ランサムは上院公文書室に一枚の文書が収められているのと同様に、一片の証拠を持つ媒体のようなものだった。彼は《エフレナーテ》に照明のスイッチを入れる唯一の人物である。それだけだった。彼が一世紀をゆうに越える年齢（ブライはそんなことはあるまいと合理的に考えていた）でもない限り、ランサム自身が直接、ウィンターと祖先マシュー・デ・ラ・ガードの間の諍いに関与したとは考えられなかった。それにもう一つある。ランサムは最近ダリッジに引っ越してきたばかり——数週間、せいぜいが数か月前のことだろう——であり、ブライがいかに創意工夫の才を発揮したとしても、殴打の瞬間インドにいたあの男に殺人の罪を着せることはできない。プーナ（インド中西部の都市）でぼんやりと時を過ごしていたのだ。

『殴打の瞬間』という言葉が頭に浮かんだとき、自分が後頭部をそっとなでつけ始めたのにブライははっと気づいた。帽子の後側に手を差し込み、レミー・コーション（ピーター・チェイニーの小説の探偵）か誰かのように、帽子が顔にかかるように下げた。その動作は優しく穏やかなものから、途方に暮れて落ちつかないものに変わった。

彼は確かに途方に暮れていた。彼が確たる基盤に立脚するのを歓迎するのは当然のことであった。ランサムは確たる基盤であり、そのはずだった。殺人が犯されたとき、ランサムは明らかに時計塔の近くにいたはずがなかった。それはマコーリーと殺人課のチームがはっきりと受け入れた嘘偽りのない事実だった。彼の頭は追跡中のパトカーのように警報を鳴らした。

ブライは鼻にしわを寄せて、ふんと鼻を鳴らした。やれやれ、ヒステリックな三文犯罪小説用語で『殺人課』について考え始めるとは、この件にうんざりし始めているぞ。こうしてベレア館の敷地にいること自体、縁起をかついで理性を失い始めている証だと気づいて、彼は自分の気まぐれな思いつきにため息をついた。客観的に思考するのをロッシー館が助けてくれるという、奇妙で非合理的な考えが浮かんだのだった。

だからこそ彼は六時半にベッドを抜け出し、五月のひんやりした朝の七時にはガレージから出ていたのだった。ヘレンは控え目に面白がり、息子のリチャードは好奇心に目を輝かせていたが、ジョン・ウィンターのロッシー館を見ながら腰を下ろして考えていれば、『自分の』謎の解決にいっそう(知的にではなくとも物理的に)近づくことができるとブライは感じていた。もちろん、胸の悪くなるような不快な事実だが、すでに最初の十分間で彼はアーサー・フォレストを容疑者として認めてしまった。これが彼の思考が友人たちに対して行ったことなのだ!

彼はフォレストのことをランサムと一緒に脳裏に押し込んで、建設省財務次官リチャード・ギルフィランに考えを向けた。そして直ちに別の帽子がぴったりと収まった。ギルフィランの無罪を否定する議論はアーサー・フォレストに対するものよりもはるかに一般的で、はるかに明白だった。日付については間違いはない。手段《タクティック》のミスというよりも、単なる機転《タクト》のミスだ。ギルフィランが図書館調査課に調べさせた事実を知らせなかったことに対する弁解は、かなり薄弱なものだ。そして、もちろん、そのことが逆説的にギルフィランに有利にも働いている。歴史捏造の演習として『ジョン・ウィンター』殺しを構築するほどの頭の持ち主ならば、数年前にビッグ・ベンの歴史に関する下調べをやったとか、もっと納得のいく説明を用意しておくはずだ。万一自分が幸運にも副大臣になったとしたら(もっとも大多数の国会議員同様、それを幸運と認めるくらいなら自分の喉をかき切ったことだろうが)、議会での質疑時間に芝居に出てくる貴婦人よろしく自信に満ちた幸福な笑みを唇に浮かべるために、彼だって遅くまでこつこつと仕事をこなし、ギルフィランと同じようにやるだろう。

ブライは口髭を感慨深げになでつけ、アーサー・フォレストの方が、リチャード・ギルフィランに頭一つ以上の差をつけて手錠を賞品とするレースに勝っており、死刑（廃止）法案の第三読会に人並み以上の関心を寄せていることを認めざるを得なかった。

オリヴァー・パスモアは三位に位置していた。いや、走っていると言うべきか。十分間というもの、ブライは腰を下ろして車の単純で時代遅れのダッシュボードをじっと見つめながら、パスモアの態度と全般的に議論に水を差す傾向に、普通の勅撰弁護士が、根拠のまったくないか薄弱な仮説に対して取る態度以上に、不吉な意味を読み取ろうとしていた。そこが法律家の困ったところだ、とブライは思い起こした。特に、下院の法律家たちは——ブライの事務弁護士が薄情にも彼らのことを『人絹』と呼んでいたが——実際に関係詞や接続詞を多用して討論したり、会話するわけではないが、新しいことに対する態度が法律家になる訓練によって条件づけられてしまっているのだ。もしも予告記載（手続き差し止め通告などの法律文書）や条件法を用いて議論を飾ることがなければ、オリヴァー・パスモアは（特に、ジョン・ウィンターの『身元』に関して）もっと建設的になれたことだろう。

しかし、だからといって彼を殺人犯と見なすわけにはいかない。単なる法律家だ。

ブライは上の空でギアレバーのノブにパイプを叩いてしまい、三十秒ほど費やしてギアボックスの機能説明を刻んだ溝から吸殻をかき出さなければならなかった。いったい自分は何をやっていたのだ、とブライは自問した。最初、彼はアーサー・フォレストを犯人として事件を構成して悪い気分になった。次に、薄氷のようなものであったが、リチャード・ギルフィランを犯人として事件を作り上げることができて、（確かに悪い気分になったというほどではなかったが）居心地の悪い思いをした。そして今、オリヴァー・パスモアを犯人と見なして彼が証明できることといったら、オリヴァーが法律家のように話し、考えるということに過ぎないことがわかって腹が立ってきた！　彼は何がやりたいのか？　パスモアが犯人であることを証明することか？　同僚のオリヴァー・パスモアが犯人であるとして決着をつけて、友人のフォレストを告発するような困った立場から逃れたいのか？

そして、そのことが彼を基本原則に立ち返らせた。どうして彼らの中に犯人がいなければならないのだろうか？　ああ、神よ、と彼は大きなうめき声を上げた。彼は何度も繰り返し検討した。塔に上ることができなければならなかったという理由から、国会議員か貴族、あるいは公務員でなければならなかった。昨夜、マコーリーと手短に話した時に知ったことだが、警察がアリバイを見つけたので、調査課司書のチャールズ・ガウアーは除かれた。かなり勝ち誇った様子をしていたぞ、くそっ。しかし、警視が認めた以上のことがあった。犯人は現在も議員の身分であり、誰かが戻ってきてうろついているところを見つかっても、守衛官の執務室に入る相応の理由を挙げられる人物でなければならなかった。しかし、誰も戻ってはこなかったので、犯人は火災監視員名簿から一ページ失敬したのだった。

どうしてそんなものを保管しておいたのだろうか、とブライは突然、自分に問いかけた。どうして戦争が終結した時に祝いのたき火に放り込んで処分しなかったのか？　その理由は単に彼らがその種のことをしないからだ、と彼は自答した。話題の主は下院だぞ、と彼は思い起こした。

そして今、自分の推理の結果、彼は以前と同じ困った立場に立たされていた。国会議員がやったのだ。その議員は今でも国会をうろつき回っている。それなら、自分の作り上げた謎の『解決』を助けるために調査委員会に参加するという明白な事実以上に、有望な線はないのではないか？

そして、最初に《ブライ委員会》の設置を示唆し、その他の委員会構成員の名前まで提案したアーサー・フォレストに話は戻るのだった。考えてみると、彼らは皆、委員会に積極的に参加したがったではないか！　もしかしたら、そもそも委員会のアイディアを提示する前に、フォレストが彼らに提案していたのかもしれない。そのとき彼は検屍法廷の初日、調査してみてはどうかと思い切って提案したブライに向かって、ギルフィランが怒り出したことを思い出した。

ギルフィランはブライ当人と彼の探偵役を演じたいという愚かな衝動に対して、長々しい貶めるような意見を表明した。問題は、彼自身を含めて、とても黙ってはいられない恥知らずなアガサ・クリスティーがあまりにも大勢いることだった。しかし、大きな違いがあった。アガサ・クリスティーの名探偵たちは不愉快な登場人物たちに囲まれ、彼らを（正当な推理の過程と法律を経て）墓場に送っても、人間社会全体に不利益は生じないのだった。本の中の探偵たち、とりわけ極上のヴェストを着て洒落た口髭をたくわえた愛想の良い素人探偵たちは、自分たちの友人を売るようなまねはしない。まさにそれを彼、国会議員ヒューバート・ブライがやっているのだ。もしくはやろうとしているのだった。

さて、これからはそんなことはしないぞ。彼は気が楽になった。もしもパスモアかギルフィランかフォレストが殺人罪で有罪を証明されるのならば、他の人間がやればいい。彼は自宅で心慰められる一杯のコーヒーを飲むために、エンジンのスイッチを入れようと体を前に伸ばした。

「今朝のカサンドラをお読みになりましたか、ブライさん？」

ブライはイグニッション・キーから手を引っ込めて、ゆっくりと振り返ってヘンリー・ランサムを見た。

「今朝はまたずいぶんと早起きなさいましたね」

ランサムはもどかしげに体を動かした。

「私くらいの年齢になれば、あまり睡眠は必要ありません。二時間前に起きていましたよ」彼はためらった。「もちろん、あなたもご同様だ。来られたのは気づいていました」と彼は付け加えた。

「私が来たのはじっくりと考えごとをするためです」

「《エフレナーテ》について？」

「もちろんです」

「ベレア館が役立つと考えられたのですか？」

「ロッシー館が役立つと思ったのです」

ブライは車のドアを開けて踏み出した。「メロドラマみたいに芝居がかった言い方をして申し訳ありません。時計塔の事件はロッシー館からしか解決できないのではないかという気がしたものですから」

ランサムは愉快そうに微笑んだ。「私もそう考えたいですよ。しかし、あなたは私の質問に答えて下さっていませんね。今朝のカサンドラはお読みになりましたか？」

「《ミラー》紙のカサンドラですか？」

「他にいますか！」

「いえ、まだ。どうしてです？」

「コーヒーでも？　ロッシー館の中でコーヒーを飲みながらお読みになったらいかがです？」

「喜んで、ランサムさん」ブライの本心だった。そう言いながら、彼は突然、説明の付かない興奮に身の引き締まるのを感じた。

ヘンリー・ランサムがエドワード朝風にお辞儀をすると、表情に苦痛が走った。彼は真っ青になって、一瞬よろめいた。

ブライが進み出て、ランサムの肘を摑んだ。男の腕の華奢なことに彼はびっくりした。

「もう大丈夫です、ありがとう」ランサムは少し言葉がはっきりしなかった。「しかし、残念ながらこの二日間で三度目です。戦争で受けた傷ですよ！」彼はいつもの茶化すような雰囲気を漂わせて、陰気にその言葉を発した。「傷を受けたとき、あと二年しかもたないと言われました」と耳障りな笑い声を上げげた。「それが十二年前のことです」彼は生い茂りすぎた低木を見回し、それからロッシー館に目を向けた。そしてブライを振り向いた。「ぐるりと回って私の家まであなたの自動車に乗せて行っていただけませんか？　でこぼこ道を以前のように楽々と歩くことができなくなりました」

二人がベレア館の庭から車を出す間に、ヒューバート・ブライは頭の中で計算していた。十二年前といえば一九四四年になる。一九四四年にランサムのような高齢の非戦闘員が受けた戦傷とは、いかなるものなのだろう？　インドでなのか？

*

「彼は実に鋭いですな？」

ブライは《デイリー・ミラー》紙から顔を上げた。

「国会議員は議会議事録を広げる前に彼の記事を読みます」ブライが素っ気なく言った。

「驚くには当たりませんな。この考え方をどうお考えになります？」

「一流の考えだと思います。しかし、ちょっと警察に手厳しすぎはします。そう頻繁に起こる事件ではないのですから」

「しかし、前例のあることです。そうカサンドラは書いていますよ」

「確かに」ブライは新聞に目を戻した。

「『読者はリンスキー委員会を覚えておられることだろう。また、年輩の方で記憶力の良い方なら、サルターノ事件をご記憶かもしれない。しかし、読者が警察のまぬけな地位（とりわけまぬけの中のまぬけな地位は警視総監だが）にでもない限り、キルマーノック（スコットランド南西部の町）警察事件あるいはセント・ヘレンズ警察事件あるいはミス・サヴィッジ事件を思い起こすことはまずないだろう。これは残念なことである。これらの事件、無能、非効率、あるいは単に威張りくさった警官による職権乱用の事件は記憶にとどめてしかるべきである。ビッグ・ベンの身元不明死体『ジョン・ウィンター』は首都警察を嗤っているし、思うに『ジョン・ウィンター』を殺害した人物も同様だ——もしも殺人が犯されて一世紀は経っていないと仄めかす警察が正しいならば。おそらくいつの日か、ジョン・ウィンター事件は調査されることだろう。リンスキー委員会のように、すぐに記憶の彼方に追いやられることはあるまい』」

ブライは音読し終えた。彼は部屋の向こう側で、かなり深い椅子に居心地良さそうにくつろいでいたヘンリー・ランサムをちらりと見た。口の周囲の醜い灰色のしわが消え、両目は再び輝いていた。しかし両手は、びっくりするほど白いやせて骨張った手は、椅子の両肘にじっと乗っていた。その手には生命が宿っていないかのようだった。

「調査をすべきだったとお思いですか？」

ランサムはしっかりした声でためらうことなく言った。

「もちろんですとも。そもそものことをカサンドラに教えたのは私ですよ——前例を引き合いに出して」

ブライは口をぽかんと開けた。顎がはずれそうな気がして、咳払いをすると、やっとのことで口をカチッと閉じた。気を取りなおすための咳払いはすぐには出てこなかった。

「ショックを与えて申し訳ない、ブライさん。そろそろ潮時だ——もちろん、純粋に正義のことを考えてですが——と思いまして。あなたとあなたの警察の友人にジョン・サルターノをご紹介する」

「単なるジョン・サルターノですか？」

「ええ」ヘンリー・ランサムはロッシー館のひんやりとした灰色の応接間に向かって安心させるように微笑み、まるで誰かが襟足に鋭い爪先を立てたかのようにブライは不意に興奮をかき立てられた。

「傴僂男と呼んでやりましょう、ブライさん。年老いた傴僂男と」

まったく突然に、ランサムの顔から笑みが消え、こわばり、ほとんど凍り付いたように虚空を見つめる表情になった。「私の《エフレナーテ》像が語ってくれたのです」彼がぽつりと言うと、ブライは怖くなってきた。

46

「《デイリー・ミラー》紙の切り抜きをご覧になったようですね」

そう言いながら、マコーリー警視は、スーツ、とりわけ首の周りがきついように感じていた。彼は新しいカラー（十六インチ半ではなく十七インチ）を買うか、もっと安上がりな方法としては食事の量を抑えようと思った。

副総監（刑事部）が一言も言わずに必要なことを表現した。カサンドラのささやかな『著作』を貼り付けた紙をやせた指でパチンとはじいたのだ。

マコーリーは続けて言った。「内務大臣のお耳に届いたのですか？　聞くところによれば、その件についてペルーケ空軍中佐が質問してきたとか」冷たい沈黙が続いた。マコーリーには耐えきれなかった。彼は沈黙を破った。

「この件についてわれわれにできることは多くはないように思います」彼はうっかり口をすべらせた。

副総監が初めて口を開いた。マコーリーには救いにならなかった。

「事件を解決するんだな」ただそれだけだった。

マコーリーはうめき声をもらし、窓際の椅子からイェーツ警部がセイウチのような咳払いをした。

副総監がイェーツ警部の方を冷たく見た。「君もだぞ」口には出さなかったが、そう言っていた。

彼はとても小柄な男だったが、包容力があるとともに感受性豊かな人物だった。まるで、陽光を浴びてきらめくようなアバディーン御影石から削り出し、ダークグレーの仕立ての良いウステッドのスーツを着せ、髪には三インチ幅の刷毛で黒ペンキを塗り、弁舌の才を賦与してできあがったとでもいうような男だった。通常は、今のように、ごく短く鋭い発言を繰り出す以外は才能を発揮しなかった。

「これまでの成果を聞かせて欲しい」

「今のところ、十四名にまで絞り込みました」

「全員が国会議員なのかね？」

「ええ。全員。ちょっと微妙な問題を生じます」

「それはどうしてかね」

マコーリーは微笑んだが、それは表向きだけだった。責任を負うのは副総監だ。彼が気にしないのなら、誰が気にしようか？

突然、副総監の両目が二匹のホタルのようにぱっと輝いた。

「その十四名の中に、われわれに質問してきたおしゃべりな議員がいることを願うよ！」

マコーリーはにやりとした。年に一回のジョークだ。

「遺憾ながら、その男の容疑は晴れました」

副総監の目から光がなくなり、御影石から光沢が消えた。人生は災難だらけだ。

イェーツ警部が話に加わった。彼は大柄の太った男で、声も外見通りだった。

「犯人は国会議員でなければならんのです、閣下。彼ら以外、監視《タブ》なしに自由に建物の周辺を動き回ることのできた連中はおりませんし……」

「罰せられることなしにだ」マコーリーが訂正したが、不十分だった。副総監はかつてまさに襟章《タブ》をつけた軍の高級将校だった。イェーツの言葉に彼は不愉快になった。

イェーツは動じなかった。「われわれはあらゆる部外者の行動を洗い出しました」

「まるで国会議員になったような言い方だな」

イェーツは赤面した。「失礼しました、閣下。その当時、建物にいたあらゆる非国会議員のことであります」彼は一九四一年五月十日から二十日までの間に国会議事堂を訪れた非国会議員全員を調べ上げるのに、訪問者名簿がいかに役立ったかを説明した。

「素晴らしい」

イェーツは赤面した。今度は喜びで。彼は噴火活動のためにウォーミングアップしている火山のように見せようとした。

「しかし、確かなのかね？」

「ええ、閣下」

「他には誰一人入ることができなかったのかね？」

「もちろんですとも、閣下」

「よろしい」やせた顔に喜びでほとんど毛筋ほどのひびが入った。副総監が冷静になると、そのひびは薄れていった。「金は？」まるでその言葉が不穏当なものであるかのように彼は言った。「硬貨のことだ」と言い足した。

「そちらはうまくありません、残念ながら」とマコーリーが落ち着かない様子で言った。「パーソンズが直接担当しています。キング・ストリートにある古銭商のソロモンズ商会が、死体とともに発見された物と同じ種類と発行年の硬貨を含む小さなコレクションを売ったことを突き止めました。一九四一年五月十二日のことです」彼は大きな鼻をふんと鳴らした。「その当時の帳簿には硬貨の種類、日付、価格が記入してありましたが、買った人間の名前は控えていませんでした」

「小切手で支払ったのか？」

「いえ、閣下。現金で十六ポンド十三シリング七ペンスです」

「それでは着衣は？」

「これまでのところはうまくありません、閣下。われわれはシェパーズ・ブッシュからウリッジまで東方に向かって捜査を進めています。あらゆる古着屋を洗っています」マコーリーは『われわれ』という代名詞が誤解されそうもないので安心した。彼は平巡査時代（それは副総監よりも長かった）にその仕事をやったことがあったので、ひとたび上の階級から下りれば古着屋の臭いがどんなものか知っていた。彼はその仕事に出かける部下にはほとんど同情しなかった。

「劇場の衣装方は？」

「すべて手配済みです、閣下。残念ながら何も収穫はありませんでした」

副総監はごく限られた範囲内で同意を示してうなずき、それから顔に笑みを浮かべた。「君は事件をよく把握しているようだな、警視」そのとき、ドアがおずおずとノックされ、顔の筋肉が警戒するような表情に戻った。

「入りたまえ」しぶしぶ言っているようだった。

警察からの伝令が入ってきた。新入りだ。広いカーペットを颯爽と歩き、手を震わせずに封筒を持ち、気をつけの姿勢を取るという動作を一度にやろうとして苦労していた。一見に値する動作だった。彼はまくし立てるように言った。「マコーリー警視にです。直《じか》に手渡しで」彼は来たときと同様にさっと飛び出して行った。イェーツは彼の分泌したアドレナリンの臭いが確かにしたと思った。

マコーリーは連絡を読み取ると、大きな革のような顔が磨いた子牛革のように輝いた。彼は勝ち誇ったように副総監の方を向いた。

「フォレストです、閣下」と彼は名指した。「われわれが調べている国会議員の一人です。イェーツの部下たちがなんとか彼の指紋採取に成功し……」

彼は用心しなければならないことにはっと気づいた。「もちろん、まったく非公式にです、閣下。彼が手を触れた物から……」

「タンブラー・テクニックかね？」冷たい質問だった。

「おそらくそうでしょう」マコーリーは警戒信号を横目にそのまま突き進んだ。「そして、それと同じ指紋が古い火災監視人名簿——該当のページが破り取られた名簿です——の遊び紙《フライリーフ》から発見されました」

「でかした」とイェーツ警部が言った。彼は自分の課の仕事が誰かに賞賛されるのを確信していた。誰も誉めないくらいなら、彼が誉めた方がいい。

「確かに役に立ちそうだ」急に珍しい寛大さを示して副総監が言った。そうしてから、歯止めをかけた。「微妙な仕事には用心してくれるな。国会議員がトリックを使って指紋を採られたのに気づいたら、いい気持ちはしないからな」

マコーリーは顔と体格が許す程度には冷静を装っていた。しかし、勝利の輝きが漏れていた。

＊

「それで、この哀れな男をあとどれくらいホースフェリー・ロードにとどめておかなければならないのかね？」

　王室検視官の電話の声は骨の上に当てた弓鋸の刃のように響いた。

　マコーリー警視は電話の声を通して勝利の笑みが伝わるのを抑えなかった。「もう勝負は見えています、検視官。言ってみれば、あとは喝采だけです」

　王室検視官はウェストミンスター死体安置所にあるオフィスで決まり文句《クリシェ》を耳にしてぞっと震えた。警視の言葉はあまりにも愚かしく不吉に響いた。彼はうめき声をもらした。それから、マコーリーが確実に耳にするように、もう一度うめき声をもらした。

「警視、君はもちろんわかっているのだろうな」マコーリーの自己満足に彼の不満がはっきりと刻みつけられるのを待ってから、検視官は続けた。「私がすでにそうした声を聞いていることを」彼の声はややうわずって震えていた。「二度まで」と彼は言い足した。

「しかし、私の声ではありませんよ」

「そうだとも、警視」フェル氏は、いわば足で自分の不快感の首根っこを押さえつけていた。「どうして君はそう思ったのかね、勝負は見えていて……」彼は言いかけていた言葉を飲み込んだ。

「あとは喝采だけ」マコーリーは検視官が言い方を思い出すのを助けてやった。「国会議員アーサー・フォレスト氏が犯人です。ページを破り取った火災監視人名簿に指紋が残っていたことが決め手になりました」

「彼は認めたのかね？」検視官が語気鋭く尋ねた。

「どうしたら否定できるのか、私にはわかりません。指紋は嘘をつかない、そうでしょう?」

「ああ。その通りだ」フェルは一瞬、間を置いた。「それで《エフレナーテ》の懐中時計の内側にあった指紋もフォレストのなのか?」

今度はマコーリーがためらう番だった。

「いえ」と彼は正直に認めた。「違います」今度は間を置かなかった。彼はそのまま一気に話した。「あの指紋はフォレストが時計を買った時にあったものと確信しています。もちろん、そちらも洗っています」

「買った! つまり君は、彼が衣服と金と時計を買いに出かけたと言いたいのかね?」

「いかにもありそうなことだと考えています」

「なるほど」フェルは一、二秒ほど黙っていた。「それで、彼が殺害した人間は誰なのかね?」

マコーリーは今は前よりも自信をなくしていた。「そちらの方も調べているところです」

「行方不明者取扱局は?」

「合致する人間が見つからないのです……その……特徴に」

「すると君はフォレストがすっかり自白するのを当てにしているのだな? 自白による有罪を?」

マコーリーは苛立ちを感じ始めてきた。「もちろん、違います。フォレストの経歴を洗っていけば、かなり多くのことがわかってくると思っています」

「なるほど」フェルは沈黙の中に冷たいペニー貨を落とした。「確か君は『あとは喝采だけ』とか言ったな、警視」

「ええ」警視は断言した。

「残念ながら、それでは喝采するのは下院の方だぞ。名誉毀損のことを忘れてないだろうな」

マコーリーは忘れていないと言って、受話器を置き、思い返すように口をこすり、うなずき、方向転換して、副総監を訪ねるために外出した。誰かが負わなければならない責任という容器はあまりにも大きく、中には煮え湯が入っていた。

47

「実に迅速な仕事ぶりだ」ヒューバート・ブライは彼のテーブルの脇に立っていた司書を見上げて顔を輝かせた。テーブルの上には薄茶色のバックラムで製本された議会議事録、下院議事録、議会記録の膨大な山が積み重ねられていた。型押しされた背はアッシリア人の軍隊さながらに輝いていた。

長身で憂鬱な表情のプレスディー氏は正直だった。「すでに別の方のために集めてあったのです。ペルーケ氏が一時間ほど前にいらっしゃいました。どうやら、質疑を行うらしいですね」

「ああ、なるほど」ブライ、またしても先を越される！

「他にもお尋ねになる方がいるのではないかと思って、こうして並べたままにしてあるのです」プレスディーは参考図書室の新聞キャビネットに向かってうなずいた。「カサンドラ（カサンドラはトロイア王の娘で予言者）語りき」と言い足して、全てを説明した。

ブライは現実を受け入れながらうなずいた。

「とにかく」と彼は尋ねた。「この山のどれがサルターノ事件に関するものなのですか？」

司書は赤インクで大仰な題名の書かれた山の一番上からフールスキャップ判の謄写版印刷された文書を取り上げた。『下院図書室。書誌番号五八：一九二一年の（証拠）査問委員会条例に基づく査問委員会』彼はページをめくりながらつぶやいた。「リンスキー委員会の報告書が討論されようという時になって、調査部が作成したものです。ああ！」彼は短い見出しを指した。「一九三六年の予算漏洩事件に関する調査――あれはジミー・トーマス（英国の労働党政治家。一八七四―一九四九）事件でしたね？――と戦争直前の潜水艦テティス号の損害に関する調査の間だ」

微かに記憶に残っている恐怖と、図書室の文書コレクションを集めた重い革張りの本に封じ込められた苦痛の重みをブライが感じたのは、これが初めてではなかった。

「これらの事柄をすべて覚えているわけではないのでしょう？」

プレスディーは肩をすくめた。「その方がいいのです」と彼は言った。「もしあらゆることを覚えていたら……」彼はブライの椅子の後ろにある書棚を見上げた。

「サルターノ」ブライが鋭く言った。それは解散命令のように響き、プレスディーはほっとため息をついて過去から戻ってきた。

「ここにあります」と彼は言った。「残念ながら昼食前の読書には少々こたえますが」

プレスディーは慣れた手つきで本や書類の山の中を調べた。彼は巨大な本の表紙にたどり着いた。

「報告書、そして証拠」勝ち誇ったように微笑みながら彼は言った。

ブライは笑わなかったが、反射的に図書室の掛け時計を見た。一時の昼食まで二時間ある。机の上の本に顔を戻すと、彼はぎょっとした。政府刊行物出版局が出版した、とてつもない大きさの代物で、げんなりするようなダークグリーンのクロスで装丁されていた。彼は慎重に本を開いた。ほとんど八百ページになんなんとするページに、延々と続く調査と三万五千の質問に対する三万五千の回答と、それを補う答弁と反対答弁、告発と対抗告発などから成る法外な分量の出版物で、これに比べれば大蔵大臣の最終予算弁論も、議会における機知の神髄を発露したものと読めるだろう。

ブライは表題ページを見てぎょっとして目を瞠《みは》り、ほとんど信じられないといった面持ちで読み上げた。『閣僚および公務員の公的活動を非難する申し立てを調査するための委員会議事録（委員会設置以前に採取した証拠付き）、一九三八年九月―十月』

「これはすごい」プレスディー氏が楽しげに言った。そうしてその場を逃れると、慣れない様子で最新の防衛白書を探してきょろきょろと見回している別の国会議員の方へ向かった。

ブライは図書室のA室にある空いた椅子に腰を下ろしながら、司書が言った言葉をそのまま繰り返した。「実際、これはすごい」彼は感じ入ったように声を高くして言った。彼は表題ページの鉛筆書きの説明的なメモ『国会議員ジョン・サルターノの事件』を読み上げ、違う筆跡で第二義的な書き込みがあるのを目にして、はっと息をのんだ。インクで臆することなく「破落戸《ごろつき》」と書かれていたのだ。

ブライが声を上げて笑うと、黒の上着にはっきりと縞の入ったズボンをはいた五人の国会議員が、まったく同じピンクの紐で束ねた要約書から苛立たしげに顔を上げた。一斉に眉をひそめて、無言で非難している。ブライは口を閉じて咳払いをし、不愉快な本に戻って、新たな情熱を持って読み始めた。

半時間後、彼は誰が誰を殺害したはずなのか、その動機は何かまで突き止めた。

彼はまだ、殺されるべき人間が殺されたのか突き止める途中だった。

さらにその二時間後、ビッグ・ベンが二時半の時を告げると、彼は図書室の自分の席からぎごちなく腰を上げ、おもむろに議員用喫茶室の方向へ向かった。歳入通廊はグループに分かれて立ち話をしている議員や、休会後初めての質疑のために議員ロビー、チャーチル・アーチ、そして議場に向かって集団をかきわけながら進んでいる議員たちでごった返していた。

ブライが厨房委員会ソーセージロールとコーヒー一杯を注文したとき、喫茶室はかなり静かで、議員であることの堅苦しさから解放してくれる愉快な冗談を押しつけてくる同僚がそばにいないのを見て喜んだ。彼は神に感謝した。

アレック・ビーズリーがブライの袖に触れたのは、彼が自分の『昼食』の代金を（それも多額の金額を）支払っている時だった。

「やあ、ヒューバート」

ブライはゆっくりと振り返った。「やあ、カスバート」彼は深く考えないで言ったが、ビーズリーの快活さが顎の先から消えていくのを見て、この三時間で初めてにやりとした。

「その名前で呼ばないでくれ！」ビーズリーは何とか声を抑えた。そして好奇心に満ちた目つきでブライをにらんだ。「それで、どうやって知ったんだ？」

「警視が話してくれました。ラトーナ号の電信技手アリグザンダー・カスバート・ビーズリーと言っていましたよ」

「警視の奴め、糞食らえだ！」

「謹聴、謹聴」ブライはトレイを置き、ソーセージロールを取って食べ始めた。

「喉につかえてしまえばいい」ビーズリーがブライの隣に座りながら陽気に言った。彼はお茶を飲んだ。「母のお気に入りの名前だったんだ」とても悲しそうな声だった。「登録官が注意してやるべきなんだ（カスバートには第一次大戦中の徴兵忌避者の意味がある）」

「名前ならいつだって変えられます」

「捨てる方が安上がりに済む——もっとも議会に立候補するまでだが。その際には名前を捨てることは許されなくなる」

ブライがペストリーにむせ返りながら言った。「どういう意味です？」濃緑色のヴェストがビスケットブラウンの粉をかぶった。「失礼」粉を払い落としながら彼は言った。

「法律なんだから知ってなければならんぞ、ヒューバート。君が当選したとき、投票用紙には何て書いてあった？」

「ヒューバート・チャールズ・ブライです」

「ほらね。君のことをチャールズと呼ぶ人間がいるかね？」

「いません」

「私の投票用紙にはアリグザンダー・カスバート・ビーズリーとあった。おかげで五百票ほど失ったと確信している。むせるなよ、ヒューバート。宣誓したとき、議事録にはどういう名前で書かれた？」

「ヒューバート・チャールズ……」ブライははっと黙り込むと、ソーセージロールの残りを置いて、にわかに興奮してビーズリーをにらんだ。彼は立ち上がって、椅子を後ろに倒した。「来るんです、カスバート。図書室へ」

＊

ブライは欣喜雀躍して大きな人差し指で指した。

「ほら。これに違いありません」

図書室のB室にいる彼らの目の前に、二折判《フォリオ》の下院議事録第一九一巻の一九三五年十一月二十七日の箇所が開いていた。司書プレスディー氏はページが持ち上がるのを手で押さえつけながら、手品師のように嬉しそうな顔をした。彼はその日の議事録の公式記事を読み上げた――次に、以下の議員が**法律の求める宣誓署名もしくは無宣誓署名を行った。**

プレスディーがリストを指でなぞり、ほんの二十一年前の彼方の日々に歴史に名を残した人物たちの名前をつぶやくのを、ブライとビーズリーは議事録におおいかぶさるように熱心に見ていた——スタンリー・ボールドウィン、アーサー・ネヴィル・チェンバレン、サー・ジョン・オールセブルック・サイモン、ジェイムズ・ヘンリー・トーマス、サー・ゴドフリー・コリンズ……。

ブライが『ジョン・ウィンターの』時計、着衣、とりわけ死体の説明になると確信していた名前を探し求めて、ゆっくりと司書の指が二折判の行を下に動いていた。

「あった！」プレスディーの指に先行していた彼の目が求めていた名前を見つけると、ブライは叫び声を上げた。

ジョン・モーティマー・タウンゼンド・ウィンター・サルターノ

「ありがとう、カスバート」ブライが幸せそうに言った。「どうやら死体が自分の衣服を見つけたようです」

第三部　解決が報告される

48

「静粛に、静粛に！」ヒューバート・ブライは目の前のテーブルを滅入ったように見た。彼の声は平板でうんざりしているように聞こえた。ひどい一日——しかもとても長い一日——だった。朝の六時半から深夜の閉会までだ。彼は時計に目をやった。散会するまであと一時間ある。おまけに、死刑（廃止）法案の三度目の採決が半時間後にあるのは確実だ。

「全員が来られて良かった……」

「ヒューバート、断わっておくが、君が私のことを言っているなら」ブライをさえぎったアーサー・フォレストの声には苛立ちが窺われ、両目は怒りに燃えていた。「君の友人の警視が思い通りにやったら、君とは同席できなくなるだろう」

「それはどういう……」

「言葉通りの意味だ」

「でも、警視には……」短くて気まずい沈黙を破ったのはキャスリーン・キミズだった。彼女は烈火のごとく怒っていた。

「もちろん、奴には私を止めることができるさ。議員特権はこういう事件の場合には役に立たないのだ。皆も知っているように」

「私が言おうとしたのは、起訴状なしにはあなたを逮捕することはできないということ。アースキン・メイがそう言っていたわ」明らかにキャスリーン・キミズは上級官吏の所で聞いてきたのだ。

「殺人は起訴犯罪だ」

長い冷たい沈黙が続いた。飾り気のないわびしげな委員会室に、フォレストの言葉の語尾がこだまのように響くような気がした。窓から四十フィート下のテラスから不意に笑い声が聞こえた。ブライが顔を上げた。

「だからこそ、あなたに来て頂いて喜んでいるのです、アーサー。あなたがどんなにおとりの役を演じようとしても、あなたを殺人罪で告発することなど問題になりません。たとえ二十年間捜査を続けても、警察があなたのせいにすることなどできっこないことぐらいご存じでしょう」

フォレストは長いテーブルの向こうにいる委員長を見た。顔には冷笑的な笑みが浮かんでいた。

「あのことについて何を知っているのだ、ヒューバート？」

「今朝よりもはるかに多くのことを知っています。この十五時間というもの、私は獅子奮迅の働きをしました。十五時間ですよ！　昼食も満足に食べていない始末で――ましてディナーや夕食なんて。そして、多くのことを知りました、アーサー。知っていることを洗いざらいお話ししようと思います。それから」ブライはここで両手を広げた。「私は委員会に判断を委ねたいと思います。自分一人では何一つ決めるつもりはありません。委員会全体としてどうすべきなのか決めましょう」

「当然、それは君を除外してということだろうな」パスモアがテーブルから顔を上げた。巨軀が椅子の中で前のめりになっていた。握りしめた両手の関節の白さから、パスモアが相当緊張していることがブライにはわかった。

「それも考慮しました、オリヴァー。私を除外します。愚かにも自ら巻き込まれることになった事態から私は解放されます。こう言って皆さんのお気を悪くしたら申し訳ありません。私はためらうことなく責任を皆さんに委ねます」どうみても卑怯な立場を受け入れることによって、ブライの威厳はどういうわけか増したようだった。

「皆さん全員、同意しますね？」

誰もブライの問いに答える者はいなかった。

「賛成と認めます」事実を記録に残すための宣言だった。クリストファー・ピーコックが書き留めるのをブライは見守った。

それから、だしぬけに話し始めた。

まるで恥ずかしいことのように、彼は静かに話し始めた。

「薄汚い話です」笑み一つ見せないで彼は言った。「いろいろな点で、オリヴァー・パスモアが語ったマシュー・グリッセルの離婚の話や、リチャード・ギルフィランの話してくれた破産の話と同じように薄汚い話です。われわれの観点から見て、唯一の違いは、ここにいるわれわれ全員が生きている間に起こった出来事だということです」

彼は少し間を置いた。「そして、この部屋にいる三名の人物が関与しているのです」

「ヒューバート！」キミズ夫人がきっとなって言った。

「真実なのです、キャスリーン。そしてその三名の人物とは、もっともなことですが、警察が今でも関心を抱いている三名の国会議員――フォレスト、ギルフィラン、そしてパスモアです」

ブライは、彼が名指した三名の中の一人もしくはそれ以上の人間からの、おそらくは不愉快な反応を予想してテーブルを見回した。しかし、三名はうつろな表情をして、開いた目に慎重にブラインドをおろしたように感情を隠し、動かずにじっと彼を見ていた。滑らかで表情のない石の顔に目をはめ込んだようだった。

「不愉快なことは国会議員ジョン・サルターノの周りに集中しました。国会を舞台にした分厚い犯罪者写真台帳《ローグズ・ギャラリー》の中でもピカ一の悪党の一人です」

「われらが委員長殿は実に良く働いたな」とフォレストが静かに言った。ブライはそれを無視した。フォレストは次にテーブルを見回した。「誰か、サルターノを覚えている人間は?」

「覚えている」言葉というよりもうなり声だった。

「パスモア、君に訊いているんじゃない。君が覚えているのは知っている。それからギルフィランも。委員会のその他の構成員に訊いているのだ」

「もちろん、名前は覚えています。しかし、それだけですね」レインのさり気ない様子の陰には奇妙な緊張が潜んでいた。「そんなに悪い人間だったのですか?」

ブライが答える前にギルフィランが言った。

「奴はとんでもない悪党だった」座談風な、ほとんどさり気ないような物静かな口調に、実感がこもっていた。クエーカー教徒の口から出た誓いの言葉のようにショッキングに響いた。

「どういう点で?」

「あらゆる点でですよ、キャスリーン」ギルフィランが黙ったところからブライが引き継いだ。「本当です。彼はとんでもない悪党でした。彼はいわゆる『女性に魅力的な』男で、破廉恥、不正直で、力があり、悪意があり、卑劣、残酷、そしてなかんずく頭が切れた。誰も彼を出し抜けず……」

「一人いた」アーサー・フォレストが魅力的な笑みを浮かべてさえぎった。「一人いたぞ、ヒューバート。彼が死んだことは知っているな?」

ブライは彼を無視した。「彼を出し抜いて無事に済んだ人間は一人としていませんでした。もしもそのようなことをしたり、しようとでもしたら、彼が押しつぶしてしまいました」

「どうやって調べ上げたんだ、ブライ？」ギルフィランが尋ねた。

「委員会報告書にありました。今日の午後、読んだので……」

「すべては書いてないぞ、すべてはな。絶対に」

「それに、ヘンリー・ランサムとも話しました」

ブライは反応を待ったが、何もなかった。

「ランサムはあなた方三人と同様に、サルターノの指図に苦しんでいました。しかし、彼には失う物は少なかった。ランサムには政治的な野心はありませんでした。ランサムは単に仕事から引退し、自分にできる限りのものを救いました。彼はサルターノ審問に出頭しました。あなたたちは進んで出頭することはなかったのでしょう？　法廷に召喚されるまで待っていたのです」

ブライは少し汗ばんできて、声が再び平板な調子に戻った。

「どうして機会があったのにサルターノに不利な証拠を提出しなかったのです？　ランサムがやろうとしたように？」

フォレストがギルフィランの方を向いた。「これには私から答えよう、ギルフィラン」パスモアに目をやると、どうぞと合図したので、彼はうなずいた。

「ヒューバート」ほとんどささやき声に近かった。「覚えているかね、この委員会の中でギルフィランとパスモアと私が閣僚に迎えられたことがあると言ったのを？」

「確かに覚えています」

「よし。では、それが君に対する答えだ」パスモアが苦々しげに口を挟んだ。「ほとんど名刺が刷り上がるところだった」彼は実に不愉快だといった様子で笑った。「ジョン・サルターノがどんな男だったかわかりかけてきたかね、キャスリーン？　私は結局、法務次官にはなれなかった」

キャスリーン・キミズは同情するようにうなずいた。「あなたたちはどこで彼に会ったの、オリヴァー？」

「ロッシー館だ。それ以外の場所が考えられるかね？」

「『貧民のクリヴデン』（クリヴデンはフィラデルフィアにあるジョージ王朝様式の豪邸）と呼ばれていた」ここで初めてギルフィランが大声で笑い出した。しかし、笑いの中にとげとげしさがあった。「サルターノがそう呼んだんだ。『貧民のクリヴデン』と」

「『キングメイカー・サルターノ』そう皆から呼ばれていた。リチャード・デ・ラ・ガードがそのあだ名を付けたんだ」

この頃にはパスモアも笑っていた。体と、手を置いていたテーブルを揺るがすほどの大きな怒濤のような咆哮を上げて。

「だが、もう奴はくたばったんだ！」パスモアは笑い続けた。「君の大事な一物同様な、アーサー」彼は大声で言って息を詰まらせた。「奴は死んだんだ、あの男は死んだんだ」さながら巨大な山が笑っているようだった。「死んだが、屈服した訳じゃない」彼はあえぎあえぎ言い足した。

ブライは笑いの嵐が収まるまで待った。

「彼は確かに死にました」と彼は言った。「あなたたちの中の一人が殺したのです」

「証明できるのか、ヒューバート？　というのも、もしも証明できないのなら、君は言い出したりはしないはずだからな」フォレストの声には威嚇するようなところは少しもなく、とても親しげに話していた。「警察から、無実の第三者に逮捕状など出せないと言われるぞ」微妙な嘲りの調子が、その声には含まれていた。彼はヒューバート・ブライに向かって微笑みかけた。

「無実の第三者は火災監視人名簿のページを破り取ったりはしません」ブライは言った。

「火災監視人名簿が無実の殺人者たちを告発していたら、そうするさ」

「もう一度繰り返して下さい」

「無実の殺人者たちだ」フォレストはにやにやしながら言った。「サルターノのような紳士を殺害することによって公共に奉仕する人たちだ」それから不意に、何の前触れもなく、火薬が爆発したかのように彼は癇癪を起こした。「くそったれのブライめ。どうして嘴《くちばし》を挟んだんだ？　ジョン・ウィンターだかジョン・サルターノだか何と呼ぼうと構わんが、第一回の検屍法廷が奴を火葬場に送るとき、いったいなんだってその大口を閉じていられなかったんだ？」

「ジョン・モーティマー・タウンゼンド・ウィンター・サルターノのことをおっしゃっているのですね？」ブライは長ったらしい名前を火の中にくべて反応を見た。その名前はまるで魔法のように火山を鎮めた。

「それはどういう意味だね？」灰色の髪の毛は逆立ち、両目は驚愕のあまり飛び出し、フォレストは怒り狂った怪物像《ガーゴイル》のようだった。彼は戦列艦のグロテスクな船首像さながら、テーブルに身を乗り出した。「それは君の捏造だ」

「いや、違うぞ。そのことは証明できる」初めてビーズリーが、幼い子供をきっぱりと、辛抱強くたしなめるように口を開いた。「君の言うジョン・サルターノは、議会議事録によれば、ジョン・モーティマー・タウンゼンド・ウィンター・サルターノというのだ」

まるで頬が燃えているかのようにギルフィランは顔を両手で抱えていた。ほとんど独り言を言うような調子で話していた。「それでサルターノは、ヘンリー・ランサムとその叔父のリチャード・デ・ラ・ガードを破滅させようと全力を尽くしていたのか。われわれは知らなかった、本当に」彼はナイジェル・レインの方を向いて、打ち解けた様子で話しかけた。理不尽にもブライは、委員会が牧師館のテーブルを囲んで集まっているような気がした。今にもホイップ・クリームを添えたゼリーを載せたトレイを持って、誰かが入ってきそうだった。

その魅力的な幻影を打ち砕いたのはパスモアだった。彼は特に誰に話しかけるわけでもなく、横目で天井の方を見ながら、大きな頭を両腕に乗せ、委員会テーブルの上で腕を組んで言った。

「そう考えると」と彼は言った。「ヘンリー・ランサムが彼を殺す衝動に駆られたのも説明がつく」

*

その言葉は委員会室の中で響き渡り、密猟用雑種犬《ラーチャー》の尾のように恐怖を後ろに引きずっていった。ヒューバート・ブライは目を瞠って前方の開いた窓の向こうを見ていた。川のはるか反対側にセント・トーマス病院の淡いレモン色の明かりが見えた。川を遡ってチェルシー河区へ向かう警備中の警察船の航跡に、その明かりが反射してゆらめいていた。ブライは警備船がラムベス・ブリッジ下の漆黒の闇に船首を突っ込みながら上院の横を通り過ぎる際の右舷の明かりをとらえた。

眼下のテラスから先ほどと同じ笑い声が聞こえた。議員が集まってパーティーを開いているのだ。しかし、ブライには聞こえなかった。パスモアの言葉がなおも頭の中で危険信号のように鳴り響いていた。

キャスリーン・キミズがオリヴァー・パスモアの方を向いて静かに話しかけた。

「そのことは証明できるの、オリヴァー?」

「私にはできない。だが、ブライの友だちの警官なら証明できるだろう」彼は頭を振ってブライを見た。「その考えはいつものルートで警察に伝わるんじゃないかな」

ヒューバート・ブライは冷静さを失わなかった。「私はまだ警察には何も話していませんよ。おっしゃりたいことがそういうことなら。あなたたちさえ許可してくれるなら、喜んで警察に事件の解決を話しましょう。いや、委員全員が許可してくれるならばと言うべきかな」

パスモアは自分の巨体が許す限りこそこそした印象を与えていた。彼はテーブルを見回した。「私には証明できない。一つの考えとして提案しているだけだ。その当時、私はロンドンを離れていた」

「警察にはそのことを話したのですか？」

「ああ、そうだ。だが、それも証明できない。一緒にいた男はもう死んでしまったんだ」パスモアが肩をすくめると、肘の下にあったテーブルが揺れた。

「それでは、もしもあなたがロンドンを離れていたのなら、どうしてランサムがここにいたことを知っていたのです？」

「私に向かってそんな口の利き方をするとは、何様のつもりなんだ？」

「別に」とブライは照れたように言った。「ただ、あなたはご自分の告発を証明すべきだと思ったのです」彼は次の発言が効果的になるように、間を置いた。「特に、今日の夕方、ヘンリー・ランサムがキングズ・カレッジ病院にかつぎ込まれたとあっては。重態です」

「すまなかった」パスモアがしぶしぶのように言った。「そんなこと私にわかるはずがないだろう？」

ブライは無言だった。

「そうだろう？」パスモアが怒って席を蹴って立った。それからまたどしんと腰を下ろした。「とにかく」と彼は言った。「ランサムがサルターノを殺したことに間違いはない。現実的な動機を持っていた唯一の人間だ」彼は一気にまくし立てた。「サルターノは彼の叔父を破滅させようとしており、そのことは彼自身の破滅をも意味していた。リチャード・デ・ラ・ガードの富は、あの当時、ランサムが期待していたすべてだった」

「あなたは彼についてとてもよくご存知ですねえ！」ナイジェル・レインが問いかけるように物憂げに発言した。すぐに彼はブライの方を向いた。「もしもパスモアの言うことが正しいならば、このことは細心の注意を払って取り調べる必要があるな」彼はためらった。「たとえ、その哀れな男が今入院しているにせよ」

「殺されたのが誰か忘れるんじゃない！」リチャード・ギルフィランは両手に顔を埋めていたので、その言葉は指の間からくぐもって漏れてきた。

「私は忘れていないよ――ちょうど私がサルターノの死体を発見した夜を忘れていないように」アーサー・フォレストは自分には関係ないことだとばかりにパイプにタバコを詰めていた。

＊

またしても衝撃的な沈黙が委員会を襲い、外界の音が委員会室に穏やかに漏れてきた。はるか遠くの近衛騎兵連隊本部の時計が、はっきりと愛らしい四十五分《スリー・クオーター》のチャイムを鳴らした。鐘の音が遠くでやむと、ビッグ・ベンが後を引きついだ。再び、委員会構成員は自分たちの腕時計を無意識に、ほとんどこっそりと見る、ささやかな私的な儀式を行った。十二時十五分前だ。彼らが待っている採決まであとわずかだ。

ブライはアーサー・フォレストの方を向いた。

「死体を発見したのはいつですか、アーサー？」再び彼は、自分がティー・パーティーに出席して、膝の上でティーカップのバランスを取りながら、学問的な殺人、自分とは無関係な殺人を話題にしているかのような理不尽な気分になった。

「一九四一年五月十四日火曜日の夜だ。信じようと信じまいと構わないが、私は火災監視を行っていた」

ビーズリーが彼を疑り深そうな目で見た。「もちろん、君は日記にそのことを書いたのだろうな、アーサー」

「もちろんだとも！　今日はまた皮肉屋だな、アレック！　君たちは忘れているようだな。彼は私のお気に入りの敵だった。すでに彼は私を破滅させようとしていたし、いまいましいことにほとんど成功しつつあった！」彼は急にブライの方を向いて、声を大きくして彼に話しかけた。「私が火災監視人名簿を破り取ったのはなぜだと思う？　自分を守るためか？　いや、違うんだ。誰であれサルターノを殺した人間の痕跡を隠すためだった」

「すると、誰が殺したのか、あなたには心当たりがなかったのですか？」

「むろん、心当たりならあった。だが、証拠はない。そして、これ以上話すつもりはない」

レインが身を乗り出した。「死体は仮装服を着ていましたか？」

フォレストは愉快そうに笑った。「もちろんだ。そして今よりもずっと生きが良かったな」

ブライは気分が悪くなって、不快な顔をした。「すまん、ヒューバート」フォレストはすまながっていた。「君が生身《フレッシュ》のサルターノを知らなかったことをずっと忘れていた。生きている《フレッシュな》体、という意味だが」

誰もフォレストの無気味な洒落を面白がる者はいなかった。ビーズリーでさえも。熱心に身を乗り出したとき、その顔には面白がる様子は見られなかった。「彼はどんなだった、フォレスト？」

「なんたるおぞましい質問をするんだ、ビーズリー？」パスモアが皆に不機嫌そうな顔をして見せた。

「私が何を言いたいか、フォレストにはわかっている」

フォレストはいかにも驚いたといった大げさな様子で見回した。「いったい、私が君の言いたいことをどうしてわかっているというのかね、君？」

ビーズリーは歯を食いしばって冷静を保った。これ以上に直接的な質問をする気になれないらしく、目をヒューバート・ブライに転じた。眉毛の微かな動きと目の色で、二人の間に信号が伝わった。フォレストはそれに気づいた。

「ブライは君から私に質問するように言っているぞ、ビーズリー」彼が用心深そうに言った。「どうしてそのことがそんなに重要なんだ？」

ビーズリーはその質問を無視して、別の質問をした。

「死体がミイラ化していたかどうか気づいたかね？」

フォレストは答える前に慎重に考えた。「いや」と彼は言った。「気づかなかった。私は手を触れなかった」

彼は思い浮かべてぞっとした表情になり、微かな震えが体を走った。彼はもう一度、とてもゆっくりと穏やかに言った。「私は彼に触れなかった」サルターノを憎悪するあまり、恐ろしい記憶をぬぐい去ることができなかった。

「死体が温かかったので恐かったのですか？」ブライが質問を放つと、お返しのように答えが戻ってきた。

「死体が温かいのはわかった。下のくすぶった廃墟からの熱のほぼ真上にいたんだ」突然、彼はビーズリーに目を向けて、微笑んだ。「なるほど」と彼は言った。「それは重要なことなんだな？　ガウアー君が好都合にも発見した、ジョン・ウィンターのミイラ化を説明する熱波なしに、死体がどうしてミイラ化したのか君たちには理解できなかったんだ」

ブライはうんざりしたようにうなずいた。「今晩、航空省に行ってきました。気象記録によれば、一九四一年五月十三日と十四日の気温は華氏五十七度（摂氏約十四度）を越えることはありませんでした。十分な温度ではありません」彼はフォレストをじっと見つめた。「そんなことを打ち明けたのは大きなミスでしたね。おかげで決着が着きました、フォレスト。それから臭気の問題についても答えてくれましたね。熱を浴びていたのなら、煙も上がってきたはずです」

委員会室に沈黙が訪れた。沈黙を破っていたのは、悲しげな呼吸の微かな音、委員会テーブルのはるか向こうから押し殺したすすり泣きのように聞こえる耳障りなささやき声だけで、誰一人として声を上げなかった。

やがて、ベルが鳴った。長い旋律的なディヴィジョン・ベルの音だった。たっぷり一分間というもの、動く者も口を開く者もいなかった。ベルは自分自身の音に勇気づけられたかのように、スピードを速めていった。遠くの方から何度もドアを開閉するバタンという音が聞こえてきた。時計は十一時五十分を指し、死刑（廃止）法案の委員会審議を終える最後の採決のために招集がかけられていた。

最初に動いたのはアーサー・フォレストだった。彼は生き返ったかのように急に立ち上がった。ドアに向かってしっかりした足取りで歩き出すと、振り返ってブライに話しかけた。

「ベルの音に救われたよ、ヒューバート」

ブライは無言だった。ベルがジョン・サルターノの殺人犯を救い出すものではないことを確信していたのだ。

*

「どうして」とキミズ夫人が尋ねた。「誰もサルターノが行方不明になったのに気づかなかったのかしら？」彼女は率直で意思の固い人間という自分の評判を守るつもりだったが、気まずい沈黙の中で

質問するにはいささか遠慮がちすぎた。公明正大のゆえに優柔不断になっていることに腹を立ててい
た率直な女性議員は、熱心すぎたり逆にビジネスライクにはならず、ひたすら憂鬱で母のような慈愛
に満ちた風を装おうとした。彼女のやせて決断力のある顔の輪郭が和らいで見えた。
彼女は言い換えた。「思うに、もしも五月十三日に殺されたのだとしたら……」
「その通りだよ、キャスリーン」フォレストが助けになろうとして言った。
「それならどうして彼が議会に現れないことに誰も気づかなかったのかしら？」
「その点では有罪だ」とフォレストが上機嫌で言った。「私が名誉ある紳士の悲しむべき死を報告し
たのだ。そのためにずいぶんと面倒なことをやったよ。死体を奴のものだと証言さえしたんだ。エレ
ファント・アンド・カースルのそばだった。たった一つの気がかりは、罪のない空襲の犠牲者をジョ
ン・サルターノと偽って悪名をかぶせたことだな」
「だから行方不明者取扱局が死体の身元を割り出せなかったのね？」
「そうだとも。彼のことを誰も警察が言う意味で行方不明とは報告していないんだ。その他のありと
あらゆる意味において、いるべき所にいなかったのだが」
フォレストは再び楽しみ始めていた。前に犯したミス、そしてディヴィジョン・ベルが会議を中断
した時の一言にもかかわらず、彼には明らかに守勢に回るつもりはなかった。採決が終わったとき、
フォレストはパスモアとギルフィランを会議に戻るよう説得するのが難しかったのではないかとブラ
イは思った。とりわけギルフィランを説得するのが。彼はブライがこれまで見たことがないほどかし
こまっていた。奥深くで確かに何かが彼を動揺させていた。もしかしたら良心かもしれないな、とブ
ライは思い当たった。
実際、フォレストが罵るように話しかけてきたとき、ギルフィランは（おそらくやましさから）飛

び上がったほどだった。

「われわれは盟友ヒューバート・ブライ君を助けて、行方不明の議員を見つけ出さなければならんな、ギルフィラン、そうだろう？」まるで、事ここに至った以上、しっかりやれよと言っているようだった。ギルフィランは決心したというよりもあきらめたようだった。

ブライがこめられた皮肉に対して答えた。「私が求めているのは殺人犯ですよ、フォレスト」『殺人犯』という言葉にアクセントを置いていた。

「それなら私を見るな」とパスモアが言った。「君はキングズ・カレッジ病院に出かけるべきだ……六号病棟だ」彼は親切に付け加えた。

「六号病棟なのは知っています」ヒューバートはさっと顔を上げた。「どうしてご存知なのです？」パスモアは答えなかった。おそらく、彼らが遅くなって戻ってきた理由はそれだったのだ、とブライは思った。彼らは病院に電話をしたのだ。

パスモアは再び後ろにもたれ、腹を突き出した格好に戻ってリラックスした。「自動車で送ってやろうか」

「いや、結構です」とブライは礼儀正しく言った。「ですが、私が大いに心配していることが一つあります」彼は自分の考えていることをそのまま口にしていた。「警察によれば、一九四一年五月十日から二十日までの間に国会議事堂を訪れた非国会議員は全員追跡できました。そして、全員にアリバイがありました。どうやってランサムは入ることができたのでしょう——もしも彼が犯人だとすればば」

「驚いたな。これで決着が着くのでは？」とレインが言った。彼はパスモアをじっと見つめていた。

「そうでもないぞ」オリヴァー・パスモアはためらわなかった。「軍需品収納庫だ！　君たちもご存知だろうね？　中央ロビー地下のスペースに機械工具類を置いて、毎日一、二時間ほど上下院の職員がエンジンの部品やら何やらを軍需省のために作っていたのを」

「やれやれ。忘れていましたよ。警察はそのことに気づいたかな？」ブライはびっくりした様子だった。彼はすぐにパスモアに言った。

「これで事態はすっかり変わります。ランサムがそのようにして入ったことは確かなんですか？」

「絶対確かだね。そうしたのを知っているんだ。彼は軍需省専従のトラック運転手だった。それが戦時労働だった。いつでも好きなときに入ることができたんだ。私が言いたいのは、彼がサルターノにそこで会い、衣服と時計を渡すと言い出したのではないかと……」

「いったいどうして彼はそんなことをする必要があったのです？」

「彼と二人だけで会う口実だ」

「私が尋ねたのはそういう意味ではありません」ブライはいらいらしていた。「どうしてサルターノはそんなものを欲しがったのかということです」

「彼が自分の一族の歴史に執着していたからだ。だからこそ彼はリチャード・デ・ラ・ガードと、その後はランサムをロッシー館から追い出そうとしたんだ。彼は館を自分の物にしたかった。先祖のジョン・ウィンターがそこで暮らしていたからだ。そして彼は石像も手に入れたかった」

「どうも薄弱な理由に思えますが……」ブライが疑わしげに言い始めた。

「それは君がサルターノを知らないからだ、ヒューバート。彼は石像に執着していたんだ」パスモアが同意を求めて見回すと、ギルフィランが言った。「それからロッシー館にもな」と彼は付け加えた。

ブライははっきりと納得した。

「オーケー」と彼は言った。「それから？」

「それからサルターノが火災監視の当番になった時、ランサムはサルターノと二人きりで会った」

「ですが、オリヴァー、火災監視は確か二人一組で行ったのではありませんでしたか?」

パスモアが肩をすくめた。「たぶん、相手の男が姿を見せなかったんだろうな。そんなことは時々あったよ。ランサムは運が良かったんだ」

「そして、サルターノは運が悪かった!」ブライはため息をついた。彼はゆっくりとアーサー・フォレストの方を向いた。「サルターノと一緒に火災監視を務めるはずだった男が誰だったか、あなたは覚えていらっしゃらないんでしょう?」

「細かいことを言うな、ヒューバート。もちろん、覚えている。だが、言う気はない」

「そいつは実に適切だな、アーサー」パスモアが全てを見通したようにうなずいた。「こんなに時間が経ってから、その哀れな男を事件に巻き込む必要がどこにある? ただ打席に姿を見せなかったばかりに得点できなかったからといって!」彼は自分の洒落が気に入って大笑いした。

誰一人としてにこりともしなかった。

ブライは質問を続けた。

「あなたは法廷の名においてもお答えにならないのですか、アーサー? もしもこの件が法廷に持ち込まれるとして!」

「裁判官閣下が膝を曲げて頼んだってな! 大法官閣下がじきじきに頼み込んだって!」彼は手のひらをテーブルの上に平らに置いて、白髪混じりの金髪の太い眉毛の下で目をぎらぎらさせながら、義足でも付けているかのように前屈みになった。「君にはわからないのだ、ヒューバート。サルターノを殺した男は、私のために大いに役に立ってくれたんだ」彼は意地悪そうに人差し指を突き出した。「そして君も、君も、君も、そして君にも」彼はテーブルの向こうにいる人間に向かって順番に指さして言った。

「君は私を忘れているぞ、アーサー。私はどうなんだ？」パスモアが大げさに傷ついたような顔をした。彼は太った手を、さらに肥満した胸に押し当てて、馬鹿のように微笑んでいた。

「君も同様だ、オリヴァー。全員だ！」フォレストは残りの世界に向かって雅量のあるところを見せて右腕を振った。モーゼの間の壁に掛かったモーゼのようだった。

ブライはため息をついた。「そうなると、われわれにはランサムの有罪を立証することはできなくなります！」

彼は窓の方を向いて悲しげに外を見た。南ロンドンの空は暗かった。もはやテラスからは何の音も聞こえず、川には油のような流れが渦を巻きながら滑るように流れていた。振り返らないで、ブライはアーサー・フォレストに話しかけた。

「おめでとうを言わせてもらいますよ、フォレスト。それからパスモアもギルフィランも……」彼はゆっくりと振り返った。「われわれ全員を『ジョン・ウィンター』に関する『調査研究』で引きずり回した手際に」

ギルフィランが三人を代表して言った。「あのように処理するのが最良だと思ったんだ。実際、正真正銘の調査研究だった。始めた当初はウィンターについて何一つ知らなかった」彼は恥じるように言った。

「それに関しては君にできることは何もないぞ、ブライ。君には何も証明できん。どうして放っておかないんだ？」フォレストが重々しく身を乗り出してブライの腕に触れた。

「しかし、われわれが解決できなかったら警察がやります」急にブライが話し始めたので、フォレストは席に戻った。ブライの声はどなり声に近かった。

「あなたたちは気にならないのですか？　気になるでしょう？」彼は大声で問いかけた。「もちろん、あなたたちが気にしないのは当然です」

　アーサー・フォレストは顔面蒼白になったが、何も答えなかった。

「聞いて下さい」ブライが続けた。ほとんど歯の間から声を出しているかのようだった。「あなたはランサムがサルターノを殺害したと言われます。彼は人類に対して奉仕を行い、その行為を行ったことから放免されて当然だとあなたはお考えです。それなのに、生きてあなたと顔を合わせることもかなわないような病人を告発して平気なのですか？」

　パスモアが話そうとして口を開いたが、ブライが声を大きくして話し続けた。

「ヘンリー・ランサムは私に嘘をつきました。そして長いこと私を誤った方向へ導いたのです。覚えていますか、フォレスト？　あれは私たちがロッシー館に行ったときのことです。あなたたちは私をだましました。しかも、そのやり口の巧妙さときたら。私があなたたちをお互いに『紹介』すると、いかにももっともらしく初対面の挨拶を交わしました。なんともっともらしかったことか！　そして、ランサムは私に聞かせるために、妻のヘレンに、ダリッジには最近越してきたばかりだと言ったのです」

「それはまったくその通りだ」フォレストがさえぎった。

「ええ、しかしその意味するところは本当ではありませんでした。彼はロッシー館に暮らすためにインドから戻って来ていました。彼はロンドンで生活していたのです。二十年間も、確かクラパム（ロンドン南部郊外の町）でしたっけ？　オーケー！　ランサムは嘘つきで、今その理由がわかりました。彼はゲームをやっていたのです。ジョン・ウィンター・ゲームとでも呼びましょうか？　ゲームの相手は主として私でしたが」ブライは弱々しく微笑んだ。「ところが、たまたまキャスリーン・キミズがヴィクトリア時代のバン・ペニーのことを良く知っていました。そしてゲームは終わってしまった」

「こんなことなら気づかなければ良かったわ」キャスリーン・キミズはほとんどささやくように言った。

「そう願っているのはあなたよりもあのお三方ですよ、キャスリーン。彼らは誰がサルターノを殺害したか知っているのです」彼はさっと見回した。「皆さん三名はご存じですよね？」

彼はテーブルのフォレスト、ギルフィラン、そしてパスモアをなめるように見回した。三名は石のように無表情に彼を見返した。

「そして、犯人がランサムではないことを知っているのです」彼は突然声を張り上げた。「そうじゃありませんか？」

なおも彼ら三名は答えるのを拒否した。

「あなたたちは彼に疑いが降りかかることに反対していません。ちょうどお義理で滑稽な調査を行って、疑惑をマシュー・グリッセルになすりつけたように。ここにいるキャスリーンがあなたたちのささやかなゲームを台無しにするまで。マシューは死んで、言い返すことができません。そしてマシューが逃げ去ってしまうと、ためらわずにヘンリー・ランサムに賭けました。彼もいずれ死亡するかもしれないし、そうなったら反論できません。いけません。私が話し終えるまで待って下さい」

ブライの声は穏やかだったが、ギルフィランはその中に脅威を感じた。彼は椅子に戻った。「オーケー」と言って、彼は神経質に笑った。

「私はたまたま知っているのです」ブライは言葉と言葉の間合いを慎重に計って言った。「誰がサルターノを殺したか。そしてアレック・ビーズリーも」

ビーズリーはまだドアを背にして立っていた。遠くの壁からこちらをじっと見ていたが、顔にはまったく表情がなかった。

「ジョン・サルターノがリチャード・デ・ラ・ガードを破滅させようとしたのは事実です。そして彼からロッシー館を取り上げようとしたのも本当です。ヘンリー・ランサムはそのことを知って阻止しようとしました。

「それから、あなたたち三人のうち一人がサルターノ殺害を決心し、実に類稀な巧妙さを発揮して取り組んだのです。彼はサルターノがロッシー館に執着していたのを知っていて、その理由——悪党の祖先の一人ジョン・ウィンターがそこに住んでいたから——も知っていました」

「そこで或る晩、サルターノと一緒に火災監視の任にあたるよう仕組んで……」

「笑っていますね、フォレスト。そのことを証明する文書を隠滅したからですか？」

フォレストが冷静にうなずいた。

「しかし、私の言うことはその通りでしょう？」

「その質問に答える気はない」とフォレストは言った。

ブライは顔をしかめて、話を続けた。

「着衣に懐中時計！　いずれもリチャード・デ・ラ・ガードの持ち物でした。たぶん、ジョン・ウィンター——実際のジョン・ウィンターですよ——が明け渡した時にロッシー館に残していったものなのでしょう。一八五七年二月二十二日のことです。そして、マシュー・デ・ラ・ガードはそれを処分しませんでした。察するに、ちょうど《エフレナーテ》像を見てご満悦だったように、溜飲を下げていたのでしょう」

「それでは時計の内側にあった指紋はどうなるんだ？」パスモアはさり気なく質問しようとしたが、うまくいかなかった。目から好奇心が覗いていた。

「リチャード・デ・ラ・ガードのものです」ブライはフォレストの方を向いた。「リチャード・デ・ラ・ガードがランサムに宛てた手紙に同じ指紋がありました」

「そんなことだろうと思った。しかし、警察が自分で発見するまで、私は教えてやる気にはならなかった」フォレストは依然として落ち着き払っていた。「私の代わりに警察を祝福してやってくれ、ヒューバート」ブライはその言葉を無視した。

「着衣と懐中時計はおとりでした。おそらく、ヘンリー・ランサムが気前のいいところを見せて与えたのでしょう。犯人が実際にランサムに何を仄めかしたかは知りません……また、知る必要もありません……私が知っているのは、サルターノとランサムが何かの件で一緒に話し合わなければならないと――おそらく犯人によって――言われたことだけです」

ブライはほんのしばらく待った。「時計塔の天辺で」彼はためらった。「犯人はサルターノと一緒に、用心のためにヘンリー・ランサムも殺害しようとしたという気がしてなりません。なぜか？　そうなれば、争いがあって二人の死体が議長庭園かニュー・パレス・ヤードで発見されたという話をでっち上げることができるからです。

「断言しますが、それですべての辻褄がぴたりと合うのです。ランサムは五月十三日に電話があったと、今日、私に言いました。相手が誰なのかはわからなかったが、火災監視人がいなくなってから、夜更けに国会議事堂に来るように言われたそうです」ブライは非常に効果的に間を取った。「しかし、彼は中に入れませんでした！　マコーリーの言う通りでした。議事堂は閉鎖されていたのです」

「君の友だちのマコーリーか！　いつになったら彼のお出ましとなるんだね？」パスモアがにこやかに言った。

ブライは彼を無視した。「ランサムは当時、軍需省のトラック運転手で……」

パスモアが作り笑いを浮かべると、ブライがうなずいて話を続けた。

「そう。その点ではあなたは正しかった。しかし、彼はあなたのおっしゃる軍需品収納庫には入れませんでしたよ、パスモア。それはなぜか？　軍需品局が設立されたのは一九四三年以降——二年後のことだからです！　今度はあなたが日付についてミスをしましたね。殺人犯がバン・ペニーで大きなミスを犯したように！」彼は話しながらパスモアをじっと見つめていた。「ひどいミスじゃありませんか？」

「オーケー」パスモアは何も感じていない様子だった。「日付のことは忘れていた。結局のところ、一つの仮説として言ったまでなんだ」

ブライは再び彼を無視した。

「ランサムはその夜、姿を見せませんでした。そこで犯人は再考を、しかもすみやかな再考を迫られたわけです」

不意にナイジェル・レインが質問して話を中断した。「どうして犯人は天辺に上ったとき、単にサルターノを手すりから突き落とさなかったのだろう？」

「危険が大きすぎました。犯人とサルターノの関係は知られていました。サルターノが足を滑らせたと言っても、そのまま信じてもらえるはずがありませんでした」ブライは言葉を切った。「そうする代わりに、犯人はロッシー館から持ってきた着衣と懐中時計を利用する、極めて巧妙な計画を考え出したのです。おそらくランサムかリチャード・デ・ラ・ガードが以前に犯人に手渡していたものでしょう。サルターノのために」

「そのうちの幾つかでも証明できるのかね？」リチャード・ギルフィランが何食わぬ顔をして委員会室の椅子の中で伸びをした。両手を頭の後ろで組んでいた。

「お答えするつもりはありません。少なくとも今は」ブライは急にタバコが吸いたくなったことに気づいた。誰もが押し黙っている中で、彼はレインからタバコをもらって注意深く火を着けた。彼はタバコで咳き込んだ。それから話を再開した。

「遅かれ早かれ、もしもわれわれが警察に知らせなくてはならないことを発見したら、自分が今置かれているような立場に立たされることは、初めからわかっていました。皆さんはすでに私の決定がどんなものだったか、そしてどんなものであるかご存じです。私は自分を委員会の手に委ねます。私は委員会が決定するところに従い、他の皆さんもそうするよう期待しています」

彼は反応を求めて見回した。誰も反対する者はいなかった。

「ここに七名がいます」彼はクリストファー・ピーコックを見た。「君のことは数に入れていないよ、書記君。これはわれわれだけで決めるべきことと考えている。君を巻き込むつもりはない」

ピーコックは感謝して重々しくうなずいた。

ブライは先を続けた。「ここに七名がいます。ビーズリーと私は犯人を突き止めましたが、警察にはその情報を伝えていません。たぶん、ビーズリーが私の言うことを裏付けてくれるでしょう」

ビーズリーはうなずくだけで、何も言わなかった。

「残りは五名です。そのうちの三名は最初から犯人を知っています。残りの二名、キャスリーンとナイジェル・レインには話す必要があります。すでに決心がついているというなら別ですが」

キミズ夫人がさっとレインを見た。二人とも首を振った。しかし、どちらも無言だった。

「これに関してはフェアにやりたい。犯人は告白しますか？」ブライは人々の目を避けていた。

部屋は死体安置所のようにしんと静まりかえっていた。三十秒ほど誰も口を開かなかった。やがて、パスモアが沈黙を破った。彼の声は黒いコートの袖のせいで——頭を再び腕の関節の所に載せていたのだ——単調でくぐもっていた。

「前に言ったことを繰り返す。私はロンドンから離れていた」

「私はやっていない」ギルフィランがテーブルの向こうから挑むように言った。

「私は何であれ発言を拒否する。いまだに頑固なのだ、ヒューバート！」アーサー・フォレストが委員長に向かって微笑んだ。「君にとっては不運なことだが、君がはったりをかましていることは私にはわかっている。火災監視人名簿の特定のページがない限り、何一つ証明できないのだ。そして、君がそれを目にすることはないことも、私にはよくわかっている。ばかばかしい」彼は想像上の書類の切れ端を空中高く放り投げて、それが消えるのを眺めるようなポーズをした。やがて、彼はマッチを取り出し、パイプに火を着けた。

「私は待っているのです」とヒューバート・ブライは言った。

誰一人話さなかった。フォレストは満悦してパイプをふかしていた。ギルフィランは胸ポケットからハンカチを取り出し、広げて鼻をかむと、注意して唇を拭った。パスモアは委員会テーブルにどっしりとかがみ込んで、じっと動かなかった。

やはり誰も口を利かなかった。三秒間経過すると、キミズ夫人が急にぎくりと身を動かした。壁の真鍮製のケージに収まったディヴィジョン・ベルが柔和なメロディーを奏でて解散を告げていた。下のテラスからドアの開く音と眠れる川を渡る警官の声が聞こえてきた。どなたかいらっしゃいますか《フー・ゴーズ・ホーム》？

どなたかいらっしゃいますか《フー・ゴーズ・ホーム》？

誰一人として動く者はなく、やはりブライの誘いに答える者はいなかった。

「私はまだ待っています」

「そして、私はこれから帰宅する」パスモアがテーブルから重々しく立ち上がった。「手の内を見せるんだ、ブライ」立ち上がっておどけたしぐさで委員長に一礼したギルフィランに、彼は合図をした。

ブライが再び口を開いた。「私はまだ待っています」

「おいおい、そんなメロドラマみたいな大げさな真似はやめるんだ、ブライ」フォレストが腹を立てて嘲笑した。「われわれは帰宅するぞ。名探偵たちは全員ベッドで休む時間だ。もう十二時二十分過ぎで、これから帰宅するんだ。わかったかね？　ずいぶんと長い時間、犯人の告白を待っているようだが」彼がドアに向かって動き出すと、ビーズリーが誰何《すいか》された衛兵のように身構えた。彼はドアに足を当てて、一方の手をグロテスクな真鍮細工のノブに置いた。

ブライの顔は歪んで蒼白になり、片手の指はあたかも制しきれなくなったかのように動いていた。彼は部屋の向こう側のビーズリーを見て口を開いたが、その声は耳障りで聞き取りにくかった。

「行かせて下さい、アレック」彼はがっくりと打ちひしがれていた。

ビーズリーは身を翻してドアに体をつけ、かかとが重いオーク材に当たって音を立てた。

「だめだ」彼が大声で言った。「いいかげんにしろ、ブライ。話してやれ。話すんだ。話さない限り、犯人は正体を現さないぞ」

フォレストが部屋の真ん中で立ち止まった。初めて彼は微かに不安のこもった声で言った。

「何を手の内に隠しているんだ、ブライ？」

ヒューバート・ブライはほとんど機械的に話し始めた。「これです」彼は言った。彼はブリーフケースから一枚の厚紙を取り出し、脇のテーブルに置いた。彼は顔を上げてフォレストを見た。

「戦時中、火災監視を行ったとき、朝食はどこで取られましたか？」

「どこだと思うのかね？　議員用ダイニング・ルームの中だ」

「朝食が必要な場合には、あらかじめ氏名を伝えておかなければならなかったことを覚えていらっしゃいますか？」

　フォレストがゆっくりとテーブルに戻ってきた。彼はブライを見下ろして立った。

「ブライ」と彼は言った。「そこにあるのは何なんだ？」彼は厚紙を奪おうとしたが失敗した。

「これはコピーです――現物ではありませんよ、フォレスト。だから破っても仕方がありません。議員朝食者名簿の一ページからのコピーです」

　彼は厚紙を見下ろした。

「殺人の晩、一九四一年五月十三日、ジョン・サルターノは朝食者名簿に記名しました。そして、その下に別の名前があります」彼は顔を上げて、ドアの方を見た。「その名前は」彼はゆっくりとはっきりした声で言った。「当時、ロンドンから離れていたという議員、オリヴァー・パスモアです」

　パスモアは一歩ドアに近づいたが、やがてブライの方を振り返った。

「捏造だ、ブライ」

「かもしれません」ブライは認めた。「しかし、私は違うと思います。二つの名前、パスモアとサルターノの名前にチェックマークが付いています。この二つのチェックマークがパスモアの名前を書いたのと同じペンで書かれたものだということは、容易に証明できると思います」

「君には専門家がついているからな、ブライ。警察の専門家が。警察はそこから何も立証することはできない。誰か他の人物が私の名前を書いて、チェックしたんだ」

　パスモアの重い肥満した体が再びドアの方へ動き始めた。そこには或る種の重々しい威厳が備わっていた。

「もしかしたら証明できないかもしれません。しかし、このことからは多くのことが証明できます」

ブライの声には微かに勝ち誇ったような響きが潜んでいた。彼は二番目の紙を振っていた。

「顔にひどいひっかき傷を作っていましたね、パスモア、朝食を取りに部屋に入った時に。あなたは下院の救急治療室に行かなければならなかった。覚えていらっしゃいますか？」彼は紙を見下ろした。「五月十四日火曜日の朝八時半のことでした。救急報告書によれば、火災監視の任務を行っている最中――おそらく最後の見回りの時でしょう――に、彼らの表現では『障害物』のためにあなたは顔にひっかき傷を作りました。実際に起こったことを考えれば、適切な記述と言えるでしょう」ブライは手に持っていた紙から顔を上げた。「まだ重要なことがあります。熱心な若い医師が――覚えていらっしゃいますか？――たぶん輸血が必要になった場合のことを考えてだろうと思いますが、血液型検査を行いました。ご存じのように、戦時中はよくやったものです。医師はあなたのためにやったと思っていました。しかし、彼がやった行為はあなたのためにはならなかった」彼はここでしばらく言葉を切って、パスモアを厳しい目で見た。パスモアは耐え難い疲れ切った目をしていた。「あなたの血液はヘンリー・ランサムとは違います。今晩、病院へ行った時に、ランサムの血液型がわれわれ大部分と同じく、通常のO型であることがわかりました。ところが、あなたのはかなり珍しい血液型ですよ、パスモア。ジョン・サルターノの爪の間から発見されたものと同じAB型でした」

　部屋の中を凍り付いたような沈黙が襲った。

　パスモアの顔はこれまでに誰も見たことがないほど、こわばって灰色になっていた。口は気分が悪くなったような動きを見せて、まるで自制が利かなくなったかのようだった。やっとのことで口を開いた時には、今の会話もほとんど気にならなかったかのように、静かにあっさりと言った。

「私は帰宅するよ、ブライ」と彼は言った。そしてキミズ夫人にうやうやしくお辞儀をすると、重々しくドアの方へ体を向けた。彼は急に老け込んだように見えた。

「行かせてやって下さい、アレック」

今度はビーズリーはドアから離れて開けてやった。外の委員会通廊は暗かったが、二十ヤード離れた上部待機ホールから柔らかい明かりが漏れていた。フォレストとギルフィランは再び腰を下ろし、フォレストは腕の上に頭を載せた。ブライは顔を紅潮させ、パスモアの目を避けた。

パスモアが再び、とても柔和な声で言った。「君がジョン・サルターノに会ったことがないのは残念だよ、ブライ。そうすれば考えも違っただろう」彼は委員会通廊の闇の中へゆっくりとのみこまれていった。

49

委員会室の中は、パスモアが通廊を抜けて待機ホールの暗闇に向かう微かにこするような足音の、長いゆっくりとしたディミヌエンド以外は物音一つ聞こえなかった。その音の中には限りない絶望を引きずっているような響きがあった。パスモアが近づいた時、委員会通廊の夜警の任務についている守衛が管理ブースから出て、陽気に挨拶する声が足音にかぶさるように聞こえた。敬礼のために手を上げて、また下ろしたのか、鎖に付いた鍵の鳴る微かな音がした。

オリヴァー・パスモアからの答えはなかった。

パスモアが下部待機ホールとテラス、さらにコモンズ・コートに至る長くて高い通路へ通じる階段に向かって右に折れると、足音はもはやずっと微かになり、ほとんど聞こえなくなった。コモンズ・コートからニュー・パレス・ヤードにかけては、キササゲの木の下に積み上げられた建材が散らかっていた。

ブライはゆっくりとテーブルを見回した。委員全員がほとんど痛ましいほどの奇妙な集中力で、オリヴァー・パスモアが帰宅する足音に耳をそばだてているようだった。やがて、外界から小さな物音——二階下のテラスに油のような川の水がひた寄せる音や、ミルバンクに沿って西に向かって走るトラックががらがらいう遠くから聞こえる音、闇の中で川向こうから呼んでいる男の怒声、そしてニュー・パレス・ヤードで自動車のドアがバタンと閉まる音——が耳に入るようになって、沈黙は徐々に破られた。

ブライは窓の外から聞こえる音を振り払って、委員会のことに考えを戻した。パスモアは帰宅すると言ったのだ。

*

彼の目を最初にとらえたのはキャスリーン・キミズだった。彼女は平板で感情のこもっていない声で言った。その声はささやき声よりもわずかに大きかった程度だが、部屋の中に大きく響いた。

「警察には話していないの、ヒューバート？」質問というよりも懇願だった。

ブライは首を振った。「ええ。そして、あなたたちからの指示がない限り、そうするつもりはありません」彼は委員会全体に挑戦するように見回した。

「警察に話す必要がありますか？」

「いいえ。もちろん、その必要はないわ」

「君は警察に話すべきだと思っているのか？」ギルフィランがか細いが正確な声で問いかけた。

「もちろん、私はそう考えています。それについては議論の余地はないのではありませんか？」ブライは頭を両手で抱え、その手は震えていた。

誰も否定する人間はいなかった。法律を守らなければならないことは大部分が受け入れていた。

口に出すのがためらわれた質問をしたのはフォレストだった。

「もしもわれわれが話さなかったら、警察はパスモアを有罪と立証できるだろうか？」

ブライは憂鬱な賢者のようだった。「正直言って、警察がどういうやり方をするのか私にはわかりません。議員朝食者名簿や救急報告書を入手するために部下を送り込むほど、議会内部の知識に通じているとは思いません。そして、その両方がなければ、警察がパスモアの有罪を立証することは不可能です。警察はジョン・サルターノがジョン・ウィンターの子孫であることを突き止めるかもしれません。結局のところ、ランサムがカサンドラに話し……」

「それはどういう意味かな？」レインがいたずら書きをしていた紙から顔をぐっと上げて言った。

ブライはランサムがいかにして彼の注意を、そしてカサンドラとマコーリーの注意をサルターノに引きつけたか説明した。「正義のことを考えて」彼は話したのだった。

レインは無言のまま静かに机の上を鉛筆で叩き、考え込んでいる様子だった。

「ヘンリー・ランサムが危篤だというのは本当かね？」ギルフィランがさり気なく言った。

「本当だ」ビーズリーがうなずいた。「主治医は何年も前から予想していたことだと教えてくれた。一九四四年にバズ爆弾の爆発で負傷してからずっと。クラパムで」

ブライがうなずいた。「実は問題解決の手がかりを与えてくれたのはそれなのです」彼はブライがベレア館の庭で、ひらめきを求めて木々の狭間からロッシー館を見ながら深い瞑想に耽っていたところを、ランサムに見つけられた経緯を語った。

「彼は弱々しげで、とても気分が悪そうでした」ブライは説明した。「『戦争で受けた傷ですよ』と彼は言いました。その時まで私は、そう思うようにし向けられていたのですが、ロッシー館に来る数週間前まで彼はインドにいたものとばかり思っていました。ですが、一九四四年にインドで戦傷を受けた者などいません。それに高齢だったので、極東に戦いに出かけたはずもありませんでした」ブライは遠慮がちに言った。「すべては『戦争で受けた傷ですよ』という短い言葉から始まったのです。それとジョン・サルターノ事件の報告書……」

キミズ夫人が彼をさえぎった。「警察に話すつもりなの、ヒューバート？」

「その質問には答えるな、ブライ」フォレストが両肘をテーブルの上に突いて、彼に向かって吐き出すように言った。そうしてもっと穏やかに続けた。「まず、この質問に答えて欲しい。君がサルターノ事件の報告書を読んだとき、どうしてパスモアが殺したと考えたのだ？」

「私は死体がサルターノのものだとは――推測はしていましたが――知りませんでした。サルターノとジョン・ウィンターの背景を結びつけるものが必要でした。すると、まったく思いがけないことに、議会議事録の宣誓を行った議員名簿からそれを発見したのです。それが今日の午後遅くのことで……」

彼は腕時計を見た。真夜中の午前一時だった。

「昨日の午後遅くのことと言うべきでしょうね。そのとき、サルターノに関する報告書を読んでいたら、あなたの証言があったのです、フォレスト、それからあなたのも」とギルフィランの方を向いたが、彼はブライの目を避けていた。「そしてランサムとパスモアの証言が。読み終わった時には、あなた方四名のいずれにもサルターノを殺害する相当の動機があったことを知りました。そして、サルターノが殺された五月十三日月曜日に建物に入ることができなかったとランサムが言ったので、私はあなたたち二人とパスモアが互いに事件に関係しているなと考えたのです」

ブライは少し待ってから話を続けた。「それから朝食者名簿のことが頭に浮かび、そこからパスモアが浮上してきました。同時に、あなたたちを除外することになりました。あなたたち二人を」

ブライの顔は依然として灰色でやつれていた。彼は話すことで、遅かれ早かれ一同が部屋を出るまでには、委員会として下さなければならない決定を引き延ばしているような印象を与えた。彼はマコーリーに話すことになるのだろうか？　キミズ夫人の質問が頭の中で鳴り響いていた。

フォレストの声がテーブルの向こうから届いた。根気強く執拗な声だった。

「君は私の質問に答えていないぞ、ブライ。どうしてパスモアがサルターノを殺したと考えられると思ったのだ？　ギルフィランと私のことはどうでもいい」彼は苛立たしげに続けた。「われわれは彼を殺さなかったし、そのことは二人とも証明できる。われわれにはアリバイがあるんだ、二人とも、しかしそのことを隠し続けている。マコーリーがそれを知ったら、捜査はオリヴァー・パスモア一人に集中することになる。どうしてオリヴァーがサルターノを殺したと考えたのだ？」

ブライは記憶を探った。頭の中で分厚い政府刊行物出版局の報告書が開いていた。そしてもう一度、胸がむかむかしてきた。

「弁護士審議会に宛てた手紙の中で、パスモアのことを故意に誤って述べたとサルターノが認めたという件《くだり》を読んで、初めてその考えが浮かんだのだと思います」ブライはキャスリーン・キミズの方を向いた。「キャスリーン、それはサルターノが悪党であることを示す数ある事実の一つに過ぎず……」

「いまいましい悪党だ！」ギルフィランが再び彼の言ったことを訂正すると、ブライは認めてうなずいた。

「弁護士審議会はもう少しでパスモアを弁護士会から除名するところでした」ブライが説明した。彼はフォレストの方を振り向いた。「それが一つです。次にサルターノがパスモアを詐欺事件に巻き込んだことがあります。というよりも、そのことで彼を非難しようとしたやり口です。彼は実につかみどころのない悪党で、自分から注意を逸らす手口に私は嫌悪感を……」

「くだらん！」フォレストが猛り狂ったように声を張り上げたので、ブライはパイプをテーブルの上に落としてしまった。パイプの軸が折れた。

「いい気味だ」フォレストの発言は非論理的だった。「くだらんよ、ブライ！」彼はテーブルを叩いた。「もしもそんなことでパスモアがサルターノを殺すのも当然だと考えたのなら、本当の話を聞いたらどう思うかな？」彼はテーブルに身を乗り出し、威嚇するように背伸びしてブライを怒鳴りつけた。「そして、報告書には書かれなかった事情については？」彼の声は憤懣と嫌悪感からだみ声になり、ずっしりとたるんだ瞼の下の目は燃えるようだった。「いいか、ブライ。パスモアの妻は自殺したんだ」と彼は言った。「アリス・グリッセルと同様にな」と彼は言い足した。「彼女が自殺したのはジョン・サルターノのせいだ。しかも、ジョン・ウィンターがアリス・グリッセルを死に追い込んだのとまったく同じ理由でだ！」

＊

フォレストは再び腰を下ろした。ゆっくりと、まるで怒りの爆発によって体中の力が抜けてしまったかのように。むくんだ両目は血走っており、彼は手で乱暴に苛立たしげに目をこすった。彼は両手を合わせて、目の前のテーブルの上で指を組み合わせた。指の付け根の関節は緊張のあまり血の気が失せていた。彼は好戦的に周りを見回した。

「なんですって！」ブライはうめくような声で言った。彼は信じられないといった様子でゆっくりと首を振った。「嘘ですよ、フォレスト」彼はその言葉を何度となく繰り返し、最後には絶望のささやき声に変わっていた。

「本当の話なのだ、ブライ」

レインの細い顔は青ざめて険しく、唇は嫌悪感で引きつっていた。むき出した歯の間から彼は息を強く吸い込んだ。

「それなのにわれわれは彼にマシュー・グリッセルの離婚事件を調べさせたんだ！」

フォレストは重々しくうなずいた。「そうだ、そして彼はわれわれがまさしく求めていたことを持ち帰った。われわれ皆がそう言った。われわれは『動機の立証』と言い、パール・コテイジのしわの寄ったベッドを意地の悪い目で見たんだ。覚えているかね、ヒューバート？　ご満悦だったのを覚えているかね、ビーズリー。『また汚れるのか』と君は言ったんだ。パスモアの顔を見たかね？　そう、君は見ていなかった。考えもしなかった。彼が薄汚い話をするとき、彼がどんなに苦しんでいたか気づきもしなかった。そうだろう？」

フォレストは立ち上がって、ドアの方へ向かった。部屋中に聞こえる彼の声は苛立たしげで威嚇するような棘があった。「私は帰るぞ、ブライ、オリヴァー・パスモアと同様にな。そして、君たちのくそいまいましい良心とやらに委ねる。『ジョン・ウィンターの』死を『調査』する間、私がずっと仄めかしていたことを君たちは受け入れなかった。私は君たちに、われわれが追い求めている男は違う男だと言い続けてきたのではなかったかね？　しかし、君たちは聞き入れようとしなかった。さあ、もう聞き入れてくれるだろう。そして、そのことを最大限に生かすんだ」

おかしなことに、彼は立ち止まってからテーブルに戻って来た。しかし、声はそのままだった。「そうだ」と彼は言った。「そうした方がいい。まるごとな！　このことは口外しないと約束したが、そうせざるを得ないだろう」彼は子供じみた仕草で指を首の前で動かした。「もしも私が首を切られて死んでいたら、誰がやったかわかるはずだ。パスモアだ！　君に真相をうち明けたために。そしてもしも彼が私を殺すのなら、それが初めての殺人ということになる。

「初めての殺人だ！」フォレストはぞっとするように黙りこくった委員会に向かって大声を浴びせた。彼はテーブルにたどり着き、今では前ほど威嚇的ではなかったが冷笑するような意図を含んで、テーブルにおおいかぶさるように立っていた。彼はこれまでの間、ノートも鉛筆も忘れて目の前のテーブルに置きっぱなしにして、じっと身動きせずに黙って座っていたピーコックにうなずきかけた。

「われらが書記殿にはまた忙しくなってもらうぞ。記録のために」フォレストが愛想良く付け加えて言った。それは許すべからざることであり、ブライは彼の手を掴んだ。

「気にしないでくれ、事務官。これは記録に取る必要はない」

「これは失礼」フォレストは自分の椅子に戻って着席した。彼はピーコックに向かって意地悪そうに微笑んだ。「君を議員のように扱ってしまった」お世辞とも取れるような曖昧な言い方だった。

「聞いてくれ、ブライ。私はすべてを話すべきではなかった」声の大きさは再び平常に戻っていたが、依然として喉から耳障りな音が聞こえた。ブライは彼の声を聞きながら、ほとんど初めてフォレストが老人であることに気づいた。初めて彼はあきらめて真実を、包み隠さない真実を話すことにしたようだった。フォレストが話しかけるとブライは顔を上げた。

「爆弾が時計塔を損傷してからの数日間に、何名の人間がウェストミンスター宮殿に入ったのかね？」

「法律家と外交官ですか？　二十二名です」

「法律家と言ったな？」

「ええ、法律家です」ブライは急に顔を上げた。「ああ！」彼は弱々しく言った。「そういうことですか。パスモアが！」

フォレストがうなずいた。「そう、勅撰弁護士、国会議員のオリヴァー・パスモアだ。そして、モーティマーという下級法廷弁護士が一緒だった。モーティマー氏は一度入ったきり、国会から出てこなかった。決して！」

　フォレストはパイプにタバコを注意深く詰めていた。「決してな！　もちろん、署名はしている。オリヴァー・パスモアが見届けていた。しかし、彼は出なかった。彼は時計塔の天辺に上った。考えても見ろ！　あの数ある階段、そして重いブリーフケースを持って。特大のやつだぞ！」

　レインはフォレストの要点を理解するとうなずき始めた。

「私の想像では、二人の弁護士、年上《シニア》と『下級《ジュニア》』の弁護士は、作業員が時計塔から下りてくるのを待ってから階段を上ったのだろう。実際、かつてチャールズ・ブラッドロー（英国国会議員に選ばれた最初の無神論者とされる急進的社会改革者。一八三三―九一）やら様々な犯罪者を閉じこめておいたとされる時計塔の土台に近い部屋に隠れて待っていたとパスモアが話したように思う。言うまでもなく、実に適切なやり方だ。

「いずれにせよ、ジョン・サルターノが火災監視の役目を果たしに来ると、彼らは天辺に上っていった。彼は追い詰められたのだ」

　フォレストはほんのしばらく待っていた。「追い詰められたのだ！」彼は繰り返して言った。「ネズミが追い詰められたらどうする？」まるで十五歳の生徒に簡単でささやかな授業をしているかのような口調で彼は問いかけた。そして、彼は自分でその問いに答えた。「反撃に出るのだよ」彼は引っ掻くような仕草をして指を頬に運んだ。「彼は血を流した」と彼は言った。「オリヴァー・パスモアの顔から」

「そして、その最中にモーティマーが彼の頭蓋を粉砕して殺した」

　フォレストが――無意識に検屍法廷初日のフレッド・アーミティジの胸の悪くなるような身振りをまねて――拳をもう一方の手に当てると、キミズ夫人は極度の不快感に青ざめた。フォレストは謝らなかった。

「後は簡単だろう？」と彼は言った。「死体の着衣を脱がせ、モーティマーのバッグに入っていたジョン・ウィンターの服を着せた」フォレストは何食わぬ顔で見回した。「いったい、これ以上話す必要があるかね？」

「それでは、モーティマーはどうやって抜け出したのです？」

「だって、そんなのは簡単なことじゃないか！　彼はジョン・サルターノの服を着て、パスモアと一緒に出たんだ。一九四一年の灯火管制を覚えているかね？　警官の懐中電灯を青い紙で覆ったりして！　そんなことは造作もないことだ」

「では、モーティマーの服は？」

「モーティマーのバッグの中だ。翌日になってオリヴァー・パスモアが取りに行ったのだと思う。明らかに彼は引っ掻き傷の手当をするために戻ったからな。そしてヒューバートが突き止めたように朝食を取るために」

　レインが熱心に口を挟んだ。

「もちろん、すべてがぴたりと当てはまりますね」と彼は言った。「モーティマーはヘンリー・ランサムだったんでしょう、もちろん」

　フォレストは微笑んでうなずいた。「もちろんだとも。ジョン・ウィンターの物語から気づいたのかね？」と彼は仄めかした。

「何といっても類似性がありますからね」今度はナイジェル・レインが微笑む番だった。「ランサムは認めるでしょうか？」

「いやいや、とんでもない！　彼は死んだんだ」

「死んだ！」ブライがかすれるような声で言った。

「そうなのだ、ヒューバート。オリヴァー・パスモアが病院に電話した。最後の採決が終わって、われわれが戻るのが遅れたのは、そういう訳だったのだ。それは君だってわかっていたのだろう！」

ブライはささやくような声で言った。「もちろん、わかっていました。彼は六号病棟だということを知っていましたね」彼は怒ると同時にほっとしたような顔をした。

「ちょっと待って下さい！」レインがブライのゆっくりした承認を遮って言った。彼はフォレストの方を向いて話しかけた。

「パスモアは帰宅しました」と彼は言った。「ランサムが死んだことは知っているのに。彼は死者をかばっていました」

「それがいけないかね？」フォレストが語気鋭く尋ねた。

「ドン・キホーテ的じゃありませんか？」

フォレストは肩をすくめた。「パスモアは気高い男だ」と彼はもったいぶって言った。彼はそのまま話し続けて、それを台無しにした。「とにかく、彼は自分の有罪を立証することなどできないことがわかっていたのだ！」

レインがさっと割って入った。「もしも彼が気高い男だとおっしゃるなら、どうして初めにランサムが殺人を犯したという考えに注意を引きつけたのでしょうか？」

「そうだな、私はあまり多くのことを仮定したくはないんだがな、レイン、たぶんギルフィランと私から注意を逸らすためではないかと思う。すでに述べたように、気高い男なのだ」フォレストはパスモアが気高くも退場したドアの方を賞賛するように見た。

「しかし、どうしてランサムはやったのかしら？」キャスリーン・キミズは心配そうに前屈みになった。彼女は自分からその理由を考え出した。「オリヴァー・パスモアを守るため？　もしもそうなら、その時にどうして認めなかったのかしら？　刑が軽く済んだでしょうに」

「とんでもないよ、キャスリーン」ナイジェル・レインは笑った。「それほど事は単純じゃないんだ。彼らはサルターノを殺そうとして上っていったんだ。これこそ、謀殺だ。ちょうどマシュー・グリッセルによるジョン・モーティマー・タウンゼンド・ウィンターの『殺人』のように」

フォレストの方を向くと、その顔は勝利に輝いていた。「まさしくマシューの『殺人』のように。彼らはそう考えたのだ。歴史は繰り返す、ほとんどそっくりそのまま！　彼らは、というよりもランサムはサルターノを殺した。その動機は、彼がパスモアの妻を誘惑したからだ」

「そうなのだ」とフォレストはあっさりと言った。「彼女の名前はアリスだった。曾祖母のアリス・デ・ラ・ガードと同じく。彼女はヘンリー・ランサムの妹だった」

*

六名の男性と一名の女性がウェストミンスターの大ホールの扉を通り抜けて、ニュー・パレス・ヤードの石畳の囲い地に足を踏み出すと、ビッグ・ベンが三十分の鐘を鳴らした。やはりまた、彼らは警察署脇のガス灯の薄明かりに照らされながら、腕時計を確認した。彼らはつまみを回して、時刻を合わせて互いにほっとしたような仕草をした。ブライ委員会は解散した。

「やれやれ。二時半だ。どなたかいらっしゃるか《フー・ゴーズ・ホーム》！」ビーズリーは夜の冷気から身を守ろうと襟を立てた。彼は騒々しくはしゃいで身を震わせ、川を帆走しようと提案した。「明日の普通の時間にな」と軽い調子で付け加えた。

レインとギルフィランは自動車を出す用意をして、五十ヤード離れた表門にいた警官はうきうきしてハミングし始めた。彼らのためだけに二時間も待ち続けていたのだ。彼は費やされた時間のことを惜しみ、国会議員が善良な市民をベッドから引き離してまで人生を議論に費やすやり方を軽蔑した。賭けてもいいが、どうせ政治的な話題だ。

クリストファー・ピーコックは誰か彼を自宅まで送ってくれないものだろうかと思っていた。そう考えると彼は嬉しくなった。もはや夜を徹して委員会報告書を作成する必要はなく、これ以上この件で悩まされることはない。帰宅すればベッドに入ることができる。ナイジェル・レインが彼を呼んだとき、渋い縁なし眼鏡の奥の目が満足げに輝いた。「乗っていかないか」レインは心からそう言っていた。

キャスリーン・キミズはガス灯の冷たい光を浴びて、青ざめてやつれたように見えた。彼女の憂鬱は、体を包む外套のようなもの、その中にはぬくもりのなさそうな外套だった。彼女はヒューバート・ブライの立っていた所までさっとやって来て、落とした肩と惨めな顔のたるみを同情を込めて見た。

「元気出しなさいよ、ヒューバート」彼女は言った。彼は礼儀正しく顔を輝かせたが、彼女が前屈みになってささやくと再び気落ちした。

「警察に話すつもりなの、ヒューバート?」彼女は巧みに鈍感な様子を装って尋ねた。

彼女の肩越しに金属パイプの副木《そえぎ》を当てられた時計塔が見えた。

「わからないんだ、キャスリーン」彼は言った。

しかし、それは嘘だった。彼は二度と警官をまともには見られないことがわかっていた。そして、今後一生の間、『検視官』という言葉は彼にとって『院内幹事』と同様に不吉に響くことだろう。

50

一九五六年五月三十日水曜日の午後一時半、ウェストミンスターはニュー・パレス・ヤードでブライ委員会が解散してから十一時間後のこと、互いに六マイル離れた二人の郵便配達人が、涼しげな顔をして小型バイクに乗って、ロンドン郵便区の別々の住所に向かっていた。ハーン・ヒル郵便局を出てダリッジのバーベッジ・パークへ向かった配達人は、ストランド支局を出発してテンプルのホールデーン・ビルに向かった配達人よりも交通量が少なく、少し前に一シリングをポケットに入れたばかりだった。

*

「これは驚いたな、ヘレン」とヒューバート・ブライはコーヒー・ポットの向こうに話しかけた。

「ランサム氏の弁護士からだ」

ヘレン・ブライはビスケットを口に入れたが、突然のパニックに襲われて飲み込んでしまった。彼女の恐怖はまったく理由のないことではなかった。

夫は何やら重々しい事務弁護士会《ロー・ソサエティー》英語をもぐもぐ言っていた。

「もう一度言って、ヒューバート」彼女が言った。「あなた自身の言葉で」と付け加えた。

ブライは咳払いをすると、やましげな顔をした。

「どうなるかわかっているだろう」彼の言い方は理にかなっていなかった。「誰かが誰かを助けると」彼は勇気を振り絞るためにここで間を置いた。「ヘンリー・ランサムが」と彼は言った。「遺言状の中でわれわれのことに触れているんだ」

ヘレンは彼の表情に危険信号を察知した。

「石像ね！」彼女はそう言って、身を震わせた。「いやっ！」彼女ははっきりと付け加えた。

ブライは弱々しくうなずいて、いいざまだと認めた。「エ、フ、レ、ナ、ー、テ・ブライか」彼はうんざりして言った。

＊

勅撰弁護士、国会議員のオリヴァー・パスモアは、巧妙に補強した特製の安楽椅子にどっしりと腰を下ろした。過去三週間の心労のため、両目はこわばったようになり、指の震えがひどくなったため、彼に届けられた手書きの伝言を読むことはほとんどできなかった。

彼は紙面を椅子の幅広い腕の上で慎重に広げて、もう一度読もうとした。今度はかなり読みやすくなったが、理解することは依然として難しかった。眉をひそめてできたしわに両目はほとんど隠れ、当惑して椅子の革をぽっちゃりした指で叩きながら、彼はそこに長いこと座っていた。

アーサー・フォレストの謎めいた走り書きの意味は、或る意味ではかなり明快だった――パスモアが委員会の深更の集まりから帰った後で、フォレストは彼のために或る話（しかも極めて効果的な話）をしたというのだ。しかし、それだけではなかった。もしもフォレストの勧める通り彼が行動するならば、もしも彼が質問をせず、他人の質問にも答えないのならば、もしも彼が永久に口を閉ざすならば（法律家だというのに！）、もしも二度とサルターノと多種多様な悪行について語らないのならば、勅撰弁護士にして国会議員のオリヴァー・パスモアは何の恐れも心配もなく、再び街頭や法廷や下院を大手を振って歩くことができるだろうというのだ。そして彼は椅子の肘に載せた紙片を見て微笑んだ。

やがて、その微笑みは不快な怒りのしかめ面に変わった。質問を差し控えるのは難しいことだった。とりわけ、彼はヘンリー・ランサムの妹がどんな人間だったか知りたかった。フォレストによれば、彼の妻だというのだ！

彼の知る限り、そんな女性は見かけたことさえなかった。

著者覚え書き

マシュー・デ・ラ・ガード・グリッセルは国会議事堂の建設とはいっさい無関係である。なぜならば、彼は実在しない人物だからである。彼は純粋に想像の産物である。他方、彼の父親トーマス・デ・ラ・ガード・グリッセルは確かに実在したし、彼の会社グリッセル・アンド・ピートー社が国会議事堂を建設したのも事実である。マシューの双子の兄バートウェルもまた実在した。彼がローマ・カトリック教会の僧侶となったことは、サマセット・ハウスに収められているトーマス・グリッセルの遺言状（一八七四年の四〇一号）によって証明される事実である。アリス・グリッセルもまた作り上げた登場人物である。

ジョン・モーティマー・タウンゼンド・ウィンターは想像上の人物ではあるが、読者の中には私が彼に国会議員らしからぬことをさせたと考える方もおられようから、彼の行動の全てはヴィクトリア時代の下院記録に前例があるものであることを述べておく。十九世紀の国会を研究している人ならば、どこを探せばいいか正確に知っているはずである。

ジェイムズとジョンのサドラー兄弟は私が主張した通りの悪漢であった。

ロッシー館は想像上の家だが、その隣のベレア館——故サー・エヴァン・スパイサーの家——は現実にギャラリー・ロードに醜い姿をさらしている。その所有者——そして恥ずべきことに管理者でもある――はサザク首都自治区であり、治外法権が誰のためにもならないことの一例となっている。

一つの重要な例外を除いて、私が引用したり引き合いに出した文書は、幾つか人名が入れ替えられてはいるものの、いずれも真正の物である。例外はマシューの遺言状で、私がマシューを作り上げたときに作成したものである。

ビッグ・ベンと国会議事堂の物語についてはフェアプレイに徹したが、もちろん、時計塔の煉瓦が取り除かれた一九五六年に死体が発見された点は例外である。ロッカーアーム室の壁をもう少し深く掘り下げたら、もしかしたら建設省は死体を発見したかも知れない。もしも死体が発見されたら、一つだけ確かなことがある。ジョン・サルターノの死体ではないということだ。なぜなら、ジョン・サルターノなる人物は創作だからである。

新聞やその他十九世紀の出典からの引用はすべて真正であり、いずれの典拠も相応の注意を払って用いた。名前の挙がったバリー、ピュージン、メイビー、ガーニー、デニスン、換気技師リード、その他無名の人々は、国会議事堂の建設が進行するあいだ、ともに働き、互いに罵り合ったり、相手を破滅させようとしたが、本書で述べた行為はいずれも遺憾ながら事実である。

《エフレナーテ》像はオーガスタス・ウェルビー・ピュージンがデザインしたものではない。それが展示されているロッシー館同様、空想上の産物である。しかし、それよりも、万一そんなものが存在し、オリジナルの図案がまだ残っていたとしても、ピュージンの署名はないだろう。私は石工たちが使ったスケッチ（それらは建設省に立派に保管されている）をすべて調べてみたが、ピュージンの署名やイニシャルが記入されている例は一つとしてなかった。ピュージンのリチャード三世（スケッチではなくて彫像のことである）は中央ロビーに置かれている。

ブライ委員会は、言うまでもなく、存在し得る（その時間的余裕があったとしての話だが、国会議員が非公式な委員会を構成することを妨げる議会規則はない）が、実際には存在しないし、したこともなかった。私が委員会に登場させた人々（そして委員会に先立って登場した人々）も架空の人間である。

王室検視官は存在するが、実際の人物はチャールズ・ヴィンセント・スタンディッシュ・フェル氏とは似ても似つかない。現実の検視官が、不適当な人物を持ってきたことに対して、架空の検視官や私に腹を立てないことに感謝する。

同様に、私はラムベス首都自治区の新しい図書館司書を作り上げたが、私自身の経験から次のことを記録に残しておきたい。彼は親切で寛大だったが、実際の司書に比べれば対応が遅れ気味だったと。

訳者あとがき

極めて私的な回想から

本書をまだお読みでない方、あなたは幸運な方だ。実にうらやましい。まだ、こんな素晴らしい楽しみが残されているのだから。

本書を既に読了された方、素晴らしい作品に巡り会えた喜びに酔われているのではないだろうか。単に《歴史ミステリ》とレッテルを貼るには、あまりにもさりげない伏線、絢爛たる論理、二転三転する巧妙な展開。そう、ここにある作品は五〇年代のベスト、いや、オールタイム・ベストと言っても決して過言ではないと自信を持って断言したい。

これから、極めて私的で冗長な話をするのを許していただきたい。話は今から十五年ほど前にさかのぼる。訳者は地方の某私立大学に勤務し始めたばかりで、著しく異なった環境のもと、学生の卒業研究の指導や、自分の研究を発展させていくのに夢中になっていた。今から思えば、ずいぶんと無駄なことをしたような気もするが、若かった（後半とはいえ、まだ二十代！）ことと独身だったからだろう、忙しいとはいえ、いろいろなことをやっても時間は存分にあった。

だから、探偵小説の読書にあてる時間も今よりあったような気がする。いや、それよりも贅沢な読書時間を過ごすことができたことの方が大きい。現在では、何を読むにせよ大半は通勤電車の中で、読んでいる最中はそんなことは気にならないとはいっても、ちょっと貧乏くさいような気がしないわけではない。習慣というのは恐ろしいもので、今では情けないことに、電車の中でしか落ち着いて読めなくなってしまった。

話が脇道にそれた。本作品に出会ったのは、そのような時期であった。ロンドンのミステリ・怪奇小説・SFなどを専門に取り扱っている古書店の目録で書名を見つけ、直ちに注文した。もちろん、後述のようにそれまで探し続けていた本だったからである。値段は五ポンドで、今では考えられない安値だが、当時は換算レートも高く、ジャケットなしにしては高いなと思った覚えがある。実際に読んだのは、入手して一年くらい後のことのように思う。

前述の私立大学は新築なった現代的な図書館が特色で、関連施設も充実していた。教員や学生が自由に（日曜・祝日も）利用できる個室があって、静かに勉強したい時などは、よく利用したものだった。業務から解放された週末のことだったと思う。その個室で、訳者は本作品を読み始めた。英文そのものが決して読み易くはなかったので、初めは遅々とした進み具合だった。百年前のミイラをめぐる検屍法廷、ブライ委員会の設置、委員たちの議論、と読み進んでいくうちに、ナイジェル・レインからの電話で時計塔が足場なしで建設されたという話をブライが聞く段に至って、ぞくぞくするような快感を感じて、にわかに座り直した。この作品は並の作品じゃないぞ、と直感が告げていた。

残念ながら、訳者の読書速度は遅い。日本語でも遅いのだから当然ではある。だから一晩で読み終えるという訳にはいかなかったが、翌日には読了した。読み終えても、しばらくは呆然としていた。窓の外を眺めると、爽やかな風にゆれる緑が美しかったような気がするので初夏だっただろうか。もっとも、単に回想を美化するためにそう思い込んでいるのかもしれない。

未訳の作品の中に、このような大傑作があるとは！　それまでにもレオ・ブルースの諸作を初めとして何作も傑作に巡り会うことができたが、それでもなお、これほどの作品が残されていたことに驚きを禁じ得なかった。今でも未訳の古典作品を渉猟しているのは、こういった「事件」が突き動かしているためである。この事件をきっかけに、訳者は一つの計画を思いついた——探せば未訳の傑作はまだまだあるようだ。その傑作を集めて探偵小説の叢書を編んだらどうだろう。

当時、古典作品はまったくと言っていいほど翻訳されなかった。古典というと文庫本で紹介することになるので、なかなか採算の取れる部数（万単位）が売れないのである。では発想を変えて、単行本で出せばいいじゃないかと思ったわけである。愛好者同士のつきあいで、古典に対する欲求は厳然とあり、決して敬遠されている訳ではないことはわかっていた。少部数しか売れないなら、単価を高くして採算ラインに載せればいいという単純な考えだった。

目標ができると読書の方も順調にはかどる。全十巻の構成で、本叢書の解説等でおなじみの真田啓介氏が当時刊行していた雑誌『書斎の屍体』第二号に投稿した（実は、訳者が探偵小説叢書の構想を思いついた、もう一つのきっかけは同誌創刊号であった）。その後、内容を一層充実させ、全十二巻だったろうか、今となっては定かではないが、出来上がった企画案を持って、旧知の編集者とコンタクトを取った。編集者はその企画に賛成してくれて、思う存分に案を練って欲しいということで、最終的に全十五巻という叢書が出来上がった。その叢書の基本コンセプトは次のようなものであった。大家の未訳作の中から傑出した作品、文庫でも後続作品を紹介できる優れたシリーズもの、未紹介作家の優れた作品、伝統からはずれた独創的な作品。幾つかの作品については実際に翻訳者の方に仕事をお願いしてあったようだが、いかなる事情によるものか、その企画は実現されなかった。

先の企画が実現できなかったため、個人的に実現しようと思い立ち、《ヴィンテージ・ミステリ》という私家版叢書を作って、未熟な翻訳で二作ほど紹介したが、これはまた別の話。そのうちに状況は徐々に変わり、古典作品も紹介されるようになってきた。その潮流のきっかけとなったのが、本叢書第Ⅰ期の刊行であると言っていいだろう。おかげで、当初予定していた作家や作品の大多数が紹介されるようになった。その中で本作品は種々の事情から紹介が遅れてしまったが、遂に念願が叶ったのである。

こういう事情なので、本作品に関して訳者は客観的に語ることはできない。個人的な思い入れのある作品なのである。いささかしまりのない導入になってしまったが、そろそろ本題に入ろう。

驚くべきアマチュア作家

周知のように、探偵小説の国イギリスは数多くのアマチュア作家を生み出した（ここでいうアマチュア作家とは「余技として探偵小説を書いた人物」のことで、作家を本業としていても主たるジャンルが異なっていればそのように見なすことにする）。初期のベントリーやチェスタトン、ミルン、そして本全集にも収録されている作家で言えばメイスン（作家）、クリスピン（作曲家）、ヘアー（弁護士・判事）、レオ・ブルース（作家）、マイクル・イネス（大学教授）、ノックス（聖職者）といった具合で、実にヴァラエティーに富んでいる。

本作品の著者スタンリー・ハイランドは、そんなイギリスのアマチュア作家の系譜に連なる、ほとんど最後の人物ではないだろうか（現代作家ではアマチュア作家と呼べる人をすぐに思いつかない。少し前なら——といっても、もう三十年近く前だが——クリントン‐バドリーやリントン・ラムあたりが頭に浮かぶが。そういえば、いずれもゴランツ社の作家だ）。本書が発表されるや、かなり話題になったらしいことが、当時の書評等から窺い知ることができる。しかし、何とも不思議なことに、我が国の読書界に紹介されることはなかった（当時は東京創元社が植草甚一による作品選定でクライム・クラブ叢書を刊行中であり、早川書房のハヤカワ・ミステリも存在して、リアル・タイムで刊行された作品紹介の器があったにもかかわらず！）。不幸な偶然が重なって、出版社の目にとまらなかったということなのだろう。既に本書を読了された方には、そうとでも考えるしかないことがおわかり頂けることだろう。

発表当時、本作品がどのような評価を受けたか、第二作に付されたブラーブ——その性格上、賛辞しかあり得ないのだが——から幾つかご紹介しよう。

たとえようもなく素晴らしく、かつ知的——モーリス・リチャードスン（オブザーヴァー紙）

真の傑作《トウー・ド・フォルス》——フランシス・アイルズ（ガーディアン紙）

『国会議事堂の死体』は私がこれまでに読んだ最良の処女作であると言いたい。本当のところ、これ以上の作品を思い出すことはできない——F・E・パードウ（バーミンガム・ポスト）

独創性というものが薄れつつある分野で真正の独創性を発揮した作品であり、ありきたりな探偵小説に飽きた読者は楽しめる——J・B・プリーストリー

他を圧倒する作品。すべてが揃っている。至極整った舞台背景。何年も何年も書かれることのなかった最高の探偵小説——エリック・ラウトリー（ブリティッシュ・ウィークリー）

完全なる謎解き《フーダニット》を主張できる作品であり、比類ないほど真に迫った下院を背景にしたことで一層魅力的である。一度読み始めたら徹夜して読まされてしまう。——ロード・ブースビー

ところが不思議なことに、通常の推理小説史やガイドブックの類にはほとんどその名前を見いだすことができず、黙殺に近い扱いを受けてきた。実を言うと、訳者がこの作家を知ったのも、最も熱のこもった賛辞を捧げている、前記ラウトリーの評論書 *The Puritan Pleasures of the Detective Story*

(1972)――正確には、その植草甚一による紹介文――による。試みに、ハイランドの名前を挙げているものを手近の参考書から探すと、バーザン&テイラーの*A Catalogue of Crime* (1971, 改訂増補版1989) とアート・バーゴウの*The Mystery Lover's Companion* (1986) だった。マケイブ『編集室の床に落ちた顔』やバーディン『悪魔に食われろ青尾蠅』(翔泳社) など、数々の忘れられた作品を発掘して功績のあったシモンズの*Bloody Murder* (1972) にも言及されていない。ちなみに、バーザン&テイラーは初版では第二作のみを取り上げ、改訂増補版で初めて本作品を取り上げた(注1)。本作品についいては比較的好意的だが、第二作については「J・B・プリーストリーを初めとする文芸評論家や探偵小説の書評家は絶賛しているが、この作品は水準に達していない」と否定的な評価をしている。一方、バーゴウは本作品に対しては水準作、第二作には傑作の評価を与えている。

(注1) 本作品にはヴィクター・ゴランツ社刊のイギリス版と、ドッド・ミード社刊のアメリカ版がある。アメリカ版はイギリス版の縮約版であり、厳密に比較対照したわけではないが、かなり刈り込まれていると思われる。改訂増補版で取り上げたバーザンはアメリカ版に拠っている。アメリカ人のバーゴウもアメリカ版を読んだ可能性が高い。

作者スタンリー・ハイランドについて

スタンリー・ハイランドは、一九二四年にヨークシャー州のシプリーで生まれた。同州のブラッドフォード・グラマー・スクールを経て、ロンドン大学バークベック・カレッジに進学し、第二次世界大戦中は海軍の志願兵として予備軍で服務した。戦後は下院の調査課司書として勤務した後、BBCのプロデューサーとなった。下院図書室の司書時代の経験が十分に生かされていることは、本書を読了された方にはすでに明白であろう。

次にハイランドの著作をまとめておく。

King and Parliament : A Selected List of Books (1951) 編著
Curiosities from Parliament (1955)
Who Goes Hang? (1958) 本書
Green Grows the Tresses-O (1965)
Top Bloody Secret (1969)

このうち *Curiosities from Parliament* は、議会図書館における調査課司書としての経験に基づいたもので、題名から推測されるように、議会にまつわるさまざまなエピソードを集めたものである。エピソードの一つに、本書でも言及されているテムズ川の悪臭をめぐるゴールズワージイ・ガーニーたちの顚末があり、この時の材料が本作品に用いられていることがわかる。

本作品は発表の翌々年にアメリカ版が刊行され（注1に記したように縮約版）、一九六七年にイギリス版に準拠したペイパーバックがFour Square Booksから出版された。第二作は第三作とともに元版刊行後の一九七三年にペンギン・ブックスに収録された。こうなると本作品がペンギン・ブックスに収録されなかったのが不思議だが、数年前のこととはいえ既に他社で出ていたからなのだろう。

第二作は、織物工場で仕事をしていた女工たちが糸の中から皮膚と肉片の付着した金髪を発見するというショッキングな事件で幕を開ける。地元警察による捜査の結果、工場の染料入れの中から若い女性の、頭髪のない死体が発見され、被害者はイタリア人の女工であることが判明する。殺害された女性の持ち物から数人の男性の容疑者が浮かび上がってくる。容疑者の一人として、図書館勤務のかたわら、探偵小説を書いている、まるで作者の分身のような人物が登場したり、小道具に使用されるのが作品の版元であるゴランツ社の架空のミステリであるなど、作者の遊び心がうかがわれる。事件を追っていくうちに十九世紀の稀覯本が絡んでくるなど、いわゆるビブリオミステリにもなっている。処女作の素晴らしさには一歩を譲るとはいえ、この作品も最後の最後まで気の抜けない作品である。

第三作は、第一作の登場人物たちが何名か再登場する作品だが、謎解き本格探偵小説ではなく、スパイ小説というべきだろう。アレック・ビーズリーは首相に、ヒューバート・ブライは影の内閣の閣僚となって、互いに対立する立場にあった。やはりビッグ・ベンで起きた諜報部員殺人事件をきっかけに、国家機密漏洩事件をめぐってビーズリー首相は友人のブライを中東に派遣する。ラストで一転して犯人探しの本格ミステリ風になるのが、いかにもこの作家らしいが、それまでのような作品を期待すると肩すかしを食うことになる。この作品を読むと、有名なキム・フィルビー事件がイギリス政府や国民に与えたショックがいかに大きかったかがわかる。

本書について

（一）題名の由来

原書の題名は直訳すると『誰が絞首刑になるか?』だが、これは作中にも何度か登場する慣用句 who goes home? をもじったものである。who goes home? については、篠田錦策『英國の風物』（研究社出版、昭和十五年）の記述を引用して説明に代えたい。

（前略）また一日の議事が 11p.m. 頃に終ると今日も場内に 'Who goes home?' と云ふ叫びが聞える。これは昔倫敦市中が夜は眞暗で物騒であつた頃、議員が互に 'Who goes home?' と誘ひ合ひ連れ立って帰宅した風習の名残である。

本文中では、文脈を考えて場面場面で訳し分けた。

（二）舞台背景、あるいはおせっかいな予備知識（注2）

本作品の背景には、イギリス人ならば誰でも知っているような歴史的事実や国会議事堂に関する知識がある。それらを知らなくても読むうえで支障はないが、知っていると作品を一層豊かに鑑賞することができると思われるので、ここでおよその事柄についてまとめておく。

国会議事堂となっているウェストミンスター宮殿は一八三四年十月十六日の大火（ターナーの絵の題材ともなった）によって大半が焼失した。議会は直ちにゴシック様式あるいはエリザベス朝様式による議事堂の再建を決定し、公募された九十七の設計図の中から、チャールズ・バリー（図1）によるものが選ばれた。時計塔を含めて建物の意匠は、オーガスタス・ウェルビー・ピュージン（図2）が担当した。

時計塔は足場なしで建設された（図3）。最初に製作した鐘は試験を重ねるうちに破損し（図4）、あらためて作り直した。できあがった鐘は、横にして時計塔に吊り上げられる（図5）。作中の描写から、ここに示した図を作者が参考にしたものと考えられる。大時計が作動し始めたのは一八五九年五月三十一日だったが、鐘の方は少し遅れて七月から打ち始めた。ところが、九月には再び亀裂が入ったため、三年後に打点が変わるように約九十度回転させて据え直し、今日に至っている。亀裂が発見されてから据え直すまでの三年間、ビッグ・ベンの代役を務めたのは、その周囲に設置された四つの小鐘（クォーター・ベル）の四番目のものであった。

余談だが、早くからビッグ・ベンの愛称で親しまれてきた鐘であるが、この愛称の由来には諸説があるらしい。代表的なのは当時の建設監督官サー・ベンジャミン・ホールにちなんでいるというもので、もう一つは、ビッグ・ベンというあだ名のヘヴィー級ボクサー、ベンジャミン・コーントに由来するというものである。

本文中で言及されているように、当時のテムズ川の水質汚染状況は相当ひどかったらしい。有名な風刺雑誌『パンチ』にも、それを風刺する挿し絵や文章が頻繁に掲載された。この点については、『「パンチ」素描集』(松村昌家編、岩波文庫。ちなみに、この本のジャケットも有名な科学者マイクル・ファラデーとファーザー・テムズを描いた、汚染問題をテーマにした挿し絵である)の第五章に詳しい。汚染の原因はテムズ川両岸から流れ込む各種産業廃棄物や生活廃水であった。

時代は飛んで、一九四一年五月十日、ドイツ軍の空襲によって国会議事堂の一部が破壊損傷を受ける(その中には、ビッグ・ベンも含まれていた)。**図6**は空襲の被害を視察するチャーチルである。

❶チャールズ・バリー

❷オーガスタス・ウェルビー・ピュージン

❸建設中の時計塔。足場がないことに注意。

❹試験中に亀裂が入り、破損した鐘

❺大鐘を吊り上げる（『イラストレイティッド・ロンドン・ニューズ』より）

❻爆撃の被害を視察中のチャーチル

HOUSE OF COMMONS
OFFICIAL REPORT

PARLIAMENTARY
DEBATES

(HANSARD)

⑩議会議事録（ハンサード）

❼下院ロビーからの眺め。正面奥が議長席。

❾下院図書室

❽モーゼの間

これにより下院は一時的に上院に移り、上院議員たちはなんと女王陛下の着替室を会合場所としたという。下院がチャーチハウスに移ったという本文とは、食い違っているようだ。

　議事堂内部の配置は、一階部分の見取り図でおおよそのところはわかっていただけると思う。とはいえ、これだけでは内部の様子を立体的にイメージするのは難しい。図7は下院ロビーから下院を見たところである。アーチの左右にそれぞれウィンストン・チャーチルとロイド・ジョージの全身像が立っている。正面奥に小さく見えるのが議長席である。わが国の国会に質疑時間《クエスチョン・タイム》が導入されたのをきっかけに、本場イギリスでの質疑時間の様子がテレビでも放映され、議会内部の様子をすでにご存じの方も多いだろう。与野党の議員はテーブルを挟んで向かい合い、発言はテーブルの前に立って行う。下院の基調色はグリーン、上院はレッドで、シートの色もそれに準じている。これは議会内部ばかりか、図書室や会議室も同様である。採決はディヴィジョン・ベルを合図に行い、賛否は下院の両脇のどちらを通るかで意思表示する。各党の院内幹事は議員に登院・投票を促すとともに、党の方針に従ったかどうか確認を行う（だから議員からは嫌われている）。

　検屍法廷が開催された部屋がモーゼの間（図8）と呼ばれているのは、シナイ山におけるモーゼを描いたフレスコ画が飾られていることに由来する。図9は委員たちが資料を収集したり、くつろいだりする下院図書室で、十九世紀のクラブの雰囲気を再現したものという。図10は作中で何度か言及され、ブライがその裏表紙に王室検視官宛のメッセージを書きつけた議会議事録《ハンサード》である。ハンサードというのは、十九世紀末頃までその編纂に当たった一族の名前である。

（注2）本節の記述および巻頭の議事堂見取図は、次の文献を参考にした。記して謝意を表したい。
The House of Parliament (Pitkin, 1992)

The House of Parliament (Jarrold Publishing, 1994)
Big Ben and the Clock Tower (HMSO, 1987)
Big Ben and the Westminster Clock Tower (Pitkin, 1997)

（三）探偵小説としての本作品（作品の内容に触れるので、未読の方はご注意下さい）

本作品は本格探偵小説の手本のような作品である。めくるめくような展開に作者の才気がうかがわれる。三部に分かれ、それぞれに議会用語で見出しがついているのも作者の遊び心の反映と言えよう。

まず、冒頭で死体が発見されるが、それもミイラ化しており、着衣などからおよそ百年前のものと推定されるという、実に尋常一様でない状況設定からして、読者の興味を惹きつけてやまない。そもそも舞台背景が国会議事堂と時計塔ビッグ・ベンということで、雰囲気も重厚かつ壮麗、フィリップ・ゲダラの「探偵小説は、高貴な精神の楽しむ正常な気晴らしである」という言葉がこれほど相応しいハイブラウな作品も多くはないだろう。

このいささか学問的《アカデミック》な事件の捜査に乗り出したのが、若手議員ヒューバート・ブライ。そのきっかけとなったのが、金時計の内蓋に刻まれた古典劇における悲劇と喜劇を示す仮面と《エフレナーテ》というモットーだった。そのいずれもが、自宅近くのロッシー館で見覚えのあるものだった。ブライが謎の解明に乗り出すと、古株の議員が特別委員会を設置して調査したらと提案する。

その提案を受け入れたブライのもとに、過去の事件に関心のある、知的で有能な議員が集まり、事件解明のためのブライ委員会が発足する。まず、死体の身元を特定するために、ブライとフォレストがロッシー館を訪問する。そこで二人は当主のヘンリー・ランサムから《エフレナーテ》像と毎年行われるロウソクの儀式のことを知る。どうやら事件の背景には根深い憎悪が横たわっているらしい。

奇妙なことに、被害者の身元よりも先に容疑者の名前が浮上する。被害者の身元を突き止めたのは才媛キミズ女史だった。

やがて、議会は休会期間に入り、委員会はしばらく休止を余儀なくされる。ところが、ストラスブールに出張中のレイン議員からの国際電話で、犯人が時計塔建設関係者か国会議員でしかありえないことにブライは気づく。

第一部で被害者と犯人、そして動機が突き止められるに至る過程は、議論の積み重ねと資料を駆使した純粋論理によるもので、読んでいて胸の高鳴りを禁じ得ない。ところが第二部に至るや、その結論はたった一つの見落としによって、砂上の楼閣さながら瓦解してしまう。呆然とするブライ、そして読者！　この驚きは、優れた探偵小説こそが与えることのできるものである。

事件は百八十度転回し、百年前の事件から一気に身近に迫ってくる。それまで随所にちりばめられたさりげない伏線が、さながらあぶり出しのように浮かび上がって、別の絵柄を構成するのである。これを探偵小説の醍醐味と言わずして何と言おうか。

作品全体を通して、著者覚え書きでも述べているように、作者はフェアプレイに徹している。第二部の最後で、死体の正体が割れるが、作者は実に老獪で、ここまでの記述（例えば、第二十五章初めの死体の記述など）に嘘はないのである。また、事件の様相ががらりと変わっても、第一部の論理展開がしっかりしていて十分に楽しめるものになっているため、無駄なものを読まされたという気がしないのも作者の手柄である。もっとも、この作品に短所がないというわけではない。第二部における煉瓦に関する説明など、わかりにくい部分もあるが、あまりにも大きな長所の前にはかすんでしまうだろう。

最後に、訳者は冒頭で述べたことを繰り返したい。本作品は五〇年代のベスト、いや、オールタイム・ベストの一つである。その判定は読者諸兄姉に委ねたい。

謝辞

本作品の訳出に当たっては何名かの方々からさまざまな助言をいただいた。『三人の名探偵のための事件』(新樹社)の時と同様、Mr. Barry A. Pike ならびに Mr. Geoff Bradley の両氏のご協力を得た。特に、Pike 氏は訳者の数々の疑問点に対して一度ならず懇切丁寧に答えて下さった。訳者の同僚であり英文学者の斉藤昭二氏および広瀬友久氏(大妻女子短期大学)からは、英文解釈上の疑問点について貴重なご意見をいただいた。一部の訳語については、当時ケンブリッジ大学留学中の同僚佐藤正樹氏を煩わせた。また、作中の化学的記述については小林徹氏(理化学研究所)にチェックしていただいた。訳文全体に関しては、藤原義也氏から無数の貴重なご意見をいただいた。最終的な責任は訳者にあるが、以上の方々のご協力がなければ本作品をご紹介することはできなかっただろう。ここに記して深甚なる感謝の意を表する次第である。

(一九九九・十二・十二)

世界探偵小説全集35

国《こっ》会《かい》議《ぎ》事《じ》堂《どう》の死《し》体《たい》

二〇〇〇年一月二〇日初版第一刷発行

著者――スタンリー・ハイランド
訳者――小林晋
発行者――佐藤今朝夫
発行所――株式会社国書刊行会
東京都板橋区志村一―一三―一五　電話〇三―五九七〇―七四二一
印刷所――株式会社キャップス＋株式会社エーヴィスシステムズ
製本所――大口製本印刷株式会社
装丁――坂川栄治＋藤田知子（坂川事務所）
装画――影山徹
編集――藤原編集室
ISBN――4-336-04165-2

訳者紹介
小林晋（こばやしすすむ）
一九五七年、東京都生まれ。東京大学工学部卒業。訳書に、レオ・ブルース『三人の名探偵のための事件』（新樹社）、『ロープとリングの事件』（国書刊行会）がある。

世界探偵小説全集

1. 薔薇荘にて　A・E・W・メイスン
2. 第二の銃声　アントニイ・バークリー
3. Xに対する逮捕状　フィリップ・マクドナルド
4. 一角獣殺人事件　カーター・ディクスン
5. 愛は血を流して横たわる　エドマンド・クリスピン
6. 英国風の殺人　シリル・ヘアー
7. 見えない凶器　ジョン・ロード
8. ロープとリングの事件　レオ・ブルース
9. 天井の足跡　クレイトン・ロースン
10. 眠りをむさぼりすぎた男　クレイグ・ライス
11. 死が二人をわかつまで　ジョン・ディクスン・カー
12. 地下室の殺人　アントニイ・バークリー
13. 推定相続人　ヘンリー・ウエイド
14. 編集室の床に落ちた顔　キャメロン・マケイブ
15. カリブ諸島の手がかり　T・S・ストリブリング